COLLECTION FOLIO

Vincent Raynaud

Au tournant de la nuit

Gallimard

Cet ouvrage a précédemment paru sous le titre
Toutes les planètes que nous croisons sont mortes.

Né en 1971, Vincent Raynaud est éditeur et traducteur littéraire. *Au tournant de la nuit*, initialement paru sous le titre *Toutes les planètes que nous croisons sont mortes*, est son premier roman.

À Mathilde et Thomas

I was living my life
like a holy war.
JOHN CALE

Le maître d'armes l'appelle, Tristan enfile son masque, se lève et marche vers la piste, son adversaire est un garçon plus âgé, costaud et nonchalant, aux cheveux en broussaille et au regard mauvais ; il ne l'aime pas et s'en méfie, plusieurs fois durant un assaut l'autre a profité d'un combat rapproché pour le bousculer, lui marcher sur le pied ou lui murmurer une insulte à l'oreille – pédé –, ça le faisait sourire, s'il voulait il pourrait faire mal à cet abruti, il n'a pas peur, à l'école les bagarres sont fréquentes et il a appris à se défendre, il aime cette tension, sentir le danger, savoir que ce qu'il fait est risqué, il n'est pas taillé pour ça, va prendre une raclée, à dix ans Tristan est un provocateur, il est grand pour son âge, maigre, les cheveux blonds, la peau très pâle et des taches de rousseur, souvent on le traite de fille et il en profite, il se fiche qu'on le traite de fille, c'est juste un prétexte pour donner le premier coup, à l'école il apostrophe un redoublant, Sympa, ton pantalon de clown, avec un air narquois afin que le doute ne soit pas permis, au fond il n'a rien contre ce garçon qu'il connaît à peine et qu'il trouve un peu con, c'est tout, quand ça lui vient il n'arrive pas à se retenir, l'autre tente de le prendre à la gorge mais Tristan est plus rapide, il a de bons réflexes, au bord de la piste l'arbitre donne l'ordre, Allez, et il attaque, avance sur son adversaire, c'est sa tactique, quand il se sait moins fort il n'attend pas et fonce, souvent l'effet de surprise est efficace, cette fois non : fente, parade, riposte, il sent la pointe du fleuret sur sa poitrine, il est mené, son mollet droit à peine contracté tandis qu'il regagne sa place derrière la ligne, il tremble légèrement, se frotte le genou et secoue la jambe pour se détendre, autour d'eux d'autres assauts sont en cours, c'est la fin de la leçon et à la fin il y a toujours des oppositions, d'abord l'échauffement, les exercices et les explications du maître, puis on s'affronte, un moment qu'il attend avec impatience, il peut se défouler, mais ce n'est pas de la méchanceté, Tristan n'est pas un enragé, il a cette énergie qu'il n'arrive pas à dompter, à l'école il se lève, va parler à un camarade, au début l'institutrice ne réagissait pas, ne comprenait pas, maintenant elle crie, le met dehors, l'envoie chez la directrice, il ne lui en veut pas, elle fait son travail, le professeur de piano aussi, mais il se lève quand même, l'énergie monte le long de ses jambes, il n'arrive plus à rester assis, à garder les mains sur le clavier et à reprendre sagement l'exercice, la bonne posture, en rythme, recommencer, une demi-heure par jour, trois quarts d'heure, à l'escrime on court, on peut crier, Tristan en a besoin, Je dois crier, il explique, et de nouveau il avance, attaquer encore, il crie en se fendant, cette fois il a touché, c'est sûr, il a crié et ça a marché, Fais attention à ta voix

– Svea –, c'est vrai, au conservatoire, en plus du piano et du solfège, il appartient au chœur des jeunes chanteurs – il passe son temps rue de Madrid –, Si tu cries tu vas t'abîmer la voix ; ça lui est égal, il y a cette force et il faut qu'elle jaillisse, Gilles ne l'a pas, il est calme, peut lire des partitions tout un dimanche après-midi sans qu'un seul de ses muscles bouge, rien que les yeux, la main qui tourne les pages, à sa place Tristan deviendrait fou, assis au piano il pense à Jerry Lee Lewis, qui arrosait le sien d'essence et y mettait le feu, et ce qu'il voudrait, lui, c'est flanquer des coups, de grands coups de pied dans le panneau bas, quand il était petit, juché sur le tabouret, ses pieds ne touchaient pas le sol, maintenant il mesure un mètre quarante-cinq, ses bras aussi ont poussé, pas assez, au fleuret certains garçons ont plus d'allonge, mais il a une meilleure vitesse d'exécution, le poignet qui fléchit en une fraction de seconde, les doigts qui courent sur le clavier, le magazine qu'il glisse furtivement sous son blouson au bureau de tabac, agir vite pour ne pas se faire surprendre, les yeux qui jaugent la situation et la main qui saisit, Tristan est rapide, alors que les mouvements de Gilles sont lents, hiératiques, la solennité du violon, avant chaque geste c'est comme s'il en pesait les conséquences, peut-être parce que c'est lui, l'adulte, il a quinze ans et il est responsable de son frère, leurs parents sont tout le temps en voyage si bien qu'ils sont souvent seuls à la maison, ils ont l'habitude, leurs oncle et tante habitent plus bas sur le boulevard, en cas de besoin ils peuvent faire appel à eux ; aujourd'hui, par exemple, la tante Jeanne a accompagné Tristan au gymnase Buffon, il a protesté, Je peux me débrouiller seul, mais Gilles n'a rien voulu entendre, Pas la peine de discuter et Après tu dînes chez eux, tiens-toi bien, compris ?, sa tante est dans les gradins, elle le suit, l'air attendri et une ébauche de sourire aux lèvres, c'est la sœur de son père, elle lui ressemble, Gilles a pris de ce côté de la famille, les Lavarini, les yeux gris-bleu, les cheveux blond cendré, des gens taciturnes, des paysans de Vénétie, en Gilles Tristan voit le reflet de son père, mélomane plutôt que musicien (il se garde bien de le dire), intellectuel plus qu'artiste, pourtant son frère brille au conservatoire, on lui prédit un avenir de concertiste, voire de soliste, il doit travailler dur et c'est ce qu'il fait, il veille sur lui et mène tout de front, le lycée, la maison, quand l'un de leurs parents rentre tout est en ordre, le courrier sur la console dans l'entrée, les factures à part, les courses et le ménage faits (par Bérangère, la bonne martiniquaise), Gilles est organisé, Tristan non, samedi dernier il a participé à une compétition régionale et son frère était là, ça ne l'intéresse pas mais il l'encourageait, Tristan reconnaissait sa voix parmi celles des parents et amis, un baryton calme, puisque Gilles était là tout irait bien, même s'il a perdu en poules contre un gars de Levallois-Perret, il fait de l'escrime pour les autres, ça les rassure, une activité physique, c'est sain, lui s'en passerait ou ferait un autre sport plus ludique, mais quand il combat il veut gagner, déteste perdre, gagner quitte à tricher, T'es qu'une teigne, lui dit son frère, et sous les yeux de sa tante il lutte, une touche, une autre, égalité, vaincre un plus grand que soi, montrer au maître d'armes qu'il s'accroche, à présent il est survolté, Tristan, l'arbitre a du mal à le contenir, il attaque avec une telle fougue qu'il n'arrive pas à s'arrêter, il bouscule son adversaire, un point de pénalité, gagne quand même, huit à quatre, huit à cinq, neuf, neuf à six, dix, fin de l'assaut, fin de la leçon, sa tante lui fait de grands signes, saluer l'adversaire et l'arbitre, fleuret levé, aller s'asseoir autour du maître d'armes, Tristan n'écoute pas, distrait, dimanche la famille sera réunie, ils sont restés seuls dix jours, Gilles et lui, il est content, pas fou de joie, lorsqu'il parvient à arracher son frère à son violon ils passent de bons moments, derrière le sérieux et la discipline Gilles a un grain de folie, c'est à lui de prendre l'initiative et de le pousser à sortir, sinon son frère deviendra un musicien compassé, un violoniste en queue-de-pie, avec une calvitie précoce, de petites lunettes de myope à force de déchiffrer des partitions, de jouer des morceaux assommants, cette musique que Tristan entend depuis qu'il est petit, Mozart, Brahms, Bach, Haydn, à l'infini, il songe en entrant dans les vestiaires, Gilles n'est pas assommant, il est responsable, Tristan préfère sa compagnie à celle de ses camarades, ce qui les fait rire tous les deux amuse rarement les autres, ils ne le comprennent pas et les croient stupides, un soir Gilles avait invité des amis à la maison, des élèves du conservatoire, deux violonistes et un violoncelliste, Tristan a dîné avec eux, à table ils ont d'abord parlé de musique, il connaissait quelques noms mais ça ne l'intéressait pas, il a vite cessé d'y prêter attention, il écoutait les bruits de la circulation sur le boulevard Saint-Michel, un vrombissement ponctué de sirènes, de coups de klaxon et de freinages brusques, on entendait aussi les oiseaux, c'était le printemps, le jardin du Luxembourg à trois cents mètres, les sons se superposaient à la conversation et aux rires, Gilles a décrit une scène du *Flying Circus* – vu dans la famille qui l'avait hébergé, à une heure de Londres, lors d'un voyage de classe –, des types en chapeau melon qui marchaient bizarrement, il l'avait déjà racontée à Tristan et ça l'avait fait rire, il s'est remis à suivre en observant les autres, Gilles se levait et mimait, puis il a éclaté de rire, son cadet aussi, seuls les trois musiciens étaient perplexes, Pourquoi c'est drôle ?, puis Frédéric, le violoncelliste, a demandé : Qu'est-ce que tu as mis ?, et ils ont changé de sujet, pendant que Tristan écoutait de nouveau les bruits de la rue, les voitures, les oiseaux, la musique qu'avait choisie son frère, la maison est équipée de plusieurs chaînes stéréo et on trouve des disques dans toutes les pièces, au salon et dans la chambre des parents, dans le bureau de leur père et même dans le couloir, des piles de disques, des programmes, des partitions, Svea est désordonnée, comme Tristan, dans son sac de sport il garde tout, des affaires de classe et des vêtements sales, des cassettes audio et des biscuits écrasés, C'est une honte, s'indigne régulièrement Bérangère, qui vient chez eux quatre matins par semaine, lundi, mardi, jeudi, vendredi, il ne range pas, ne se presse pas, fait comme ça lui chante, après l'escrime il met un long moment à se changer, les autres ont déjà quitté le vestiaire, Salut, à la semaine prochaine, sa tante patiente dehors et il pense à son frère qui faisait l'idiot devant ses camarades, aux disques qu'il a passés, Quatuors à cordes opus 18 numéros 1 et 3,

Non ! ils ont tous protesté, et Gilles est parti en chercher un autre, ils n'ont pas que du classique, Mozart, Brahms, Bach, Haydn, aussi de l'opéra, de la musique contemporaine, de la musique traditionnelle chinoise, et dans un coin du long couloir on trouve les enfers, ce qu'on leur offre, un peu de tout, Gilles est revenu de sa chambre avec un album de King Crimson qui a fait l'unanimité, Tristan l'avait déjà entendu, il déteste, c'est pire que Mozart, Brahms, Bach, Haydn, pompier, il juge, euphorisant, d'après son frère, qui emploie souvent cet adjectif, enfin Tristan sort du vestiaire et lit sur le visage de sa tante une expression navrée, notre cher enfant si tête en l'air, plus tard dans le métro elle parle sans cesse, pas d'escrime ni d'école, mais de musique, du conservatoire, elle est mélomane, va aux concerts, Gaveau, Pleyel, les églises sont sa grande passion, elle y est constamment fourrée, la musique sacrée, l'orgue, Tristan ne sait pas ce qui compte le plus pour elle, Dieu ou la musique, elle va à la messe en toutes saisons, hiver compris, bien emmitouflée, elle a été élevée à la dure, enfant pendant la guerre, deux ans de moins que son frère, professeure d'allemand dans le privé, pompidolienne, foi inébranlable, celle que les grands-parents de Tristan – qu'il a à peine connus – avaient emportée de Vénétie, Jeanne est fascinée par la musique parce que c'est d'abord de la discipline, Tu répètes tous les jours, n'est-ce pas ? elle demande, qu'est-ce que tu joues ?, et son regard à lui balaie le wagon, station Vavin, les portes s'ouvrent, il ne veut pas lui avouer qu'il déteste rejouer cent fois le même morceau, qu'il a horreur des gammes et voudrait juste glander, et la rame repart, deux minutes, huit semaines, douze mois, puis elle s'arrête, Tristan a onze ans, il s'amuse toujours à faire sortir Gilles du droit chemin, fréquente le collège Bernard-Palissy, son frère est en terminale littéraire à Montaigne, le baccalauréat et les examens du conservatoire à la fin de l'année, les choses sérieuses, pas question de poursuivre d'autres études que la musique, Gilles va réussir, Tristan en est sûr et leurs parents aussi, il peut le distraire autant qu'il veut, ça ne changera rien, il veut l'obliger à ciller derrière ses verres de myope, une tâche essentielle, impossible d'être heureux quand on consacre tout son temps à un morceau de bois ancien, souvent Tristan le force à regarder des âneries à la télévision, il lui fait perdre son temps de mille façons, et parfois Gilles prend à son tour l'initiative, un dimanche il l'emmène à la messe, l'église de la Trinité est pleine de petits vieux, les deux frères sont trop grands et doivent s'asseoir au fond pour ne pas déranger, le jeune homme propre sur lui et le préadolescent rigolard, l'un en chemise bleu ciel, pantalon de velours marron, blazer et foulard – une matinée venteuse –, l'autre en jean, baskets et blouson déchiré, on ne met pas souvent les pieds dans un lieu de culte chez les Lavarini, le père a renié son éducation catholique et professe désormais un sobre taoïsme, la mère est protestante mais ne va jamais au temple, la seule religion qui l'intéresse est dans les livrets d'opéra, son seul dieu Richard Wagner, une figure menaçante dont l'image trône chez eux dans l'entrée, un tableau qui fait peur à Tristan, Wagner était une sorte de nazi avant l'heure, semble-t-il, et parfois il le salue comme il a vu faire dans les films, si ses parents le surprennent il recevra une bonne gifle, à la Trinité Messiaen est installé en hauteur derrière eux, Gilles a eu la mauvaise idée de lui dire que le compositeur collectionnait les chemises hawaïennes et Tristan lance de temps en temps un Aloha, puis : Te retourne pas, il en a une de toutes les couleurs, Arrête, ordonne à voix basse son frère, qui se fiche de la messe mais veut écouter les airs sacrés, il est déjà venu seul et avait promis à son cadet de l'emmener un jour, peut-être commence-t-il à le regretter, alors que les fidèles chantent avec ferveur, Aloha, répète Tristan, il a vu que son frère souriait, qu'il avait du mal à se retenir, s'il insiste un peu il va le faire rire, ce ne serait que justice, la veille en plein tournoi c'est Gilles qui l'a fait rire en singeant ses adversaires, premier assaut remporté, deuxième assaut aussi, au troisième il n'en pouvait plus, il s'est précipité aux toilettes et a attendu que ça passe, leurs oncle et tante étaient là, leur cousine Mathilde aussi, elle a le même âge que Gilles, va également à Montaigne, terminale scientifique, une élève brillante, classe préparatoire en vue, Tristan l'aime bien, il n'y a pas beaucoup de filles qu'il trouve sympathiques, entre deux assauts il a fait signe à Gilles d'arrêter ses conneries, mais celui-ci a continué et il a fini par perdre, puis il a laissé filer les matchs de classement, maintenant c'est à son tour, il le pousse du coude, Te retourne pas, et bien sûr Gilles pivote, lève les yeux et aperçoit un coin de chevelure grise, malgré le fou rire qui menace il reconnaît des passages, entre les airs sacrés le grand homme glisse des phrases de ses propres morceaux, il a bien tenté de présenter à son frère l'œuvre du compositeur, il lui a fait écouter un quatuor et lui a raconté sa genèse, Messiaen prisonnier de guerre, on ne sait jamais ce qui parvient à Tristan et ce qui se perd irrémédiablement, quand ça ne l'intéresse pas il n'y a rien à faire, Gilles l'avait fixé droit dans les yeux, y avait lu un éclair de curiosité, dans l'église l'éclair a disparu, à la place Tristan affiche un sourire mauvais, il prend plaisir à malmener son frère, qui ne lui en veut pas, la menace du fou rire est écartée, elle revient, il va céder, alors il se lève, le banc grince, ça résonne dans toute l'église, Gilles sort et Tristan hésite d'abord à le suivre, puis il se décide, sur le parvis l'aîné a retrouvé son calme, quand il le rejoint l'autre lui donne une calotte sur l'arrière du crâne, Petit con, ils marchent, passent devant la gare Saint-Lazare, pas question de rentrer tout de suite à la maison, ils prennent le métro et descendent à Saint-Michel, déjeunent dans une brasserie, Tristan se gave de frites, il n'a guère été sensible à la musique de Messiaen, s'il ne devient pas musicien sa formation l'aidera quand même, estime l'aîné, car il le sait : Tristan n'est pas pianiste, il n'est pas fleurettiste, Tristan est une boule d'énergie qui rebondit et part chaque fois dans une nouvelle direction, leurs parents sont trop souvent absents pour le comprendre, mais au collège certains de ses enseignants ont dû le sentir, le professeur d'anglais a écrit dans le carnet de correspondance qu'il réussissait sans travailler, ce n'était pas un compliment, car c'est le travail qui compte, on ne devient pas musicien sans discipline, mais Tristan n'écoute pas, en classe il ne suit pas, ses notes sont moyennes, en sciences naturelles il est mauvais, rien compris à la photosynthèse, cinq sur vingt, et il est insolent, plusieurs enseignants l'ont déjà envoyé chez le conseiller d'éducation, avec les pions aussi il s'autorise des gestes inadmissibles, la chaise colorée à la craie en salle de permanence, le fond du pantalon rose, le type l'avait mal pris, un étudiant plutôt aimable, mais cette fois-là Tristan s'est fait engueuler, les coups de fil à la maison, Votre fils, M. Lavarini, Mon frère, Gilles corrige la présomptueuse, enseignante d'éducation manuelle et technique, on fait donc de l'éducation manuelle et technique, il songe, Qu'est-ce qui s'est passé ?, s'ensuit un déluge de mots, le combiné à l'oreille il regarde Tristan jouer avec la nourriture dans son assiette, Si vous croyez que je peux y faire quoi que ce soit, il aurait voulu répondre, au lieu de ça il s'est engagé à le signaler à leurs parents, La prochaine fois je devrai sévir, clamait l'enseignante ; sévir ?, au fond il le trouve drôle, Tristan, parfois insupportable mais drôle, faire des conneries est sa façon d'oublier qu'il grandit seul avec son frère, ou peut-être qu'il s'en fiche et que ça lui va bien ainsi, être élevé par un adolescent, il faut l'accompagner partout, chez le médecin quand il est malade, à l'escrime et aux leçons de solfège, souvent ils se baladent quand ils devraient être en classe, Tristan en profite, sèche deux heures de cours et refuse de retourner au collège, c'est un gosse, pas encore douze ans, il pique toujours des colères de gosse, lorsqu'il est malade il est triste et abattu comme un enfant, il voulait prendre le 27 jusqu'à l'Opéra, Non, répondait Gilles, Si, insistait Tristan, Je sais ce que tu as en tête, et il savait, faire une virée dans les grands magasins, un gros rhume, une vilaine toux et il faut le traîner chez le généraliste, docteur Cartier, rue Cujas, un vieux bonhomme acariâtre qui doit en avoir assez de soigner des grippes et des maladies infantiles, cette fois-là : Je vais lui prescrire un sirop, dites à votre mère d'y aller doucement, ça contient de la codéine, Je lui dirai, a promis Gilles avec son air de brave garçon, Tristan a une horrible toux rauque qui les empêche de dormir, de part et d'autre du mur qui sépare leurs chambres, en plus d'être son cuisinier il lui sert d'infirmier à domicile, une cuillerée le premier soir, Je garde le flacon, c'est fort, ce truc, le lendemain au petit déjeuner Tristan raconte qu'il a fait des rêves étranges, il ne s'en souvient pas en détail mais il a eu peur et s'est réveillé à plusieurs reprises en sursaut, pas des scènes violentes, au contraire, un calme inquiétant, Je ne t'en donne plus, annonce Gilles, mais Tristan tousse toujours et il doit céder, deux jours, trois jours, pas d'autres rêves agités, pas d'autres nuits à se réveiller en sueur, il raconte tout à son frère – et n'oubliera pas le voyage que lui a fait faire la codéine, il s'en souviendra avec un mélange d'effroi et de fascination –, ce n'est plus un enfant et pas encore un adolescent, il n'y a pas de malice chez lui, tout dire, une candeur qui est la source de ses difficultés à l'école et au conservatoire, Gilles sait se taire quand il le faut, son frère non, ce qu'il pense on le lit sur son visage, il peut haïr aussi complètement et soudainement qu'il sait aimer, c'est arrivé avec son premier professeur de piano, une connaissance de leur mère, Svea était très fière de pouvoir donner à son fils le meilleur enseignant, Excellent spécialiste de Chopin, elle prétendait, et grand pédagogue, tu verras, promets-moi d'être sage, bien sûr Tristan s'était déchaîné, au début il n'avait que six ans et il avait d'emblée fait comprendre au petit homme renfrogné qui s'avançait vers le Bechstein familial avec une révérence frisant la soumission qu'il ne voulait pas travailler, mais en dépit de son air guindé le professeur avait de l'autorité, il haussait le ton, le vouvoyait, debout derrière lui il appuyait des deux mains sur ses épaules lorsqu'il jouait, Tristan devait pousser, Allez, jeune homme, un précepteur à l'ancienne, comme on en voit dans les films chez des aristocrates anglais ou russes, des étudiants qui enseignent les langues étrangères, le latin, le grec et les échecs à des rejetons intenables, les mois passent, Tristan n'est plus malade, il est en pleine forme, un été, un hiver et un automne, puis un nouveau printemps, cette année leurs parents passent plus de temps à la maison, surtout Pierre, professeur de langue et de civilisation chinoises à l'Inalco, sinologue de réputation mondiale, Tristan mesure la célébrité de sa mère – car Svea est célèbre –, mais la figure intellectuelle de son père l'impressionne davantage, un homme qui détient le savoir, pas un artiste qui monte sur scène, il suffit de voir les gravures accrochées aux murs de son bureau, des choses chinoises très anciennes, aux teintes bronze, marron, noir, gris, pas de couleurs vives, rien à voir avec la peinture italienne que Gilles lui a montrée au Louvre, pas là pour s'amuser, les Chinois, Tristan pense à Nixon, le premier président américain qui a rendu visite à la Chine rouge – autrefois la Chine n'était pas rouge –, leur drapeau est rouge et leur bombe atomique aussi, il suppose, s'ils le décident ils peuvent nous attaquer comme les Japonais ont attaqué les Américains, Tristan n'a peur que d'une chose, la bombe, dans *Docteur Folamour* – que Gilles l'a amené voir au Champo – un type finit par grimper sur un missile et plonger dans le ciel, ça a fait rire son frère, pas lui, quant à Pierre, il s'intéresse à la Chine du passé, pas à la Chine actuelle, il ignore tout de la bombe, y va pour les bibliothèques, les musées et les sites archéologiques, Pierre a ses livres, ses gravures, sa pensée chinoise qu'il cite abondamment et en pure perte, s'agissant de son plus jeune fils, ce que les Chinois ont de mieux ce sont les gongs, la musique lui plaît, la sagesse non, son père aussi aime cette musique, il en écoute dans son bureau, il a une étagère de trente-trois tours rapportés de ses voyages, mais il préfère les quatuors à cordes, Haydn, Beethoven, Bartók, une forme parfaite, il lui a expliqué, Tristan a accompagné son père à Gaveau écouter quatre New-Yorkais, et la disposition des musiciens l'a frappé, un arc de cercle qui leur permettait de se regarder, il n'imaginait pas que les instrumentistes communiquaient en jouant, il a compris qu'ils s'envoyaient des messages, qu'ils suggéraient peut-être de petits ajustements, le premier violon était le chef, il dirigeait et les autres suivaient, sur le disque ce n'était pas pareil, ça l'a déçu, Pierre écoute des quatuors à cordes dans son bureau, quand il ne travaille pas il met de la musique et on peut le déranger, Papa, on fait le truc des pièces ?, Tu as une décision à prendre ?, Oui, il veut arrêter l'escrime et choisir un autre sport, mais il aime bien le maître d'armes et ça le gêne d'abandonner, son père lui a parlé du livre et des pièces, c'est magique quand on ne sait pas quoi faire, Pierre prend trois pièces identiques – un franc –, les agite dans ses mains fermées, paume contre paume, en même temps on doit penser très fort à la question qu'on pose, Demande une chose comme « est-ce que j'ai raison de faire ceci plutôt que cela ? », Tristan a compris, il hoche la tête, C'est quoi ta question ? l'interroge son père, Je te la dirai pas, Tu as raison, approuve Pierre en riant, puis il lance, calcule et trace de petits traits sur une feuille de papier, il le refait cinq fois et consulte le livre – l'une des versions, car il en a plusieurs, certaines ont de belles illustrations en noir et blanc – et il lit, les explications sont longues, au pied de la montagne se cache un péril, Tristan cesse vite d'écouter, il attend une réponse du livre magique, alors il l'interrompt : Les Chinois font vraiment ça ?, Bien sûr, dit son père, Pourquoi pas nous ?, C'est leur philosophie, répond Pierre, ils pensent de cette façon, Ah, fait Tristan, Le livre ne décide pas pour toi, il te montre une image pour t'aider à voir ce que tu veux vraiment, Quand il parle, on voit quelque chose ?, Oui, à la fin Tristan veut réessayer, « Jeune fou », il n'est pas convaincu, On peut le refaire ?, Tu as eu ta réponse, mais ça l'agace, Je suis pas fou ! il proteste, Écoute, puis son père se remet à lire, ça ne parle toujours pas d'escrime et ça ne l'aide pas à décider, mais deux jours plus tard, en se levant il voit, au pied de la montagne se niche une source, et avant le prochain cours d'escrime il informe Gilles qu'il n'ira plus, son frère hausse les épaules, ça l'arrange, Je veux faire un art martial, ça l'arrange moins, et Tristan se fend comme s'il essayait de toucher un adversaire, le fleuret a disparu, il se fend de nouveau, un bokken d'aïkido apparaît, T'abuses, c'est quand ?, Samedi après-midi, Merde, et il se fend encore, Maman est d'accord, Sûr ?, vrai, elle est d'accord, il lui a parlé au téléphone, elle était à Berlin et a dit oui, Si tu penses que c'est mieux, mon chéri, Tristan a juré qu'il ne lâchait pas le piano, Promise me, quand Svea interprète son rôle de mère elle parle anglais, lorsqu'elle est chanteuse elle préfère le suédois, Gilles et Tristan connaissent les deux langues, mais Gilles ne répond qu'en anglais et Tristan mélange, il est doué pour les langues étrangères, dès deux ans et demi il répétait quelques mots, Hej, Tack, God natt, il aime la Suède, au contraire son frère ne veut plus aller en vacances chez leurs grands-parents maternels, près de Göteborg, dit qu'ils sont vieux et méchants, ils lisent chaque jour la Bible à voix haute, le grand-père Gunnar est compositeur, en Suède c'est quelqu'un d'important, il a enseigné à l'École royale supérieure de musique, un grand bonhomme avec du ventre et des cheveux blancs coupés en brosse, des lunettes rectangulaires aux verres épais, les fois où ils sont allés en vacances chez eux, dans leur belle maison en bois blanc aux environs de la ville, la mère et les deux garçons – sans Pierre, qui est fâché avec Gunnar, « ce salaud », Tristan ne sait pas pourquoi –, il ne fallait pas déranger le grand-père lorsqu'il jouait au salon, sur un piano bien moins bon que leur Bechstein laqué noir, les enfants avaient interdiction d'y toucher, ils passaient l'essentiel de ces journées d'été où le soleil ne se couchait jamais à traîner dans le parc laissé à l'abandon, car le grand-père Gunnar refusait de payer un jardinier, la grand-mère Kathrin avait fort à faire pour s'occuper de la maison et des animaux, poules et lapins, le parc était une forêt vierge dans laquelle ils se perdaient, leur mère n'y avait pas grandi, ses parents avaient quitté la ville quand elle était partie faire ses études à Munich puis à Vienne, elle était la fierté de la famille, une soprano qui interprétait les deux Richard, Wagner et Strauss, Wagner plus que Strauss, elle a même chanté à Bayreuth, Bayreuth est une sorte de château fort rempli de soldats allemands, lui a dit Gilles, comme dans le film avec Richard Burton et Clint Eastwood, Tristan a fait la grimace, Des soldats allemands, la vache, à Kungälv il n'y avait pas de soldats allemands dans le parc de la maison mais une épaisse végétation, des arbres que personne ne prenait la peine de tailler et qui, l'hiver, formaient un spectacle menaçant, en été les moustiques y régnaient en maîtres, des nuées de moustiques attirés par l'eau verte et stagnante de l'étang, un jour, Tristan avait sept ou huit ans, il jouait à remuer la boue avec une branche, il a glissé et il est tombé à l'eau, elle lui arrivait à la poitrine, il ne nageait pas bien et il a eu peur, il passait le mois de juillet chez ses grands-parents, Gilles était à Hanovre chez son correspondant allemand, l'enfant a crié mais personne n'est venu le secourir, il s'en est tiré seul, des journées entières à se balader en liberté, les heures des repas, du lever et du coucher pour uniques contraintes, puis il s'est présenté trempé et crotté devant Kathrin, qui l'a traîné dans la salle de bains, lui a fait prendre une douche, Si ton grand-père te voit dans cet état il sera furieux, et lui a apporté des vêtements propres, Tristan n'avait pas peur de Gunnar, à Paris il semblait toujours perdu, Större, il disait, plus grand que Göteborg et que Stockholm, il connaissait la Suède, le temple et l'École royale de musique, c'est tout, Tristan était le chouchou de Svea, il le savait, et le grand-père était en adoration devant sa fille, qui pouvait tout se permettre avec lui, Tristan aussi, presque, Gilles non, Il est sévère, il disait, Oui, mais parfois il est drôle, objectait Tristan, un jour on a fait cramer des fourmis, Un jour j'ai cassé un pot de confiture et je me suis coupé, il y avait une flaque de confiture aux fraises sur le carrelage de la cuisine et il m'a giflé, lui a raconté son frère, dans la chambre de leur mère il y a des photos d'elle aux murs, elle est enfant, membre d'une chorale, ses longs cheveux blonds attachés et un air de béatitude sur le visage, et plus grande, derrière un pupitre, tout en noir, pull-over et jupe, un mélange de crainte et d'impertinence dans ses yeux bleu pâle, elle a seize ou dix-sept ans, on l'a envoyée dans une prestigieuse école munichoise, enfin une photo de concert, maquillée et en tenue de scène, pleine d'assurance, Tristan s'est souvent demandé si c'était son personnage ou elle, cette formidable walkyrie, à la maison elle n'est pas si imposante, c'est une présence légère et désinvolte, malgré sa corpulence elle se déplace telle une ballerine, souvent son rire cristallin résonne, la maison est leur territoire, à Gilles et lui, leurs parents sont des officiers qui viennent passer en revue les troupes en sachant qu'ils trouveront les soldats prêts pour la parade, qu'ils pourront repartir le cœur léger vers des tâches plus urgentes, le sinologue et la soprano, le fleuve Jaune et l'or des Nibelungen, le dernier empereur et *Wozzeck*, Gilles et Tristan de nouveau seuls, deux frères aspirants musiciens dans le Paris du milieu des années soixante-dix, la rive gauche de Vian et Gréco, descendre le boulevard un dimanche jusqu'au Luxembourg, pas de collège ni de lycée, pas de devoirs ni de courses à faire, pas de gammes ni de doigtés à répéter, mais une balle de tennis, une simple balle de tennis qu'on se lance dans les allées du jardin, on compte les points, celui qui l'attrape et celui qui la laisse rebondir, parfois la balle file entre les arbres, Tristan fait exprès de l'envoyer trop fort, Gilles vise juste, Pas sur moi ! crie Tristan, la vraie joie c'est de courir, la vraie joie c'est de se perdre, Plus fort ! il ordonne, Gilles toujours si raisonnable, à présent il s'agace pour de bon, ces parents insaisissables et ce frère exubérant dont il a la charge, les heures passées sur le violon et la carrière qui s'annonce, bientôt vivre sa vie d'adulte, son jeune frère ne sait rien de tout ça, il tend le bras droit en arrière tel un joueur de base-ball et expédie à quarante-cinq degrés une fusée qui survole les passants et leurs chiens, les jeunes mères et leurs poussettes, la balustrade qui forme un cercle au milieu du jardin, la balle jaune disparaît dans la lumière du soleil, Tristan ne la voit plus, elle ne redescend pas, ne rebondit pas au sol, Gilles l'a lancée si fort qu'elle a échappé à l'attraction terrestre, Merde, fait Tristan, émerveillé et déçu, puis il se met à courir en hurlant, Le dernier au portail est Alain Peyrefitte, Gilles tarde à réagir, il démarre et une fois de plus ce sera lui, Alain Peyrefitte.

À mes yeux d'enfant, la salle de concert était immense : des centaines de fauteuils en gradins formant un demi-cercle autour de la scène. J'étais assis entre mon père et mon frère, on était serrés les uns contre les autres, tout le monde avait gardé son manteau et ses gants car il faisait froid, et quand on parlait ça faisait de la condensation, les mots qu'on prononçait sortaient dans des bulles de bande dessinée. Autour, les gens souriaient et se saluaient de la main. Nous, on s'impatientait, on attendait Maman, qui devait chanter un choix d'airs sacrés pour le concert de Noël. C'était la vedette de la soirée, on était venus l'applaudir en supporters plus qu'en passionnés d'art lyrique que nous n'étions guère, sauf Papa.

Gilles observait les musiciens, surtout les cordes et le premier violon. Un halo bleu pâle l'enveloppait, spectral, je ne comprenais pas ce que c'était. Papa aussi avait un halo bleu, mais plus foncé, marine et inquiétant. On ne savait jamais ce qu'il pensait, s'il était content ou non, avec Gilles on disait qu'il était « mystérieux » : Papa est « mystérieux ». Tout le monde avait une couleur : rouge, orange, rose, toutes les nuances possibles, parfois des noirs ou des gris anthracite, et toutes sortes de verts. En revanche, il n'y avait pas de son, comme si on avait coupé le volume. L'orchestre s'accordait, il aurait dû faire ces drôles de bruits dissonants qu'on entend au début, comme des oiseaux de nombreuses espèces qui se manifestent, chacun dans son coin, mais on n'entendait rien. Rien lorsque le chef d'orchestre, un homme à la crinière blanche et au visage rougeaud, est apparu sur scène et a salué en inclinant la tête. Rien quand Maman s'est avancée, dans une robe de soirée noire qui lui donnait l'air moins massive et contrastait avec ses bras très blancs, ses cheveux attachés en chignon, ses yeux bleus – je ne pouvais pas les voir, j'étais trop loin, mais je savais qu'ils étaient bleus. Rien non plus quand le chef d'orchestre a levé sa baguette et que les musiciens se sont mis à jouer, Maman à chanter. Pas une note, seulement les halos de couleur qui changeaient, plus pâles ou plus intenses, en fonction de quoi, je l'ignorais.

Tout le concert était muet. Moi, je n'avais aucun halo ou je ne le voyais pas. J'essayais de demander à Gilles, de demander à Papa : « De quelle couleur est le mien ? », mais aucun son ne sortait de ma bouche, ce qui ne les empêchait pas de poser l'index sur leurs lèvres. « Chut », disaient-ils sans le dire. Je suivais sur le programme, étrangement je n'avais pas de mal à reconnaître la conclusion d'un morceau et le début d'un autre, et à la fin il y a eu de nouveaux applaudissements muets, le public s'est levé, nous aussi, une standing-ovation destinée à Maman, qui saluait et remerciait, rayonnante. Enfin elle a dit quelque chose, elle criait et je pouvais lire sur ses lèvres. Ce n'était pas « Merci », ni « Bonne soirée » ou « Au revoir », c'était un seul mot : Tristan, Tristan, Tristan.

La balle finit par retomber, elle roule, ralentit puis s'arrête dans la cour du collège Bernard-Palissy, Tristan est en 4e B, anglais et allemand renforcés, trente-deux élèves, dix-huit garçons et quatorze filles, certaines jolies, quelques-unes sympathiques, il a treize ans et commence à s'intéresser à elles, depuis plusieurs mois il a des sensations troublantes, parfois il se réveille la nuit, le pyjama mouillé entre les cuisses, un liquide poisseux qui sent mauvais, il ne comprend pas, voudrait demander à Gilles mais n'ose pas, ses camarades parlent de sexe et ce qu'ils disent est effrayant, merveilleux, ils ont eu accès à des images interdites de seins, de jambes et de culs énormes, Tristan essaie de se les représenter, irrésistiblement attiré, il regarde les passantes boulevard Saint-Michel et dans les rues du quartier, ces femmes élégantes et lointaines n'ont rien à voir avec ce que Fabien, son voisin de classe, lui décrit, Fabien a vu des films pornos, il a réussi à entrer dans un cinéma, boulevard de Strasbourg, et sait des choses (ou les invente), il raconte, il est nerveux et transpire, ce qui l'a le plus impressionné, c'est l'intérieur, On voit l'intérieur des femmes, comme dans les magazines mais en plus grand, tu te rappelles la fois où j'avais collé une image au tableau, en cours de dessin ?, bien sûr Tristan se rappelle, c'était son idée, c'est lui qui souffle ce genre de méfaits à l'oreille de Fabien, et quand celui-ci hésite, qu'il a la trouille – c'est rare mais ça arrive –, il le défie : T'as que de la gueule, ou feint l'indifférence : Comme tu préfères, Fabien est costaud pour ses quatorze ans, il a redoublé, fait peur à tout le monde avec ses rangers et son cuir déchiré – sauf à Tristan –, c'est un excité, prêt à répondre à la moindre provocation, il suffit de lui dire des choses comme : J'aime pas la bagarre, mais si quelqu'un me parlait comme ça, je me laisserais pas faire, et il réagit aussitôt, flanque une bonne gifle à celui qui a eu l'audace ou le colle contre un mur et lui hurle au visage, Fabien est une brute épaisse, mais en cours de français, quand la prof a dit qu'il existait des doubles négations mais pas de doubles affirmations, il a fait : Ouais ouais, Tristan a parfois le sentiment d'être le seul à deviner que le problème est ailleurs, et le problème, c'est que Fabien n'a pas de père, il vit avec sa mère qui tient un petit salon de coiffure à Clichy et coiffe aussi à domicile, quand Tristan a demandé à son camarade, son voisin – ils sont toujours assis au fond, l'un à côté de l'autre – ce qu'il faisait à Bernard-Palissy, Fabien a grommelé quelque chose à propos d'un parrain et d'une marraine qui habitent dans le coin, il dort souvent chez eux, Ma mère travaille jour et nuit, puis, devant le petit sourire de Tristan : Un mot de trop et t'es un homme mort, son ami est intelligent et a des notes médiocres, il vient de banlieue et va en classe dans le VIe, c'est un délinquant juvénile qui obéit pourtant à un code d'honneur, il s'interpose quand il y a des bagarres dans la cour de récréation, qu'une bande de hardos s'en prend à un maigrichon à lunettes pour lui faire les poches, J'aime pas l'injustice, il a expliqué à Tristan, Mais tu cognes qui tu veux quand tu veux, Exactement, car plus que l'injustice, c'est l'autorité qu'il ne supporte pas, aucune forme d'autorité, les profs, les flics, les commerçants, les automobilistes, Jolie bagnole, je vais la signer, et il gribouille sur la carrosserie avec une pièce de cinq francs, trace un A majuscule dans un cercle, Tristan ne partage pas ses… idées mais l'imite, Fabien a sa philosophie, voler n'est pas un délit, par exemple, c'est une expropriation, pas prolétarienne – malgré ses origines sociales il déteste les pauvres et les ouvriers –, c'est juste de prendre à ceux qui ont plus, de temps en temps ils sèchent et vont chez un disquaire, de préférence un gros, la FNAC de Montparnasse est leur cible favorite, Fabien veille à mettre un imperméable ou un manteau, il pique des disques pendant que Tristan fait le guet, l'époque est insouciante, il n'y a pas encore de vigiles dans les grands magasins, les vendeurs censés faire attention s'en contrefoutent, à la FNAC on en profite, on rafle des disques et des BD, ils entrent, l'air désinvolte, vont au rayon musique et fouillent dans les bacs, en sortent les albums et plissent le front en connaisseurs, puis Tristan s'éloigne, il a un ou deux disques à la main qu'il paiera, et Fabien continue à chercher, si quelqu'un les surveille il suivra Tristan et oubliera son acolyte, qui glissera les trente-trois tours sous son imper, au collège il les revend, on peut lui passer commande, le prix est bon, mais il y en a aussi qu'il garde, des choses que Tristan ne connaît pas et qui l'intriguent, des titres qui claquent, *Raw Power*, *Kick Out the Jams*, sur les pochettes les images sont violentes, ce n'est pas sa musique, pas encore, il commande à Fabien un Messiaen, le quatuor dont lui a parlé son frère, et un Stockhausen, des grésillements électroniques qu'il ne comprend pas – mais c'est une musique bizarre et donc indispensable –, à présent il fait le guet pendant que l'autre fouille, prend et cache, en classe aussi ils sont inséparables, Tristan a de bonnes notes (en anglais, en français), pas la peine d'en faire trop, Fabien, lui, est un mauvais élève, il est fréquemment absent, il arrive en retard, affiche son désintérêt et répond aux professeurs avec la tranquille assurance de ceux qui savent ce qu'ils ne veulent pas, Tristan l'admire pour ça, et parmi ce que Fabien ne veut pas, il y a le collège, les bonnes et les mauvaises notes, un jeu qu'il méprise, comme il méprise les enseignants et les autres élèves, peut-être qu'il peut se le permettre car il dessine, il est doué, pendant les cours il fait des caricatures des profs, l'année dernière il les dessinait en hippies, cheveux longs, pantalons à pattes d'éléphant, paupières tombantes et immense joint à la main, cette année il les a déjà faits en rockers, avec banane, blouson noir et pompes bicolores pointues, maintenant il les représente en punks, un truc qui vient de Londres, Sex Pistols, une musique qu'on n'entend nulle part, des disques difficiles à trouver et aucun passage en radio, les journaux en parlent, il y a des reportages à la télévision, les types ont une crête rouge ou verte sur la tête, des épingles de nourrice accrochées au nez et aux oreilles, les filles sont maquillées de noir dégoulinant, elles ont des bas déchirés, les cheveux teints en rose, c'est laid, c'est différent et ça lui plaît, à Tristan, ces gens disent merde aux adultes, merde à tout ce qui est fossilisé, immuable, ce qu'on devrait accepter sans rien dire et surtout pas merde, fuck ou destroy, les disques que Fabien vole aussi disent ça, détruire, d'un côté il y a la bombe, les Américains et les Russes prêts à régler leurs comptes à coups de missiles, de l'autre il y a nos vieux pays tristes, Anglais, Français, Allemands, s'il reste un avenir on ne sait pas lequel, alors on hurle, fuck, no future, Fabien l'a écrit au feutre sur son sac US, destroy, à côté du A entouré d'un cercle, on est en 1976, le présent est punk, un présent sans futur, en réalité Tristan n'est pas punk, il ne connaît pas cette musique et n'est pas sûr de vouloir qu'elle entre chez lui pour la faire écouter au sinologue, à la soprano et à l'apprenti violoniste, mais les images qu'il a vues à la télévision étaient fascinantes, il n'arrivait pas à les quitter des yeux, un soir Gilles a voulu changer de chaîne pendant les informations, Quels abrutis, il a commenté, il était embarrassé, honteux d'avoir le même âge que ces mecs qui vomissaient leur bière dans Carnaby Street, Attends, a exigé Tristan, les caricatures de Fabien sont irrésistibles, la prof de français en punkette furax, le prof de maths coiffé d'une iroquoise, la prof d'allemand qui fait un doigt d'honneur, s'ils se font prendre on les enverra chez le principal et ils seront exclus plusieurs jours, c'est déjà arrivé à Fabien, pas à Tristan, il s'en fiche, continue à encourager son ami, comme il le pousse à voler des disques et à faire d'autres conneries, non que Fabien soit influençable, c'est leur mode de fonctionnement, l'un ne demande qu'à être poussé et l'autre pousse, au fond Tristan est plus influençable, il est curieux, veut tout essayer, souvent ils parlent, des filles, de sexe, de musique, Fabien n'écoute pas de musique classique, Beethoven, Brahms, Mozart, Bach, il n'y en a pas chez lui et il ignore tout de ce que Tristan s'est mis à écouter sur les conseils de son frère, des musiques dissonantes, des violons grinçants, des pianos désaccordés, il connaît d'autres musiques qu'il partage avec lui, ils vont chez le parrain de Fabien, où sont stockés les albums piqués à la FNAC et ailleurs, et Tristan découvre que son ami n'est pas qu'une brute, certains disques qu'il passe sont inoubliables, il imaginait que ces musiques commerciales pouvaient être agréables, mais belles, non, ils écoutent des disques allemands qu'il a d'abord pris pour des trucs hippies, krautrock, Comme le chou ?, Fabien – nul en langues – est scandalisé : Te moque pas, ducon, la pochette de Neu! ressemble à ces pancartes fluorescentes qui annoncent moins vingt, moins trente pour cent pendant les soldes, la guitare électrique est cristalline, le rythme métronomique, la musique rêveuse et martiale, un autre disque est plus chaotique, part dans tous les sens, le chanteur pousse des hurlements improbables, C'est un Japonais, précise Fabien, que fout un Japonais dans un groupe allemand, aucune idée, le rythme est insolite, c'est sur lui que Tristan concentre son attention, assis par terre il tape du pied droit, Pas mal, il commente, tandis que son ami hoche la tête en faisant de drôles de mouvements avec les mains, Guitare ? demande Tristan, Non, basse, ma mère m'en a promis une pour mon anniversaire, la basse, c'est physique, ça impressionne, le piano non, la veille l'enseignant si poussiéreux, si rigide, Beethoven, Mozart, Chopin, Liszt, il n'en peut plus, assis au piano tous les jours, la colère montait alors il donnait encore des coups de pied rageurs dans le panneau bas, Saloperie, je te hais, et il songe qu'il pourrait changer d'instrument comme il a abandonné l'escrime (puis l'aïkido), il a une idée, il est bon en solfège, en dictée rythmique il a d'excellentes notes, en dictée mélodique moins, le rythme, il aime, il le sent dans ses membres, il sent une chose en lui, un écho, la musique lui parle, l'incite à se lever et à se bouger le cul, assez de piano et de frustration, cette fois il sait, pas besoin de demander au livre chinois de son père, de lancer les pièces, de tracer de petites lignes et de chercher, Fabien met la face B et Tristan change, percussions, le livre n'a pas dû le lui suggérer, il se souvient d'une page qui parlait de nourrir, se nourrir, trouver la substance, ça tombe bien car il a faim, et le piano ne nourrit pas, ne désaltère pas, il a faim et soif, les percussions au pluriel, le piano égoïste et mesquin ne peut rien contre les généreuses percussions, il les a observées durant un concert de ce compositeur grec, Xenakis, le percussionniste debout, entouré d'instruments, xylophones, gongs, tambours, d'autres objets inconnus et brillants, des sons bruts, alors que le pianiste est toujours assis, les violonistes aussi, le chef d'orchestre debout, les percussionnistes, les chanteurs et chanteuses debout, Tristan ne veut plus être assis, penché sur son clavier comme s'il le respectait – il ne le respecte pas –, comme s'il s'inclinait – il refuse de s'incliner –, comme s'il en avait peur – il n'a pas peur du piano, il le déteste –, les percussions, pouvoir cogner tant qu'il veut, et il cognera, avec douceur ou force, il le sent déjà, au conservatoire il y a des cours, des profs, il les entend quand il y va, il entend les élèves des autres classes, dont ceux qui jouent des percussions, il y a quelque temps il s'est arrêté devant une porte, n'imaginait pas que ça l'intéresserait, à présent il sait et devra convaincre ses parents, un avion qui atterrit à Roissy en provenance de Pékin et le RER B qui descend vers Paris, un autre qui arrive de Londres et se pose à Orly, puis un taxi jusqu'au Ve arrondissement, As-tu perdu la tête ? s'étrangle sa mère, Si tu y tiens, concède son père, pragmatique, Pierre, centriste, face au problème trouver une solution raisonnable, pas hostile à la nouveauté mais foncièrement conservateur, un homme du passé, les révolutions, les percussions, ce n'est pas pour lui, Plus de piano, dit Tristan, Pourquoi ? ils demandent, Je m'ennuie, c'est tout : Je m'ennuie ; il ne parle pas de musique, ne dit pas qu'avant il écoutait Beethoven, Mozart, Brahms, Bach, et qu'il n'aime plus, qu'apprendre le piano lui avait paru normal et maintenant non, qu'il veut d'autres musiques, d'autres sons, le piano classique n'a plus de sens, il y a souvent un clavier dans les groupes de rock, a signalé Gilles, un type qui sait jouer du piano, voire du violon, Ah bon ? a demandé Tristan, Cale, a expliqué Fabien – de l'alto, mais il ne fait pas la différence –, et c'est vrai, on entend des sonorités contemporaines chez les Allemands qui font du rock cosmique, chez certains New-Yorkais aussi, Mais pas à la radio, a fait remarquer Tristan, j'ai écouté, RTL, Georges Lang, France Inter, Patrice Blanc-Francard, rien ou presque, de la virtuosité, beaucoup de notes, des solos polytechniciens et des rythmes giscardiens, Horrible, il a grimacé, Horrible, a confirmé Fabien, Honeywell Chanson, Compagnie Générale du Rock, son père hausse les épaules puis regagne son bureau, Bon, siffle sa mère, l'air pincé, mais à une condition : au conservatoire, et bien sûr c'est Gilles qui prend rendez-vous avec le responsable des études, une formalité, impossible de refuser cette faveur au fils de Svea Lavarini, il faut à présent se procurer les nouveaux instruments, un samedi après-midi les deux frères vont chez Paul Beuscher, boulevard Beaumarchais, Gilles a l'argent dans la poche de son blouson, une belle liasse de nouveaux francs inflationnistes, nouveaux instruments et nouvelle musique, celle que Tristan écoute désormais, des morceaux aux titres sulfureux, des prénoms de jeunes femmes, Jane, Candy, des noms d'artistes cultes, Iggy, Bowie, il les écoute dans sa chambre comme si c'étaient des devoirs supplémentaires, plus curieux qu'emballé, comprend les paroles et ne les comprend pas, des histoires de drogue, affirme son frère, de sexe, assure Fabien, mais pour lui il y a plus intéressant que la drogue, dont il ignore encore tout, plus intéressant que le sexe, qui l'attire mais de façon abstraite, pour le moment, dans cette musique il y a quelque chose qu'il ne sait pas nommer et qui a à voir avec la lumière, la rage, le besoin de sauter, de courir, de crier, et dans l'immédiat il ne crie pas, Tristan, il se retient, mais il va le faire, il veut, il ne sait pas comment, debout derrière ses tambours, son xylophone, ses cymbales, les maillets dans les mains, il se sent bien, il est vivant, il a soif, il a faim, donnez-lui à manger, On va à la Cinémathèque ? il demande à Gilles, leurs parents sont repartis, d'abord elle puis lui, récital à Oslo, colloque à Chicago, Voir quoi ?, Tristan lit tout ce qui traîne à la maison, *Le Monde* et le *Times Literary Supplement*, *Positif* et les *Cahiers de littérature orale*, il lit des articles sur de vieux films en noir et blanc, américains, européens, des films muets tout en clair-obscur, les photos font peur, pleines de monstres et de créatures difformes, de types dangereux, prédateurs, tueurs de femmes et d'enfants, mais il s'en dégage une aura romantique, Rétrospective Tod Browning, il répond, J'ai du boulot, Allez, il insiste, Non, Après on va chez l'Italien, risque Tristan, souvent ça marche, Gilles ne résiste pas à la perspective d'une bonne assiette de pâtes, Quel film ? il demande, *L'Inconnu*, une histoire de lanceur de couteaux dans un cirque, J'ai hâte de voir ça, ironise son frère, Tu veux jamais rien faire, Tu peux pas y aller avec ton pote ?, On fait plus rien ensemble, toi et moi, c'est vrai, Gilles n'a pas le temps, râle quand il doit l'accompagner, l'envoie faire les courses – Tristan achète ce qu'il veut, sans se préoccuper de ce qui est sur la liste –, ils s'amusent moins qu'avant, il a des examens au conservatoire, après il continuera, s'il veut en faire son métier il doit s'accrocher, c'est son objectif, entrer dans un bon orchestre, participer à des concours, obtenir des bourses, faire des séjours ici et là comme soliste résident, Gilles a les pieds sur terre mais aussi de l'ambition, Tristan connaît les aspirations de son frère, d'un côté il les comprend et de l'autre il les trouve banales, travailler, toujours travailler, d'ailleurs ça le rend nerveux, Fume, ça te calmera, lui conseille Tristan, Je ne fume pas et toi non plus, gronde Gilles, il est irrité, il suffit de le pousser encore un peu, Tu finiras chez les Soviets, Maman dit que les Russes sont les meilleurs violonistes du monde, Elle n'y connaît rien et : Tu bosses ?, Quoi ?, Les percus, tu t'y es mis ?, depuis que la camionnette s'est garée en bas de chez eux – Lavarini, c'est ici ? Une signature, s'il vous plaît – la chambre de Tristan s'est remplie de cartons qu'il a ouverts, vidés, d'instruments qu'il a montés seul, examinés, essayés, et il a suivi ses premiers cours, le prof est plus jeune, plus sympathique, plus tout, il est sûr d'avoir fait le bon choix, Mets une couverture dessus quand tu répètes, lui a rappelé son père avant de partir, sinon le voisin du dessous va monter, un général en retraite qui n'aime pas la musique classique mais se tait quand leurs parents sont là, il ne proteste contre « le bruit » que lorsqu'ils sont tous les deux, Gilles et lui, et Tristan répète, il a obtenu ce qu'il voulait, il a du mal à y croire, peut-être qu'il y croirait si son frère s'intéressait à ce qu'il joue, mais Gilles désapprouve son choix, il contrôle, c'est tout, à présent il y a plus de distance entre eux, Tristan passe l'essentiel de son temps libre seul ou avec Fabien, parfois il va chez Bernard et Jeanne – la bouffe est meilleure –, leurs virées lui manquent, faire une scène dans un lieu public sous les yeux de Gilles, lire l'embarras sur le visage de ce frère bien élevé, qui le laisse aller au bout de ses conneries, ne l'engueule qu'après et ne dit jamais : Arrête ou on rentre, là, devant tout le monde, quand Tristan s'amuse à lancer des frites en l'air et à les attraper entre ses lèvres – à les faire tomber –, Gilles au sourire indéchiffrable, gêne et tendresse mêlées, puis il lui passe un savon – colère froide sur le chemin du retour : C'était quoi, ce numéro ? La prochaine fois, on ira au zoo, avec tes semblables –, mais ils ne font plus grand-chose, Tristan se sent moins protégé et Gilles sait que son frère est ado, qu'il a une autre vie dont il ignore l'essentiel, en classe, bien sûr, mais surtout une vie intérieure, des choses qui le travaillent et qu'il entrevoit sans les comprendre, les fréquentations, la façon de s'habiller – du noir, des pantalons cigarette et d'absurdes boots pointues –, la musique qu'il écoute de plus en plus, du rock, d'accord, mais pas celui qu'il aime, lui, du bruit, et les notes à l'école qui font le yo-yo, les remarques des enseignants, une bagarre, le père d'un camarade qui appelle au sujet d'une montre prêtée et jamais rendue, Gilles a dû enquêter : Accouche, il lui a ordonné, le regard sombre, une montre à quartz que Tristan avait gardée, un oubli, pas un vol, Elle te plaît plus, celle de Papa ?, son frère joue les Brummell, emprunte des vêtements et des accessoires à leur père, une cravate et une ceinture, toutes deux noires, et la montre, avec ses fringues de jeune homme moderne ça fait un drôle de mélange à même pas quatorze ans, Gilles se moque de lui quand ils vont déjeuner chez Bernard et Jeanne, Tristan n'est pas vexé mais fait semblant, ouvre sa grande gueule pour le principe, leur cousine

Mathilde le soutient face aux trois autres, La classe, cousin, elle seule a l'air de comprendre ce qu'il essaie de faire, il lui propose d'aller voir *L'Inconnu* et elle accepte, ils vont à la Cinémathèque, Tristan est passé la chercher, ligne 4, changer à Strasbourg-Saint-Denis, le fracas de la rame, les portes qui s'ouvrent et se referment, dans le wagon l'ambiance feutrée du dimanche matin, on devrait toujours aller au cinéma le matin, de préférence le dimanche, les touristes, les accents étrangers, les gens qui lisent le journal, c'est encore le temps où personne n'a d'écouteurs sur les oreilles, où les gens fument des Gitanes maïs en feuilletant *Le Matin* ou *L'Aurore*, ça sent la clope, la pisse, Paris pue la pisse et les gaz d'échappement, une ville d'après-guerre, sale, grise, pauvre et riche à la fois, partout de tristes voitures françaises, CX, Talbot, Simca, ils descendent à Alma-Marceau, sont en avance et entrent dans un café, un rade sordide, pas juste l'habituel tapis de mégots sur le sol, la sciure, la coquille d'œufs durs qu'on a écalés, le Paris dans lequel son père a grandi et qui n'a guère changé, au comptoir parmi ces hommes rudes, chauffeurs de taxi, commerçants, Tristan est intimidé, des présences imposantes, il voudrait rassurer sa cousine, qu'elle sache qu'il est capable de la protéger du haut de ses quatorze ans – treize –, mais elle n'en a pas besoin, l'année prochaine elle ira à Louis-le-Grand, Bernard est si fier qu'il en parle tout le temps, au comptoir elle n'a pas l'air mal à l'aise, les types la regardent, certains sont répugnants, les classes laborieuses, comme dit son oncle, Tristan se méfie des classes laborieuses, pas de culture, pas de goût, il devrait avoir de la sympathie – Gilles : Tu crois que les ouvriers ont le temps de jouer du marimba ? –, mais les regarde de haut, il appartient à une autre espèce, lui – pourquoi diable rumine-t-il ces âneries ? il se demande en réglant l'addition –, puis ils sortent, se dirigent vers la place du Trocadéro, Tristan parle de ses films préférés, américains, allemands, vieux, mal fichus, un en particulier, Conrad Veidt jouc dedans, Mathilde ne l'a vu qu'en officier nazi, Il était allemand mais pas nazi, explique Tristan, et elle hoche la tête, amusée, à la Cinémathèque pas de file d'attente, ils paient et entrent, pendant le film il songe qu'il aurait aimé avoir une sœur comme elle, pas un bonnet de nuit comme Gilles, le film est court, triste, Lon Chaney est un héros maudit, il a des bras puis n'en a plus, Tu as aimé ? elle lui demande, Oui, Quoi ? La lumière, répond Tristan, et ça la fait rire, Moi j'ai bien aimé l'histoire, c'est un amour désespéré, tu sais, il ne sait pas mais ce n'est pas grave, Mathilde est sa meilleure amie, Fabien et elle, c'est une fille et c'est sa cousine, il y a des choses qu'il ne peut pas lui dire, les histoires de sexe sont pour Fabien, et puis elle n'écoute pas de musique, elle lit, une grande lectrice, les livres et le cinéma, histoires de sexe et rock avec Fabien, son homme de main, quand quelqu'un le cherche dans la cour du collège ou dehors, sur le chemin de la maison, il peut compter sur lui, en a la confirmation, un type qu'il n'a jamais vu, plus vieux, seize, dix-sept ans, tout en cuir, un loubard, aurait dit sa tante – c'est l'époque des loubards, avant les voyous et la racaille –, il marche dans la rue Monsieur-le-Prince, slalome entre les voitures en traversant, lorsqu'une main l'attrape et le tire vers le trottoir, File tes pompes, puis des gifles, des bourrades, il y tient, à ses boots, les premières qu'il possède, noires, pointues et un peu rigides, parfaites, le mec insiste : Magne-toi, Tristan ne sait pas se défendre, le type est sans doute prêt à tout, le cran d'arrêt dans la poche du cuir, il n'a pas peur et l'observe, une partie de lui est stupéfaite, il se retrouve le cul par terre et en chaussettes, l'autre se marre en s'éloignant, la honte, il marche jusque chez lui, enrage pour ses boots neuves, à la maison il n'y a personne, Gilles rentre tard, il ne lui dit rien, le lendemain il en parle à Fabien qui hoche la tête en l'écoutant, avant la première heure de cours, Un type d'où ? il demande, Tristan ne sait pas, un autre bahut, peut-être le lycée technique là-derrière, Je vois, et il disparaît, ne revient qu'à midi, débarque à la cantine avec un sac en plastique à la main, l'œil droit poché, T'inquiète, et : C'est les tiennes ?, oui, ce sont bien ses boots, le mec a eu la bonne idée de les mettre ce matin, J'ai pris ma commission, ajoute Fabien, et Tristan aperçoit dans le grand sac un blouson en cuir noir en excellent état, peut-être neuf, pas comme la loque que son ami a sur le dos, il le regarde, admiratif, puis repousse son plateau, l'assiette encore pleine – c'est infect, du poisson bouilli qui baigne dans une sauce blanchâtre –, les couverts cliquettent, ça fait partie du bruit de fond incessant, les rires, les cris, un bourdonnement sourd, On se casse, il dépose son plateau dans le chariot et se rappelle une affiche de concert sur une colonne Morris, boulevard Saint-Germain, il voulait en parler à son ami, un groupe qu'il ne connaissait pas, jamais entendu, quatre mecs aux visages fermés, tendus vers le même objectif, un gang, fort et indestructible, malgré un nom insignifiant, Television, il a oublié la date mais pas le lieu, l'Olympia, Un concert, ça te dit ? il demande, je t'invite, Fabien a déjà assisté à des concerts dans des salles légendaires, les Bains-Douches, le Gibus, le Rose Bonbon, il fait plus que son âge, les videurs se méfient de lui, il a quelque chose de menaçant dans le regard, on n'a pas envie de l'embêter, Ouais, on va acheter les places aujourd'hui ? répond l'autre – ne pas laisser filer l'occasion –, à quatre heures et quart la cloche sonne, ils y vont après le cours d'histoire-géo – l'attentat de Sarajevo –, prennent le 27 sans ticket, boulevard des Capucines ils se présentent au guichet, Tristan parle, Deux places pour le concert de Television, s'il vous plaît, par chance il en reste, mais la dame fronce le sourcil, une difficulté qu'ils n'avaient pas prévue, Votre âge, puis : Mineurs non accompagnés, je ne peux pas, et les deux garçons se regardent, Tristan proteste : C'est pour mon frère et sa copine, il a vingt ans, je vous jure, la dame a la quarantaine, grande chevelure blonde, yeux d'un bleu délavé, air compréhensif, elle a sûrement des gosses, et elle hésite, deux frères, le grand qui envoie le petit, Ça fait soixante francs, Tristan sort les billets de sa poche et les compte devant la femme, trente, quarante, cinquante, soixante, elle détache deux tickets d'un carnet à souches, le concert a lieu le 7 juin, jusqu'à présent Tristan n'a assisté qu'à des concerts classiques, tout le monde assis, bien habillé, de rock ce sera le premier, entre-temps il veut connaître la musique du groupe et espère que ses parents ne feront pas d'histoires – s'ils sont là –, Gilles non plus, c'est juste un concert, ça se passe dans un endroit « sérieux » et un quartier tranquille, il le soulignera, une fois leur mission accomplie les deux garçons traînent dans le coin, regardent les vitrines et marchent jusqu'au Louvre avant de reprendre le bus, il fait chaud, ils ne disent rien, croisent des touristes, des gens qui sortent du bureau, des vendeuses, un monde dont Tristan ignore tout, ses parents travaillent mais c'est différent, il le sent, la mère de Fabien trime, elle, un boulot fatigant, les conversations avec les clientes, le bruit du sèche-cheveux, son ami le lui raconte parfois, jamais mis les pieds à Clichy, il devrait, pour voir, lui aussi fera ce qu'il veut, pas un travail « utile », ils sautent dans le 27 et le bus fait un détour, prend les petites rues, vole au-dessus de l'île de la Cité et les dépose devant une boutique de disques où ils piquent le premier album de Television, cette fois Tristan ne se contente pas de faire le guet, il agit – T'es doué, le félicite Fabien –, et dans les semaines qui suivent ils l'écoutent en boucle, bientôt ils le connaissent par cœur, retour à l'Olympia le 7 juin 1977, dix-neuf heures vingt, ils patientent sur le trottoir, Tristan a glissé son billet dans une poche arrière de son jean, il a ses boots aux pieds et son tee-shirt du Velvet, Fabien est en noir, polo à manches courtes, jean et Converse, lui aussi aime bien la musique de Television, sans plus, il la trouve un peu sage, ça ne gueule pas, n'insulte pas, ne vomit pas, des New-Yorkais, ils savent jouer, ça s'entend, mais les Anglais sont meilleurs, à part les Stooges et les Ramones, pendant ce temps la foule se masse devant l'entrée, des jeunes, des étudiants, quelques lycéens, des adultes et beaucoup de gens à la mode, tenues impeccables, décadents juste ce qu'il faut, lunettes noires, traits tirés, l'air christique de ceux qui n'ont pas dormi depuis des siècles, car ils ont mieux à faire, sortir et vivre la nuit, Tristan est fasciné, la ferveur est perceptible, c'est une tribu dont il voudrait faire partie, ces gens sont beaux, il ne saurait pas dire pourquoi mais ils l'attirent, il les observe, certains semblent se demander ce que font deux gamins à un concert de Television, peu importe, ils y sont, et la foule avance, ils entrent et on déchire leurs billets, personne ne moufte, la musique enfle, à mesure qu'ils approchent de la salle proprement dite le volume augmente, Tristan reconnaît un morceau (Stranglers) puis un autre (Pistols) que diffuse la sono, il y a un bar mais on ne peut pas y accéder, trop de monde, Tu veux une bière ? lui demande Fabien, il ne sait pas, n'a jamais bu de bière, un peu de champagne dans les grandes occasions, les anniversaires, Noël, les triomphes de sa mère et les succès de son frère, Fabien n'attend pas sa réponse et se fraie un passage à coups d'épaule, ça paraît audacieux mais il n'y a aucune réaction hostile, tout le monde semble trouver ça normal, pour patienter Tristan regarde autour de lui, il est seul, mauvais plan, mais bientôt il n'y pense plus et observe le public qui continue d'entrer, la première partie va commencer, il n'aime pas Téléphone – qui a remplacé Blondie à la dernière minute –, c'est égal, ce sera inoubliable, ça l'est déjà, la salle qui baigne dans une lumière tamisée, tout le monde debout entre les rangées de fauteuils, les corps qui d'abord bougent lentement puis s'agitent d'un coup, des gestes saccadés et toujours désinvoltes, toujours élégants, Tristan voudrait être comme ça mais c'est impossible, il n'a pas encore quatorze ans, n'est qu'un adolescent trop grand au visage enfantin et aux yeux clairs, il ne sait rien et voit bien dans l'attitude des autres qu'ils savent, eux, qu'ils ont été initiés, à quoi, difficile à dire, lui non et Fabien pas davantage, malgré ses airs de petit dur, il joue à savoir, Fabien qui revient, deux gobelets en plastique remplis de bière et de mousse à la main, surtout de mousse, On trinque ?, les verres s'entrechoquent, un peu de liquide gicle par terre et sur le tee-shirt de Tristan, il y trempe les lèvres, le liquide est tiède, amer, bon, il en avale une gorgée puis une autre, Fabien a déjà sifflé la moitié de son verre, enfin la musique se tait, il y a du mouvement derrière le rideau rouge, les musiciens s'accordent, le public avance vers la scène, on les bouscule, un roulement de batterie, une voix de mec, quelques notes de basse, un méchant larsen et le rideau s'ouvre, Fabien a fini sa bière, Tristan a seulement goûté la sienne, Dépêche-toi !, il est comme un con, lui, son gobelet plein dans les mains, il essaie de boire plus vite, n'a pas l'habitude et en renverse, et il passe toute la première partie à siroter sa bière pendant que Fabien est en repérage, T'as vu les gonzesses ? puis : Bouge pas, je reviens, c'est vrai, les filles sont magnifiques, lumineuses, il n'a jamais vu ça, pas même à Montaigne quand il va attendre Gilles, ni à Fénelon – où elles sont sublimes –, la bassiste aussi doit être jolie, de loin il aperçoit une petite brune, ne la regarde pas vraiment car il écoute, pendant tout le set il boit lentement sa bière, suit la basse qui rebondit, les riffs de guitare qui fusent, le martèlement de la batterie et la voix qui lui dispute le pouvoir, c'est une bagarre entre elle et les autres, trouver sa place, ne pas finir ensevelie sous le rythme, aidée en ça par le mix qui la met en valeur – un aspect technique dont Tristan n'a pas la moindre idée, il ne lui viendrait pas à l'esprit que la figure centrale de cette affaire puisse être le technicien derrière sa console –, il est simplement émerveillé, enfin la musique cesse, il n'y a pas de rappel – la première partie doit vite céder la place à la tête d'affiche –, il est satisfait, il a apprécié la musique et plus encore la tension, l'énergie que dégageait le groupe, rien de tel dans les concerts classiques, il explique à Fabien en criant quand celui-ci réapparaît, il y a de l'émotion mais pas cette tension, autour d'eux les spectateurs crient, s'impatientent, ils veulent les héros de la soirée, son ami hoche la tête, Amène-toi, les autres feront plus de boucan, son ami fend la foule, tous ces gens plus grands qu'eux, ils pourraient se mettre à quatre pattes et avancer comme ça, tels des gosses, mais Fabien bouscule joyeusement tout le monde sur son chemin, il va droit vers la scène, là où la densité de personnes est la plus élevée, Tristan a du mal à le suivre, il fait chaud et humide, ça sent la fumée de cigarette, la bière et la sueur, de temps en temps son bras effleure une peau moite, et par moments il perçoit une odeur plus fraîche, fleurie ou acidulée, il a la tête qui tourne après la bière qu'il a bue l'estomac vide, ses jambes tremblent, il n'est pas sûr de tenir, il doit rejoindre Fabien, devant la vue sera unique, ça frottera, il y aura de la bousculade mais il verra tout et, à en juger par les murs d'enceintes de part et d'autre de la scène, il sera secoué par le son, une poignée de secondes et il y est, il a comblé son retard, à côté de Fabien qu'il domine d'une demi-tête, ils sont à quelques mètres sur la droite, le nez sur les retours, depuis plusieurs minutes des types passent dans tous les sens, emportent des amplis qu'ils remplacent par d'autres, démontent les éléments de la batterie et en composent une nouvelle, un ballet chaotique, deux roadies manquent de se percuter (Fabien lui a gueulé à l'oreille qu'on ne dit pas *techniciens* mais *roadies*), l'un venait de la gauche et l'autre de la droite, ils posent de petites boîtes en forme de pédale sur le sol, juste devant, et l'un d'eux colle avec du chatterton des feuilles sur lesquelles des titres sont écrits au feutre noir et en grandes capitales, Tristan n'arrive à déchiffrer qu'un mot, « DOOR », puis l'un des roadies apporte une guitare, une Telecaster rouge et blanc qu'il installe sur un support au centre de la scène – Tristan a lu son nom dans un magazine et se le répète de temps à autre : Fender Telecaster –, le gars la reprend, joue quelques notes, arrache à la guitare des cris dissonants, puis il se contente d'accords normaux, apaisés, le volume est fort, le son résonne dans la cage thoracique de Tristan, le concert de Television n'a pas encore débuté mais pourrait s'arrêter maintenant, il ne serait pas déçu, une part de lui veut voir la suite tandis qu'une autre est submergée par tant de magie, le public, les musiciens, les instruments, les lumières aussi bougent et changent, un faisceau balaie la salle et l'éblouit, il ferme les yeux puis les rouvre, le groupe entre en scène, un chevelu va s'installer à la batterie, un mec trapu passe devant eux et va se placer à gauche, en retrait, puis enfile la basse en bandoulière, enfin des jumeaux s'avancent, empoignent une guitare qu'ils font hurler chacun à leur tour, le chanteur au micro, le guitariste s'accroupit devant un gros ampli et affine les réglages, le bassiste fait signe qu'un des retours ne marche pas, le guitariste joue avec les pédales, le chanteur lève les yeux vers la salle et esquisse un timide sourire d'adolescent, un grand type maigre, c'est un adulte mais son visage a gardé quelque chose d'enfantin, il se tourne, un signe de tête au batteur qui démarre, dès lors Tristan n'est plus que deux yeux qui balaient la scène pour tout saisir, deux oreilles qui aspirent avec voracité chaque note, chaque son, et un corps qui se laisse traverser par un flux continu, il ne distingue pas les chansons, c'est un courant qui l'emporte et auquel il n'oppose aucune résistance, il reconnaît des passages, des suites d'accords, des bouts de phrase, un long solo qui monte comme une vague et se termine en apothéose bruitiste, les deux guitaristes se répondent, un duel sans rage, une virtuosité tranquille, une élégance aérienne, tout paraît facile, il ne voit qu'eux, ces deux mecs qui se ressemblent, coupe au bol, longs bras, il ne sait pas qui joue quoi, l'un commence une phrase et l'autre la finit, la section rythmique est en retrait mais ne faiblit jamais, elle les accompagne, leur laisse tout l'espace dont ils ont besoin, et Tristan ne pense pas, c'est son corps qui pense, qui réagit à l'agression et chevauche la vague, il n'a jamais rien éprouvé de tel, il n'est pas spectateur, n'écoute pas la musique, il est acteur et la joue, elle jaillit de lui, dans ses mains c'est une balle magique, il la lance aux quatre coins de la salle et elle rebondit, frappe et blesse, nul n'en sortira indemne, enfin il la rattrape, se concentre et la lance encore plus fort, il a ce pouvoir, il le sent, les types qui sont sur scène le lui ont donné, ce n'est pas une illusion, il n'est pas dans un état second, il est parfaitement lucide, il a trouvé ce qu'il était venu chercher, il a conscience de mimer et d'imiter, il sait qu'il communique avec les musiciens, ils jouent, parlent, et Tristan leur répond, le dialogue dure, il ne sait pas combien de temps, il est plongé dedans et ça lui suffit, dans un coin de sa tête il enregistre, les paroles, les accords, les riffs, à la fin il ne sait pas s'il y a eu des rappels – un : *Satisfaction* des Stones – ni si Fabien est encore près de lui, il ne sait pas comment il est sorti de l'Olympia pour se retrouver sur le trottoir, boulevard des Capucines, la musique dans le corps, le son et les guitares de Television, il en veut plus, alors il prend le métro avec Fabien, réapparu une autre bière à la main, Fabien qui parle, qui n'arrête pas de parler, Tristan écoute mais n'entend rien, il entend les paroles, les accords, les riffs, ils changent à Réaumur et descendent à Saint-Michel, puis ils marchent, Fabien parle toujours et Tristan comprend qu'il n'a pas aimé le concert de Television, il a préféré Téléphone, plus bordélique, plus punk, peut-être, il n'en est pas sûr – puisqu'il n'entend pas son camarade mais seulement les paroles, les accords, les riffs –, salue Fabien avec une gravité distraite, chez lui il n'y a personne, Gilles n'est pas encore rentré, il n'est que minuit, il va dans sa chambre, prend *Marquee*

Moon, l'exemplaire qu'ils ont volé, sort le disque, le pose sur la platine et l'écoute deux fois de suite, il y est de nouveau, la balle magique dans les mains, il ne veut plus la lâcher, ou plutôt si : il veut la lancer et la rattraper, être celui qui lance, et il se concentre sur la balle, tend le bras et l'envoie de toutes ses forces.

On était au jardin du Luxembourg, mon frère et moi. Un mercredi après-midi, peut-être, je ne me rappelle pas. Il faisait chaud, le mois de juin, le parc était rempli d'étudiants, de femmes enceintes et de mères avec des enfants en bas âge, de personnes âgées qui promenaient leur chien. Mais les autres ne nous intéressaient pas, on vivait dans notre monde à nous. Nos parents étaient en voyage, Maman en tournée et Papa en Asie, j'imagine, on était partis à l'aventure. Je ne sais pas si mon frère y croyait ou s'il jouait le jeu pour me faire plaisir – je devais avoir six ou sept ans –, ensemble on devait arrêter un dangereux criminel, un type qui avait braqué à lui seul les dix plus grandes banques du monde, la dernière près de chez nous, le Crédit Agricole en haut du boulevard. Comme dans les films, nous étions des enquêteurs flegmatiques qui travaillent avec leur tête et n'ont pas besoin d'arme ni de véhicule motorisé. Cette fois-là, notre flair et des capacités déductives hors du commun nous avaient permis de découvrir que le voleur se cachait dans le jardin du Luxembourg avec son butin. Le moment était venu de l'attraper.

Certes, nous étions flegmatiques, mais cela ne nous empêchait pas de faire le tour du jardin à vélo – c'était permis ou toléré, je ne sais pas –, des dérapages contrôlés, des virages à cent quatre-vingts degrés, de rouler sans les mains ou sur la roue arrière, j'étais très fort à ce jeu. Persuadé de savoir où l'homme se planquait, je me suis éloigné à grands coups de pédales et j'ai regardé autour de moi : il était là, je le sentais. Une silhouette est apparue derrière un buisson, mais ce n'était pas Fantômas : c'était un type ordinaire, en tenue de jogging, les cheveux ébouriffés et son regard ahuri fuyant le mien. J'allais lui demander ses papiers – toujours contrôler, on ne sait jamais : le braqueur était malin, il avait pu se déguiser en idiot du jardin –, lorsqu'une femme s'est levée, elle aussi derrière le buisson. Longs cheveux blonds défaits, joues rouges, front en sueur, également vêtue pour courir. J'ai dû rougir à mon tour, car la femme m'a dit gentiment : « Ne reste pas là, mon garçon. Va retrouver ton papa et ta maman. » J'aurais pu me vexer, mais elle ne se moquait pas, c'était une recommandation sincère, et l'homme a hoché la tête sans rien ajouter, plus embarrassé qu'elle. J'ai aperçu ses mains au-dessus du buisson et j'aurais juré qu'il portait des gants en latex. Pas ceux qu'on utilisait pour laver la vaisselle : des gants de chirurgien, blanc cassé, presque jaunes.

« Qu'est-ce que tu as, bonhomme, tu as avalé ta langue ? », a repris la femme. J'ai secoué la tête. Je voulais dire quelque chose, montrer que je n'étais pas impressionné, mais rien ne m'est venu. « Qu'est-ce qui se passe, ici ? », a grondé une voix amie. Gilles. Il n'était pas du genre audacieux, mais quand j'avais besoin de son aide il ne se défilait jamais. Ces gens

étaient bizarres, ils faisaient des choses louches, pourtant il ne s'est pas démonté. « Foutez-lui la paix », il leur a lancé. Ils se sont regardés, le type et la femme, elle avait ce sourire à la con et les yeux qui suppliaient : « Filons. » Puis ils se sont éloignés à grands pas sans demander leur reste. Inquiet, mon frère s'est tourné vers moi : « Amène-toi, je l'ai capturé. »

La balle rebondit contre le mur du lycée, s'élève dans le ciel et tombe, tombe, 1977, 1978, Tristan va à Montaigne, Fabien non, Gilles et Mathilde n'y sont plus, d'autres camarades, des filles qu'il ne connaît pas, une musique qu'il continue de découvrir, Tristan toujours grand et maigre, mais plus sûr de lui, plus déterminé, il commence à savoir ce qu'il veut et ce qu'il ne veut pas, il paraît assagi mais ne l'est pas, snobe ostensiblement la plupart des matières – pas l'anglais ni le français –, son année de seconde est médiocre, au fond il ne sait pas ce qu'il fait dans un bon lycée, sent qu'il n'y est pas à sa place, a des problèmes de discipline, les profs ne lui apprennent rien, il n'a pas besoin d'eux, il veut des gens qui le suivent, pas des gens qui essaient de le façonner et d'en faire un brave petit soldat, bac, classes préparatoires et grandes écoles, service public ou secteur privé, une femme, deux enfants (un garçon et une fille), un appartement dans un beau quartier, un gros chien et un break Volvo garé en bas, Tu caricatures, proteste Antoine, Ah ouais ?, Antoine est devenu son meilleur ami en lieu et place de Fabien, qu'il ne voit plus, car il commençait à se lasser des excès de son camarade qui, de punk, a viré skinhead, en Bombers noir et Doc coquées, le crâne rasé, Oï ! hurlait Fabien dans la rue dès qu'il voyait des hippies, des rastas et autres engeances honnies, Oï ! contre les immigrés, les cocos et les homos, Tristan aussi déteste un tas de gens, les minets, les hardos, les hippies en particulier le dégoûtent, ils sont mous et stupides, il a envie de les frapper (Fabien ne se gênait pas pour le faire), il se voit en aristocrate déchu, Tristan, et les aristocrates déchus sont tolérants, tout en gardant leurs distances, en revanche il aime bien les rastas, ils écoutent de la bonne musique, avec des basses énormes, même si ce n'est pas sa tribu ils ont quelque chose de rebelle qui lui plaît, comme les punks, si Fabien n'avait pas viré skin il serait d'accord avec lui, mais ses délires racistes et antisémites sont vulgaires, inacceptables, Tristan n'a pas d'idées politiques, ça ne l'intéresse pas, il sait juste que le racisme et l'antisémitisme sont des idéologies imbéciles, le concept même de race lui fait l'effet d'une invention absurde, quant à une quelconque supériorité, ça le fait rigoler, les cons sont partout, équitablement répartis, les pas cons aussi, et quand on les croise, les rares élus, on le lit dans leur regard, Abdel, le fils de l'épicier arabe près de chez lui, rue Monsieur-le-Prince, a les yeux qui brillent de vivacité, Tristan se demande ce qu'il fera de sa vie, son père parle un français hésitant et n'a pas le certificat d'études, mais le regard d'Abdel vous transperce, si ce n'est pas de l'intelligence à l'état pur il ne sait pas ce que c'est, alors que les mecs du GUD, les nouveaux potes de Fabien, sont des animaux, d'après Antoine c'est la société qui ne fait pas son boulot, Tristan en doute, pour lui quand on est con on est con, Antoine est un sage, pas un instinctif, il réfléchit, pèse ses mots, il est prudent mais pas trouillard, raisonnable mais pas tiède, ils se sont retrouvés assis l'un à côté de l'autre pendant la première heure de cours, français, et ils se sont bien entendus, ont parlé de musique, Antoine a son propre fanzine, Sans blague ? a fait Tristan, surtout il a une amie fascinante, Nathalie, intello comme lui, mais belle, les premiers jours Tristan n'arrivait pas à la quitter des yeux, d'habitude les intellos sont ennuyeux – les mecs – et moches – les filles –, dans leur cas non, Tristan ne sait pas s'ils sont ensemble, s'ils le sont il comprendra, lui n'est pas un intello, Antoine est plus petit, moins d'un mètre soixante-dix, brun, les cheveux courts et les yeux marron, il a le visage un peu rond, de bonnes joues, un physique puissant qui contredit la douceur de son caractère, il pratique le rugby, ses parents sont du Sud-Ouest, profs tous les deux, son père enseigne les maths à Montaigne mais ils vivent à Pantin, Je connais, y a un Félix Potin, commente Tristan, Antoine sourit, il n'a pas honte de sa banlieue et n'éprouve aucun complexe de classe, c'est un bon élève, sérieux, il y a le lycée et le rugby, les amis et la famille, et il n'appartient à aucune bande, n'est ni punk ni hippie, ni rasta ni rocker, ce serait une perte de temps, il le dit à Tristan, que les rivalités entre clans passionnent, lui non plus n'appartient pas ou pas encore, mais ça l'intrigue, dès la rentrée il a voulu participer – pour ça il faut être prêt à se battre –, ce serait bien d'avoir sa bande, Tristan ne comprend pas comment Antoine peut être indifférent à ce qui se passe avant et après les cours, lui ce sont les cours qui l'indiffèrent, sans doute n'aurait-il pas sa place dans ce lycée s'il n'avait pas des facilités dans les matières littéraires, et la musique l'occupe de plus en plus, le solfège, les percussions une heure par jour, il voudrait en faire plus mais Gilles prétend que ça dérange les voisins, Et alors ? proteste Tristan, il a découvert qu'il aimait vraiment ça, que le rythme était sa dimension : les textures, le son, plutôt que les mélodies et les accords, son professeur joue dans un orchestre, il le forme au classique, mais déjà Tristan déborde, il a bien compris que la batterie jazz était un art, reconnu comme tel, que la batterie rock jouissait également d'un certain prestige, alors que les percussions classiques, pas sûr, pour le moment ce n'est pas un problème, il est impatient, a plusieurs coups d'avance, on dirait toujours qu'il improvise, qu'il multiplie les changements de cap, mais il calcule, il a son plan, parfois ça ne donne rien, ça peut même être un fiasco, toutes ces manigances en vain, il a honte mais ne peut pas s'en empêcher, les deux vont ensemble, impulsif et calculateur, cette fois aussi il a une idée derrière la tête et s'est bien gardé d'en parler à ses parents, il a menti pour obtenir gain de cause, se débarrasser du piano, les percussions et le solfège au conservatoire, il aura de bonnes bases, puis la batterie, car il ne se voit pas jouer dans un orchestre, il a d'autres envies, s'il l'avait annoncé d'emblée on lui aurait répondu non, sa chambre est pleine de tambours, il a un vrai xylophone et même des gongs, mais dès que possible il virera tout ça pour faire de la place à une batterie,

DW, Yamaha, Pearl, Tama, kick, grosse caisse, tom basse, caisse claire, toms, charleston, cymbales, il veut faire du bruit, sent dans ses bras et ses jambes qu'il en a besoin, il l'a dit à Antoine, qui a trouvé ça drôle, T'as pas le physique, les batteurs sont costauds, J'ai le physique, c'est comme l'escrime, il faut une bonne allonge, dans la cour et en salle d'étude il frime devant Nathalie, ils sont tous les trois, Antoine lit ou révise, elle aussi, et Tristan la distrait, quand il ne lui pose pas de questions – il sait que la curiosité plaît aux filles, ça et être beau gosse – il lui parle de musique, d'un futur de musicien, jamais du lycée, des cours ou des devoirs en classe, elle devrait le prendre pour un demeuré mais elle l'écoute et rit, enroule une mèche de cheveux autour de son index, Antoine voit bien qu'elle est sous le charme de Tristan, il a compris comment ça fonctionnait : partout, dans n'importe quelle situation, Tristan branche les filles, toutes, et elles sont séduites, qui plus, qui moins, la suite, il ne sait pas, il n'a pas encore eu l'occasion d'en voir davantage, seulement des scènes comme : Tristan branche la pharmacienne, qui a l'âge d'être sa mère, pour qu'elle lui file un sirop vendu uniquement sur ordonnance ; Tristan branche la fille de la prof d'anglais, qui est dans leur classe – Antoine ne sait pas pourquoi il fait ça : elle est odieuse – ; Tristan branche sa mère – sa mère à lui ! – le samedi après-midi où il l'invite à la maison afin de préparer un exposé (pour une fois les parents de Tristan étaient à Paris en même temps, pas question de faire ça chez eux), il n'a pas seize ans et on dirait qu'il veut plaire à toutes les femmes de la terre, un don Juan comme celui de Molière – ils étudient la pièce en cours de français –, avec Nathalie le jeu de la séduction fonctionne à merveille, Antoine commence à être jaloux, les yeux qui brillent, ces yeux verts pailletés, les lèvres humides quand elle regarde Tristan, et parfois elle glousse, un rire bête qu'il ne lui connaissait pas, elle qui a tout lu, qui connaît tant de choses, pourquoi les filles préfèrent-elles les abrutis ? il se demande, Tristan n'en est pas un, il le sait, mais il n'est pas comme eux, se fiche des études, ne lit jamais un livre jusqu'au bout et a des idées étranges sur tous les sujets, pourtant il a quelque chose, un truc qu'Antoine n'a jamais rencontré et qui l'impressionne, on le voit dans son regard agité par la tempête, sur son visage d'enfant buté, en toutes circonstances il se comporte avec une imperturbable morgue, Tristan, surtout devant les adultes, ils ne lui font pas peur et il ne les respecte pas, une assurance qui ne repose sur rien et qui plaît, à Nathalie aussi, c'est comme s'il pouvait tout se permettre, défier qui il veut, prendre des risques, provoquer un skinhead écumant de haine qui pesait vingt kilos de plus que lui (il l'a fait à la sortie du lycée), monter sur le toit d'un immeuble et marcher sur la corniche sans craindre de tomber (il les a entraînés tous les deux, Antoine et Nathalie, en haut d'un entrepôt désaffecté dans le XIXe, et n'a pas voulu dire comment il avait découvert cet endroit – grâce à Fabien), Tristan sait que sa camarade a un faible pour lui, mais il hésite encore à tenter sa chance, peut-être qu'elle l'aime bien, sans plus, qu'elle le trouve amusant et superficiel, pas assez intelligent ni assez cultivé, Tristan commence à comprendre ce que veulent les filles, le sportif bas du front et musclé, le garçon sensible qui écoute et console, l'ambitieux, le mâle alpha capable de les protéger, l'Artiste déglingué, le poète maudit aux goûts alternatifs et aux passions sublimes, elles veulent tout ça à la fois, celles qui lui plaisent, et on ne peut pas gagner, Tristan le sait mais pas Antoine, une autre différence, celui qui est comme il est, à prendre ou à laisser, et celui qui se sait loin du compte et travaille dur pour s'améliorer, car Nathalie, elle, n'a aucune imperfection, ou bien Tristan est incapable de les voir, ses cheveux, ses yeux, son visage et son corps, Tristan y pense sans cesse, à ses cheveux, ses yeux, son visage et son corps, mais il sent aussi qu'elle ne l'intéresserait pas s'il n'y avait que ça, ses élans romantiques et certaines démangeaisons ne l'aveuglent pas tout à fait, elle lui plaît parce qu'elle est multiple, justement, et lui n'est qu'un gamin qui a des rêves de grandeur et envie d'en découdre, Nathalie est une excellente élève, elle file droit vers une prépa littéraire, écrit de la poésie, connaît par cœur tout Emily Dickinson et tout Sylvia Plath, donne des cours de soutien à des enfants en échec scolaire, jeune fille de bonne famille, médecins et avocats, père gynécologue obstétricien, catholique longtemps en première ligne pour pratiquer des avortements clandestins et sauver des vies (elle le lui a raconté, avec une fierté non dissimulée), mère avocate, droit de la famille, divorces, gardes et adoptions, pas forcément ses idées, ni une féministe comme on l'entend alors, mais une certaine vision, les droits de la femme, la protection de l'enfant, deux figures imposantes qui ne l'ont pas écrasée, trois frères et sœurs, Ils sont comment ? lui demande

Tristan, Qui ?, Tes parents, Présents, voire envahissants, elle répond, Les miens en voyage, il soupire, ils sont à L'Escholier, place de la Sorbonne, ils y vont souvent, cette fois Antoine n'est pas avec eux, après les cours il avait rendez-vous chez le dentiste, c'est la première fois qu'ils sont seuls, l'heure est aux confessions, Tristan est sincère, devine qu'avec elle il peut, au début Nathalie hésite, ils font encore connaissance, on ne s'ouvre pas facilement à cet âge-là, et chez elle il y a de la prudence, ou de la méfiance, il ne sait pas et elle non plus, Tu as une drôle de façon de regarder les gens, Tu trouves ?, il feint l'étonnement, bus, voitures et motos passent sur le boulevard, ça klaxonne, l'automne est clément et les portes du café sont grandes ouvertes, autour d'eux il y a des lycéens, des étudiants, quelques adultes aussi, les conversations sont animées, le serveur fait siffler la machine à café, verse des bières à la pression, comment Tristan regarde-t-il les autres et comment les autres le regardent-ils ?, il est grand et les oblige à lever les yeux, pour le moment il est spectateur, il voit défiler le monde, les gens, les filles aussi, ça ne lui suffit pas, il veut qu'on le regarde, il a besoin de cette attention, c'est comme ça qu'on sait qu'on existe, qu'on a un destin, la lumière des projecteurs sert à ça, il s'est dit pendant le concert de Television, il en parle à Nathalie, là, au café, lui avoue ce qu'il n'a jamais osé raconter à personne et remonte le cours du temps, sa mère soprano, son frère violoniste, lui qui étudiait le piano au conservatoire et détestait ça, pendant ce temps toutes sortes de véhicules continuent à passer, une ambulance, une voiture de police, la frustration qu'il éprouvait, s'exercer tous les jours, jouer une musique qui l'ennuyait, une chose morte, appartenant au passé, ce foutu Chopin, ce foutu Mozart, maintenant les percussions et bientôt la batterie, ce qui l'intéresse c'est créer un rythme hypnotique, tribal, une violence qui remplit l'estomac, rien à voir avec l'accompagnement discret qu'apporte un percussionniste classique ou l'élégance du batteur de jazz, les balais à la main, les rythmes ternaires sophistiqués, Nathalie l'écoute, de temps en temps elle hoche la tête, Tristan se sent à l'aise, accepté et compris, il cite des noms de groupes, des titres d'albums et de morceaux, il décrit des pochettes fameuses, prononce le mot punk, Londres l'épicentre, Nathalie y a fait un séjour linguistique, elle a vu ces types qui se baladaient avec un rat sur l'épaule, des vêtements lacérés et des coiffures d'Indiens sur le sentier de la guerre, mais elle n'a pas fait le rapprochement avec une quelconque musique, jamais entendu parler des Pistols ni des Buzzcocks, De toute façon c'est déjà fini, précise Tristan, il a raison, 1978 approche de son terme et 1979 s'annonce, les années post-punk, il est arrivé trop tard, la fête est finie, la poussée d'adrénaline n'aura duré que quelques mois, puis le cri de rage s'est éteint, pas de regrets à avoir, quelque chose d'autre viendra, les musiques se transforment, se contaminent, elles ne restent jamais figées, c'est une loi de la nature, chaque courant se perd dans d'autres courants, inutile de vouloir préserver une hypothétique pureté, il l'a dit à son frère, le lui a hurlé, même, Tout ce boulot pour rien, il lui a crié avec dédain, Ta musique aussi se fera bouffer, les sonates, les quatuors, les premiers violons, d'ailleurs les compositeurs d'après-guerre s'y sont attaqués les premiers, Ton Messiaen, ton Stockhausen, Gilles est vexé, d'ordinaire peu souriant il est devenu carrément sombre, il doit savoir que Tristan n'a pas tort, Pas la peine de beugler, il a rétorqué, tout ça Tristan le répète à Nathalie, qui l'écoute mais paraît distraite, comme si elle pensait à autre chose, pas pour elle, la musique, son truc c'est la politique, les livres qu'elle trimballe et qu'il feuillette parfois sans trop y prêter attention, quelques mois plus tôt il y a eu des élections, ses parents ont voté par procuration, Gilles a fait toutes les démarches, une fois de plus la droite a gagné, de peu, d'après Nathalie ce n'est que partie remise, chez elle on n'est pas de gauche, chez Tristan si, Antoine et elle en parlent sans cesse, ils ont les mêmes idées, le même altruisme, et les bons sentiments, ça le hérisse, Tristan, déjà il aime la provoc, le danger, les sales types, au fond ça l'amusait quand Fabien vomissait sa haine de tout et tous, c'était débile mais vivant, plein d'énergie, pas comme cette lavasse, avec Antoine il ironise, pas avec Nathalie, il pourrait faire un effort et s'intéresser à la politique, elle est partout, dans la cour du lycée, dans les journaux qu'il ne lit pas, dans les conversations des adultes qu'il n'écoute que d'une oreille, son père en parle, Pierre qui ne semblait vivre que pour ses chinoiseries s'est découvert une conscience politique et répète à qui veut l'entendre qu'avec la gauche au pouvoir il y aura plus de moyens pour la recherche, Svea et Gilles s'en fichent, eux, sans surprise Gilles a obtenu son bac et son diplôme du conservatoire, songe Tristan en rentrant chez lui après avoir fait la bise à Nathalie, troublé parce qu'il sait qu'il est amoureux et qu'il s'est confié à elle – une faiblesse qu'il regrette à présent –, et il a été engagé par l'Ensemble intercontemporain, C'était ce que tu voulais, non ? lui a demandé Tristan, Oui, a répondu son frère, qui se voyait plutôt dans un orchestre philharmonique, Tristan suppose que c'est différent mais ignore en quoi précisément, leurs parents ont accueilli la nouvelle avec enthousiasme, ils ont fait un grand dîner tous les quatre, il se rappelle en remontant le boulevard, ça n'arrive pas souvent, on a chanté et Gilles a joué des danses tziganes, à la fin tout le monde était pompette, même Pierre – pas Tristan, un ou deux verres de champagne ne suffisent plus, mais il a fait comme si –, lui aussi veut réussir, le soir dans sa chambre c'est à ça qu'il pense autant qu'à Nathalie, au regard de la jeune fille et à sa propre image sur une scène, batteur, c'est sa voie, il doit travailler dur maintenant qu'il a une somptueuse batterie neuve dans sa chambre, une Pearl qu'il s'est payée en revendant les percussions –, il veut être dans un groupe, il faut qu'il trouve des gens avec qui jouer, mais qui ? et quelle musique ? peu importe, un groupe, c'est tout ce qui compte, le lendemain avant les cours il regarde autour de lui, il est en avance et observe les élèves qui entrent, les bosseurs, qu'il méprise, les babs, pitié, les minets qui le font sourire – les pauvres –, les anars, les hardos et les punks qu'il ne distingue pas toujours, les opinions politiques, les goûts musicaux et les habitudes vestimentaires se mêlent et se superposent, en gros les hardos sont fachos, les punks anars et les babs gauchistes, les punks et les hardos se mettent régulièrement sur la gueule, il faut voir les regards mauvais qu'ils se lancent dans la cour, les autres aussi se battent, tous, sauf les bosseurs et les babs, Tristan ne comprend pas pourquoi il y a tant d'animosité, au lycée ils se cherchent, se donnent rendez-vous pour régler ça à la sortie, après les cours il les suit – Nathalie et Antoine sont bons élèves, ces histoires ne les concernent pas –, il est curieux, lui, les punks ont sa sympathie même s'il ne sait rien de leurs idées, ils ont du style, c'est ce qui compte, et les heures défilent, il est là, mais la tête ailleurs, il pense à ce qu'il fera après, ira à Music Action, près de Saint-Sulpice, deux heures de français, il n'écoute rien, une heure d'histoire-géographie et une autre de sciences naturelles, toujours rien, il déteste les sciences naturelles plus encore que les autres matières, feuillette distraitement *Wall of Sound*, le fanzine d'Antoine, sans s'arrêter sur aucun article, déjeuner, cantine, ses amis parlent, il sourit, Nathalie traverse son champ visuel, l'après-midi maths, devoir surprise, il n'a pas révisé et copie sur Antoine – un système bien rodé, laisser les autres copier sur lui en anglais et en français, sauf son ami qui n'en a pas besoin, et dans les matières scientifiques il pompe tout, avoir des notes correctes sans se faire prendre –, deux heures de cette comédie et la cloche sonne, la prof d'allemand est absente, joie, Music Action, il ne salue personne et fonce, il y est, pousse la porte, entre, lance un timide bonjour, soulève son sac US couvert de badges et de noms au feutre, Velvet, Bowie, derrière son comptoir le vendeur ne le quitte pas des yeux, méfiant, un type tout en noir,

Tristan se dirige vers le panneau d'affichage et s'arrête pour lire les annonces, Vends Gibson Marauder couleur Mahogany, Groupe folk cherche chanteur ou chanteuse expérimentés, Basse à vendre, Studio de répétition, Ingénieur du son, rien pour lui, il est abattu, il la voyait déjà, l'annonce miraculeuse, Groupe punk cherche batteur motivé, débutant accepté, téléphoner au, il aurait appelé et on lui aurait proposé une audition, il y serait allé et leur aurait plu, des mecs un peu plus vieux que lui, des terminales, peut-être une bassiste, ils l'auraient accueilli avec bienveillance, le petit gars qui a envie de faire du boucan, ridicule, il sort de la boutique sans jeter un coup d'œil dans les bacs, d'ailleurs il n'a pas un sou en poche et sans Fabien il n'est pas capable de voler, n'en a plus envie, puis il traîne sa maigre silhouette sur le trottoir, il espérait, c'est stupide, mais il reviendra, des annonces il y en a partout, dans la presse aussi, *Best*, *Rock & Folk*, acheter et regarder, il connaît une boutique de fringues aux Halles où il y en a aussi, ne pas se décourager, il doit trouver, la soirée seul, pas de frère ni de parents, il tape un peu sur ses fûts mais le cœur n'y est pas, met *Low*, écoute en pensant à autre chose, à minuit et quelques il s'endort tout habillé, le lendemain au réveil il a un flash, un gars d'une autre seconde, son frère est étudiant et joue dans un groupe, Tristan ne sait pas quelle musique, seulement qu'ils sont quatre, il doit se renseigner, comprendre s'ils ont déjà un batteur, il interroge son camarade, A – le frère – est au chant, B à la guitare, C à la basse et D, une fille, aux claviers, le batteur change tout le temps, des potes de passage, ils se débrouillent, Tu crois que je pourrais ? demande Tristan, Sûr, ils font des reprises, Yes, Emerson Lake and Palmer, Pas ma bande, songe Tristan, mais il a envie de jouer et téléphone au chanteur le soir même, Bonjour monsieur, pourrais-je parler à votre fils ?, l'autre l'écoute poliment, T'as qu'à venir en répète, il propose, vendredi après les cours, Où ?, XIe, derrière l'avenue de la République, une petite rue, dans deux jours, il a hâte d'y être, même s'il n'aime pas le rock progressif, c'est un début, il en a besoin, sinon il va se retrouver à jouer du xylophone avec des pingouins à nœud pap, pour l'heure il sait ce qui l'attend, des types qui sont à Fond dans leur Truc, qui ont peut-être une formation classique comme lui et qui jouent des notes, des tas de notes, très vite, ce rock symphonique qu'on entendait beaucoup il y a quelques années, avant que les punks n'apparaissent et ne gerbent sur tout ça, les punks parisiens sont moins extrêmes que les Anglais, moins crades et moins tarés, ils n'ont pas encore tous overdosé, ils ont gerbé sur Raymond Barre et la variété française, sur les mecs qui jouent trop de notes ici aussi, prog, super chiant, ça ira, se dit Tristan, jeudi, vendredi, il n'a pas touché ses baguettes, aurait dû répéter, chez lui il joue par-dessus ses disques, Rat Scabies ou Topper Headon, c'est comme ça qu'il apprend et ça marche, enfin, pas trop mal, mais pour l'audition il n'a rien fait, il entend des rythmes dans sa tête, sent ses bras et ses jambes parcourus de tremblements, il ne tient pas en place, les autres le lui disent, T'es nerveux, observe Gilles le jeudi soir, Nathalie aussi, entre deux cours, Qu'est-ce qui t'agite comme ça ?, il ne sait plus si c'est une bonne idée, commence à croire que c'est ridicule, qu'ils doivent tous être bons et qu'il va s'humilier, pour quoi faire, trop tôt, pas prêt, des types qui écoutent RTL le soir, qui lisent religieusement *Best*, qui passent leur temps à Pigalle dans les magasins de musique, à discuter avec les vendeurs des spécificités techniques de ce modèle-ci et de celui-là, lui s'en fout, sa batterie est excellente – chère – et il la traite mal, parfois il cogne pendant deux heures et à la fin il n'en peut plus, renverse tout par terre, il n'aime pas la presse rock, elle est médiocre, RTL aussi, il rêve de Radio One et de Peel Sessions, c'est là que ça se passe, vendredi soir après les cours, il est dans la salle de répétition, Studio Plus, assis derrière la batterie, les quatre autres se regardent et le regardent, A lui explique, Tristan ne comprend pas tout, il entend des noms, des titres, des comme ceci et des même chose que cela, des reprises, ils vont jouer des trucs qu'il a vaguement écoutés, rythmiquement c'est costaud, au début il a du mal mais il est dans le tempo, les autres suivent le nouveau venu, Tristan n'est pas un virtuose mais il est fiable et le sait, il les étonne, ça se voit, pas un coup de toms ou de cymbales en trop, grosse caisse et caisse claire maîtrisées, c'est son style, pas prog : punk – il ne leur a pas raconté d'histoires, a juste cité deux ou trois groupes allemands de krautrock, les types ont souri, une référence qui leur allait –, ils ont tous les cheveux longs, des tee-shirts trop courts et des jeans trop larges, la fille aux claviers joue pieds nus, Des babs, songe Tristan, qui pose les baguettes sur ses genoux à la fin du morceau, prend sa bouteille d'eau, en avale une gorgée et s'essuie le front, non, pas sa bande, coup de cymbale, huit jours plus tard son premier concert avec eux, ils ont un nom, One Thousand Light Years From Home, Tristan n'a pas commenté, à l'issue de la première répétition ils lui ont proposé de revenir une deuxième puis une troisième fois, il a dit oui, sait que ça ne va pas durer, n'aime pas leur musique et ne les sent pas, eux, il veut essayer, un concert, la scène, comment refuser, ce sera une expérience, certes le guitariste est un crétin, mais la fille est gentille, avec elle on peut parler, le bassiste est bon et le chanteur a quelque chose, une présence, ça l'intéresse de voir, le samedi soir ils vont à Gif-sur-Yvette, une heure de trajet dans la camionnette du groupe – Collective, précisent les mecs –, ils jouent en milieu de soirée, après une bande de hardos (pantalons en cuir, maquillage, QI inférieur à zéro) et des punks (braillards, maladroits et sincères), un premier morceau, ça va, le deuxième démarre, Tristan en éclaireur, une reprise de Genesis que le public étudiant reprend en chœur, un long crescendo qu'il accompagne tant bien que mal, et tout en jouant il regarde les autres, essaie de les écouter et n'y arrive pas, ça lui paraît brouillon, chaotique, ça part dans tous les sens, il veut une musique sèche et austère, pas ce dégueulis hippie, en répète les types fument de l'herbe, avant le concert aussi, Tristan trouve ça dégoûtant, les voir avachis par terre en train de fumer cette merde et de se marrer comme des idiots, ils lui font honte, c'est pire que la musique, la drogue est pour les minables, les perdants, la seule qu'il veut essayer, c'est le speed, les punks en prennent, jouer plus vite, plus fort, plus longtemps, un musicien est un athlète, un guerrier, pas une loque vautrée par terre, paix et amour, mon cul, quel amour, tôt ou tard un missile nucléaire américain ou soviétique réglera le problème une bonne fois, en Europe c'est sûr, on est au milieu et ça va péter, quelle paix, la vraie question, c'est quoi faire avant que tout saute, et Tristan sait, il veut vivre dans la lumière puis pousser un dernier cri de colère, ces braves gars, honnêtes musiciens, lycéens laborieux puis étudiants glandeurs, ne savent pas, eux, et Tristan joue, un morceau, un autre, il y a quelques pains, rien de grave, ils le regardent et lui obéissent, il est plus jeune mais c'est lui le patron, jamais il ne se départit de son air mauvais, depuis le début du concert il attend la première canette de bière qui volera, mais rien ne vole, il y a des rires, ça se bouscule devant la scène, et peu avant la fin du set il aperçoit du mouvement près d'une porte – la lumière est mal fichue, le public aussi éclairé que le groupe, un amphi, un endroit pour faire cours ou hurler des slogans, pas pour jouer de la musique –, un début d'échauffourée, sans doute un mec bourré, open bar, ambiance bon enfant, un bon pogo aurait une autre allure, les gars qui envahissent la scène, et les canettes, les crachats, tout mais pas ça, avant même la fin du dernier morceau il a décidé, ne continuera pas, cherchera un autre groupe, après le concert les autres le prennent mal, T'es un petit con prétentieux, gronde le guitariste, plus si bab, Tristan forcé de rentrer en stop, mauvaise idée, il aurait dû attendre le lendemain pour les plaquer, heureusement qu'il a piqué un peu de fric dans la veste du chanteur, toujours ça de pris, et trois jours plus tard il est chez Exodisc, rue du Mont-Cenis, il fouille dans les bacs, temporise, déjà découragé, qu'est-ce qu'il fout ici, il devrait être chez lui à réviser, la fin de l'année approche et ses résultats ne sont toujours pas fameux, il perd son temps, ça ne mènera à rien, son frère le lui a dit, ses parents non, quand ils sont là ils le traitent comme un enfant capricieux, il doit leur prouver qu'ils ont tort et qu'il va y arriver, ça n'aura peut-être aucune valeur à leurs yeux mais aux siens si, alors il s'approche des petites annonces, la boutique est plongée dans une quasi-pénombre, les allées étroites, partout des bacs de disques, des cartons, les murs tapissés d'affiches de concerts, un mouvement incessant, des gens qui entrent et sortent, des trafics louches, il règne une odeur de poussière et de cigarette, la musique à haut volume, des morceaux qu'il connaît et d'autres non, des mecs en cuir et santiags, des rastas, des filles en minijupe et bas déchirés, ce n'est pas son monde, il vient d'une bonne famille, des intellectuels, des artistes, pas des gens qui font du rock, il les déçoit, n'est pas à la hauteur, il le sait et ça lui est égal, d'une manière ou d'une autre il les décevra, le panneau d'affichage est à côté de la porte, près de la vitrine couverte de posters déchirés, on ne voit pas l'extérieur, plusieurs couches d'annonces les unes sur les autres, c'est là que la vie musicale de l'underground parisien se dépose, en surface les groupes en train de se former, juste dessous ceux qui sont toujours en activité, et encore dessous les autres, pour la plupart morts depuis des mois, voire des années, et tandis qu'une musique robotique résonne dans la boutique, son regard balaie les annonces, Ampli, Heavy metal, Série de gigs, Musicien professionnel, Fan de,

Collection de trente-trois et quarante-cinq tours, Batteur, stop : Trio new wave chant-guitare-basse cherche batteur pour répètes et plus si affinités, néophytes bienvenus, bonne motivation, téléphoner au, il n'en croit pas ses yeux, arrache le morceau de papier, le glisse dans la poche de son jean et cherche une cabine, la première a été saccagée, de la seconde il appelle, tombe sur un type, ils discutent, son parcours intrigue, une blague sur le rock progressif, le courant passe, Faut qu'on se voie, conclut Jérémy, qui lui donne rendez-vous dans une loge de concierge à Pigalle – Morte et jamais remplacée, ici on a la paix, explique le bassiste en l'accueillant le lendemain, un grand type solidement charpenté, un peu de bide, pas un sportif, barbe de trois jours, presque chauve, étudiant en première année de lettres modernes, puis les deux autres arrivent, ne saluent pas, chanteur blond antipathique, guitariste brun arrogant, la batterie est merdique, mal assemblée, de la récup, il la bricole un peu, pas grand-chose à faire, seul Jérémy s'occupe de lui et annonce les morceaux, Tu connais ?, oui, non, mais ça va, et il joue bien, Tristan, concentré, pas le temps de penser, quand c'est fini et qu'il est de nouveau seul avec Jérémy, c'est comme s'il avait rêvé cette scène, on se serre la main, à la prochaine, le lundi suivant il revient, nouvelle répétition, mêmes morceaux, cette fois tout le monde lui dit bonjour, Alexis le chanteur et Charles le guitariste aussi, après ils vont boire une bière rue des Martyrs, Alex et Charlie sont en terminale, on parle de musique et tout va trop vite, Tristan a la tête qui tourne, une deuxième, revenons en arrière et reprenons, car c'est important, c'est là que tout commence, à vrai dire c'est seulement le début, mais si jusqu'alors Tristan n'était qu'un lycéen un peu perdu qui cognait sur ses fûts pour emmerder ses parents et oublier les études, oublier qu'il lui faudrait bientôt faire des choix, pour ne plus penser à Nathalie ni à la démangeaison, à compter de ce moment, de ces trois quatre cinq bières prises avec des inconnus dans un bar de Pigalle, c'est différent, il y a eu l'Olympia, le concert de Television, la fusion parfaite du groupe et la boule que Tristan a sentie dans son ventre, maintenant il y a ça, deux répétitions, des rires, des claques dans le dos et du son, pas parfait mais prometteur, le chanteur, à voir : beau gosse, pas imposant mais de la présence, félin, il réussira, est fait pour ça, Alexis, yeux clairs, coupe de cheveux soignée, un minet sûr de lui, il doit plaire aux filles, quelqu'un qui aime séduire, Tristan n'est pas insensible à son charisme mais d'emblée il se méfie, Tu touches ta bille, lui a dit le gars après la répète, avec sans doute une bonne dose d'ironie, qu'est-ce que c'est que cette expression, « Tu touches ta bille » ?!, Charlie, le guitariste, fumeur, buveur, une blague après l'autre, ils vont tous les deux à Mallarmé, un bahut pourri, il n'aura pas son bac, il est aussi grand que Tristan et carrément squelettique, on dirait une liane, une chose élastique, il a cette désinvolture, une grande mèche noire qui cache ses yeux, des fringues ravagées, un cuir qui a dû faire la guerre, un jean noir rapiécé, une tête d'Albator, le corsaire de l'espace, il lui plaît plus qu'Alexis, il est vrai, ne triche pas, et Jérémy est du genre impassible, sympathique mais distant, surnommé Jerry pour se foutre de lui – il est aussi flegmatique que la souris du dessin animé est survoltée –, ne dit pas grand-chose puis la vanne qui tue, Iggy a appelé, il veut que tu lui rendes son futal, il a raison, qu'est-ce qui lui a pris de mettre ce truc moulant, maintenant il a honte, Tristan, c'était un jean normal, acheté aux Halles chez Harry Cover, puis il l'a enfilé en rentrant chez lui et a passé deux heures dans la baignoire remplie d'eau chaude, la vendeuse lui avait dit de faire ça, puisqu'il était dans un groupe il lui fallait la bonne tenue et il s'était fait conseiller, jolie fille, punkette blonde à moitié teinte en rose, la vingtaine mais attendrie par l'adolescent, Tristan avait parlé sans s'arrêter, parce qu'il était nerveux et parce qu'elle lui plaisait, à la fin il avait promis de revenir une fois qu'il aurait fait rétrécir le jean, il ne connaît pas son prénom, n'osera pas revenir, et dans le bar, après quatre cinq six bières il se sent accepté, s'est trouvé des frères d'armes, il sent cette joie qui grandit en lui, il est euphorique (bourré), saute sur la banquette, se met à beugler *Ça plane pour moi*, il connaît les paroles par cœur, s'est exercé chez lui devant un miroir, la raquette de tennis de Gilles en guise de basse ou de guitare, tellement punk, il voudrait cracher mais ce serait trop, il ne peut pas, alors il fait des doigts d'honneur aux gens qui passent dans la rue, les autres sont hilares, le barman lui lance le regard indifférent du type qui en a vu d'autres et que ça gonfle, ça dure une minute trente, peut-être deux, il sait qu'il est ridicule mais il fallait que ça sorte, il avait besoin de gueuler, enfin il se rassied, il a fini, tout le rade applaudit, il reprend son souffle, tire sur les plis de son jean trop serré et fait signe, une autre, puis on reparle de musique, celle qu'ils jouent et celle qu'ils écoutent, il leur demande comment ils se sont rencontrés, ils ne lui ont encore rien raconté, et il apprend que les trois autres sont des amis d'enfance, ils ont grandi dans le même quartier – Lamarck –, ont fréquenté les mêmes écoles, leurs parents se connaissent, T'es en première ? lui demande Alexis, Tristan fait oui de la tête, il ne sait plus et répond oui à tout, il a des bulles dans la tête, le reste de la conversation se perd dans une brume épaisse, quand ils se séparent les autres lui demandent si ça va, il est onze heures passées, il n'a rien mangé et a bu comme un trou, Je vais rentrer à pinces, ça me fera du bien, c'est ce qu'il fait, de Pigalle il marche jusqu'à Saint-Michel, traverse tout le IXe jusqu'à l'Opéra, le vent est frais et il n'est pas assez couvert, ne porte qu'un blouson léger, mais il est dans un groupe, batteur d'un groupe qui n'a pas encore de nom, ils n'ont aucun concert prévu, ça viendra, il est optimiste (ivre mort), passe devant le Louvre et pousse un grand cri, des gens se retournent, étonnés, et voient cet adolescent dégingandé, manifestement trop jeune pour vadrouiller à cette heure, que font ses parents, nous sommes à la fin des années soixante-dix, la France de Giscard, celle du Général n'est pas bien loin, ordre, famille, si c'est pas malheureux mon bon monsieur, et il se marre, ravi, ce n'est qu'une impression mais il sent que le groupe (débutant, bancal) va progresser, Alexis est un atout et un problème, Tristan s'entend mieux avec les deux autres, cette nuit-là il garde les yeux fixés au plafond, rêve tout éveillé, et les jours passent, lycée, maison, révisions, ils se retrouvent deux soirs par semaine à Studio Plus – sa proposition : la loge ne suffit plus –, entre deux répétitions il travaille les morceaux, des reprises que les trois autres ont choisies, il fait des suggestions et ils essaient l'une de ses chansons préférées, Talking Heads, *Don't Worry About the Government*, Alexis soupire, la tête de celui qui veut bien faire un effort puis, au bout de deux fois, une fois et demie, prétend qu'il n'arrive pas à la chanter, Tristan comprend, c'est le leader, on fait ce qu'il veut, parfois en râlant, mais il chante bien, Alexis, alors on dit : Il a une sacrée voix – la formule de rigueur, qui sous-entend qu'il est imbuvable (« Je veux un micro comme ci, pas comme ça »), méprisant (« Ça sent le bouc, ici », quand ils répètent après une bande de babs) et autoritaire (« Secouez-vous, les filles, ou je me cherche un vrai groupe »), Tristan devine que tous les chanteurs sont ainsi, au fond ça lui va, il est en retrait, lui, nul besoin d'être sur le devant de la scène, il veut qu'on l'admire parce qu'il est bon, et de temps en temps il fait une remarque, conseille Alexis, Tu devrais ménager ta voix ou Tu respires mal, chanter c'est respirer, des trucs qu'il a appris au conservatoire, le chœur était sa bouffée d'oxygène, il a une bonne oreille et chante juste, on le lui a dit, l'autre l'a renvoyé dans les cordes et il n'a pas insisté, le beau gosse est susceptible, entre les répétitions il traîne parfois avec Jérémy, ils répètent chez l'un ou chez l'autre, le plus souvent chez Tristan, Gilles passe la tête et fait mine de protester, Moins fort, les enfants, son frère a compris qu'il prenait une autre direction, à présent lui aussi s'absente, part en tournée avec l'Ensemble, pour le moment il fait des remplacements, Tu cires le banc de touche, plaisante

Tristan, J'apprends, répond son frère, qui a tout de même joué à Bonn et à Amsterdam, Bartók, Berg et Berio, leurs parents se sont retrouvés pour assister au concert du Concertgebouw, Pierre venait de Paris, en ce moment il voyage peu, passe plus de temps à la maison, lui aussi a croisé Jérémy, Bonjour jeune homme, depuis l'achat de la batterie Gilles sait que Tristan ne tardera pas à abandonner le conservatoire – il y va de moins en moins –, mais leur père est plus préoccupé par les études, L'année prochaine tu feras de la philo, tu vas devoir bûcher, Tristan hoche la tête, il n'a pas l'intention de lire tout ce que son père cite, passera entre les gouttes comme il l'a toujours fait et aura son bac, sans doute de justesse, après on verra bien, Nathalie le harcèle, depuis le jour où ils sont allés au cinéma et où ils se sont embrassés dans le noir elle a changé d'attitude, Tu ne fais rien en classe et tu fumes trop (un paquet par jour, ce n'est pas trop, pas en 1980), seul Antoine le laisse tranquille, il a compris que le groupe était sa priorité, avec Jerry ça va, mais Charlie ne le convainc pas, il a appris la guitare seul et ne connaît pas beaucoup d'accords, c'est le maillon faible du groupe, pas grave dans l'immédiat, mais leur premier concert s'annonce, ce dilettantisme ne passera pas l'épreuve de la scène, et il l'imagine, Tristan, une estrade, les gens debout, un verre à la main, des amis qui sont venus les encourager, une ambiance bon enfant qui monte peu à peu, il faut que le public leur tienne tête, il faut de la tension, c'est la règle du jeu, un match de boxe, on donne des coups et on en prend, une soirée étudiante sur un campus de banlieue, d'autres groupes avant eux, une situation inconfortable, ils doivent s'endurcir, un public distrait, qui passe et ne reste pas, les têtes d'affiche sont pour plus tard, personne ne les connaît, eux, par chance ils sont dans un bon soir, Alexis est en forme, Charlie fait de son mieux et la section rythmique tient la baraque, alors les gens s'arrêtent, il y a quelques applaudissements, un directeur artistique traîne dans la salle, un type en costume qui vient leur tendre sa carte de visite, Vous avez une démo ?, Bientôt, Appelez-moi quand vous serez prêts, Tristan s'y voit, tandis qu'il traverse la Seine et arrive à Saint-Michel, il sait que ça vient et songe : que notre règne arrive.

Une fête d'anniversaire. J'avais douze ans, peut-être treize. La boum avait lieu à la cave, chez un camarade dont les parents possédaient une grande maison de ville dans le XIVe, près du parc Montsouris. Les boums, c'était devenu la règle, chaque samedi ou presque quelqu'un en faisait une. Quand mes parents étaient là, je demandais l'autorisation d'y aller et sinon Gilles me disait oui, il disait toujours oui. Le camarade en question, Aymeric, n'était pas un ami, à vrai dire on ne s'aimait pas, mais il avait invité toute la classe. Et on disait que sa sœur, qui allait déjà au lycée, était belle et peu farouche – on disait : « Peu farouche », sans comprendre. Plus que la fête, c'était sa sœur qui m'intéressait – la voir, car je n'étais qu'un morveux et mon expérience en matière de filles se limitait à quelques pelles roulées au cinéma, une main glissée sous un pull et aussitôt repoussée.

Et donc ça mettait des disques, ça dansait, ça buvait du Coca et du Fanta, ça se pelotait dans la pénombre. En 4e B, parmi les quatorze filles, pas une seule ne me plaisait. Il y avait bien une Clotilde à la poitrine opulente, mais elle sortait avec un sportif, inutile d'y penser.

Les autres étaient des gamines. Dans les magazines que je piquais au kiosque, de l'autre côté du boulevard, les femmes étaient immenses, tout était gigantesque, des montagnes de chair onctueuse. Comment aurais-je pu m'intéresser à ces adolescentes maigrichonnes qui avaient honte de leurs formes ? Non, il fallait découvrir, partir à l'aventure. Las de tenir le mur, une clope à la main – car je détestais danser, à part les slows –, je me suis risqué hors de la cave. La sœur d'Aymeric était là-haut avec son mec, je le savais parce qu'il nous l'avait dit, un peu pour se vanter et un peu parce que ça le gênait – « Y a ma connasse de frangine avec son débile de copain. » J'ai grimpé une volée de marches puis une autre, et j'ai débouché dans un couloir. J'ai entendu des voix. Je ne comprenais pas ce qu'ils disaient, j'ai continué à avancer. La porte était entrouverte. « … ou Londres, ça te dirait, Londres ? J'ai des potes là-bas, la musique est géniale et les prix sont bas… – Vas-y. »

J'ai regardé par l'embrasure de la porte. Au début, je n'ai vu que des pieds et des jambes sur le lit, puis des bras, des torses. Le type avait gardé son jean et la frangine ne portait qu'un tee-shirt à manches courtes. Les bras nus. Il tenait une seringue. « Tu vas avoir comme un flash, a expliqué le type. Ouais, comme ça… » Je voulais voir leurs visages sans me faire repérer, mais j'ai hésité. C'était dangereux. J'ai lentement avancé. Oui, elle était vraiment belle. Son corps maigre avait des proportions harmonieuses, ses hanches bougeaient sous le tee-shirt et son visage adolescent était en extase. Elle avait les yeux fermés, pelotonnée dans les bras du mec. « C'est bon, hein ? » Je ne savais pas ce que c'était, mais ça semblait vraiment bon.

Puis rien ne se passe comme prévu, la réalité est toujours mieux et pire qu'on ne l'a imaginée, plus exaltante et plus triviale, constate Tristan, le sordide, le décourageant, se mêlant allègrement au sublime et au grandiose, par la suite il ne cessera de se le répéter et c'est le souvenir qu'il gardera quand il n'en sera plus, mais dans l'immédiat il en est, vient juste de s'installer à la batterie, nous sommes en 1981, le début d'une nouvelle décennie, les années soixante étaient affreuses, les années soixante-dix aussi, une ère s'ouvre, le changement, et pour commencer la musique change, le punk n'est plus, il a respecté scrupuleusement son programme, vivre vite, mourir jeune et faire un – assez – beau cadavre, une seringue dans le bras ou la moto dans le fossé, c'est bien, c'est juste, place à la suite, ce qui vient et qui est déjà post, Tristan a conscience d'arriver en retard, le meilleur est passé, trop jeune pour être punk, trop jeune pour voter (il ignore qui il choisirait, mais il est né en décembre et n'aura donc pas dix-huit ans au moment de l'élection), il devra attendre quelques années et patienter également pour que ses rêves de triomphe musical se réalisent, les premiers temps n'ont rien d'un triomphe, ils lui donnent plutôt envie d'abandonner, de chercher un autre groupe qui voudra de lui, un groupe sans Alexis, car c'est lui, le problème, celui qui tire dans un sens et que les autres suivent, pas toujours convaincus mais confiants dans sa capacité à les amener quelque part, ils donnent leurs premiers concerts, que leur chanteur décroche grâce à ses relations, toujours à base de reprises et sous le nom de Nudge Nudge, Monty Python, ça leur plaît, à Tristan aussi, même s'il n'aurait pas choisi un nom anglais, Tout le monde connaît, a prétendu Alexis, Tristan perplexe : non, tout le monde ne connaît pas, nous ne sommes qu'à l'aube des années quatre-vingt, la France est provinciale, elle est à la périphérie du rock et de tout ce qui est alternatif, c'est un pays de chansons, de comédies nationales-populaires, gendarmes et septième compagnie, Alexis n'en démord pas et Tristan ne se sent pas prêt à discuter, ces premiers concerts ont lieu dans des bars à la con, pas beaucoup de public, personne ou presque venu les écouter, quelques amis, dont son fan-club personnel, qui se résume à deux membres, pour le moment ça leur suffirait, n'était l'ambition de leur chanteur, qui en veut toujours plus, ils répètent désormais trois soirs par semaine, Tristan a plaqué le conservatoire, il a cessé de faire semblant et ses parents ont à peine protesté, Svea l'a tancé en suédois, il a trouvé ça drôle, trois semaines d'absence, la tournée mondiale du *Ring*, et quand elle rentre c'est pour lui passer un savon, comme le grand-père Gunnar, le visage dur, les accents punitifs, trois jours plus tard elle partait pour Boston, et son père s'est contenté de hausser les épaules, ils étaient tous les trois à table, le lendemain ils ont parlé d'autre chose, Gilles était là, ils ont ri, Pierre de bonne humeur, détendu, surjouant à peine, ce père si sérieux, si raide, qui se fiche de la musique, l'a tout de même sermonné au sujet des études, Tu vas passer ton bac, mon garçon, fais un effort et pense à ce qui viendra, mais il n'y pense pas, le cinéma et la littérature l'intéressent, c'est un bon lecteur, pourquoi pas la fac de lettres ou d'anglais, Antoine le pousse à tenter Sciences Po, et Nathalie lui parle sans cesse d'hypokhâgne, c'est ce qu'elle va faire, il faudra bientôt envoyer les dossiers, Tristan ne veut pas s'y intéresser, il trouve ça triste : les études sont tristes, le monde du travail est triste, à dix-sept ans il est persuadé que ce genre de vie n'est pas pour lui, il ne se prend pas pour un artiste, il fait du bruit, c'est un début, s'il a un avenir ce sera ailleurs, jouer de la batterie dans un groupe lui irait, la France des cadres, des technocrates, fonctionnaires du public ou du privé, non, enseigner, à la limite, Je pourrais devenir prof d'anglais, il explique à Nathalie, un prof punk, Les profs punks ça n'existe pas, elle rétorque, et Tristan sourit, petit garçon espiègle, elle le gronde mais c'est ce qui la séduit, ils sont dans sa chambre, il n'y a personne d'autre dans l'appartement, assis sur le lit, dos au mur et les pieds dans le vide, il fait froid, ils ont pris une couverture sous laquelle ils se caressent, s'explorent en écoutant Joy Division, Ian Curtis s'est suicidé l'an dernier, Tristan aime sa façon de chanter, ses gestes saccadés, épileptiques, un automate, personne ne chante comme ça, avec cet air possédé, mû par une force plus grande que lui, un instrument, mais les morceaux ne sont pas tristes, ils sont empreints d'une mélancolie qui fait du bien, et quand une chanson est trop sinistre il se lève, va jusqu'à la platine et déplace le bras, il a le bout des doigts humide, une odeur marine, il retourne auprès de Nathalie et recommence à la toucher, elle gémit, il lui dit des choses à l'oreille, des trucs stupides qui la font glousser, elle si intelligente glousse stupidement, un jour Fabien lui a expliqué que faire jouir une fille en la touchant est ce qu'il y a de plus difficile, Il faut être persévérant et délicat, un fin connaisseur, Tristan s'est dit qu'il fanfaronnait mais il a retenu la leçon, ne ralentit pas, c'est chaud, ça glisse, il l'a déjà fait une ou deux fois (au cinéma, dans une soirée), aujourd'hui c'est différent, il ne sait pas pourquoi, Nathalie gémit plus fort, Tristan doit repousser la main qui coulisse sur son sexe, il ne résistera pas longtemps et ne veut pas jouir tout de suite, curieux comme les conversations graves à propos du futur, des études et du travail mènent à ça, se rouler sur le lit, peloter des seins, des fesses, se faire toucher et toucher en retour, la musique a quelque chose de rêveur, elle carillonne, la basse pulse, Nathalie pousse un petit cri en se recroquevillant autour de sa main, ils n'ont pas encore fait l'amour, ça viendra, pense Tristan, la vérité c'est que Nathalie l'intimide, elle est belle et intelligente, elle ira sans doute à Ulm (qui n'est pas une ville allemande ou pas seulement), parfois il a du mal à suivre quand elle parle, il plisse un peu les yeux et elle comprend ce qu'il a en tête, Arrête de me regarder comme ça, et quelques jours plus tard, un soir en plein concert, il revoit la scène, ils sont l'un sur l'autre, ce sexe humide, ces grands yeux perdus, il n'était qu'une machine, délicate, mais une machine, à la batterie aussi Tristan est une machine, un rythme à garder, c'est lui qui ouvre la route, tom basse, grosse caisse, tenir bon, caisse claire, cymbales, toms, et il sent une énergie nouvelle, comme s'il n'était plus cet adolescent ombrageux qui cherche sa voie, Tu n'es pas encore un homme, il songe, mais il se sent solide comme un homme, il est prêt, regarde Alexis, deux mètres devant lui, qui force son vibrato et monte dans les aigus pour reprendre *The Needle and the Damage Done*, et même si le chanteur joue les durs, qu'il l'a déjà fait, lui – un soir après un concert, un joint pour les autres et une bière pour Tristan, il le leur a raconté en détail, « toute la nuit », « cinq fois de suite », « à la fin je bandais encore » –, Tristan pense que c'est un enfant gâté, il en fait trop, mais il a une bonne voix et des relations, il connaît les patrons de bars et de clubs, curieuses fréquentations pour un jeune bourgeois, qu'importe, si ça peut les aider, mais ça ne les aidera pas, car Alexis s'en va, il le leur annonce un mardi soir de janvier après une dernière répétition, Je voulais qu'on joue encore une fois ensemble, une bonne répète, d'ailleurs, Jérémy a composé un morceau, ils l'ont essayé, pour le moment c'est poussif, Une base de travail, a tenu à préciser le bassiste quand ils sont passés aux reprises habituelles, parfois Tristan se demande si c'est bien utile de répéter si souvent, ce soir en tout cas il n'est pas venu pour rien, ça chauffe entre le chanteur et les deux autres, moins à cause du départ que de la destination : il les quitte pour un autre groupe, Les Aventuriers, une bande de minets qui font de la pop avec des synthétiseurs et une choriste qui roucoule, ils les ont croisés dans un tremplin rock, des mecs du XVIe tout en apparence, les coupes, les fringues, copier les magazines de mode, cheveux mi-longs, pantalons étroits, vestes carrées, Jérémy et Charlie les détestent, T'es qu'un sale traître, ils hurlent au visage d'Alex, Tu veux te taper la fille, l'autre a l'air embarrassé, peut-être est-ce déjà fait, ils paniquent, sans chanteur plus de groupe, sans Alex plus de relations, on en vient aux mains, l'accusé se défend mollement, au pire il va recevoir quelques baffes et s'en fout, sa décision est prise, il a sauté du mauvais cheval pour grimper sur le bon, et Tristan est assis là, dans le studio il fait chaud, la pièce n'est qu'un nuage de fumée, on fume clope sur clope, et on entend des basses, à côté dans le grand studio, la grosse caisse, un camion dans la rue, Cet endroit est minable, il se dit, spectateur, il n'y a pas assez longtemps qu'il fait partie du groupe pour que cette histoire le concerne, mais de temps en temps il intervient : Eh, les gars, ou bien : On se calme, ces derniers mois il a fait des progrès, plusieurs concerts, un début de CV, c'est moche pour les deux autres, pas des musiciens exceptionnels mais ils y croyaient, Tristan sentait que ça pouvait devenir sérieux, dommage, la scène dure deux, trois minutes, elle n'en finit pas, Je vais me casser, il songe, c'est pas ma guerre, il n'a pas eu le temps d'y croire pour de bon, lui, puis il se lève, contourne la batterie, se dirige vers les trois autres et attrape Alexis par le col de sa chemise blanche, Ça suffit, il lui ordonne, et il l'entraîne avec lui, manque de trébucher sur un ampli et un bordel de fils emmêlés, ouvre la porte, flanque l'autre dehors – Dégage ! –, referme la porte et se tourne vers les autres, qui se regardent, médusés, personne n'a compris, Tristan non plus, de quel droit a-t-il fait ça, Jérémy et Charles ont l'air contrariés, voire furieux, il a empêché une bonne baston, avec des coups, peut-être du sang, quelques taches sur la chemise d'Alexis, ils sont scandalisés, ne disent rien, attendent qu'il s'explique, mais il ne s'explique pas, hausse les épaules, Je ne sais pas, il voudrait leur dire, c'est comme ça, mais quand il ouvre la bouche sans savoir ce qui va en sortir, c'est pour proposer : On continue sans ce connard, hein ?, ils sont encore plus étonnés, n'ont pas eu le temps d'y penser et n'en ont pas la moindre idée, peut-être qu'il n'est pas assez bon pour eux ou qu'ils veulent poursuivre sans lui, un gamin, un batteur débutant passé par le conservatoire, alors qu'eux sont des vrais, des purs, ils ont la crédibilité, connaissent la rue, punks de toujours, Charlie parle le premier, Ouais, on continue, il regarde Jérémy, sollicite son approbation et l'obtient, Jerry hoche la tête, sourire gêné, ils ont réagi à chaud, se dit Tristan, face à une possible fin du groupe ils ont paniqué, ils pensent avoir besoin de lui, demain matin à tête reposée ils auront changé d'avis, pourquoi Tristan en est-il si sûr, a-t-il si peu foi en ses capacités ? quelle sorte de musicien est-il ? a-t-il un avenir dans la musique ? au vu des prémices il est permis d'en douter, impulsif et réticent, il donne cette impression, a une telle aura de légèreté qu'on ne le prend pas au sérieux, grande perche sympa mais sans tripes, les autres ont toujours pensé ça de lui, son frère et sa mère, le grand-père Gunnar, ses amis, même les gens qui l'aiment bien, Nathalie qui s'offre à ses caresses, cette fois pour de bon, ils sont de nouveau chez lui, On ne peut pas dire que ta famille soit envahissante, il plisse les lèvres en réponse, l'amener à la maison a tout du piège, embuscade amoureuse pour victime consentante, à présent ils sont nus sur le grand tapis persan du salon, Tristan a tiré les rideaux, un dimanche après-midi de février, il fait inhabituellement doux, l'hiver est fini, il ne l'a pas vu passer, un peu de lumière poussiéreuse arrive jusqu'à eux, Tristan est stupéfait, jamais il n'a été si proche d'un autre corps nu depuis que Gilles et lui ne sont plus deux gosses qui prennent leur bain ensemble, pour le moment il ne la touche pas, l'observe et tremble, comme elle paraît fragile, pour un peu il en oublierait qu'il la désire, et il examine le contour de ses épaules, le sillon entre ses seins, le duvet clair sur son pubis et la rougeur de ses joues, il n'ose pas croiser son regard, ne l'a pas croisé en la déshabillant, vite, maladroitement, il avait hâte et maintenant il attend, à genoux et en érection, elle tend la main vers son sexe, mais il secoue la tête et l'embrasse sur la bouche, il cherche sa main, se relève et trébuche sur elle, ça la fait rire, Viens, il a l'air si sérieux, si solennel, il n'est pas vierge, le lui a dit, elle non plus, une histoire de vacances, l'été de ses seize ans, elle n'a ni aimé ni détesté, un joli garçon, la maison d'à côté, ils se voyaient tous les jours sur la plage, un Lyonnais, c'est comme ça qu'elle l'appelle quand elle en parle, le Lyonnais de Bretagne, une chose voulue, calculée, elle ne regrettait pas, n'a donné aucun détail, Tristan si, il a raconté, une fête chez un mec d'une autre classe, il y pensait, avait peur, une fille l'avait entraîné au bout d'un long couloir, plus âgée, étudiante, ils n'étaient pas seuls, faire glisser sa petite culotte, déboutonner sa braguette, comme ça, contre le mur, il avait à peine eu le temps d'entrer en elle, une, deux, trois fois, puis de se retirer précipitamment, éjaculant sur la robe noire de la fille, T'es un rapide, avait-elle commenté, sans méchanceté et avec une nuance d'affection, il fait cet effet-là, Tristan, et il s'était juré de coucher pour de bon avec elle, Beate, allemande, père diplomate, mais il n'a pas eu d'autre occasion, sa première fois c'est maintenant, ils vont dans sa chambre, se glissent sous les couvertures, elle prend la pilule, pas lieu de s'inquiéter, elle est allongée sous lui, il fouille enfin ses yeux, ne comprend pas ce qu'il y trouve et décide qu'il est temps, puis l'amour, désormais ils sont ensemble, un couple, Tristan ne prononce jamais ces mots-là, il espère qu'ils vont durer et ils dureront, jusqu'à ce que, plus tard, pour le moment Tristan a envie de chanter, de hurler ce qu'il ressent, des choses trop grandes pour les nommer, peut-être la satisfaction d'avoir franchi un seuil, il y a le groupe et il y a Nathalie, d'abord le groupe, cette entité sans nom qui existait avant et continue avec lui, il y a sa famille et le bac, Mitterrand qui va devenir président et l'autre qui ne le sera bientôt plus, il y a l'Est et l'Ouest, les Anglais et les Américains – il aime la new wave anglaise et le punk new-yorkais –, toutes ces choses qui se bousculent, jouent des coudes, trépignent, que va faire le groupe sans chanteur ?, ils peuvent chercher dans leur entourage, au lycée, à la fac, un frère, un cousin, ou la procédure habituelle : petite annonce, audition, décision, ça a marché pour lui, ça marchera pour un autre, pas quelqu'un de surdoué, il faut plutôt de la conviction, du goût, de l'énergie, il devra s'entendre avec eux, un mec bien, pas un trouduc comme Alexis, et quelques jours plus tard, le choc digéré, la décision inchangée, ils sont tous les trois dans un pub irlandais du côté de Jussieu, le Finnegan's Wake, une agréable soirée de mars, l'élection approche, on ne parle que de ça, Jérémy et Charles aussi, ils plaisantent, Tristan écoute d'une oreille et regarde autour de lui, il n'est jamais venu ici, on dirait une cave, il y a bien quelques reliques irlandaises aux murs, mais on a surtout l'impression que chaque client passé par le pub en a profité, avant de rentrer chez lui et après un nombre conséquent de Guinness ou de Kilkenny, pour écrire sur les murs ce qui lui passait par la tête, de *Séb aime Chris* à *Allez les Verts*, en passant par des A dans un cercle et tous les noms de groupes de rock possibles et imaginables, un véritable annuaire, quand il en a assez il les interrompt, On fait quoi ?, les deux autres perplexes, On a besoin d'un chanteur, insiste Tristan, Jerry s'illumine, c'était donc ça, c'est pour parler du groupe qu'ils sont là et que Tristan néglige ses révisions, enfreint les consignes de ses parents transmises par Gilles, qui a pour mission de les faire respecter quand il est là – il n'est pas souvent là –, Charlie non, il n'a pas l'air intéressé, le bla-bla sur les élections lui allait bien, Faut voir, répond celui-ci, Je sais pas trop, fait l'autre, Je suis bien tombé, songe Tristan, il va leur proposer la petite annonce, aime cette idée, jeter une bouteille à la mer et attendre les appels, mais Jerry le devance : Et toi ?, Moi quoi ? répond Tristan, Ouais, tu sais chanter, précise Charles, qui semble avoir retrouvé un peu de vie derrière sa mèche et la fumée de cigarette, c'est une affirmation, pas une question ou une proposition, « tu sais chanter », l'un a parlé et l'autre a confirmé, Vous rigolez, pense Tristan en cherchant quoi répondre, ils savent qu'il a fait du chant au conservatoire, savent aussi qu'il est anglophone, mère suédoise, séjours londoniens, accent parfait, il ne l'a pas ramenée plus que ça quand il en a parlé, mais c'est ce qui a dû mettre en branle ce « Et toi », Je peux chanter, mais je suis batteur, il finit par dire, c'est tout ce qui lui est venu à l'esprit, Allez, fait l'un, Ouais, renchérit l'autre, Vous déconnez, proteste Tristan, qui ne l'envisage pas une seconde, il les a rejoints pour jouer de la batterie, rien d'autre, qu'est-ce que c'est que cette histoire, C'est une super idée, s'enthousiasme Charlie, Essaie au moins, suggère Jérémy, plus rusé, le renard et le chat, à présent il hésite, il est tenté, ça n'engage à rien, il sait qu'il peut faire bonne figure, ce qui ne lui plaît pas c'est le reste, être le visage du groupe, occuper le devant de la scène armé d'aucun instrument, même s'ils ne sont personne ils y croient, sinon il ne serait pas là, lui, C'est du sérieux ou c'est pour rigoler ? il voudrait leur demander, ils ne lui répondraient pas ou bien des conneries, on est en France, 1981, à part les gros, Téléphone, Trust, le rock français ça n'existe pas, quelques groupes, Marquis de Sade, Bijou, Starshooter, Dogs, Tristan est encore novice, il n'y a pas longtemps qu'il lit *Best*, *Rock & Folk*, des fanzines qui commencent à paraître, on parle surtout des autres, Anglais et Américains, mais c'est vrai, il y a des entrefilets, des rubriques *Made in France*, il doit se passer quelque chose, ce n'est peut-être pas si fou que ça, Essayer, il répète, incrédule, et il ne le sait pas encore, si on le lui disait il trouverait ça ridicule, mais la décision ou plutôt la non-décision qu'il va prendre conditionnera le reste de sa vie, et s'il n'a pas encore accepté, pas dit : Oui, je chanterai, une semaine plus tard ils sont toujours trois dans le studio de répétition mais n'occupent plus tout à fait les mêmes places qu'avant, Tristan n'est plus derrière la batterie, le tabouret est vide et il est au micro, regarde le bassiste et le guitariste qui lui font face, à gauche une boîte avec des boutons est posée sur une chaise, c'est la batterie électronique qu'il est chargé de manipuler et dont il ne sait pas se servir, ils sont quatre, trois hommes et une machine, forment un demi-cercle, pas le losange habituel d'un groupe de rock, ainsi ils peuvent se regarder (les hommes, pas la machine), un pupitre devant lui avec les paroles qu'il ne connaît pas encore par cœur, des textes en anglais qu'il a recopiés sur les partitions, il règle le pupitre, trop bas pour lui, il est obligé de se plier en deux pour lire car il ne met jamais ses lunettes, un début de myopie qu'il corrigera pendant toute sa carrière avec des lentilles de contact, le monde est flou, le chat et le renard lui sourient, ils ont eu ce qu'ils voulaient, Tristan essaie et ils semblent sûrs d'eux, il ne se contentera pas d'essayer, la drum machine, c'est Charlie qui l'a apportée, un ami la lui a prêtée, elle était dans un carton sur la banquette arrière de sa Dyane, Tristan était en avance et les a vus débarquer, Jerry et lui, avec cette boîte, Qu'est-ce que c'est que ce truc ? il a demandé, C'est ton successeur, a répondu Charlie, chaque fois il faut la programmer et ils passent une demi-heure à tester les boutons avant de tomber sur le bon réglage, une pulsation en quatre-quatre qu'ils ne touchent plus, quand ils arrêtent de jouer ou qu'ils s'interrompent la machine continue imperturbablement, leurs conversations rythmées par le battement, après ce long préambule ils s'y mettent enfin, et il chante, pour la première fois il chante seul, lorsqu'il faisait partie du chœur il n'a jamais été soliste, il entend sa voix mais ne la reconnaît pas, ne l'imaginait pas si forte, il chante juste, a une bonne oreille et ce qu'il faut de technique, il a appris à respirer, sait placer sa voix, sa puissance l'étonne, il n'a pas besoin de forcer, elle remplit aussitôt la pièce, une chose plus grande que lui, comment se peut-il que son long corps maigre contienne cette boule qu'il lance contre les murs, à présent les deux autres ne sourient plus, ils ont baratiné Tristan parce que ça les arrangeait, se disaient sans doute qu'il se débrouillerait, que ça ferait l'affaire, maintenant ils sont tellement troublés qu'ils multiplient les pains, Jerry est en retard, pas concentré, Charlie s'emmêle dans ses accords, ou bien c'est la drum machine qui les perturbe, ils ont commencé par un morceau habituel, *Ziggy*, qu'Alexis maîtrisait, et dans un premier temps Tristan a paru hésitant, il chantait trop bas, ça n'allait pas, puis sa voix a enflé, elle a échappé à son contrôle, il lui a fallu moins de deux minutes pour comprendre que c'était ce qu'il voulait, ces sensations-là, cette énergie qui se libère, et tous ces raisonnements dignes, le choix qu'il avait fait, la noblesse du batteur, l'homme indispensable mais discret, son mépris d'Alexis et du besoin d'apparaître, deux minutes pour savoir : c'est bon de se vider les poumons, d'être celui qu'on regarde, un public de deux personnes, mais il est bel et bien au centre de l'attention, qu'est-ce que ce sera quand il chantera devant une foule de vingt, trente, quarante personnes ? – plus, c'est inimaginable, ça ne peut pas arriver –, il éprouve une sensation de plaisir physique jusqu'alors inconnue, une forme de bien-être tandis qu'il chante, rien à voir avec ce qu'il sent quand il fait l'amour avec Nathalie, plutôt l'électricité qui circule dans le corps lorsqu'on vient de faire du sport, qu'on a approché ses limites, l'escrime faisait ça, mais c'était court, il lui en fallait plus, ce qu'il éprouve maintenant est sans commune mesure, une drogue qu'on a goûtée en infime quantité et qui vous laisse plus frustré qu'autre chose, jusqu'à ce qu'on réessaie pour de bon, Tristan a une sensation de chaleur dans l'estomac, il a envie de rire, une euphorie qu'il ne comprend pas, deux morceaux, trois, puis ils recommencent, Jerry n'est pas satisfait de son jeu, la BMX Beat 1 s'est plantée et ils n'arrivent pas à la reprogrammer, Charles aussi est nerveux, sa guitare semble peser deux fois plus lourd qu'à l'ordinaire, ils sont écrasés au sol, un rocher sur le dos, et Tristan décolle, il observe le monde d'en haut et voit loin, c'est beau, ça brille, c'est là qu'il veut aller, que nul n'ose le faire redescendre sur Terre, il a déjà oublié qu'il était dans un studio de répétition minable, qui pue la clope et où personne n'a jamais fait le ménage, à en juger par les cendriers qui débordent, la corbeille renversée, les canettes vides partout, en cherchant bien on trouverait sûrement assez de dope à fumer ou à sniffer, mais Tristan ne veut pas penser à ça ni à ses deux camarades qui lui paraissent égarés, minuscules, si seulement ils pouvaient s'élever eux aussi et voir ce qu'il voit, il passe toute la répétition dans cette transe, Charlie qui casse une corde, Jérémy qui se bat avec son ampli, la drum machine qui martèle comme avant (Charlie lui a mis quelques coups : Les machines, faut les cogner pour qu'elles marchent), chacun sur sa planète, le groupe n'en est pas un, de retour chez lui Tristan en a conscience, l'euphorie est retombée et il sait que c'était mauvais, que la route sera longue, Alexis avait de gros défauts mais c'était un meneur et ça fonctionnait, à présent tout est en pièces, les deux autres ne sont pas assez bons musiciens pour s'adapter à cette nouvelle situation, Jérémy est perdu, son jeu n'a plus la solidité qui faisait sa force, Charles a la tête ailleurs, il multiplie les approximations, on dirait un débutant, le seul point positif, c'est qu'il chante bien, lui, et surtout qu'il aime ça, c'est comme une renaissance, le printemps, Pâques 1981, le changement est dans l'air, il va bientôt passer son bac et ne sait pas ce qu'il fera ensuite, il a tout de même écouté son père, son frère, Antoine et Nathalie, et déposé des dossiers, par miracle il est sur la liste d'attente en hypokhâgne à Fénelon et passera le concours d'entrée à Sciences Po, si nécessaire il s'inscrira en fac de philo ou d'anglais, rien qui l'enthousiasme, Antoine ira à Dauphine, économie et gestion, Nathalie à Henri-IV, ils se sont préparés, jamais pris en défaut, Tristan pense aux plans de cours de son père, à sa petite écriture régulière, les mots soulignés, les encadrés, tout à la main, pas une rature, on pourrait les publier tels quels, tout est si clair dans son esprit, il maîtrise si bien son sujet que le premier jet est toujours le bon, Gilles aussi, ses partitions impeccables, annotées avec soin et bien classées, sa valise quand il part en tournée, deux costumes noirs, six chemises à col cassé, un jour Tristan s'est amusé à en remplacer une par un tee-shirt à l'effigie de Sid Vicious, son frère a failli avoir une attaque et l'a engueulé au téléphone, Tristan improvise, lui, il ne connaît pas la perfection, tâtonne, souffle, transpire, trébuche, saigne, il rate même les élections, le 26 avril il accompagne ses parents et son frère au bureau de vote, ils ne sont que deux à pouvoir voter – Svea n'a jamais demandé la nationalité française –, mais toute la famille se lève tôt, se prépare et se rend à l'école maternelle Cujas, l'humeur est bonne, Pierre optimiste, Svea enchantée qu'ils soient réunis, seul Gilles est tendu, désormais mitterrandien, le rêve est à portée de main, c'est le dimanche du premier tour, une belle journée, le père et le frère s'apprêtent à voter, la file est longue, les visages fermés, Tristan s'amuse à deviner qui vote quoi, derrière eux cet homme bien habillé est sûrement de droite, cette dame souriante a peut-être choisi le candidat socialiste, et lui, voterait-il Mitterrand ? pas sûr, le personnage ne lui inspire pas confiance, Pierre l'admire parce que c'est un homme de lettres, de Gaulle aussi était un homme de lettres, il a écrit ses *Mémoires*, à lire absolument, lui a-t-il conseillé, tout ce savoir, cette France si digne, si bourgeoise, Tristan a conscience d'être lui aussi un bourgeois, dont les parents possèdent un grand appartement boulevard Saint-Michel, mais c'est différent, dans sa famille on a des idées, on se soucie des autres, on méprise Thatcher et on admire Berlinguer, on a de l'argent mais surtout de la culture, dans l'immédiat la question ne se pose pas, alors il observe, les gens, les panneaux électoraux, fume une clope, sa mère le couvre d'attentions, retour des États-Unis, New York, Chicago, Cleveland, après Wagner elle interprétait la Maréchale dans *Der Rosenkavalier* sous la direction de Lorin Maazel, préfère Karajan, J'en ai assez d'attendre, on va faire un tour ? elle propose, Tu savais que Hitler le haïssait, ton Karajan ? demande Tristan, il a lu ça quelque part et veut le lui raconter, là, dans la cour de l'école, mais elle change d'expression, il n'insiste pas, plus tard au déjeuner il remet ça, ne sait pas pourquoi, son père et son frère ne parlent que de l'élection et il s'ennuie, Hitler le détestait depuis qu'il avait assisté à une répétition des *Maîtres chanteurs de Nuremberg*, pourtant on sait bien que c'était un, elle l'interrompt, devient toute rouge et se met à hurler en plein restaurant – ils sont chez l'Italien –, on ne touche pas à Karajan ni à Wagner, qu'importe la politique, seul le génie compte, et Tristan pourrait lui répondre sur le même ton, lui dire qu'il en a marre de ses airs d'aristocrate, pour qui se prend-elle, soprano célèbre, d'accord, ce n'est pas une raison, être une grande artiste ne lui donne pas tous les droits, mais il se lève, part sans saluer, les laissant à leur tableau idyllique de merde, la Famille Lavarini, les jours qui suivent tout le monde fait la gueule, c'est sa faute, il le sait et ça ne l'embarrasse pas, au contraire, ils devraient être contents, Mitterrand est bien placé, Giscard en difficulté, Chirac fait tout pour qu'il perde, en face la gauche va s'unir, la victoire est possible, dans une dizaine de jours, le bac approche, Tristan révise toujours aussi paresseusement, la philo est un problème, il y a des sujets qui lui plaisent et d'autres qu'il exècre, certains qui l'intéressent mais auxquels il ne comprend rien, le langage par exemple, Saussure, Wittgenstein, il a l'impression qu'un piège se referme sur lui, qu'en essayant de comprendre la philosophie du langage au moyen du langage il se retrouve coincé dans une métadimension, il en parle à Nathalie, ils sont allongés, nus, l'un contre l'autre après avoir fait l'amour, il pense avoir dit une chose très intelligente pour quelqu'un qui ne comprend rien, mais elle fixe le plafond et soupire, J'espère qu'il y aura d'autres sujets, elle murmure comme si elle parlait toute seule, Moi aussi, approuve Tristan, Sur la musique, ça m'irait, et elle se lève, va vers la salle de bains, elle n'aime pas qu'il joue les crétins, trouve ça désinvolte, elle si soucieuse des études et de la marche du monde, qui a voté comme il fallait et le refera, pour Tristan il y a plus important que la présidentielle, le 8 mai, deux jours avant le second tour, Clash à l'Hippodrome de Pantin, ils y vont tous les trois, Jérémy, Charles et lui, les deux autres pogotent dès le début du concert, *La resa dei conti*, il les perd rapidement de vue et observe sans se mêler à la foule, sans danser ni hurler, petit ethnologue en mission sur la planète rock, la fin est épique, *Paris Is Burning*, par les Quatre Cavaliers de l'Apocalypse, le samedi soir ils se retrouvent dans le XIe, pas pour répéter mais pour boire des coups, les deux autres se foutent de lui, C'était pas un séminaire, ils rient tellement qu'ils ont mal au bide, ils ne sont pas stupides mais ne comprennent pas, pour lui c'est une affaire sérieuse, pas là pour rigoler, pour la première fois de sa vie il travaille dur, s'il pouvait il irait voir des groupes répéter ou enregistrer, et quand ils répètent, eux, il jette toujours un coup d'œil au studio voisin, de temps en temps il y a des gens connus, des professionnels, un soir il a vu les types de Magma, Gilles a les disques, bien sûr il déteste, lui, c'est du rock progressif, français en plus, les mecs ont des coupes de cheveux atroces, portent des pantalons rayés à pattes d'éléphant, le punk est passé par là, ils ne sont pas au courant ?, mais ce sont de bons musiciens, il est resté une ou deux minutes sur le seuil du studio, la porte était ouverte, et il y avait du Son, du vrai Son, une chose vivante, palpable, qui a résonné jusque dans ses os, puis un type lui a tapé sur l'épaule, Tristan s'est écarté pour le laisser entrer, les autres se sont interrompus et le nouveau venu a dit quelque chose, ça les a fait rire et la porte s'est refermée, d'Oberkampf ils marchent jusqu'aux Halles et échouent dans un club, rue Saint-Denis, à son âge on n'aurait pas dû le laisser entrer mais il est grand, beau gosse, bien habillé, le videur lui fait signe, c'est bon, un mec en noir, crâne rasé, un dur, il est seulement minuit et le gars se prépare aux inévitables bisbilles, Tristan boit deux ou trois gin-tonics qui suffisent à le mettre KO, bientôt il ne voit plus que des lumières, des objets qui brillent, des gens qui s'agitent, et le lendemain il ne se souvient de rien, a l'impression d'avoir perdu sa soirée, une barre lui traverse la tête et lui conseille de ne pas bouger, de ne pas sortir de son lit et de laisser le reste de la famille voter, se balader, être heureux ici et maintenant, pendant qu'il soigne sa gueule de bois, il ne la soigne pas vraiment, d'ailleurs, il a envie de téléphoner à Nathalie mais préfère s'abstenir, elle ne doit pas apprendre qu'il est dans cet état, il songe ensuite à Antoine, non, lui aussi le sermonnera, alors au milieu de l'après-midi il sort, encore nauséeux, l'estomac vide, descend jusqu'au parc Montsouris et remonte vers Montparnasse, puis le XVe, il avance à grandes foulées, nonchalamment, comme si sa longue silhouette rebondissait sur le pavé, il est en mouvement, ne sait pas pourquoi, et il croise des gens, les regarde et n'en pense rien, certains ont l'air satisfaits, d'autres mécontents, il capte des bribes de phrases qui lui échappent aussitôt, va jusqu'à l'Étoile, une trotte, il n'a aucune idée de l'heure qu'il peut être, à présent les rues sont pleines, la foule se presse dehors, on se bouscule, marcher n'est plus si agréable, il voulait être seul et le voilà au milieu de tout ce monde qui, après des vagues d'enthousiasme, explose d'un coup, un grand cri qui n'en finit pas, semble durer toute la soirée, les deux heures qu'il lui faut pour rentrer chez lui et le reste de la nuit, à la maison il n'y a personne, il trouve une feuille de papier pliée en deux sur la table de la cuisine, beaucoup de points d'exclamation, il allume la télévision, sur les trois chaînes les mêmes gens que dehors, le même cri, des drapeaux, des chants, quelques visages qu'il reconnaît, le téléphone qui sonne régulièrement et qu'il ne décroche pas, puis il en a assez, éteint et va jusqu'au frigo, il a faim, n'a rien avalé de la journée, son ventre gargouille, se tend, il a des crampes, avale un morceau de gruyère et un peu de baguette desséchée, avant d'attaquer le jambon cru il va mettre un disque au salon, *Sandinista!*, ce soir il peut monter le volume aussi haut qu'il veut, personne ne viendra protester, un fracas de guitares qui couvre les bruits ambiants et l'empêche de penser, disques 1, 2, 3, le jambon cru, enfin il est écœuré, va se coucher, on ne le réveille pas, le lendemain tout le monde ne parle que de ça à la table du petit déjeuner, sa mère décrit la soirée par le menu, ils étaient chez des amis, son père et son frère extatiques, au lycée c'est moitié-moitié : ceux qui semblent encore sous le choc et ceux qui ont fait la fête, le climat est électrique, on s'insulte, cocos, fachos, si Tristan ne s'en foutait pas il en rigolerait tant il trouve ça vain, un président, un autre président, fuck off le système, voilà la vérité, il se la répète toute la journée, fuck off le système et fuck off les études, le bac, la prépa, Sciences Po et la fac, il pense à l'IDHEC, des études de cinéma, ça lui plairait, mais comment on y entre, il ne sait pas, ne s'est pas renseigné, il fait traîner, peut-être faut-il un diplôme supérieur au bac, il sait juste que l'école est à Bry-sur-Marne, pas dans le Ve ou le VIe, et c'est loin, Bry-sur-Marne, en banlieue est, c'est punk, il y pense sérieusement, doit en parler à ses parents, à son père, surtout, s'il convainc son père c'est gagné, il y croit, c'est sérieux, le cinéma, pas comme le rock, il glissera quelques noms dans son discours, Mizoguchi, Kurosawa, des Japonais, il ne connaît pas de cinéaste chinois mais ça fera l'affaire, il dira qu'il veut écrire, pas réaliser, il dira un tas de choses, sûr que ça marchera, le temps presse, enfin le bac, Tristan passe les épreuves, écrits, oraux, anglais, philo, il s'en aperçoit à peine, il est là et il n'est pas là, il doit parler à ses parents, à son père qui n'est jamais là, toujours en voyage, Gilles aussi, avoir son bac et décider, il voit Nathalie et Antoine, de loin, pour eux le bac est important, ils sont concentrés, Nathalie à sa façon habituelle, calme, avec juste ce qu'il faut d'anxiété, peur de l'épreuve de philo, forcément, un peu du latin et du grec, Antoine l'efficace, fierté des classes moyennes, plus mitterrandien que Mitterrand, plus socialiste que le poing et la rose, l'ascenseur social, la réussite, un avenir radieux, Antoine le rugbyman, rien ne résiste à sa détermination, sagement habillé, sagement coiffé, les yeux clairs, futur gendre idéal, polo sans crocodile, rien d'ostentatoire, Tristan n'ironise pas, il admire son ami et lui est reconnaissant, sa patience, ses conseils, son regard bienveillant, c'est l'une des rares personnes qui ne le juge pas, avec lui il n'a pas besoin de tricher, Gilles était comme ça, mais désormais Gilles est trop occupé, un frère virtuel, alors qu'Antoine est réel, il le prévient et insiste : Dépêche-toi si tu veux faire l'IDHEC, il faut que tu te renseignes, il l'encourage : C'est bien, le cinéma, vas-y, maintenant il attend les résultats du bac, comme tout le monde, c'est le début de l'été, les rues se vident peu à peu, les gens partent, ses parents aussi vont partir, ils ont loué pour deux mois un chalet dans les Alpes, Villard-de-Lans, son père doit finir son livre sur les guerres entre Chinois et Mongols, il croit se rappeler, sa mère et son frère y feront des séjours réguliers entre deux festivals, Tristan ira, il doit d'abord régler la question de l'IDHEC, vite, il va leur parler mais ne leur parle pas, il n'en a pas l'occasion et ne l'aura plus, samedi 4 juillet, jour du départ, ses parents attendent Gilles, son avion est en retard, il rentre de Londres et devra se changer, préparer ses bagages, la voiture est garée au pied de l'immeuble, Pierre voulait prendre la route avant le déjeuner, arriver dans l'après-midi et faire une première balade, mais Gilles a téléphoné de Heathrow, son vol est annulé, il en prend un autre, non, pas le prochain, plus tard, puis il sautera dans un taxi à Orly, oui, il est désolé, il n'y peut rien, une fois à Orly il rappelle, quinze heures, il arrive, Tristan transmet le message, ses parents sont agités, surtout son père, il n'aime pas conduire, ne conduit pas souvent, ils ont huit heures de route à faire, y seront dans la soirée, tant pis pour la balade, il a prévenu le propriétaire du chalet, il faudra téléphoner pour se faire remettre les clés, ils dîneront dans un restoroute, petit-déjeuneront dans un café demain matin, On se débrouillera, assure sa mère, et son père ne dit rien mais on voit bien que ça l'agace, puis la porte d'entrée s'ouvre et Gilles apparaît enfin, essoufflé, son étui à violon à la main, un sac de voyage dans l'autre, Désolé, il se précipite dans sa chambre, on l'entend s'affairer, dix minutes plus tard il est de retour, n'a pas pris le temps de se rafraîchir, Svea et Pierre ont à peine bougé, On y va, annonce ce dernier à Tristan, qui feint de ranger sa chambre depuis le réveil et multiplie les allers-retours avec le frigo, plus vite ils partiront et plus vite il pourra cesser cette comédie, il laissera tout en l'état et ira en répétition, quand il en aura le courage – bientôt – il rassemblera cahiers, livres, notes, dossiers, et balancera tout, on se dit au revoir, on se fait la bise, rendez-vous dans une semaine, Tristan prendra le train jusqu'à Grenoble, ses parents lui sourient d'un air vaguement inquiet, va-t-il s'en sortir en leur absence, son frère lui donne une claque sur l'épaule, Sois sage, puis ça y est, ils sont partis, Tristan se douche, sort et retrouve les deux autres dans le XIe, depuis qu'ils ne sont que trois ils répètent plus souvent, une fois la surprise passée ils se sont remis au travail avec un enthousiasme redoublé, ils n'ont pas de concerts en vue mais Jérémy s'est entraîné à programmer la drum machine, à présent ils jouent comme s'ils étaient quatre, et Tristan n'est plus le batteur du groupe, il chante, connaît les textes et travaille sa voix, grâce à sa formation classique il a assez de technique pour qu'on remarque la différence avec son prédécesseur, vibrato contrôlé, aisance dans les aigus, Tu chantes bien, a observé Charles, contrarié, car il voudrait moins de technique, plus de spontanéité, le samedi soir est un bon moment pour répéter, comme s'ils jouaient en concert, la séance se déroule bien, sans Alexis le guitariste et le bassiste sont plus sûrs d'eux, Tristan trouve qu'ils ont fait des progrès, le jeu de Charlie est plus précis, sa palette d'accords plus large et le son plus riche, Jerry est moins en retrait, sa basse ne se contente pas de supporter les morceaux, elle les dynamise, Tristan a parfois envie de s'arrêter et de les écouter, plus tard il le leur dit : C'était bien, les gars, ça leur fait plaisir, surtout à Charles, plus vaniteux, Il faut qu'on décroche des concerts, qu'on compose des morceaux, ils sont dans une pizzeria minable, avenue de la République, la quatre fromages est immangeable et la Kro pas fraîche, c'est égal, Tristan déborde d'optimisme, ils ont même un nom pour remplacer Nudge Nudge, banni avec son inventeur, c'est Jérémy qui l'a proposé, Rhum Rouge, ça ne veut rien dire mais ça sonne bien, se dit Tristan en montant l'escalier, de retour boulevard Saint-Michel, l'appartement vide, plongé dans la pénombre, un frisson lui parcourt l'échine, il allume les lumières, met un disque, il n'est pas prêt à aller se coucher, puis dort jusque dans l'après-midi, on sonne à la porte, j'ai dû déranger le voisin, il songe, ouvre et tombe sur son oncle, la tête des mauvais jours, le visage fermé, les yeux rouges, à présent son oncle parle, au début Tristan ne comprend pas, le froid hors saison, le poêle, le monoxyde de carbone, il lui demande de répéter, enfin il devine qu'il y a eu un accident, ils sont dans quel hôpital, allons-y, mais ce qu'il lit dans les yeux de son oncle le fige sur place et il comprend, bouscule Bernard et se précipite dans l'escalier, il dévale les marches, se retrouve sur le boulevard et se met à courir vers le Luxembourg, il ne sait pas pourquoi il court, remonte lc boulevard et ne s'arrête plus, ne t'arrête pas, petit homme, maintenant tu es seul au monde, cours et ne t'arrête plus, Tristan, ou la mort te rattrapera.

On était en voiture. Trois à l'avant, Papa, Maman et moi, Tristan à l'arrière. Pourtant, c'était une Renault 16 tout ce qu'il y a de normal, impossible de s'asseoir à trois devant. Papa conduisait, mais il ne connaissait pas la route, on n'avait pas de carte et je ne sais plus où on allait – un concert, peut-être. On était perdus et ils se disputaient : il fallait prendre la première sortie, maintenant on doit faire demi-tour. Maman était agitée, Papa concentré sur la conduite, je sentais la tension et la peur. J'essayais d'aider, de suggérer, je proposais qu'on s'arrête quelque part pour demander. Mais ils ne m'écoutaient pas, j'avais l'impression de parler dans le vide, c'était plus angoissant que de s'être égarés.

Derrière, Tristan ne disait rien. Il ne dormait pas, n'était pas occupé à autre chose, dessiner ou jouer – il avait quatre ou cinq ans, je n'étais pas encore adolescent –, il regardait droit devant lui. Puis, alors que le ton montait entre Papa et Maman, que je ne savais plus quoi dire, il a parlé : « On n'a qu'à voler. » Nous étions tous d'accord : comment avions-nous pu ne pas y penser plus tôt ? Et très naturellement, avec les commandes habituelles, volant, pédales, levier de vitesses, Papa a fait décoller la R16, c'est tout juste si le moteur faisait plus de bruit qu'à l'ordinaire. Le soleil se couchait, on avait ses derniers rayons dans les yeux, mais ce n'était pas gênant, Papa réussissait à piloter. À présent, il savait où il allait, plus personne ne discutait et le climat était détendu. La voiture flottait paisiblement.

Enfin elle s'est posée et nous sommes descendus tous les trois – Tristan s'était allongé sur la banquette arrière, il dormait. Nous étions dans une grande clairière entourée d'arbres, des conifères, aurait-on dit, au milieu de laquelle se dressait un totem. Un totem indien, en bois, avec des animaux, des choses symboliques. Il avait l'air faux, une mauvaise imitation pour parc d'attractions, et Papa s'est approché, il l'a touché sans rien dire, impressionné. « Oui, a-t-il commenté, c'est bien ça. » J'ai failli lui demander quoi, mais je n'ai pas osé, et Maman n'a pas bougé, elle était restée près de la voiture et s'est mise à chanter, à pousser une longue plainte triste qui s'est élevée dans le ciel de la clairière.

Rhum Rouge est un nom qui commence à circuler, il y a des articles dans la presse, *Le Parisien libéré*, *Le Matin de Paris*, des entrefilets qui citent également Electric Callas, End of Data, Complot Bronswick, des gens qu'ils croisent aux concerts, dans les bars, les clubs, partout où ils jouent, certains ont un deal avec une maison de disques, les autres espèrent, et dans tous les groupes il y a des alcoolos, des junkies, des inadaptés et des bien amochés, Freaks, songe Tristan, en comparaison ils sont normaux, eux, pas intéressés par la déglingue, sauf Charles, qui a ses héros, sa mythologie, le rock et sa dimension tragique, rien d'inquiétant, ils sont tous les trois d'accord : les hippies sont des drogués, nous détestons les hippies, donc nous ne nous droguons pas, l'herbe, le shit, les acides, l'héro, c'est pour les larves, des gens qui passent leur temps affalés par terre à fumer des joints ou à se shooter, eux sont fièrement debout, le jour, la nuit, en concert, en répétition, dans la rue, décharnés, blafards, des types qui ne dorment jamais, heureusement il y a le speed, les amphètes, le Fringanor, exceptions nécessaires pour tenir le coup, et ils tiendront, se le sont juré quand ils ont pris leur décision, qu'il a fallu franchir le pas ou reculer, abandonner toute idée de carrière musicale, la musique comme hobby, les études et le travail comme avenir, c'était une possibilité, pour Tristan aussi, il serait allé à l'IDHEC ou à la fac, à présent il vit chez son oncle et sa tante, occupe leur chambre d'amis, quelques numéros plus bas sur le boulevard (le 122 au lieu du 48), matin et soir il croise sa cousine qui sort de la salle de bains en petite tenue, il ne comprend pas, un coup de baguette magique et sa famille a disparu, l'endroit où il a grandi envolé, Notaire a bondi tel un lapin blanc d'un chapeau haut-de-forme et s'est mis à lui parler dans une langue étrangère, Votre oncle a accepté la succession en votre nom, très poli, le lapin, M. Lavarini, il l'appelait, lui qui n'avait pas encore dix-huit ans, il était là avec trois personnes qu'il aimait bien mais qui n'étaient pas sa famille, qui en avaient remplacé trois autres, si le lapin était obséquieux c'était sans doute parce qu'il avait virtuellement de l'argent, lui, jamais travaillé de sa vie et futur rentier, un autre coup de baguette magique a transformé le lapin en vilain crapaud vert appelé Banquier, qui disait en regardant Bernard : Il faut placer les avoirs de ce garçon – pas M. Lavarini : ce garçon –, On va trouver des produits qui rapportent, faites-moi confiance, fanfaronnait Banquier, une lueur obscène dans le regard, et Tristan traverse ce bel automne parisien dans des limbes glacés, il n'est ni triste, ni malheureux, ni rien d'autre non plus, il n'a pas assisté aux funérailles et n'ira jamais au cimetière du Montparnasse, il attend que le spectacle se termine, curieux de voir ce qu'on lui réserve encore, de fait il y a des agents immobiliers, des antiquaires, des déménageurs, tout juste lui a-t-on épargné les employés des pompes funèbres après la tragédie, les gendarmes non, ils ont roulé jusque dans la nuit vers Villard-de-Lans, son oncle et lui, le chalet, un lieutenant-colonel de gendarmerie, puis l'hôpital, une pièce en sous-sol et le froid réglementaire, l'identification, cette pâleur bleuâtre, Gilles rajeuni, l'air d'un enfant, Svea comme congelée et Pierre méditatif, les journaux en ont parlé, la grande soprano suédoise, le sinologue, le jeune violoniste, s'ils avaient exercé d'autres métiers Tristan y aurait échappé, devoir lire leur histoire dans *Le Monde* et *Le Figaro*, au retour en voiture il n'a pas dit grand-chose, son oncle parlait mais Tristan n'écoutait pas, Pierre et Bernard ne s'entendaient guère, ils se voyaient, se disputaient, l'un de gauche et l'autre de droite, l'un universitaire et l'autre avocat, Bernard plus jeune, il a expliqué à Tristan qu'à son âge il ne pouvait pas vivre seul, Tu vas t'installer à la maison, il y a de la place, dans la Volvo de son oncle il était abasourdi, il avait tellement l'habitude d'être seul et de se débrouiller qu'il peinait à y croire, le deuil il ne savait encore pas ce que c'était, rouler dans la nuit, hébété, les genoux coincés contre la boîte à gants – le siège bloqué et ses jambes trop longues –, ils sont repartis après l'identification des corps, J'ai un confrère à Grenoble, il va s'occuper des formalités, a dit Bernard, on va rentrer, et Tristan a hoché la tête, il se demandait pourquoi il avait couru, quelle force l'avait poussé et ce qu'avait fait son oncle pour l'apaiser, aucun souvenir, il l'a regardé et a fermé les yeux, il s'est assoupi et a dormi pendant deux mois, dormi en mangeant, en faisant sa toilette, en marchant, dormi en permanence, feignant de mener une vie normale, la tête lourde, les pensées confuses, les voix autour de lui si lointaines, le contour des choses toujours flou, quand il se réveille une fille le regarde, elle est presque aussi grande que lui, en pyjama, les mains sur les hanches, les cheveux emmêlés et le regard furibond, elle parle, l'engueule, on dirait, elle le secoue par les épaules, dit Putain et Merde, alors il la reconnaît, c'est sa cousine Mathilde, elle est rouge de colère et il a envie de rire, lui, mais ce n'est sans doute pas une bonne idée, mieux vaut laisser faire et prendre un air contrit, il n'arrive pas à se concentrer sur ses paroles, s'efforce de deviner, un mot saisi de temps en temps lui suffit, devoir, vivant, respect, il a déjà entendu ça, tout le monde lui répète les mêmes choses, chacun à sa manière, dans celle de Mathilde il y a une urgence, des attentes : elle exige, personne n'a jamais rien exigé de lui, et plus tard, une fois seul – les autres sont sortis, c'est la fin du mois d'août, il fait beau et on se prépare pour la rentrée –, il hésite puis sort à son tour, une première, dehors il se heurte au bruit des voitures, des bus, des taxis, à la foule des passants, les sens en alerte, le pas un peu raide tandis qu'il avance sur le trottoir, mais ça va, regardez-le, Tristan Lavarini, dix-sept ans et quelques, bachelier et orphelin, que va-t-il faire de sa vie ?, Antoine, son seul ami, a passé l'été à Londres, travaillant comme serveur dans un café français à la mode pour gagner de l'argent, il lui a téléphoné plusieurs fois mais ils ne savaient pas quoi se dire, Antoine toujours pressé, Nathalie a appelé, elle a proposé de venir, mais Tristan ne voulait pas qu'elle le voie dans cet état, plus tard, quand il irait mieux, il l'a repoussée et elle l'a mal pris, Comme tu préfères, c'était moche mais il n'y peut rien, il songe en arrivant devant le portail, il a les clés, entre et monte au quatrième étage, l'appartement est sous compromis de vente, il est encore chez lui, et il a beau savoir que les déménageurs en ont presque terminé, il ne s'attendait pas à ce spectacle : les cartons empilés, les meubles démontés ou emballés, plus aucune décoration, des pièces qui résonnent et une lumière crue, sans rideaux, une maison en plein démantèlement, ça devrait le bouleverser mais il a autre chose en tête, suit le couloir et pousse la porte du bureau, là aussi des cartons, la bibliothèque à droite est restée telle quelle, il sait qu'il le trouvera, cherche du regard, de bas en haut et de haut en bas, le voilà : le *Yi Jing* dont se servait en général son père, un vieil ouvrage broché à la couverture souple, presque un livre de poche, celui que Tristan connaît, il le prend sur l'étagère, l'ouvre et le feuillette, un coup d'œil autour de lui, tout va disparaître, cette érudition, peut-être devrait-il l'empêcher mais il ne fera rien, il a seulement besoin d'interroger le *Yi Jing*, fouille dans les poches de son jean, en sort quelques pièces, il lui en faut trois identiques qu'il n'a pas, alors il quitte l'appartement sans passer par sa chambre – toutes ses affaires déjà emportées –, dévale l'escalier et, une fois dans la rue, traverse le boulevard et va faire de la monnaie au tabac d'en face, il achète un paquet de Lucky Strike, tend un billet de vingt francs, prend ce qui reste et vérifie : c'est bon, il y a trois pièces de un franc, puis il traverse dans l'autre sens, remonte dans l'appartement, dans le bureau il s'assied par terre, le dos contre le mur, et se concentre sur la question, une formulation simple à laquelle on doit pouvoir répondre par oui ou par non, il lance et calcule six fois, il cherche dans le livre, enfin il observe l'hexagramme ainsi formé, numéro 45, *Réunion*, va consulter l'explication, c'est le « rassemblement de forces éparses autour de l'idée, du projet ou du rituel qui motive leur association », ce n'est pas une réponse à sa question mais le sens est clair, réunion, rassemblement, association, en réalité Tristan a déjà pris sa décision, elle était là, en lui, et maintenant il la voit, seule la musique compte, il n'a jamais envisagé de poursuivre des études, pas même dans un domaine qui l'intéresse, a toujours détesté l'école, l'idée de rester assis pendant des heures à écouter des gens parler le rend malade, il veut agir, être au cœur des choses, pas perdre son temps à écouter et à apprendre, il apprendra chemin faisant, alors il ramasse les pièces et le livre, va le remettre à sa place sur l'étagère puis se ravise, demi-tour, dans le bureau il marche sur un objet, entend un craquement, lève le pied et voit une tache rouge sur le parquet, il a écrasé un stylo bille qui a répandu son encre sur le sol, un Bic de son père, c'est tout ce qu'il utilisait, jamais les Montblanc que Svea lui offrait et qu'il distribuait généreusement, à ses fils et parfois à ses étudiants, Tristan se baisse, prend un mouchoir en papier dans sa poche et nettoie tant bien que mal la tache, frotte, ça ne part pas, il reste un halo rouge, enfin il recueille les morceaux de plastique et, comme il n'y a plus de poubelle dans l'appartement, il descend, le *Yi Jing* à la main, Réunion, pas la peine de le dire aux autres, qui sont venus le voir, une fois, quand il était dans les limbes, il faudra bien qu'il en parle à Nathalie, qu'il en parle à Antoine lorsqu'ils se reverront, pour le moment il se sent soulagé, dans la rue il lève les yeux vers l'immeuble, quelques secondes et il s'en va, Réunion, de la première cabine téléphonique qu'il trouve il appelle Jérémy puis Charles, On répète ?, tous deux surpris, Allez ! il doit insister, l'un était occupé, l'autre n'en avait pas envie, mais ils ont dit oui et les voilà dans le petit studio numéro 2, Jérémy et sa Danelectro Longhorn, Charles et sa Mosrite munie d'un seul pick-up, ils jouent quelques reprises, comme avant, et il chante bien, lui, n'hésite pas à pousser sa voix, ses camarades échangent un regard interrogateur tandis qu'il leur sourit et observe : Il nous manque un truc, Un batteur ? suggère Jérémy, pas seulement, il sent qu'il manque quelque chose à la dynamique du groupe, leur son est maigrelet, il veut l'étoffer, quand il se retrouve seul sur le quai du métro Saint-Maur l'euphorie est retombée, il aperçoit un rat qui se balade sur les rails, arrivent octobre et la rentrée, tout le monde est retourné en cours ou au boulot, lui n'a rien, ne s'est inscrit nulle part, personne ne comprend son choix, quelques jours plus tard son oncle lui pose la question pendant le dîner, il répond qu'il veut se consacrer à la musique, que les études ne l'intéressent pas, Jeanne ne dit rien et lui prend la main, elle le regarde d'un air attendri, Bernard n'est pas d'accord, Je suis encore ton tuteur, Tristan ne l'écoute pas, la position de son oncle est raisonnable mais le sermon l'emmerde, lorsqu'il revoit Antoine même topo, le ton est différent, le fond identique, cette fois Tristan écoute, il veut entendre son point de vue, ils sont assis sur un banc, quai des Célestins, en face de l'île Saint-Louis, ils se sont retrouvés place de la Bastille et ont marché, Antoine est en forme, il a minci, le visage moins rond, le regard dur, C'était comment, Londres ?, Brutal, mais ça valait la peine, il n'en dit pas plus, deux mois à servir des banquiers de la City et des touristes, imagine Tristan, qui n'a jamais travaillé, lui, pas un job d'été, pas de baby-sitting, il hausse les épaules, J'ai décidé de ne pas aller à l'IDHEC, il commence, Tu t'es inscrit où ? demande Antoine, circonspect, Nulle part, répond Tristan, raide sur le banc et les yeux dans le vide, Je veux tenter ma chance avec le groupe, et cette fois Antoine soupire, Tu aurais dû continuer les percussions, avec un geste de dépit, la scène post-punk il connaît, cette musique n'a pas d'avenir en France, d'ailleurs le fanzine c'est fini, il n'a pas le temps ni la motivation, pour Tristan non plus il n'a guère eu de temps ces dernières semaines, mais il y avait aussi de la colère, ne pas s'occuper de son avenir il faut pouvoir se le permettre, lui ne peut pas, depuis qu'il a sept ou huit ans il est promis à de belles études, Votre fils est un enfant à fort potentiel, Ne nous décevez pas, M. Delpierre, dans la famille ils sont tous fiers de lui, les parents, les grands-parents qui ont dû travailler jeunes, Regarde-moi ce grand con, d'accord il est orphelin, mais il peut vivre de ses rentes et n'a pas besoin de se fatiguer, en plus il est avec elle, se dit Antoine, assez, il change de sujet, lui parle de sa relation torride avec Estrella, une Espagnole qui bossait avec lui, madrilène, vingt et un ans, il brûle de tout lui raconter en détail, et il le fait, Des acrobaties dingues, ne lui épargne rien, ivre de sa propre impudeur, avant ça il n'était pas puceau mais presque, Estrella déchaînée, Qu'est-ce qu'ils ont dû s'emmerder sous le franquisme, les joints qu'il refusait, les cigarettes fumées à la chaîne, Fortuna et Ducados, les soirées en boîte à lui courir derrière, la fois où elle s'est présentée à sa piaule avec une copine et une sympathique proposition, c'est débile mais ça marche, ça lui fait du bien d'en parler, il se sent plus homme, et Tristan s'anime enfin, il pose des questions, n'a pas l'air jaloux de ses aventures, ça semble l'intéresser, pas un mot sur Nathalie, Antoine lui a téléphoné au début de l'été, possible qu'ils ne soient plus ensemble, à présent Tristan paraît ragaillardi, il se marre, et c'est Antoine qui est triste, alors il revient à la musique, Le groupe, ça marche ?, Tristan hausse les épaules, Je crois, oui, de fait la situation commence à bouger, Jérémy a un pote qui a un pote qui va les aider, et bientôt on leur propose des concerts, Rhum Rouge fait partie de la nouvelle scène post-punk, des noms qu'il a lus sur des affiches ou dans des fanzines, des groupes dont il a entendu quelques morceaux, rennais, lyonnais, parisiens, vétérans du punk ou débutants, ils sont nombreux, Rhum Rouge ne joue jamais seul, toujours avant ou après d'autres, en général avant, le concert habituel a lieu dans un petit club pourri de Bastille ou de Pigalle, une jauge de cent à deux cents personnes, un endroit délabré qui sent la clope et la bière, à force on ne fait plus attention, pas de loge, pas de balance, le patron du club ne sait pas qui ils sont et les salue à peine, l'absence de batteur étonne, la drum machine leur vaut des sourcils froncés et des regards hautains, ils jouent tôt, devant une salle à moitié vide qui se remplit lentement, surtout des reprises, et ça passe, quelques insultes, une ou deux canettes de bière qui volent, rien de bien méchant, s'ils risquent une composition le public se désintéresse, parle, crie, la salle est allumée, ils assurent l'ambiance, les choses sérieuses sont pour plus tard, Tristan chante mal, occupé à regarder les gens, des types en cuir, l'air torve, des filles plus jeunes que lui, pas encore majeures mais qui en savent déjà long, des toxicos plus ou moins clochards qui s'affalent dans un coin pour se faire un fix au vu et au su de tous, des travelos en grande pompe, venus passer le temps avant que les affaires ne démarrent, des étudiants binoclards, tee-shirts de groupes connus et air concerné, des punks à chiens sans chiens – on se demande ce qu'ils en font –, qui pogotent dès qu'ils peuvent, il faut juste que la musique aille absurdement vite, et puis des types bizarres, qui ne se mêlent pas aux autres, regardent, se saluent entre eux, au début Tristan ne comprend pas ce qu'ils font là, ils sont différents, un peu plus âgés et mieux habillés, une distance, une décontraction manifeste, on dirait des flics, des types des RG, puis Jerry lui souffle la réponse : des journalistes, des critiques rock, pas nombreux mais visibles, ça veut dire que la soirée compte, songe cette fois-là Tristan après le set, accoudé au bar improvisé où il est allé boire une bière seul, les deux autres restés backstage ou dans ce qui fait office de backstage, ils discutent avec ceux qui attendent de jouer, mais il doit se passer des choses plus intéressantes là-derrière, il a croisé au moins trois filles spectaculairement belles qui faisaient le chemin en sens inverse, lui n'est pas là pour ça, d'ailleurs il n'y arriverait pas, trois mois sans sexe, ça ne lui manque pas, ce qui lui manque il ne veut pas y penser, il avale une gorgée de bière tiède, de la pisse d'âne, se tourne et écoute le groupe qui joue, des filles, c'est rapide et mélodique, la chanteuse en fait trop, dans trois chansons il ne restera plus une seule partie de son anatomie dissimulée aux regards du public, mais la section rythmique est solide et il remarque une jolie brune au synthé, un Roland Jupiter-8, elle joue bien, compense la nullité de la guitariste, Tristan ne la quitte pas des yeux, c'est elle qu'il écoute, dans sa tête il isole ses parties de la voix et des autres instruments, en principe il n'aime pas les synthétiseurs et autres claviers électroniques, pas plus qu'il n'aime les boîtes à rythmes, à vrai dire, mais la fille ne se contente pas d'accompagner, par moments on a l'impression qu'elle guide, qu'elle envoie des consignes aux autres, dès la fin du set Tristan retourne backstage et, parmi les musiciens, dans la foule de parasites, de fêtards et de dealers, il aperçoit la petite brune, cheveux courts à la garçonne et air buté, il se fraie un passage jusqu'à elle et la saisit par le bras, lorsqu'elle pivote Tristan pense qu'elle va le frapper, mais elle est simplement étonnée, il y a du bruit, il crie : Chanteur de Rhum Rouge !, tu parles d'une carte de visite, ça suffit tout de même à lui faire baisser la garde, il l'entraîne à part et, du haut de son mètre quatre-vingt-six, plante son regard vert clair dans celui de la fille et ne le quitte plus pendant son speech, elle hoche la tête de temps en temps, pas convaincue, et répond : J'y réfléchis, salut, puis elle se casse, comme ça, Tristan se retrouve planté là, autour de lui c'est l'effervescence, ça picole, ça fume, il veut rattraper la brunette, ne connaît pas son nom, trop tard, elle a disparu, il ne sait pas comment la joindre, alors il saisit le premier tocard qui lui tombe sous la main, un chevelu hébété, gros joint au bec, et le secoue, C'est qui, cette fille ?, par chance le type le sait, ici tout le monde se connaît, C'est Meg, elle joue des claviers dans, C'est bon, abrège Tristan en l'envoyant valser, près de lui un couple est en train de baiser contre un mur, le mec de dos, la fille gémit bruyamment pour qu'on ne puisse pas ignorer le spectacle, ça pourrait être amusant mais Tristan trouve ça vulgaire, et il part sans dire au revoir à personne, le lendemain Jérémy téléphone, Pourquoi tu t'es barré si tôt ? J'ai le fric, à la fin on est gentiment allés se faire payer, Tu connais une Meg qui joue des claviers ? lui demande Tristan, pas intéressé par le reste, Ouais, c'est l'ex d'un mec qui était avec moi au lycée, Je lui ai proposé de jouer avec nous, Hein ?, s'ensuit une vague protestation, Jérémy est vexé qu'il n'ait pas jugé utile de leur en parler, à Charlie et lui, il boude mais l'idée lui plaît, une fille dans le groupe, un synthé, c'est bon pour le son, Il me faut sa réponse, coupe Tristan, file-moi son numéro, une fois qu'il l'a il raccroche sans un mot, il a moins de contacts que le bassiste et le guitariste mais plus de détermination, et il rencontre Meg seul, dans un café du XIIIe, lui pose mille questions, au début elle est réticente, qu'est-ce que c'est que ce mec, puis elle se détend, sourit une ou deux fois, dès la première répète elle les convainc, pas bavarde mais efficace, lucide et sans illusion sur ce qui les attend, On va ramer, les mecs, la musique n'est pas une partie de plaisir, c'est même une galère après l'autre, en quatre mois ils jouent dans une vingtaine d'endroits différents, grâce à des amis et amis d'amis, bilan mitigé, rien de tout ça n'est professionnel, les traditionnelles soirées étudiantes à la fac ou dans une grande école, les tremplins rock où personne ne les connaît, les bars et clubs qui donnent leur chance aux débutants sont une autre histoire, les salles ne sont pas adaptées, la sono merdique, les patrons malhonnêtes trouvent toujours un prétexte pour ne pas les payer, pas assez de monde, pas assez de consommations, des dégâts, la saleté (comme si c'était leur faute, comme si ces boîtes pourries n'étaient pas *par définition* des bauges à cochons), les insultes, les cris et les sifflets incessants, auxquels s'ajoutent les crachats – la quintessence du geste punk, si dégueulasse et systématique qu'ils ont fini par s'y faire et qu'ils s'y préparent, même Tristan, le plus exposé –, les lancers d'objets divers, canettes, gobelets et verres de bière, les gars qui montent sur scène, plus ou moins bourrés, plus ou moins stones, plus ou moins sains d'esprit, le groupe d'avant qui flingue un ampli ou un retour, les descentes de flics, qui cherchent de la drogue et en trouvent, à deux reprises ils ont mis fin à la soirée alors que Rhum Rouge avait joué respectivement trois morceaux et aucun, les pannes de courant, les chiottes qui fuient, de l'eau partout – idéal pour les instruments et les amplis, qui plantent bien assez sans ça –, une odeur de décharge, les avances que les types font à Meg avant, pendant et après le set, un début d'incendie, les bagarres dans le public – des blessés, un à l'arme blanche, mais pas encore de mort –, une boîte à strip-tease de Pigalle qu'ils avaient pour tâche d'animer entre deux effeuillages, devant un public pas vraiment mélomane – les filles étaient gentilles, Jerry et Charles y sont retournés –, les concerts en banlieue et les retours au milieu de la nuit, d'abord dans une fourgonnette empruntée et maintenant dans le corbillard, un gig à Lille à l'issue duquel ils étaient logés dans un hôtel de passe, vingt-cinq francs la chambre, draps sales compris, ils ont dû en partager une à trois, Tristan a préféré dormir par terre, mal au dos, mal au bide, mal partout, les angines, la voix cassée, le manque de sommeil, la bouffe atroce, sandwichs, hot-dogs et frites, trop de clopes, trop d'alcool, trop de speed, Charles leur en fournit, il a un plan, gélules à gober ou cristaux jaunes dont on inhale les vapeurs, ils en prennent en se regardant droit dans les yeux, comme pour dire : on n'est pas des drogués, nous, toujours sur la brèche, toujours sur les nerfs, les disputes, Charlie qui joue bien un soir, guitar hero new wave, et qui multiplie les pains un autre, mauvais, absent, oubliant les progrès accomplis, Jérémy intransigeant, devenu en quelques semaines plus pro que les pros et plus ambitieux que Tristan, Meg qui ne s'intègre pas, que les deux autres détestent et qui se repose sur lui seul, Dexedrine, Fringanor, l'herbe et le shit qui apparaissent, les chacals qui leur tournent autour, et l'héro, partout l'héro, les seringues sales, les toxicos vautrés n'importe où, les mecs qui overdosent dans les gogues, les filles qui overdosent dans les gogues, la promiscuité, tout le monde qui baise avec tout le monde – pas eux, pas encore, mais on sent bien que Charles est tenté de faire des infidélités à sa Copine Historique –, le rock'n'roll way of life version fauchée, la bonne nouvelle, c'est qu'ils composent, ils ont cinq morceaux, bientôt six, qu'ils commencent à roder sur scène dans l'indifférence voire l'hostilité générales, les gens veulent des chansons connues, ils veulent les reprendre en chœur, des trucs qu'ils haïssent, eux, qu'ils n'ont jamais joués, escalier pour le paradis mon cul, leurs reprises sont choisies avec goût, sur la face B du premier album de Young Marble Giants, jamais le hit single, on est esthète ou on ne l'est pas, mais ces bœufs n'y connaissent rien, de temps en temps ils tombent sur un public averti et blasé, comme ces journalistes à lunettes noires, mais au moins on ne leur lance pas de la nourriture prémâchée, la banlieue est pire que tout, Tristan ne la supporte pas, loin, moche, pauvre, ils ont dû se trouver un véhicule pour les déplacements, Charlie s'en est chargé, il avait le pognon caché dans le slip (quatre mille francs), un matin ils se sont réunis dans un café et il est parti en mission, le soir il était de retour au volant d'un authentique corbillard, il avait lu une annonce dans un garage, Talbot Solara, propre, bien entretenu, la boîte fermait et personne n'en voulait, l'engin était voyant – aujourd'hui on les fait plus discrets –, Je le prends, il y avait de la place à l'arrière pour le matériel, c'était parfait, Jérémy hilare, Tristan furieux, Meg consternée, depuis ils tournent là-dedans, ça fait son petit effet, d'ailleurs ils sont toujours en noir, chemise ou tee-shirt, jean, boots, rangers, se font traiter de croque-morts, de corbeaux, les gens n'ont pas beaucoup de fantaisie, physiquement c'est brutal, Tristan a des bleus sur tout le corps, coupures, cicatrices, courbatures, foulure du poignet, il est tombé plusieurs fois sur scène, quelques semaines, quelques mois, et il est déjà crevé, il veut écrire des textes, il y travaille, des histoires que lui inspirent les films, des choses dures mais rien de personnel, boy meets girl, la rue telle qu'il la fantasme, des crimes et des châtiments, ils ont des compos mais pas de démo, pas de deal avec une maison de disques, que dalle, il leur faut de l'aide, ils ont besoin de quelqu'un, un manager, c'est comme ça qu'on dit, un type qui s'occupe d'un groupe et touche son pourcentage, qui fait le sale boulot, d'autres en ont déjà un et disent : Notre manager connaît Alain Pacadis, qui veut écrire un article sur nous, Notre manager est pote avec Marc Zermati, qui va nous signer sur son label, ou : Notre manager nous a présentés à Fabrice Emaer vendredi soir au Palace, malgré lui Tristan est impressionné – il les soupçonne quand même de raconter des craques –, en entendant ça Charles manque de s'évanouir et Jérémy s'assombrit, et une fois seuls, backstage ou dans la rue, il reproche à Tristan de ne pas faire assez, C'est toi qui as une Vision, il ironise, pourquoi tu te bouges pas ?, mais Tristan ne connaît personne dans ce milieu, il y a bien les amis de sa mère, critiques, impresarii, metteurs en scène, opéra, institutions, mécènes, certains ont écrit ou téléphoné, offert condoléances et soutien, tous croyaient qu'il était encore au conservatoire, dans leur monde à eux, s'il leur avait dit la vérité personne n'aurait compris – pourquoi auraient-ils dû ? –, dans tous les cas ils ne peuvent pas l'aider, alors il se renseigne, interroge d'autres musiciens, ceux qui sont prêts à discuter, on fume une clope et au détour de la conversation il demande : Tu connais quelqu'un ?, maintenant il a des noms, des numéros de téléphone, le patron d'Objectif Lune, un bar derrière Bastille, lui a même parlé d'Alexis, Il a des contacts, appelle-le, Tristan en a renversé sa bière, Alexis qui a de nouveau changé de groupe, chanteur de Costume Croisé, on dit que Virgin va les signer, quand il entend ça Tristan a envie de gerber, mais il n'est pas étonné, Alexis est un arriviste, pas question de l'appeler, naturellement, pour le moment rien, il attend, espère tomber sur la bonne personne, et il sort, seul ou avec les autres, ne voit plus Nathalie, prise par la prépa, avec Jérémy et Charles ils vont dans des bars, des clubs, aux concerts, le 7, la Main Bleue, le Palace ils essaient mais on les jette, la nuit Tristan croise des tas de filles sublimes, folles ou paumées, comme eux, comme tout le monde, il croise des fêtards en tous genres et ouvre grand les yeux, les gens importants sont là, quelque part, il doit juste trouver les bons mais ne les trouve pas, ses déambulations nocturnes et ses recherches diurnes ne le mènent nulle part, les types qui lui filent leur carte de visite au coin du bar ont autre chose en tête, T'es beau gosse, dis donc, il se méfie et il a raison, ils seront morts dans six mois, un an, déjà morts sans doute, il est découragé, Tristan, et les deux autres comptent sur lui, chef de bande, il faudrait un coup de pouce du destin, c'est mal parti, attendez, le voilà : un soir de janvier, un concert au Rose Bonbon qu'ils décrochent grâce à un groupe qui les a recommandés, une première partie de première partie, ils jouent vingt minutes dans une indifférence polie, les têtes d'affiche sont des Anglais, un groupe dont on commence à parler, des mecs de Sheffield, à la fin de la soirée ils vont ranger le matériel dans le corbillard que Charlie a garé n'importe comment, à moitié sur le trottoir dans une petite rue derrière l'Olympia, entre les sex-shops et les putes en faction, puis ils boivent quelques verres avec le groupe ami, Meg est restée, ça n'arrive pas souvent, en général elle rentre aussitôt après le gig, et on picole trop, on en a besoin, au moment de reprendre le corbillard – Charles a la garde du véhicule, ses parents ont un garage dont ils ne se servent pas –, ils ont la mauvaise surprise de trouver le coffre fracturé et les instruments disparus, guitare, basse, boîte à rythmes, pédales d'effets et synthé, on leur a tout pris, même les câbles, ils font le tour du quartier en vain, Jérémy et Charles furieux, Meg désespérée d'avoir perdu son Roland, Tristan pas résigné, puis Charlie a déposé chacun chez soi, une soirée de merde, pour trois sous et quelques applaudissements, le lendemain matin, malgré la gueule de bois Tristan a l'idée d'appeler le gérant du Rose Bonbon pour lui signaler l'incident, le type est désolé, Si j'apprends quelque chose je t'appelle, une heure plus tard, montre en main, un mec téléphone, ne se présente pas et explique qu'il est au courant pour les instruments, il connaît des gens, Enfin, tu comprends – d'emblée il le tutoie –, et il lui fixe rendez-vous le jour même au Drugstore Publicis, Tristan rumine cette histoire pendant quatre heures, ça sent mauvais, à l'évidence ils se sont fait rouler dans la farine, mais il ne voit pas pourquoi – à part le synthé, leur matériel n'a aucune valeur –, ce gars qui n'a pas de nom veut sans doute leur revendre leurs propres instruments, il suppose, mais il se trompe, car une fois sorti du métro du mauvais côté, à l'Étoile, il traverse les Champs, entre au Drugstore, rembarre le serveur qui s'est mis sur son chemin, Je cherche quelqu'un, et aperçoit une main s'agiter au-dessus d'une banquette à sa gauche, des doigts épais, une belle montre au poignet, il s'avance et l'autre se lève, se présente, Ludovic, pas de nom de famille, Tristan l'examine, taille moyenne, cheveux bruns, front large, sourcils fournis, yeux noirs brillants d'intelligence, bouche charnue, dents imparfaites mais blanches, rasé de frais, veste bien coupée, noire, chemise blanche, épaules larges, un physique massif et une expression amusée sur le visage, quelques années de plus, la vingtaine, doit-il le remercier ou lui sauter à la gorge ?, mais Ludovic dégage quelque chose de rassurant, d'affable, on est là pour affaires et en affaires tout se discute, je t'ai niqué, tu as mal au cul, parlons-en, c'est d'ailleurs ce qu'il dit à mots couverts, puisqu'il parle beaucoup, il parle sans interruption, par moments Tristan est perdu, Ludovic est un jongleur qui lance des objets en l'air, les rattrape, les fait disparaître puis les relance, identiques et différents, il fait ça deux ou trois fois jusqu'à ce que son public soit conquis, et lorsque tous les objets retombent sur la table après une dernière pirouette en l'air, ils forment un tableau cohérent qu'il faut bien accepter, même en l'absence de preuves : le gérant du Rose Bonbon est un ami, il lui a parlé du vol, et il connaît des gens, lui, il a passé des coups de fil, une mauvaise plaisanterie, le matériel leur sera rendu, ce qui l'intéressait c'était de rencontrer Tristan, il était dans la salle hier soir, a aimé ce qu'il a entendu, et il sait qu'ils galèrent, Je peux vous aider, j'ai des relations, Tristan est emporté par ce torrent de mots, Maquette, fait Ludovic, puis Gigs et aussi Deal, pendant que le serveur apporte à Tristan un autre café le jongleur sort un morceau de papier et un stylo de la poche intérieure de sa veste, puis il écrit, des noms de maisons de disques, de gens qui y ont un rôle important, puis il tend le bout de papier au jeune chanteur qui l'examine, perplexe, vient alors le moment des questions et un nouveau Ludovic fait son apparition, encore un tour de magie, Appelle-moi Ludo, tout en hochements de tête et en regards concernés, une autre forme de séduction, Tristan a prononcé deux syllabes et demie en vingt minutes et à présent il lui raconte sa vie, révèle à ce parfait inconnu que ses parents sont morts cette année, lui parle de sa formation de musicien classique, de ses ambitions et des textes qu'il écrit, surtout il lui parle du groupe, Ludovic de plus en plus attentif et intéressé, il ne pose plus de questions, écoute et parfois répète, les prénoms, Jérémy, Charles, Mégane, Pas de batteur ? il demande, le bla-bla sur la boîte à rythmes le laisse songeur, pas son truc, les machines, le reste il ne commente pas, enregistre, à la fin les mêmes mots reviennent, Deal, Gigs, Maquette, il connaît son affaire, songe Tristan en se dirigeant vers la station de métro, du bon côté de l'avenue, et n'a pas oublié d'annoncer la couleur : Je prends 20 %, en échange vous pouvez compter sur moi jour et nuit, puis Tristan se ravise, il a envie de marcher, il tombe un stupide crachin printanier, qu'importe, il glisse les mains dans les poches de son blouson, baisse la tête et descend les Champs-Élysées, sur les colonnes Morris des affiches de Jean-Jacques Goldman et de Rose Laurens, il sait qui sont ces gens, pourrait peut-être citer une de leurs chansons, ils vendent beaucoup de disques et remplissent les salles de concert, ils sont tout là-haut et lui est en bas avec son groupe, Tristan n'est pas sûr de vouloir les rejoindre au sommet, pas à n'importe quel prix, mais le succès, il le veut, vendre des disques, remplir des salles, passer à la télévision, et plus encore faire la musique qui lui plaît, celle qu'il entend dans sa tête, quand rien ne vient parasiter ses pensées et qu'il peut se concentrer sur elle, une musique plus complexe que celle qu'ils jouent, plus dure, comme le seront ses textes, ça y est, il s'est remis à divaguer, s'y voit déjà et imagine ce qu'il dira aux journalistes qui viendront l'interviewer, il fanfaronnera, le rock naît avec Rhum Rouge, tout ce qui a précédé n'était qu'une mise en bouche, les Pierres vont rouler dans le fossé, les Blattes finiront pattes en l'air – il aime les Blattes, pas les Pierres –, il a lu des interviews et aussi les Pères Fondateurs de la critique rock, Bangs, Marcus, Christgau, il connaît les questions et sait ce qu'il répondra, des trucs bidon, il aura tout inventé, la Première Chanson entendue, le Premier Disque acheté, l'Épiphanie, la Foi, les Saintes Écritures, mais tout n'est pas bidon, les coups de latte dans le piano sont vrais, les disques chourés à la FNAC également, un solo de guitare à l'Olympia, comme toute bonne légende la sienne a sa part de vérité, il n'aura pas à en rougir, dans toute démarche artistique il y a une dimension performative, je suis une rock star car je décide que je suis une rock star – et me comporte comme telle –, ce n'est pas que de la pose, une imitation ridicule ou de la mythomanie, se prendre pour Mick ou John tout en n'étant personne, en n'ayant composé que cinq ou six morceaux, il faut le vouloir et passer du temps devant sa glace, à gratter une raquette de tennis comme si on était Jimmy ou Jimi, à beugler dans la boîte de balles vide comme si on était Jim ou David, une initiation, un chemin vers la révélation, peu importe que ça fasse sourire et qu'on patauge dans les clichés, l'histoire de cette musique est pleine de clichés, c'est un immense cliché qui regorge de fautes et de rédemption, de graals sublimes et de baleines qui vous bouffent, si on enlève tout ça que reste-t-il ?, songe Tristan en cherchant le regard des passants, ils le croiront mégalomane, il est mégalomane, il voit grand et il a raison, ils avancent, ils y vont, il voudrait seulement aller plus vite et enrage, se contenter de salles miteuses, de concerts minables, de premières parties au rabais, et les semaines suivantes, malgré Ludovic qui se démène – Tristan et lui se sont revus, ils ont trouvé un accord, puis le manager a rencontré les autres, un premier contact qu'on peut qualifier de tiède, même lieu, même numéro, mais public hostile –, ça ne décolle pas, les éternels bars louches, les éternels clubs interlopes, pour le moment la musique de Rhum Rouge s'adresse à des alcoolos mondains, des junkies à divers stades de consomption, des jeunes gens mödernes prêts à s'enthousiasmer pour toute nouvelle forme de bruit et quelques journalistes qui passent par là, c'est Paris, tous les soirs des concerts, des endroits où aller boire et danser, ramasser un mec ou une fille, se faire un rail ou un fix, la fête ne s'arrête jamais, on pourrait vivre comme ça, certains le font, Tristan a commencé à les repérer, à les saluer, un travelo que tout le monde connaît, un littérateur héroïnomane aux fulgurances prodigieuses et éphémères, l'assistant de l'assistant d'un grand couturier, divers marlous, il les aime bien, leur présence le rassérène, mais il a quand même envie de tout péter, surtout quand ils sont sur scène et qu'ils surplombent le néant, Charlie l'imprévisible, Jérémy qu'il n'arrive pas à cerner, Meg qui souffre et serre les dents (pourquoi s'inflige-t-elle ça ?), ils ont accepté l'arrivée de Ludovic sans trop râler, savent que Tristan a raison, qu'ils ont besoin d'aide, un soir leur manager débarque en répétition avec un quatre-pistes, Tascam Prosumer, ils approchent comme s'il déposait un petit chien trouvé dans la rue, La démo, il explique, leur premier objectif, d'abord ils doivent apprendre à se servir de la machine, Ludo n'en a aucune idée, il l'a « empruntée » – personne ne pose de questions –, ils ont six morceaux, trois ou quatre qui tiennent vraiment la route, et en attendant la litanie des concerts se poursuit, montagnes russes qui épuisent Tristan, le font passer de l'euphorie à la haine pure, un soir au Gibus le public les bombarde du début à la fin, glaviots, canettes, il n'en peut plus, il faut qu'il se défoule sur quelque chose ou quelqu'un, il jette de temps en temps un coup d'œil aux autres, eux aussi sont à cran, c'est le moment, il remarque dans le public deux bikers à la mine patibulaire parmi les lanceurs les plus zélés, laisse tomber son micro, bondit dans la fosse, sort de la poche arrière de son jean une chaîne de vélo et, pendant que le groupe continue à jouer – Tristan ne peut pas les voir mais imagine leur stupéfaction –, fait tournoyer la chaîne autour de lui, les spectateurs crient, reculent, il y a des insultes, de nouveaux gobelets qui s'abattent, il est survolté, ne peut plus s'arrêter, il a la prudence de viser les jambes et frappe les deux abrutis, la musique s'arrête, quelqu'un le prend par les épaules et l'entraîne sur scène, T'es complètement taré, lui glisse une voix à l'oreille, puis : Fonce, mec !, les trois autres sont devant, ils ont traversé les coulisses et détalent à présent dans la rue du Faubourg-du-Temple, Meg a emporté le Roland restitué, Jerry sa basse, Charles sa guitare mais pas les pédales d'effets, quand ils s'arrêtent derrière un coin de rue pour reprendre leur souffle Tristan les rattrape enfin, tout sourire, Vous avez fait du footing en prévision ?, ça n'amuse personne, il peut lire la colère et l'indignation dans les yeux de Jérémy, s'il n'avait pas sa basse dans les bras il lui en collerait une, ils se regardent, soufflent, ne disent rien, puis : Putain, la boîte à rythmes, fait Charlie, ils ont oublié la boîte à rythmes ou, plus exactement, ils l'ont perdue à jamais, car le lendemain, quand Tristan se présente devant le patron du Gibus, un mec tout en jean avec un visage en lame de couteau et des lunettes noires dans son bureau sans fenêtre, pour lui réclamer la boîte à rythmes et leurs émoluments, l'autre ne répond pas, dresse le médius et le fait jeter à la rue, le soir il téléphone à Ludo et lui raconte tout, prêt pour un autre savon, mais le manager se marre et Tristan comprend que pour Ludo rien n'est grave, tout peut toujours s'arranger, Y a la démo à enregistrer, fait remarquer le chanteur, T'étais pas batteur ?, Si, Ben voilà, d'ailleurs j'ai une idée, Ludovic a toujours une longueur d'avance, ça devrait le rassurer mais ça ne le rassure pas, Je vérifie un truc et je te rappelle, après avoir raccroché Tristan sent la tension retomber d'un coup, le corps et la tête privés d'énergie, il n'a pas le courage de repenser à la chaîne de vélo et au concert qu'il a bousillé, Nathalie et Antoine désapprouveraient, son ami est en finance de marché à Dauphine, tout à ses préoccupations économico-politiques, *Le Monde* et *La Cote Desfossés* dans sa serviette, inscrit à l'UNEF, encarté au PS, il est contre les nationalisations (sauf celles des banques : le contrôle du crédit est essentiel au pilotage de l'économie), à sa façon il est moderne, c'est de jeunes gens comme lui que le pays a besoin, sérieux et tournés vers l'avenir, ce qui n'interdit pas d'être jeune et de s'amuser (en lisant les cours de la Bourse, persiflerait Tristan), d'écouter de la musique, certes plus comme avant, Antoine sort, il a une vie sociale, une petite amie à Londres – pas l'Espagnole, une Anglaise –, ce n'est pas pratique mais ça lui laisse du temps pour les études, ils s'écrivent, c'est romantique, bien sûr il est amoureux de Nathalie, l'a été dès le premier jour et le sera toute sa vie, même si elle est avec Tristan (l'est-elle ?), si elle reste avec lui (le restera-t-elle ?), entre eux le lien est spirituel, mais il est là, Antoine, et il a eu tort de se mettre en retrait, d'oublier qu'il avait aussi un corps – dont il est assez fier, d'ailleurs –, Nathalie qui travaille plus dur que lui, la prépa est un enfer, en comparaison la fac est une partie de plaisir, elle y arrivera mais Antoine est inquiet, Tristan ne peut que la distraire, mais il ne doit pas penser ça, c'est son ami et c'est un petit con, comme le dit aussi son oncle, un soir où Tristan rentre tard après un concert et quelques verres, en spectateur, pas sur scène, il fait le moins de bruit possible, il y a de la lumière dans la cuisine, d'habitude sa tante laisse le couloir éclairé, il reconnaît la silhouette de son oncle assis à table, un journal déplié devant lui, la tête entre les mains et les yeux fermés, Tristan envisage de se faufiler jusque dans ses appartements, mais Bernard l'a attendu, alors il prend l'initiative, Salut, son oncle se redresse, Ah, c'est toi, le temps de retrouver ses esprits, Il faut que je te parle, ce qui suit était à prévoir, un remontage de bretelles en règle, certes teinté de compassion, un numéro d'équilibriste, toujours sur le fil, beaucoup de « d'accord », de « je comprends » et de « tu sais qu'on sera toujours là », Tristan remercie le ciel d'être à moitié ivre, il n'a aucune envie d'entendre ça, pas l'intention de s'expliquer, et s'il veut aller se coucher le plus simple est de jouer l'arrogance, T'es pas mon père, Je suis assez grand pour me débrouiller, Tes leçons tu peux te les mettre où je pense, le ton monte, son oncle est du genre sanguin, il fait de gros efforts pour se contrôler et bientôt n'y arrive plus, la condamnation est sans appel, les insultes volent, une main se lève et la gifle part, Bernard est costaud, ancien lutteur amateur, la joue brûle, Tristan reste figé sur place, ce n'est pas la surprise qui le paralyse, c'est la colère, Va te faire foutre, il murmure, allez tous vous faire foutre, il n'est pas indigné, il le méprise, tout ce que cet homme représente lui paraît minuscule, un bourgeois, à ses yeux il n'y a pas pire infamie qu'être un bourgeois, content de son appartement parisien, de sa maison de campagne en Normandie et de ses bons placements, un petit porteur, on commence à entendre ces mots, Tristan ne sait pas trop ce qu'ils signifient, pour lui la Bourse est un bâtiment assez laid dans un quartier ringard – on commence aussi à opposer ce qui est ringard à ce qui est branché –, lui n'épargne pas, n'investit pas, il brûle, sans doute brûlerait-il tout l'argent de ses parents mais il n'en dispose pas encore, Bernard le gère pour lui et Tristan perçoit une petite somme mensuelle, pas assez pour vivre sans travailler, il doit compter sur le bon vouloir de son oncle, se satisfaire de cet argent de poche et de ce qu'il gagne avec le groupe, quand il l'a appris, dans le bureau du notaire, il n'a pas réagi, il était dans le cirage, tout le monde autour de lui hochait la tête, excellente solution, bravo Bernard, aujourd'hui il se sent spolié, se précipite vers la porte sous les cris de son oncle – qui va réveiller toute la maisonnée –, et dans la rue Tristan tombe sur la grosse Volvo de ce dernier, il crache par terre, hésite un instant, mais il en a trop envie et, avec sa Doc coquée, flanque un grand coup dans la portière avant gauche en hurlant : FUUUCK !

Une silhouette immobile dans la cour du lycée. Grande, un peu voûtée, comme dessinée à l'encre de Chine. C'est lui, ai-je pensé. On était assis l'un à côté de l'autre le premier jour et, depuis, on traînait souvent avec ce type, Nathalie et moi. Normal : il avait de l'allure, blond, yeux verts, poète maudit et fils de bonne famille, imparable. On discutait, il m'intriguait, mais je me méfiais. On était dans la bonne classe, ceux qui faisaient de l'allemand et du latin. On n'était pas encore amis, lui et moi. Et bien sûr j'étais déjà amoureux de Nathalie.

Il était là, dans la cour, quand il a pris feu. D'abord des flammèches autour de ses pieds, puis des langues plus hautes qui léchaient ses jambes et montaient. Bientôt il brûlait des pieds à la tête, sans bouger ni crier, aucune réaction. Un brasier humain. Il avait la tête baissée, par moments j'apercevais son visage, et il paraissait songeur, perdu dans ses pensées, le feu qui le dévorait ne le troublait pas. Tout s'est déroulé en un laps de temps très court, une fraction de seconde à peine, un empilement de sensations et de faits simultanés, je n'ai pas pu intervenir. Je voulais, mais la situation changeait sans cesse : c'était étonnant, c'était grave, puis carrément désespéré et enfin drôle.

Oui, drôle, car les flammes se sont éteintes aussi vite qu'elles étaient apparues, et il ne restait plus que Tristan – c'était lui : Tristan –, figé sur place, dans sa position de crochet courbé vers le bas. Le feu s'était arrêté seul, il ne brûlait plus, et Tristan était recouvert d'une patine noire, une espèce de goudron épais et visqueux, on ne devinait que ses yeux. Du revers de la manche, il s'est essuyé la bouche. « C'est dégueulasse », a-t-il dit. Seulement ça : c'est dégueulasse. Je n'ai pas compris s'il parlait de ce liquide – qui avait effectivement l'air répugnant –, de ce qu'on lui avait fait, le feu, les flammes, ou bien d'autre chose. Peut-être que tout était dégueulasse. Sauf Nathalie, Tristan, moi, nos seize ans. Le reste, si, le monde autour de nous, les adultes, ce qui nous attendait et dont nous ne savions rien.

Les semaines qui suivent, chaque fois qu'il pense à son oncle la colère revient, et depuis qu'il a été banni – Il pense que c'est pour ton bien et que tu céderas, lui a précisé Mathilde, qu'il voit de temps en temps –, il dort où il peut, chez Jérémy et Charles, qui ont laissé tomber la fac et louent un « loft » au bord du canal Saint-Martin (pour Tristan, habitué à un certain confort, un seau pour pisser et un jet d'eau froide pour se laver, à partager avec un casting bigarré de zonards qui changent sans cesse, font plus penser à un « squat »), et chez les parents de Meg, où il serait bien resté plus longtemps, car il s'y sentait à l'aise, pas du tout embarrassé puisqu'il n'y a rien entre eux – pas encore –, un grand immeuble au métro Glacière, un appartement de soixante-quinze mètres carrés qu'ils partagent à quatre, cinq avec lui, Meg a un petit frère collégien, les parents enseignent tous les deux à l'Alliance française, chez eux c'est un défilé d'étudiants étrangers qui apportent des spécialités de leur pays, Tristan a découvert des fruits exotiques et des sortes de riz dont il ignorait l'existence, les parents de Meg sont jeunes, on peut leur parler et ils laissent leur fille libre de ses mouvements, ils savent qu'elle est raisonnable et ne lâchera pas ses études d'histoire, quand il est question de Rhum Rouge ils écoutent avec attention, difficile de comprendre s'ils prennent Tristan au sérieux, au sein du groupe on ne parle pas d'avenir mais il y en aura peut-être un grâce à Ludo, un soir, une semaine après avoir eu Tristan au téléphone, le manager passe les prendre dans son coupé Alfa Romeo noir, Meg à côté de lui et Tristan derrière, tandis que Jerry, Charles et tout le matériel les suivent dans le corbillard, puis ils se dirigent vers le nord-est de Paris, sortent par la porte de Pantin et traversent la ville jusqu'à Aubervilliers, dans l'avenue Félix-Faure Ludovic baisse sa vitre et, de la main, fait signe à Jérémy, qui conduit le corbillard, que c'est plus loin sur leur gauche, il fait demi-tour et se gare devant L'Alhambra, un théâtre ou un cinéma qui a connu des jours meilleurs, une fois qu'ils sont descendus de voiture et qu'ils ont déchargé le matériel Ludo sort une clé de sa poche, C'est quoi, ce truc ? demande Charlie, Tu verras, répond le manager, le cinéma a fermé en 1979, plus assez de spectateurs et pas de subventions, à mesure qu'ils avancent dans le hall, le long d'un couloir et dans un escalier, Ludovic allume les lumières et ils lèvent la tête, l'intérieur de la salle est mieux conservé que la façade, On dirait un vieux théâtre, observe Meg, aux murs des affiches de westerns, de films de série B, C'était la dernière séance, ironise Jérémy, Tristan est déjà loin, il a descendu l'allée jusqu'à la scène, on y accède par une volée de marches, il se tourne et crie, On va jouer là-dessus ?,

Ludo hoche la tête, il a bien préparé son coup, aurait pu louer un studio d'enregistrement, quelques heures au prix fort, avec des professionnels, à Guillaume-Tell il connaît un ingénieur du son, il y est allé sans s'annoncer, son contact n'était pas là et il est tombé sur un laborantin qui faisait des mines dégoûtées derrière sa console pendant qu'une chanteuse de variétés s'égosillait dans la cabine, vieux, l'ingénieur, quarante balais, air grave et vouvoiement de rigueur, le type semblait croire qu'il bossait chez Framatome, Je suis un ami de Laurent, a expliqué Ludo, je manage un jeune groupe, Il faut voir avec le patron, tout est réservé et La nuit, ce n'est pas possible, car c'était ça, l'idée, mais pour une démo on peut faire plus simple et moins cher, s'est dit Ludo, il s'est alors souvenu du cinéma désaffecté, à la grande époque on y jouait de la musique de chambre avant les séances, il s'est renseigné : le propriétaire n'arrive pas à vendre, pour quelques milliers de francs il est prêt à lui ouvrir les lieux pendant deux ou trois jours, l'acoustique est bonne, il y aura de l'écho mais ça fera spontané, Live, les gars, et ils s'installent sur scène, Meg son clavier, Jérémy et Charles leurs amplis et pédales neuves, Tristan son micro et la batterie, tout est improvisé, en principe on ne fait pas comme ça, mais ils ne sont pas professionnels, jouent mal, jamais dans le tempo, Tristan aussi est toujours décalé, trop rapide ou trop lent, un pari osé, Ludovic va et vient, il les écoute et repart, œuvre dans l'ombre, nul ne sait à quoi, les morceaux fonctionnent à l'énergie, à la rage, Tristan occupe toute la scène comme s'il grandissait d'un coup, il remplit l'espace autour de lui, sa longue silhouette maigre paraît massive, même penchée sur la batterie, les lignes de basse sont basiques mais efficaces, et à la guitare Charles assure une honnête rythmique, par moments il tente quelques riffs, des effets, disto, delay, c'est brouillon et naïf, plus carrée Meg reste dans son coin, pour un peu on l'oublierait, pourtant c'est sur elle que repose leur musique, trois types nerveux qui savent à peine jouer et une fille qui plaque ses accords, quelques arpèges, juste ce qu'il faut, elle doit savoir bricoler cet engin pour en tirer des sons pareils, songe Ludo, il leur a proposé une méthode de travail qu'ils ont acceptée, tous les quatre live, puis la voix et deux pistes d'overdubs – il faudra muscler le son –, ils procèdent morceau par morceau, répètent pendant des heures car ils n'ont pas beaucoup de bande, déclenchent le quatre-pistes quand ils sont au point, une fois chaud Tristan se débrouille mieux, et les chansons sont bonnes, c'est ce qui compte, ne pas chercher la perfection, Ludo a entendu parler de musiciens de session qui enregistrent en studio à la place des groupes, quand ceux-ci sont inexpérimentés et qu'il leur faudrait trop de temps pour arriver à un résultat correct, ça coûterait cher alors on prend des requins de studio, c'est dans la boîte en quelques heures et tout le monde est content, en concert c'est impossible mais le public ne fait pas la différence, la bonne attitude et le bon volume sonore font l'affaire, Rhum Rouge tâtonne, première prise ratée, recommencer par-dessus, Tristan a bien travaillé, les textes sont en anglais, *Knife* est l'histoire d'un type qui tue sa copine parce qu'elle veut le quitter, *You Always*

Said parle d'un ami disparu, *The Cabinet of Doctor X* est un collage surréaliste qui ne veut pas dire grand-chose mais sonne bien (« We clicked and you cared / I came and you cried... »), et surtout *Bad Guys*, leur hymne, qui présente non sans emphase le groupe comme une bande de mauvais garçons qu'ils ne sont pas, servi par un riff de guitare simple et répétitif, mais qui marche, Ouais, a approuvé Ludo la première fois qu'il a entendu le morceau en répétition, la bonne énergie, le bon message (« We're bad guys, you'll see / We'll take it all / Leave nothing at all... »), ce qu'il faut de grandeur épique, composer avec les limites techniques du groupe, c'est rudimentaire, moins de trois minutes, couplet, refrain, couplet, refrain, pont, refrain, et c'est par *Bad Guys* qu'ils commencent, ils y passent l'après-midi et une partie de la soirée, comme ils enregistrent live il faut être au point tous ensemble, à la batterie Tristan a besoin de quatre ou cinq prises, Jerry y arrive dès la troisième, la rythmique est solide et Meg brode à son aise, jamais prise en défaut, seul Charlie n'arrive pas à se concentrer et les oblige à recommencer huit, dix, douze fois, ça l'énerve, il hurle, lance des trucs et finit par saouler tout le monde, fume pour se détendre, Tristan n'apprécie guère que le guitariste joue les divas, le lui dit, ce qui n'arrange rien, puis après des heures de tension et de frustration Charlie arrache miraculeusement à sa Telecaster d'occasion une version suffisante, un riff efficace, meilleur que tout ce qu'il a proposé jusque-là, la dernière prise, sur laquelle Tristan doit poser sa voix, n'est pas parfaite, Meg est à peu près dans le tempo, Jérémy parfois en retard et Charles toujours en avance, trop pressé, il ne suit pas la batterie, court sans cesse devant elle, le chant de Tristan non plus n'est pas en place, il danse autour du tempo, mais ça fonctionne, son vibrato a une force authentique, Ludo comprend que ce sera le manifeste du groupe, sa carte de visite et son cri de guerre, à présent ils déconnent moins, même Charlie paraît déterminé, quand il se plante il ne perd plus son calme, et Tristan est comme en transe, pendant les trois jours de sessions il ne parle pas beaucoup, oui, non, monosyllabes, phrases courtes, Plus rapide, J'aime pas ce passage, le strict minimum, il fait la gueule et les autres sentent que c'est bon signe, désormais le Tristan qui veut conquérir les sommets sera hargneux, autoritaire, Meg est plus décontractée que lui, à un moment, troisième et dernier jour, il transpire, il a chaud dans le cinéma désaffecté, dehors un bel après-midi d'automne dont ils ne profitent pas, alors il chante pieds nus, torse nu, il est maigre, tout en nerfs, on ne voit que les faisceaux de muscles qui se tendent, la veille en arrivant ils ont eu une mauvaise surprise, le quatre-pistes avait mangé la bande, deux jours de travail perdus, inutile de gueuler, ils s'y sont remis, toute la journée, la soirée et la nuit, ils ont dormi là, Ludovic aussi, chacun sa rangée de fauteuils, très inconfortable, ils ont carburé au café, aux clopes et aux cachets, mangé des sandwichs que le manager leur apportait d'un boui-boui voisin avec du Coca et de la bière, Festin, les enfants, et le matin ils ont mal partout, ils sont fatigués, fébriles, Charlie merde encore, Tristan se fout de lui, Guitar hero de mes deux, l'autre lui saute dessus, Jérémy est obligé de les séparer, toute la journée ils se lancent des regards assassins, c'est l'anniversaire de Tristan, 10 décembre 1981, Nathalie fait son apparition alors qu'ils en terminent – Ludovic a payé une journée supplémentaire –, le chanteur baisse enfin la garde, il cesse de critiquer les autres (à Meg : « Quelle soupe », à Charlie : « T'es pas avec nous »), saute au bas de la scène et va à sa rencontre, puis il la prend dans ses bras – en sueur, pas douché depuis trois jours, il sent le bouc –, et l'entraîne vers la rangée du fond, impérieux et timide, sont-ils encore ensemble ?, forment-ils toujours un couple ?, Tristan ne sait pas et ne se risque pas à demander, tandis qu'elle parle de la prépa, profs, élèves, khôlles, il écoute, l'examine avidement et cherche son regard, il voudrait disparaître dans ses yeux, se faire avaler entièrement, n'exister qu'en elle, quand ils font l'amour il lui arrive de désirer ça, sombrer dans les profondeurs de son corps, il n'a jamais osé le lui dire, alors il la scrute, il voudrait la toucher, poser ses longs doigts partout, Eh, tu suis ? elle demande en le secouant, sa main à elle sur son genou à lui, il doit faire une vraie tête d'abruti et va bientôt se mettre à baver, elle si intelligente et raffinée, lui qui ne pense qu'à une chose, non, ce n'est pas vrai, la dernière fois qu'il a vu Antoine – qui se mordait la joue pour ne pas crier –, il lui a dit qu'il s'imaginait bien rester avec Nathalie, puis il sort de sa torpeur, Tu veux encore de moi ?, elle sourit, Je n'ai pas beaucoup de temps, elle marque une pause, histoire de le faire lanterner un peu, Mais j'ai envie qu'on se voie, oui, et son oui est convaincu, le fruit d'une longue réflexion, Tristan n'entend que ça, il le hurle du fond de la salle, Ouiiiii !, sur scène les autres se tournent, Jérémy ouvre la bouche pour dire quelque chose, il voit Tristan descendre l'allée en courant, bondir et s'allonger devant eux, Je vais chanter comme ça, il annonce, mais il ne le fait pas, les deux dernières heures sont euphoriques, ils bouclent la démo en fin d'après-midi, Ludo sort la bande et la lève au-dessus de sa tête, Ça vaut de l'or, il a l'air d'y croire, lui aussi est satisfait, le soir ils mangent dans un restaurant corse de Beaubourg où le manager a ses habitudes, Antoine les a rejoints pour l'occasion, Nathalie est restée, ni Jérémy ni Charles ne l'apprécient, bourgeoise, intello, Meg la déteste d'emblée, c'est évident, seul Ludo a souri et échangé quelques mots avec elle, au resto ils boivent comme des trous, chantent des âneries (« J'ai plus d'appétit / Qu'un barracuda… », le chanteur, et les autres : « Ba-rra-cu-da ! »), Je suis majeur, finie la tutelle, à moi le pognon, dit Tristan à Antoine, T'es sûr ? il demande, Ouais, À ta place je laisserais l'argent où il est, Tristan hausse les épaules, Ça vient, ce champagne ?, ce jour est une petite victoire, une simple maquette mais une victoire quand même, dans un rare éclair de lucidité non imbibée le manager les prévient, Il va falloir être patient, Tristan a une autre vision des choses, On ira voir les types ensemble, Ludo est contre mais sent que ce n'est pas le moment de discuter, et il ne discute pas un mois plus tard, lorsqu'il appelle Tristan et lui communique la bonne nouvelle, Je vois le mec de Virgin, il se méfie de ses sautes d'humeur, dans un bon jour le chanteur impressionne par son charisme mais quand ça ne va pas c'est un emmerdeur capricieux, Ludovic connaît les directeurs artistiques, ils haïssent les divas, ne les tolèrent que si elles leur font gagner une montagne de fric, et encore, Rhum Rouge a un vrai potentiel, il en est sûr et le dira, il va falloir bosser, la route est longue, puis Tristan insiste et il cède : ensemble ils sont l'âme du groupe et il a de l'affection pour lui, veut l'aider à grandir, en cas de succès il aura sa part du gâteau mais il veut le succès avant tout pour Tristan, il a fait sa petite étude de marché, Ludo, une chose pifométrique, il sait qu'en cette belle année 1982 la France mitterrandienne a soif de culture, de fête, de plaisir, il y a même un ministre chargé de ça, qui prend sa mission très à cœur, il y a de la musique, toutes les musiques, ce qui a succédé au punk tarde à s'imposer, on n'est pas à Londres ni à Manchester, beaucoup de bons petits groupes, c'est sympa et anecdotique, à la fin il sait qu'une ou deux grosses machines commerciales dureront, l'objectif est de faire mieux, de vendre des disques sans verser dans la facilité, ou rien qu'un peu, ils sont d'accord, Tristan et lui, en parlent souvent, c'est ce qu'ils ont à l'esprit en posant leurs fesses sur les chaises design en résine, dans le bureau du directeur artistique de Virgin France, qui a écouté la démo, la trouve bien et explique, détaille, bonne voix, paroles alambiquées, super basse, le guitariste faut voir, les claviers il a un doute, la batterie c'est pas ça non plus, l'ensemble est bien mais pas assez bien, Tristan ouvre la bouche pour protester et Ludo le devance, perdu pour perdu inutile d'argumenter, d'ailleurs le type n'a pas tort, Ludo se dit qu'il leur faut un batteur, Tristan, lui, se retient à grand-peine, ce mec a au moins trente-cinq balais, il est largué, il ne sait rien du son d'aujourd'hui, au mur derrière lui il y a des disques d'or, des pochettes encadrées, des photos, rien de franchement indigne mais pas son truc quand même, Clerc, Gotainer, Wiener, et puis cette allure de banquier cool, qui écoute de la merde dans sa grosse bagnole sur la route de Deauville, peut-être pas de la merde mais pas de la bonne musique non plus, Tristan rumine ce genre de pensées, il ne suit plus la conversation qui s'achemine gentiment vers son terme, ils se lèvent et serrent la main du banquier, derrière lui les disques d'or se marrent, Regarde-nous bien, ils disent, et fais de beaux rêves, Tristan est ulcéré, il a hâte de se barrer, en revanche Ludo semble à l'aise, volubile, aucune déception manifeste, copains comme cochons, interchangeables, ils sont sur le seuil quand l'autre, qui s'est rassis dans son fauteuil, les arrête, À votre place je changerais de nom, Tristan fait un pas en arrière dans le bureau, mais Ludo le prend par le bras et dans l'ascenseur il le toise, mi-sévère mi-moqueur, C'était quoi, ça ?, J'aime pas les cons, ça me semblait juste de le lui dire, Ludo rit, Il se la raconte mais tu as tort, il est tout sauf con, cette fois le manager ne plaisante plus, dans la rue il poursuit, Pour le nom il a raison, et il vous faut un batteur, tu peux pas faire les deux, un mec solide, pas un autre de tes freaks, parce que, entre Jérémy, Charles et Meg, hein, Répète, fait Tristan, Ludo est embarrassé, peut-être est-il allé trop loin, Enfin bon, pas des freaks, il le regarde, essaie de comprendre mais ne comprend pas, Tristan s'est illuminé, C'est l'un de mes films préférés, Quel film ?, *Freaks*, on va s'appeler comme ça : La Monstrueuse Parade, ça sonne, tu trouves pas ?, sur le moment, non, le manager ne trouve pas, il a un très court instant pour répondre et réfléchit à toute vitesse, un, c'est bizarre, juste ce qu'il faut, deux, c'est ambigu, et trois, c'est presque identique en anglais, J'adore ! répond Ludo avec un peu trop d'enthousiasme, t'es un putain de génie, et il lui tape sur l'épaule, Tristan est heureux comme un gosse, de changer, d'avoir trouvé et d'impressionner le manager, désormais ils se présenteront sous ce nom-là, dès les prochains concerts et à la nouvelle fête de la Musique inventée par le ministre de la Culture, une chose jamais vue, les gens qui descendent dans la rue avec leurs instruments et jouent toute la nuit, le 21 juin, solstice d'été, l'annonce a eu lieu dans un climat de perplexité et de difficultés économiques, fuite des capitaux, hostilité des marchés, isolement du pays – Tristan ne sait pas vraiment ce qui se passe, il ne suit pas l'actualité, mais Antoine lui en a parlé et a souligné que ça allait mal –, Tristan s'y voit déjà, devant la fontaine Saint-Michel avec le groupe au complet, un batteur, un nouveau nom, un deal à venir, pourquoi pas, il en parle aux autres quand il les retrouve le soir même, Ludo n'est pas là, il avait « un truc à faire » – une affaire de cœur ou de cul, ça l'occupe autant que le groupe, semble-t-il –, la première réaction est mauvaise, Vous manigancez toujours dans votre coin, observe Jerry, et Charlie crie, fait de grands gestes, Ouais, y en a marre, mais ça ne dure pas, au bout de quelques minutes il est aussi mort qu'un ampli débranché, au cours de la soirée il a trop souvent besoin d'aller aux toilettes, remarque Tristan, Meg est glaciale, On doit racheter une boîte à rythmes, et le nom, elle déteste le nom, seul Jérémy finit par admettre que ce n'est pas mal, La Monstrueuse Parade, puis ajoute : Le mec de ma frangine est batteur, je peux lui en parler, Tu l'as déjà entendu jouer ? demande Tristan, Non, répond le bassiste, il bosse dans une boutique de disques près de chez toi, le lendemain ils y sont tous les deux, Tristan a prévenu Ludo, qui ne pouvait pas les accompagner, et les voilà dans l'arrière-salle de Music Box, assis en face de Franck, un petit mec sec et nerveux, débardeur noir, jean noir, un air de dur mais des yeux rieurs, ce qui ne l'empêche pas de les jeter : Bof, post-punk-new-wave-électro-pop, pas ma bande, sa bande c'est le rock qui tape, hard et heavy, à la limite prog, beaucoup de notes, beaucoup de cheveux, du cuir, du muscle, Zeppelin, Maiden, pas un poète, se dit Tristan, pourtant le type est serein, seul son physique est tendu, les bras, les épaules, il se roule un joint, l'allume et en prend une taffe, fait passer, Jérémy accepte, Tristan décline, ils devraient se casser mais on parle, Franck était à Mallarmé avec Sandrine, la sœur de Jérémy, son groupe s'appelle Fiancée Cannibale, C'est du hard rigolo, il explique sans ironie, des textes à base de gore et de cul, de mieux en mieux, le chanteur lance des regards perplexes à son bassiste, qui paraît mal à l'aise, Si ça vous tente on joue ce week-end avec d'autres groupes, non, ça ne tente pas Tristan, cette fois il va partir, et puis Franck est un bon mec, il parle de Sandrine comme s'ils étaient mariés depuis dix ans et toujours amoureux, Faut que j'aille faire les courses, les gars, alors Tristan comprend : ce mec est heureux, un truc incroyable, il ne connaît personne qui soit comme ça, à la poursuite de rien, juste bien, et il accepte, C'est où ?, Ris-Orangis, Le Plan, poignées de main, ils sortent, se regardent, ne disent rien, Tristan sait ce que pense Jérémy, il pense que le chanteur va l'engueuler, Un hardos, c'est tout ce que t'as trouvé ?, mais au bout de plusieurs minutes, quand Tristan ouvre la bouche, c'est pour dire OK, on va voir, et l'autre pousse un soupir de soulagement, depuis que Ludovic les manage Tristan joue les vedettes, le caprice ou la remarque blessante jamais loin, et il se méfie des humeurs imprévisibles de Charlie, des raisonnements tortueux de Ludo, de Meg qui fait la gueule, une vraie bande de cinglés, songe le bassiste, mais La Monstrueuse Parade est d'abord une armée de quatre personnes, bientôt cinq, dans leurs bons jours ils ont la certitude que rien ne les arrêtera, ils ont des chansons, ils ont un nom, un leader qui plaît, le monde leur appartient, il leur appartiendra, c'est une question de temps, de travail, avant ça ils prendront encore des coups dans la gueule, mais ils sont prêts, affamés, pauvres, seuls ou presque, des inconnus, des aspirantes rock stars comme il y en a tant, c'est égal, Tristan aussi le sait, il le sent, encore un concert sans batteur, vendredi soir, une première partie merdique pour un groupe de Leeds un peu nazi sur les bords, dit-on, qu'à cela ne tienne, un public ça se gagne, des centaines de skins gavés de bière et d'amphètes, ça s'annonce compliqué, il songe en jetant un regard entre les deux pans du rideau déjà couvert de crachats, ils sont à l'Élysée-Montmartre, le vacarme de la salle est assourdissant, elle n'est pas pleine mais des dizaines de types surexcités – quelques filles aussi, certaines jolies, prétend Charlie, qui est allé faire un tour – occupent le terrain, Tristan n'a pas pris sa chaîne de vélo, les autres le lui ont interdit, si ça dégénère on se tirera, ils font patienter la salle une dizaine de minutes, le chanteur est nerveux, appuyé contre un mur il se ronge les ongles, puis ils entrent en scène, quelques réglages, le rideau s'ouvre et une averse s'abat sur eux, bière et glaviots, Oï oï oï, beuglent les skins, dans l'après-midi, pendant la balance, ils ont décidé de mettre les potards à fond, On doit faire plus de bruit qu'eux, a expliqué Tristan, et la boîte à rythmes – prêtée – démarre, martiale, une pulsation qui secoue la salle, si forte qu'elle pénètre les os, il se met à hurler, *Now I Wanna*, la basse de Jérémy entre dans la danse, et dans son coin Charlie a l'air impassible, ce soir il joue efficace, presque dans le tempo, peut-être qu'il n'a rien fumé, ni herbe ni shit, ou que la peur des types qui lui font face sert d'électrochoc, seule Meg est étrangement absente, ce bain de testostérone n'est pas pour elle, en se tournant un court instant pour la regarder Tristan peut voir sa mine hostile derrière son clavier, et après le deuxième morceau – *You Always Said* – il remarque que son pouce droit saigne, de petites taches de sang sont tombées à ses pieds, avant de poursuivre il le suce plusieurs fois, un goût de métal dans sa bouche, puis la drum machine reprend, pendant l'intro il continue à sucer le sang, ça va bien finir par s'arrêter, et quand un connard au premier rang hurle Suce ça aussi, Tristan s'approche, lui crache au visage et l'atteint en pleine bouche, il devrait se mettre à chanter mais observe, prêt au combat, le type qui s'essuie, écarquille les yeux, horrifié, du sang dans la salive, puis recule, disparaît dans la masse, il a peur, un grand garçon comme lui, en voyant que personne n'a sauté sur la scène pour régler son compte au chanteur la salle se calme, Tristan sent une vague de respect monter jusqu'à lui, maintenant il chante pour de bon, plus rageur que jamais, il ne lui a fallu que quelques secondes pour dompter ces bêtes sauvages, pendant le reste du set le public conserve la même attitude, crie, siffle et pogote de bon cœur, mais plus de crachats, plus de canettes de bière, Tristan les apostrophe : Ça va, les filles ? puis : On est La Monstrueuse Parade et on vous emmerde, et ça gueule, ça s'agite, du poing il invite les autres à jouer encore plus fort, c'est le tour de *Knife*, avant *Bad Guys* et une reprise, *Everybody Loves You When You're Dead*, à présent Tristan saute sur les retours, il enlève sa chemise et, torse nu, tend les bras vers le premier rang, serre des mains, résiste aux types qui veulent l'entraîner dans la fosse, sur le dernier morceau il grimpe littéralement au rideau rouge, son chant est possédé, On est plus durs que vous, il leur fait comprendre, *je* suis plus dur que vous, il dégouline de sueur, s'effondre au sol sur les dernières notes, et quand l'ovation monte du public, ils saluent sobrement et sortent de scène, il n'y a pas de rappel, ils ont fait leur boulot de première partie, cinq titres, la salle est bouillante, les Anglais peuvent prendre le relais, La Monstrueuse Parade leur a volé la vedette, songe Tristan backstage, après avoir enlacé les deux autres – pas

Meg, de plus en plus dégoûtée –, ils ont tous les trois les yeux hallucinés, chaud, soif, ils ne comprennent pas ce qui vient de se passer, et dans les quelques minutes qui suivent, les regards qu'ils échangent, de stupéfaction et d'effroi devant ce que leur musique a provoqué, il y a toute la carrière du groupe, les hauts et les bas, les changements de personnel, les succès et les échecs, les fâcheries, les stades de foot et les play-back à la télé, Tristan le sent, il passe une bonne heure plongé dans ce film et ses images qui défilent, lorsqu'un drôle de petit bonhomme au costume défraîchi se matérialise dans leur loge malodorante il n'y prête guère attention, quand le gnome ouvre un attaché-case et leur montre les merveilles qu'il renferme le chanteur se contente de secouer la tête en guise de refus, puis il continue à siroter sa bière, Meg aussi dit non à la généreuse proposition du petit bonhomme, qui a tout du représentant de commerce, Jérémy et Charles se laissent tenter, eux, en vendeur expert le représentant de commerce prépare une pipe à fumer, dans sa mallette il a tout ce qu'il faut, seringues, flacons, sachets, Jerry a dit non à ça, Charles aussi, du bout des lèvres, maintenant ils fument – le petit bonhomme s'est dématérialisé en emportant sa marchandise –, Tristan veut les engueuler, mais ce n'est pas la peine de s'énerver, pas d'aiguille, il a confiance en Jérémy, qui est curieux mais n'a pas une âme de tox, moins en Charlie, au fond c'est une belle soirée, un concert triomphal, bientôt ils auront un batteur et Ludo va leur décrocher un deal, il prend une autre bière et c'est oublié, ils sont tous les trois, Meg est partie, dommage, il l'aime bien, elle est intègre, jolie fille, il a déjà eu des aventures à l'insu de Nathalie, rien de sérieux, il est désolé qu'elle reste dans son coin, Meg, alors que musicalement ça fonctionne, il doit lui parler, il est sûr que ça ira, sait y faire, le lendemain midi il se lève avec une vilaine gueule de bois, appelle Ludovic et lui raconte le concert, Vous des skins et moi des hardos, souligne le manager, la veille il est allé voir Fiancée Cannibale – qui jouait pour le Harley Club de Paris –, il était impatient et ne voulait pas attendre le concert de Ris-Orangis, ce n'est pas sa musique et il a encore mal aux tympans, il était là pour le batteur, ce qu'il a entendu lui a plu, Franck est le plus normal de la bande, explique Ludo, il est sobre, s'efface derrière un chanteur, deux guitaristes et un bassiste aussi bruyants que cabotins, Tristan est d'abord contrarié, puis il comprend que le manager a eu raison, Donc il est bon ?, Oui, assure Ludovic, Tu lui as parlé ?, Je suis allé backstage et je lui ai dit qu'il nous intéressait, Et ?, J'attends sa réponse, conclut le manager, il vous fera du bien, la Parade a plusieurs gigs avant le 21 juin, ils vont pouvoir se roder, On verra si ça colle, observe à son tour Tristan, avant d'ajouter : Les morceaux, Quoi, les morceaux ? demande Ludo, Il faut les déposer, non ?, le manager devine que le moment est venu de parler *crédits*, à qui les paroles et la musique, les crédits, ce sont des royalties, il faut fixer une répartition des droits, il aurait dû s'en occuper avant d'envoyer la démo à des maisons de disques mais il n'a pas eu le temps et ignore ce que veut Tristan, On fait quoi, à toi les paroles et la musique vous partagez ?, Non, tranche le chanteur, Meg ne s'en est pas mêlée, quant à Charles, difficile d'évaluer sa contribution, c'est donc au téléphone qu'ils décident tous les deux, sans consulter les autres : Tristan se considère comme le songwriter du groupe, il sera crédité des textes, et pour la musique ce sera au cas par cas entre les deux autres et lui, pour le moment il partage deux titres avec le bassiste, *Doctor X* et *You Always Said*, un avec le bassiste et le guitariste, *Bad Guys*, et *Knife* est à lui seul, Ludovic se chargera des questions d'édition et de dépôt à la SACEM, Tristan se dit que c'est un bon arrangement, c'est lui le leader du groupe, lui qui a une vision, Ludo sait que les autres ne vont pas aimer, même si ça paraît équitable, et comme ils n'en ont jamais parlé peut-être vaut-il mieux continuer ainsi dans l'immédiat, ils n'ont rien inventé, juste réglé un problème, ça arrive, on croit bien faire et on sème de mauvaises graines, frustrations, discordes, ruptures, le manager en a la vague intuition, Tristan non, il vit dans l'instant, ne se projette pas au-delà de quelques heures, le prochain concert, un morceau à finir, et son horizon, encore chimérique, est la signature d'un contrat avec une maison de disques, un grand écart temporel et rien au milieu, pas même les difficultés qu'ils rencontrent, c'est le privilège de la jeunesse et une caractéristique de l'époque : après trente ans de bien-être matériel et de croissance économique, les premiers signes de crise annoncent des lendemains qui déchantent, la gauche au pouvoir n'y peut pas grand-chose, tandis que la guerre froide entre dans sa phase finale, la menace nucléaire est pressante, le grand feu d'artifice est pour bientôt, c'est ce que pense Tristan, dansons en attendant la bombe, enivrons-nous et prenons ce qu'on peut prendre, enfant jouisseur et pessimiste chronique, il est les deux à la fois, les autres ne le voient pas, ils verront, Ludovic le pressent, Antoine le sait déjà mais pas ceux qui l'aiment, Nathalie, Mathilde, son oncle, sa tante, ni les gens qui le croisent pour la première fois, ceux-là voient l'ambition et, de plus en plus, une tendance tyrannique, décider seul, agir seul, il est majeur et va chez son oncle, moins pour apaiser la situation que pour exiger une part de ce qui lui revient, car il en a marre de crever de faim, de squatter n'importe où et d'être toujours fauché, mais Antoine a raison, au fond Tristan ne veut pas de tout ce pognon, il préfère une précarité qu'il sait factice, et Bernard lui reproche d'être irresponsable, cette fois encore ils sont assis dans la cuisine l'un en face de l'autre et Tristan reçoit un autre savon, S'ils voyaient ce que tu es devenu, il ne bronche pas, sait qu'il risquerait de perdre son sang-froid, il garde son calme, recourt à un langage mesuré, presque condescendant, il a un but – l'argent – et quand il est question d'argent il faut inspirer confiance, le banquier qui vous ment, le patron qui vous exploite, l'escroc qui vous berne savent inspirer confiance – il a beau ne pas avoir d'opinions politiques, Tristan a parfois ce genre d'idées schématiques –, il ne se justifie pas, explique, souligne qu'il fait ses choix, qu'il faut les respecter, qu'il n'est ni stupide ni fou, un jeune homme sûr de lui, Je vois, dit son oncle, obtenir ce qu'il veut n'est pas si difficile, Tristan a fait vibrer la corde sensible, Tu as des problèmes ? Tu loges où ? Je peux t'aider ?, c'est bon, il a gagné, ne rien montrer, ne pas en rajouter, il répond que ça va mais qu'il a effectivement besoin d'argent, lance un chiffre, ni trop ni trop peu, ce ne sont pas des histoires, les concerts ne suffisent pas, il faut bien qu'il vive, il a des rêves, des envies, Nathalie et lui, ils n'en ont jamais parlé sérieusement, quand ses parents étaient là l'argent n'existait pas, il avait tout ce qu'il lui fallait, d'ailleurs il se fiche de posséder, aime voyager léger, les souvenirs suffisent, l'enfance, faire le tour du parc en 4L dans la campagne suédoise, ces grands-parents si lointains, si retranchés en eux-mêmes qu'ils n'ont pas le courage de se manifester, Tristan a une idée, il l'avait en venant ici, un cadeau qu'il se fera, il l'a mérité, les autres ont leur permis de conduire, une voiture, lui rien, et tandis qu'il s'imagine sillonnant Paris sur son futur engin, il voit son oncle s'absenter un instant, revenir avec un chéquier à la main puis, sous ses yeux, rédiger le montant, Tristan déchiffre, c'est plus qu'il n'espérait, les remords ont un prix, il le remercie, le charge d'embrasser le reste de la famille et s'en va, dévale l'escalier et se précipite jusqu'à sa banque, Caisse d'épargne, boulevard Saint-Michel, trop tard, l'agence est fermée, le soir il dort chez eux, appelle chez Nathalie, sa mère décroche, et dans le noir, sur le canapé, Tristan fait ses calculs, le plus gros pour lui et le reste pour le groupe, en plus du cadeau il cherchera un appartement, il en a assez de dormir où il peut, ici, chez les autres et les petites amies d'un soir – une solution qui joint l'utile à l'agréable, sauf quand leur mec rentre à l'improviste, c'est arrivé, ça lui a coûté un tee-shirt presque neuf et valu une belle frousse –, il organisera une fête et invitera les gens qui comptent, il aura les moyens, les aurait déjà, mais il sait bien que Bernard joue son rôle, il y a trop de tentations, il est impulsif et ferait des conneries, enfant jouisseur, pessimiste chronique, danser en attendant la bombe, pourquoi économiser son argent alors que tout va péter, c'est sûr, il doit tenir jusqu'à ce que le groupe trouve une maison de disques et marche, c'est une question de mois, il faut travailler dur, quelques semaines, pas plus, il a des rêves, Tristan, mais aucune connaissance du music business, un deal signé résoudrait tout, et dix jours plus tard, 5 juin 1982, Ludo les convoque chez lui, c'est la première fois qu'ils y mettent les pieds, Franck est là, membre à part entière, tout le monde est sur la réserve, même Tristan ignore ce qu'ils font ici, rue des Canettes, un deux-pièces d'une cinquantaine de mètres carrés, poutres apparentes, cuisine américaine, bar, déco africaine, peaux de bêtes, lances croisées derrière un bouclier, Joli baisodrome, commente un Charlie frais comme une rose, Ludo sourit, il doit être habitué, et Tristan songe que ça ressemble à l'appartement d'un homme plus âgé, le père qui travaille pour une compagnie pétrolière et passe son temps au Gabon, Ludo fait parfois allusion au XVIIe, l'avenue des Ternes et le lycée Carnot, c'est sûrement sa garçonnière, d'un goût exquis, il ne manque que les trophées aux murs, têtes de lion et d'antilope, pendant ce temps le manager leur fait visiter, partout des piles de disques, des magazines rock, des papiers et courriers, quelque chose de studieux qui jure avec le décor exotique, Ludovic est un bosseur, Tristan en a la confirmation, puis leur hôte disparaît sous le bar, se relève et y aligne des flûtes à champagne, il va jusqu'au réfrigérateur et en sort un magnum de Piper-Heidsieck sans donner d'explication, T'as gagné un grand prix de Formule 1 ? ironise Jérémy, Ludo fait son sourire de Bugs venant de piéger Daffy, Meg regarde autour d'elle avec son habituel air pincé, Franck satisfait, si la picole est toujours de ce niveau ça promet, et Ludo se décide enfin, On a un deal, quatre mots qui produisent un effet différent sur chacune des cinq autres personnes présentes dans la pièce, celui qui n'est pas encore très concerné, celle que ça n'intéresse pas, celui qui n'a aucune idée, celui qui pense avoir compris et qui a un doute, enfin celui qui savait avant que le manager n'ait ouvert la bouche, Qui ? demande Tristan, maintenant tout le monde a saisi, il y a des cris, Charlie serre Meg entre ses bras maigres et la fait voltiger en l'air, elle ne peut pas s'empêcher de rire, Jérémy reste bouche bée et Tristan a les yeux qui brillent, il a étouffé toute réaction, des noms défilent dans son regard, Barclay, Virgin, Polygram, Pas n'importe qui, répond Ludovic, c'est ça le plus beau, il fait une courte pause, puis : Euterpe, silence, déception, Tristan s'est assombri, il va dire quelque chose, mais Franck le devance, C'est de la variété, et le chanteur hoche la tête, à la maison il y avait quelques disques, sa mère a dû enregistrer une ou deux choses légères pour Euterpe, des musiques de films, cette histoire n'a pas de sens, On va faire du Sardou ? il demande, mais ça ne déstabilise pas Ludovic : Euterpe est une maison indépendante, qui a commencé par faire du disco au milieu des années soixante-dix, avant de se recycler dans la chanson française, des noms ronflants, de gros succès, il explique patiemment, elle a son pressage et sa distribution, deux frères l'ont fondée et la dirigent, Hervé et Philippe Henze, quadragénaires, ils veulent lui donner une couleur plus rock, plus internationale, « explorer, découvrir, innover », ils espèrent rajeunir l'image du label et conquérir un public nouveau, plus exigeant, et bien sûr gagner de l'argent, un projet ambitieux, ils sont déterminés et ont de solides moyens, ils ont signé leurs premiers groupes, c'est prometteur, Tu les connaissais ? demande Jerry, Seulement Hervé, le cadet, c'est le directeur artistique, on se croise dans les dîners en ville, répond Ludo, et Tristan songe : relationnel, carnet d'adresses, bottin mondain, il lui a parlé d'eux et envoyé la démo, Henze a aimé, réfléchi et, pour finir, rappelé Ludo : Ça m'intéresse, puis ils ont discuté, Henze a fait une offre, simple, album, et on verra, le manager pense que c'est bien pour commencer, il y a quelque temps Tristan a parlé avec Antoine, qui a des cours sur l'économie de la culture à Dauphine, le cinéma, la télévision, des secteurs que l'apparition du magnétoscope et de nouvelles chaînes va bouleverser, la musique, où de nouveaux supports remplaceront bientôt les mini-cassettes et les vinyles, Y aura du pognon à se faire, a-t-il affirmé sans ironie, avant d'ajouter que les cartes seraient redistribuées, que les marques à forte identité survivraient, les autres non, il n'a pas cité Euterpe mais Tristan comprend que c'est l'une de ces « marques », Ludo termine son récit, une avance de cinquante mille francs, on trinque, on s'embrasse, la suite, ce sera l'enregistrement en studio, le quarante-cinq tours ne peut être que *Bad Guys*, avec *The Cabinet of Doctor X* en face B, un morceau long, tourmenté, à force de les jouer en concert et en répétition ils les connaissent bien, on ne peut pas encore dire qu'ils sont bons mais ils ont fait des progrès, Ludo et Tristan sont persuadés qu'ils ont un son nouveau, qui les distingue de ce que font les autres en France et ailleurs, ils pensent aussi que Meg leur apporte un truc en plus, une musicalité rare dans le petit monde du rock français, si elle le comprenait ça lui donnerait peut-être la force de faire un bout de chemin avec nous, se dit Tristan, et peut-être qu'elle sourirait, quand elle sourit elle est jolie, depuis l'annonce du deal avec Euterpe elle fait moins la gueule, tout juste a-t-elle signalé qu'elle préférait Erato comme muse, une soirée festive mais bon enfant, Ludo avait un peu d'herbe, puis chacun rentre à la maison, Tristan chez ses oncle et tante, depuis ils patientent, n'ont pas encore rencontré le directeur artistique, il cherche des informations sur Euterpe et les frères Henze, par curiosité il feuillette les quotidiens économiques, il n'y est pas souvent question de Culture, même du point de vue des Entreprises – un mot qu'on entend désormais partout –, il sait que leur maison de disques aussi est une Entreprise et que leur avenir dépend de sa bonne santé financière, cette semaine on y parle des banques fraîchement nationalisées, dont celle où Antoine va faire son stage, Tristan n'a aucune idée de ce que signifie travailler dans une banque, un type derrière un guichet, une femme à son bureau, des personnes souriantes qui vivent de notre argent – du sien –, la fierté d'Antoine quand il le lui a dit au téléphone, une expérience formatrice, c'est l'expression qu'il a employée, formatrice ou formatée Tristan ne sait pas, et au fond ça ne l'intéresse guère, ce que lui raconte son ami au sujet de ses études est assommant, même ce que Nathalie dit de ses amis khâgneux est plus amusant, des gens pourtant très sérieux, très occupés à Apprendre, à Penser, à montrer aux autres qu'ils Apprennent et qu'ils Pensent, un soir elle l'a entraîné dans une fête, si l'on peut dire, une dizaine d'étudiants posés sur des canapés chez les parents de l'un d'eux, à siroter un mauvais pinard en parlant du dernier cours de philo, Tristan en a eu mal au ventre, alors pour passer le temps il a joué au débile, fait celui qui ignorait tout, systématiquement, de la cave de Platon aux sombres histoires de Heidegger – dans l'ensemble c'était le cas –, puis, sachant qu'il s'exprimait devant de futurs enseignants, une fois que l'irritation eut atteint un niveau satisfaisant il s'est fendu d'un discours dont la demi-idée centrale consistait à prétendre que l'école ne sert à rien, car tout peut s'apprendre dans un bon livre, autour de lui effarement général, Nathalie, qui a pourtant l'habitude de ses provocations, était elle aussi choquée, le pire c'est qu'il était sincère, il ne l'aurait pas forcément dit de cette façon mais c'est ce qu'il pensait, en gros, et tandis qu'il la raccompagnait elle lui a infligé un bref sermon glacé – Grandis ! – avant de faire la gueule, ce qui l'a stimulé outre mesure, lui, il avait envie d'elle mais pas la peine d'y songer, le lundi suivant, il espère qu'elle viendra les écouter à la fête de la Musique, Antoine a promis qu'il y serait, ils jouent à deux pas du lycée Henri-IV, sur les marches de l'église Saint-Étienne-du-Mont, il n'y a pas eu moyen de s'installer devant la fontaine Saint-Michel, quand ils ont débarqué il était presque midi et la place était pleine, le long du boulevard ça ne leur disait rien – Ça fait baraque à frites, a commenté Charlie –, et ils se sont retrouvés dans la rue Soufflot, leurs instruments sur le dos et les amplis à la main, un plan foireux, jusqu'à ce que Franck propose l'église : miracle, il n'y avait encore personne, Tristan est entré, pas de messe, il a toussé et le prêtre est apparu, il lui a poliment demandé s'il voulait bien, leur musique est un peu bruyante mais les paroles sont chrétiennes (et surtout en anglais), c'est là qu'ils passent les dix prochaines heures, Ludo les ravitaille, ils jouent des reprises, quelques trucs rigolos, du Brel et du Brassens à deux cents à l'heure, un *Quand j'étais chanteur* épileptique, mais ce n'est pas ce qui attire les badauds circonspects, on n'a jamais vu ça dans les rues de Paris, des gamins qui font de la musique et boivent des bières, quelques joints qui pointent le bout de leur nez, ce qui les intrigue, c'est le nom, La Monstrueuse Parade, gribouillé au feutre sur une affiche de *Freaks* dénichée dans une boutique du Châtelet, et leurs airs d'esthètes punks, tout de noir vêtus malgré la chaleur, ils tombent la veste et sont en bras de chemise, lunettes noires de rigueur, la gestuelle de Tristan, qu'il perfectionne et qui évolue vers une forme d'interprétation, depuis qu'il a lu que Bowie avait été mime, que Peter Murphy « jouait » ses chansons sur scène, et comme il est grand, maigre et beau gosse, avec ses cheveux blonds, ses yeux clairs et ses cernes de vampire, il ne passe pas inaperçu, mais plus encore ce sont les compositions, les cinq et même six morceaux à eux qu'ils interprètent une dizaine de fois chacun, au point de les oublier, de les libérer, les chansons volent de leurs propres ailes, Tristan lit la satisfaction sur le visage des autres, le sentiment qu'un cap a été franchi, avant qu'ils ne sonnent moins bien, mais à ce stade se produit une chose inattendue, lorsqu'ils rejouent *Bad Guys* en fin de soirée, devant une trentaine de spectateurs d'humeur joyeusement imbibée et alors que l'heure d'en finir approche – on parle de bagarres à la Bastille, des CRS qui chargent –, les gens tapent des mains et reprennent le refrain en chœur comme s'ils connaissaient la chanson, tel un tube entendu mille fois à la radio, pourtant La Monstrueuse Parade n'est pas encore passée aux *Enfants du rock* et *Best* ne lui a pas consacré sa couverture, pour une bonne raison : ils n'ont sorti aucun disque, le groupe n'a que quelques mois d'existence et une poignée de concerts à son actif, ces types sont inconnus, doivent encore signer leur premier contrat avec une maison de disques, ils ne sont personne, ce 21 juin 1982, mais plus pour longtemps, songe Tristan en observant la coupole du Panthéon, il a des courbatures, la tête lourde et l'estomac vide, sent ses oreilles qui bourdonnent et une pointe de déception – ils ne sont pas venus les écouter, ni lui ni elle –, et il se le répète : plus pour longtemps.

C'était ma bécane préférée. J'adorais monter en selle, enfiler le casque et sentir la poignée sous mes doigts. Faire hurler le moteur et me vautrer dans les clichés du mec débile qui aime les grosses motos. Pensez ce que vous voulez : ça m'est égal. J'aimais ça et, dès que possible, même en tournée je faisais un saut à Paris et sortais la Ducati du garage, puis je fonçais à Montlhéry et tournais pendant une heure ou deux. À fond. Pas le temps de réfléchir, n'être que réflexes, action et réaction, rester sur la piste. Ou partir dans le décor et risquer d'y laisser sa peau. Vivre ou mourir, pas d'autre solution (si : se retrouver dans un fauteuil roulant ou un lit médicalisé jusqu'à la fin de ses jours, mais je faisais comme si ça ne pouvait pas m'arriver, une cécité sélective). Cette fois-là, c'était au retour du Japon.

Certains jouent au squash ou font quelques rounds sur un ring pour se défouler. Je connais des superstars mondiales qui baisent pendant des jours, d'autres qui partent dans un ashram en Inde afin de se purifier le corps et l'esprit. Moi, c'était la vitesse. Un truc qui bouffe les toxines, qui dévore les idées noires. Un rush plus puissant que la came. Une addiction qui ne fait que du bien, du moins c'est ce que je croyais. Je n'ai pas changé d'avis. Je n'en fais plus, mais j'aime toujours ça.

Ce jour-là, on rentrait de tournée complètement cramés, et si dans l'ensemble tout s'était bien passé, y compris l'étrange visite de Nathalie, on ne se supportait plus. Il fallait couper pendant quelque temps, mettre le groupe entre parenthèses et vivre chacun sa vie. J'étais en combinaison – cuir, rouge et noire, faite sur mesure en Italie –, le casque sur la tête, et j'ai commencé par quelques tours tranquilles, cent soixante-dix, cent quatre-vingts. L'autodrome a deux virages serrés, l'un en épingle à cheveux, le Virage de la Ferme, et l'autre presque à angle droit, l'Épingle du Faye, ainsi qu'un dévers. On tourne dans le sens des aiguilles d'une montre, Virage, dévers puis Épingle. Le virage n'est pas dangereux, impossible d'aller vite, et dans le dévers j'étais prudent. L'Épingle, je la connaissais, elle ne me faisait pas peur. C'est pourtant là que j'ai perdu le contrôle de la moto. Pour me tester, je roulais plus vite, au-dessus de deux cents, et je me sentais bien, il y avait ce mélange parfait d'esprit sur le qui-vive et de corps détendu qui donne les plus belles performances, imaginais-je. Mais je n'étais pas un grand pilote, j'allais trop vite et, l'espace d'un instant, j'ai cru que…

Je ne sais pas comment j'ai fait. La Ducati n'est pas partie dans le décor, elle n'a pas volé dans les airs, pas de choc frontal. Elle s'est couchée sur le flanc et a glissé vers les bottes de foin dans le virage. Miraculeux. Après coup, je me suis dit que j'avais dû avoir le bon réflexe sans m'en rendre compte, et rétrospectivement je n'ai même pas eu peur, c'était passé, point. Mais le responsable du circuit, un Portugais qui connaît autos et motos bien mieux que moi, avait tout vu. « Il y a quelqu'un là-haut qui veille sur vous, l'ami », a-t-il commenté quand je l'ai salué, prêt à rentrer au bercail. Sur mes deux jambes.

Tristan ronge son frein tout l'été, lui seul s'inquiète, Ludo paraît serein, les frères Henze lui ont donné leur parole, ils ne reviendront pas dessus, il explique au chanteur quand celui-ci montre quelques signes d'impatience et, le 8 septembre les voilà tous les six dans le bureau d'Hervé, rue du Colisée, ils sont de l'est parisien ou de la rive gauche, ce n'est pas un quartier qui les enchante, mais c'est celui des sièges sociaux, des boutiques de luxe, Tristan y a traîné quand il fréquentait le conservatoire, et il a sans doute assisté à des concerts, Pleyel, Gaveau, il ne s'en souvient pas, sa mère le lui a dit, Boulez au piano, le petit Tristan assis par terre aux pieds de ses parents, occupé à dessiner dans un agenda de poche, la rue du Colisée, donc, non loin des Champs-Élysées, des cinémas, du Lido, le bureau du producteur est dépouillé, pas de disques d'or tartinés sur les murs, des photos en noir et blanc, Gainsbourg, Bashung, des meubles au design linéaire, du verre et de l'aluminium, fauteuils gris perle, une étagère de disques et une chaîne stéréo Luxman bien en vue, le bureau est spacieux mais il n'y a pas assez de chaises pour leurs sept postérieurs, Asseyez-vous, mademoiselle, le producteur à Meg, il est bien habillé, costume, pas de cravate, chemise blanche et lunettes en écaille, Ludo s'est assis lui aussi et, dans son dos, Tristan observe Henze, songe qu'il a vu défiler chez ses parents des compositeurs, des instrumentistes, des interprètes hommes et femmes, des artistes mais pas de producteurs, les Henze appartiennent à cette catégorie, bourgeoisie éclairée – le père est l'avocat des vedettes nationales de la chanson –, Tristan commence à comprendre où il a mis les pieds, on discute, on plaisante, on se penche sur les contrats et on signe, les uns concentrés – Jérémy –, les autres indifférents – Meg, Franck –, Charles commence par faire un X qu'il transforme en petit personnage stylisé avant de signer pour de bon – un frisson d'indignation a eu le temps de parcourir Tristan –, puis c'est à son tour, et contrairement aux autres (seul Ludo avait eu la primeur), il lit ou essaie de lire, autour de lui on s'agite, Hervé Henze ne se démonte pas, La Monstrueuse Parade signe pour un album, de bonnes royalties d'après Ludo, les coûts d'enregistrement sont à la charge du groupe, de même que les frais de promotion, vidéos, pochettes et design (Je rêve, se dit Tristan en parcourant la liste), les usages de la profession, dont sa mère ne parlait jamais, elle avait un agent, Ibbs and Tillett, le meilleur d'Europe, des bureaux à Marylebone, là aussi il y est allé enfant, souvenirs de Londres, la relève de la garde à Buckingham Palace, Ludovic l'a rassuré, Euterpe, c'est bien, tu verras, il y a plus étrange, en studio ils seront salariés, contrat à durée déterminée, la convention collective en vigueur est celle de l'industrie sidérurgique, il ouvre la bouche pour en faire la remarque mais se ravise, combien de jours d'enregistrement, combien de jours de mixage, où, avec quel réalisateur, quel ingénieur du son, Ludovic évoque les questions en suspens et ils observent cette partie de ping-pong courtoise mais tendue, Henze a durci le ton, c'est de l'argent qu'il leur prête et qu'il n'est pas certain de revoir – une avance que les ventes viendront amortir –, et Tristan pense à une photo qu'il a vue dans un magazine, les deux Bry(i)an, Ferry et Eno, dans la lumière des projecteurs, un soleil qui explose, des rêves, se projeter dans l'avenir, s'y voir déjà, ce qu'ils font en ce moment et ce qu'ils ont fait jusqu'à présent n'aura de sens qu'avec le succès, mais il sait qu'un jour ils seront sous ce soleil, La Monstrueuse Parade est sa meilleure chance, la seule pour le moment, il sait aussi qu'il n'y a de vraie amitié qu'avec Ludovic, il apprécie Franck et Meg, vis-à-vis des deux autres les sentiments sont mitigés, ils ont leurs propres ambitions, pensent être de Super Musicos promis à une belle carrière, pourquoi s'inquiéter maintenant, on débouche le champagne et on trinque, le producteur se déboutonne un peu, il le tutoie, et plus tard, au pied de l'immeuble, ils se saluent et chacun suit sa route, Jerry et Charlie inséparables, Ludo pressé – Je t'appelle –, Meg fuyante, Tristan se retrouve seul, la tête qui tourne, désormais c'est son métier, d'un trait de plume ils sont passés professionnels, on attend beaucoup d'eux, un bon disque, des débuts remarqués, Henze les sent capables de créer une musique accrocheuse, pas seulement du bruit et de la rage, il l'a dit et s'y connaît, une certaine bienveillance, d'accord, mais il n'acceptera pas n'importe quoi, ils l'ont compris et Tristan l'a vu passer dans le regard des autres, pas une menace, l'énoncé d'un projet commun, ça le fait réfléchir, sur ce trottoir du VIIIe arrondissement toute euphorie l'a abandonné, on doit faire mieux, les morceaux en place ne suffiront pas, le gars en veut plus et il a raison, Tristan aussi vise haut, pas sûr que les autres le suivront, leurs envies musicales sont balisées, pas les siennes, il a encore des choses à découvrir, n'a pas achevé son éducation musicale, besoin d'entendre d'autres sons, des rythmes différents, tout de suite, pas du rock, des trucs bizarres et dérangeants, et comme il n'y a rien de tel chez son oncle et sa tante il retourne vers les Champs, il connaît un disquaire, quelques minutes et il y est, casque sur les oreilles, une pile de trente-trois tours devant lui, il pense déjà à la suite, à la direction qu'ils prendront, il fouille dans les bacs, écoute tout ce qu'il trouve, jazz, chanson, classique, soul, trente secondes, une minute, jamais un morceau entier, il demande conseil au vendeur, barbu, taciturne, mélomane éclectique – Tristan vient de temps en temps ici, mais c'est la première fois qu'il échange plus d'une phrase avec lui –, ça tombe bien, c'est ce qu'il veut : autre chose que du rock, à présent ils sont au complet, ils ont une maison de disques, un studio booké à leur nom, il a des idées, entend la musique dans sa tête, le son, les couches de guitare, la rythmique et les claviers, sa voix qui domine, en écoutant des musiques à mille lieues de la leur, étranges ou difficiles, sophistiquées ou anodines, il rêve que tout éclate, qu'ils sortent des schémas établis, qu'avec eux le rock fasse des pas de géant, loin des origines, du binaire, être les premiers, défricher une terre vierge et semer le reste du troupeau, montrer à ceux qui n'y croient pas autour de lui : la famille, qui le poussait vers les études ; son meilleur ami, qui observe tout ça de haut ; sa copine, qui essaie de le dissuader, avec lui mais jamais avec lui ; le groupe, qui se contenterait de peu, succès, fric, fête ; ça, c'est facile, il suffit de le vouloir assez fort, et Tristan le veut, il veut surtout enregistrer des disques fondateurs, ce n'est pas raisonnable mais il n'a pas le choix, d'ailleurs il les entend, ils sont là, il n'a qu'à s'en emparer, et il s'en va sans rien acheter, un salut au vendeur, il reprend le métro, se sent à la fois distrait et nerveux, en danger, Je ne devrais pas être ici, se réfugier quelque part, il ne sait pas où, Miromesnil, il a chaud, Havre-Caumartin, besoin d'air, au changement il n'en peut plus, descend, remonte à la surface, il fait nuit, vingt heures et quelques, il cherche une cabine et appelle, par chance Ludo est chez lui, il allait sortir, Je peux passer ?, Bien sûr, le manager l'encourage à prendre un taxi, le chauffeur est un Black sympa qui veut taper la discute, mais Tristan n'y arrive pas, il regarde les lumières défiler derrière la vitre, phares, vitrines, la voiture traverse la Seine, boulevard Saint-Michel, et passe devant l'immeuble, il ne peut pas voir, trop haut, enfin c'est la rue des Canettes, payer, heureusement il a assez d'argent sur lui, sonner, monter, Ludo lui ouvre, à la cuisine une apparition, une femme en robe de soirée scintillante, tout est allé trop vite, il a la tête qui tourne, s'assied sur le canapé, elle se présente, Sylvia, Tristan ne savait pas, Ludovic ne parle pas de sa vie amoureuse, il laisse parler les autres, C'est toi, le chanteur ?, elle a un accent qu'il ne reconnaît pas, allemand ou néerlandais, blonde, grande, plus que Ludo, qui sort de la salle de bains, lui aussi en tenue de gala, Vous faites quoi ? demande Tristan, Dîner chic, répond le manager, tu détesterais, et il s'assied à côté de lui, Repose-toi, comme s'il savait, et d'une certaine façon il sait, Tristan ne lui cache rien, c'est à lui seul qu'il s'ouvre, Je vais te préparer un petit remontant, annonce Ludo, qui se lève, va jusqu'au bar, revient avec un verre à cocktail qu'il lui tend, Old fashioned, Tristan boit, la gorge qui brûle, déjà il se sent mieux, puis il se laisse aller dans le canapé, Tu peux dormir ici, on fera pas de bruit en rentrant, et ils s'en vont, joli couple, songe Tristan, puis la musique reprend dans sa tête, mais elle n'est plus inquiétante, elle le berce et s'éteint, il s'est assoupi et sombre dans un puits sans rêve, au fond il n'y a rien, pas un bruit, pas une note, un silence qui n'est pas angoissant, enfin tout est oublié, Sylvia, Old fashioned, le coup de fatigue, quatre mois plus tard ils sont en studio, premier jour d'enregistrement, il est tôt, dix heures du matin, Tristan est en forme, l'aventure de La Monstrueuse Parade peut commencer, ils doivent mettre en boîte dix à douze titres destinés à un album et deux quarante-cinq tours, dont les quatre de leur démo, ils ont une semaine devant eux, week-end compris, un réalisateur et un ingénieur du son pour les cornaquer, pas question d'enregistrer live, quand Tristan en a parlé Ludovic a eu l'air embarrassé du type qui a omis de rappeler une évidence

– En studio c'est différent –, Bruno, l'ingé son est un vieux de la vieille, il a vu passer du monde, grands noms de la variété française, quelques Anglo-Saxons, la quarantaine paisible, de petites lunettes rondes et les cheveux longs attachés, jean, santiags et tee-shirt noir moulant, un visage de rapace et des yeux bleus qui rigolent, il se moque gentiment d'eux, les novices, leur explique le processus, et Tristan voit à peu près ce qui va se passer, lorsqu'on enregistre on sépare, on épure, on garde le strict minimum, chacun joue ses parties seul, en écoutant les autres pistes au casque si nécessaire – le chanteur en particulier –, et on retire l'écho, tout ce qui parasite, pour avoir le son le plus neutre possible, une fois qu'on a les pistes on avise : quoi ajouter, quels effets, s'il faut des overdubs, une autre piste de guitare ou de clavier, et au mixage on crée une image stéréo dans laquelle la voix et la batterie sont au centre, guitares, basses, claviers à droite et à gauche, à la fin Bruno se laisse aller dans sa chaise et les observe, cinq écoliers studieux, Ça, c'est le temps qu'on passe en studio, et si vous me les brisez pas trop vous serez les bienvenus de ce côté-ci de la vitre, faut que ça vous plaise, c'est votre musique, votre son, mais les divas je peux pas, OK ?, ils hochent la tête, oui, m'sieur, tandis que Ludo discute un peu plus loin avec le réalisateur, un type sec et nerveux qui n'a pas l'air commode, regard froid, visage fermé, il ne parle pas beaucoup, au ton de sa voix on dirait surtout des questions et des ordres, il ne les a pas salués et semble ne pas les voir, heureusement Bruno est patient, habitué à travailler avec des néophytes, et il répète les consignes, refait plusieurs prises sans perdre son calme, même si pas un n'est en rythme, à part Franck, Bruno s'appuie sur le batteur, qui enregistre ses parties le premier et n'a pas besoin de multiplier les prises, d'emblée c'est carré, l'ingénieur les guide pas à pas, quand ils ont fini il les envoie fumer une clope ou prendre l'air, Studio Continental, rue des Martyrs, il y a deux consoles SSL seize pistes, le choix d'Henze approuvé par Ludovic, ce premier jour ils ont la surprise d'entendre des halètements et des cris qui proviennent de l'autre studio, un type se balade torse nu dans les couloirs, une fille en tenue succincte – il fait chaud, découvrent-ils bientôt, beaucoup de lumières et d'appareils électriques, pas de fenêtres et des murs capitonnés –, les quatre garçons ont du mal à se concentrer, au début Meg hausse les épaules, puis elle aussi finit par tomber sous le charme de ce jeune homme au physique avantageux, Des gens du porno, explique Bruno, ils enregistrent une reprise de *Je t'aime... moi non plus*, à force d'entendre des râles et des gémissements Tristan envisage de les intégrer aux chansons – on est en 1983, *Je t'aime... moi non plus* est un classique mais *Love on the Beat* viendra plus tard –, et rien ne va, ils n'ont que six titres achevés, d'autres en rodage et des ébauches de textes, finir autant de nouveaux morceaux en si peu de temps a tout d'une gageure, ils sont intimidés et sur les nerfs, et si Bruno est accommodant, Pierre-Olivier, le réalisateur qu'ont engagé Ludo et Hervé, est une peau de vache, tour à tour absent et omniprésent, une moue écœurée sur le visage, comme si une mauvaise odeur flottait dans la pièce – de fait, ça sent le renfermé et deux ou trois autres choses encore, la clope, les joints que Bruno se fait préparer par un stagiaire (« Quand il est venu me voir, je lui ai dit : Je me fous de ce que tu as fait avant, tu sais rouler ? ») –, il ne donne ni consignes ni conseils, dirige d'un ton glacé, on pourrait croire qu'il n'a jamais eu affaire à un groupe de rock, pourtant il a un CV long comme les bras d'Animal, le batteur du *Muppet Show*, et jouit d'une excellente réputation, songe Tristan, on dit que ses productions sont propres mais pas froides, et durant toute la journée il essaie de se raisonner, échange quelques phrases avec les autres, Tout va bien, on est nouveaux, c'est normal qu'il soit dur avec nous, par chance les débuts sont consacrés aux morceaux qu'ils maîtrisent, Pierre-Obersturmführer ne semble pas satisfait pour autant, il est assez coulant avec Jérémy et Franck, quand il s'adresse au bassiste il est moins pète-sec, sait qu'il a en face de lui un musicien compétent, et avec Franck ça marche, mais les claviers l'indiffèrent, il a tendance à expédier cette partie du travail comme si elle n'avait aucune importance, Meg le hait, Il a un problème avec les femmes, ce mec, c'est surtout à Charles et à Tristan qu'il s'en prend, Ce n'est pas le son que je veux, il malmène sa victime jusqu'à obtenir satisfaction, Charlie n'est pas le cobaye le plus indiqué, surtout dans l'état alarmant qui est le sien depuis plusieurs semaines, Tristan n'a pas vu et on ne lui a rien rapporté qu'il ne sache déjà, mais il le soupçonne de se shooter, de ne plus seulement fumer ou sniffer l'héro, si c'est vrai c'est une autre histoire, de fait Charles est plus maigre que jamais, les traits tirés, les cheveux longs et sales, le jean crasseux, des bottes de moto qu'il a dû voler à un accidenté de la route, l'air d'un Christ supplicié, des hématomes sur les bras, Tristan devrait lui parler, lui redire que l'herbe, le shit et les autres saloperies qu'ils prennent tous, les coupe-faim, les amphètes, Dissoplast Fringanor Captagon Dynatil, ça va, lui-même ne lésine pas, il y a parfois un peu de coke, et à la limite, l'extrême limite, l'héro on peut la sniffer, la fumer, mais la shooter, non, c'est le début de la fin, si le reste est un style de vie, disons, alternatif, déglingue mais pas trop, un tox est un tox, emmerdements assurés pour lui et pour ceux qui l'entourent, il en a parlé avec Jérémy et surtout avec Ludo, et le problème, c'est justement que pour Charles la came est un style de vie fascinant, l'essence du rock, impossible de savoir s'il en prend pour faire de la musique ou s'il fait de la musique pour en prendre – les deux, répondrait l'intéressé –, en tout cas c'était vrai jusqu'à maintenant, car à en juger par sa gueule de déterré, la deuxième option a pris le pas sur la première, d'abord la came et ensuite la musique, la musique qui paie la came, la musique comme activité compatible avec la came – même défoncé, Charlie joue bien, Tristan et Ludovic sont les premiers à admettre qu'il est bordélique mais bien meilleur qu'avant, il trouve des riffs et des licks inspirés, ce qu'il apporte aux morceaux et au son du groupe est décisif –, au fond Charles aime la drogue et les drogués, il a toujours voulu en être un, tous ses héros sont des junkies, Iggy, Keith, Nick, le podium olympique de l'overdose, il les admire parce qu'ils mènent une vie extrême sans la ramener, leur normalité à eux, et aussi parce qu'ils ont un corps qui résiste, pense Tristan, un physique de super-héros, ils sont incassables, chez le guitariste il y a quelque chose de l'enfant émerveillé par la magie, et un type qui survit à des dizaines d'overdoses est un magicien, un mec qui assure tous les soirs sur scène malgré l'alcool et la drogue a forcément des superpouvoirs, Heroinman, Supercamé, pour lui ces gars-là ont la vraie classe, et s'ils crèvent – pas Nick, Keith, Iggy – ils seront tombés au champ d'honneur, Charlie dit des trucs, laisse entendre qu'il n'a pas peur, que les risques l'indiffèrent, mais Tristan sait bien qu'il n'a pas le physique, il n'est pas de cette trempe-là, pique du nez tout le temps, alors gare à la première overdose, en studio Charlie est tour à tour survolté puis abattu, quand Pierre-O lui donne des directives – des ordres – il ne les entend pas, T'es mal accordé et Recommence, c'était nul –, ou il se met à hurler, Fous-moi la paix, t'y connais que dalle, et il faut refaire les parties de guitare des dizaines de fois, sur *The Cabinet of Dr X*, une montée chromatique, Charles n'y arrive pas, plus il essaie et plus ça l'énerve, sous les yeux du réalisateur qui, derrière sa console, lui parle dans le casque, Charles les voit à travers la vitre, Bruno et lui, l'un qui multiplie les gestes agacés et l'autre qui tente de le calmer, debout derrière eux Tristan commence à craindre que le guitariste ne craque pour de bon sous la pression conjuguée des circonstances et des regards fixés sur lui, certaines personnes se surpassent dans la difficulté, font mieux qu'on ne l'avait imaginé, et d'autres s'effondrent, trahissent leur propre talent, c'est le syndrome des examens, Tristan est médiocre la plupart du temps et bon dans les moments-clés, Charlie non, Charlie est imprévisible,

Pierre-Olivier cassant, Bruno arbore chaque jour un tee-shirt noir – de hard rock, rigoureusement – plus hideux que celui de la veille, et malgré l'ambiance tendue, le couple de pornostars, les engueulades et les menaces (Je vais dire à Henze que c'est ridicule), Tristan écrit, les derniers textes de l'album naissent dans les fauteuils déchirés de la cabine, à deux mètres de la console, il a ses carnets de croquis achetés dans une papeterie du coin et passe une bonne partie de son temps à griffonner des trucs, commence par les chansons déjà au point, les paroles n'étaient réunies nulle part, il fait des corrections, veut un anglais plus tranchant – tout le monde lui dit : T'embête pas, personne fera attention, faut juste que ça claque –, et veut y mettre du sens, dès les premiers morceaux il cherche, ne sait pas vraiment quoi et se rend compte qu'il aime ça, ce n'est pas qu'une nécessité, il n'a jamais écrit, Tristan, jamais été un Jeune Poète ni tenu de Journal intime, son père passait tellement de temps enfermé dans son bureau à rédiger ses articles, ça semblait si long, si ennuyeux, il a besoin de bouger, lui, il faut que son corps vibre, les percussions, la batterie, c'était physique, pas assez, le chant l'est plus encore, hurler sur scène, courir, sauter, il a ça en lui, il l'a dans le sang et il faut que le sang circule, qu'il coule, parfois, tomber, s'écorcher ici ou là – pas seulement le soir où il a dompté les skins –, souvent dans les salles pourries où ils ont joué il a trouvé des outils qui traînaient, tournevis, marteau, pinces, des couteaux et bien sûr des seringues, des clous, il a lu quelque part qu'on a la peau qui démange quand on s'est fait un fix, lui aussi ça le démange, il y a quelque chose, là, sous la peau, et il y a ces objets coupants, il pense à des choses bizarres mais n'écrit pas sur elles, pas encore, en studio il s'efforce d'inventer de petites histoires, il faut que ce soit visuel, des films, il pense à des tableaux, des photos, et bricole ces trucs à la con, le garçon qui tue la fille, ce n'est pas terrible mais ça marche, et ça sonne bien, l'anglais, trop facile, Charles qui en bave sur sa guitare, Franck et Jerry qui tournent en rond, parlent des nouveaux morceaux, jouent des trucs dans leur coin, enfin à l'aise, le deuxième soir ils ont répété à Ménilmontant, deux autres titres sont prêts, il faut encore les roder, ils sont crevés mais n'ont pas le choix, et ils commencent à en travailler deux supplémentaires, le reste n'est qu'à l'état d'idées, une ligne de basse, un riff, C'est pas gagné, observe Ludo qui les a rejoints, ils hochent la tête, les paroles de Tristan puisent là-dedans, ce qui ne va pas entre les gens, lui, eux, les autres, il y a de la violence, des couteaux et des clous, il y a du sang et des sentiments, parfois romantiques, parfois sordides, il y a la nuit, des fantômes, mais pas de souvenirs, rien de personnel, l'anglais est sa langue maternelle à l'égal du suédois, l'anglais crée une distance, c'est un exercice de style, il joue à écrire des textes de morceaux post-punk et ne se salit pas les mains, le sang et la sueur qui coulent de leur musique ne sont pas les siens, dans la Parade la sincérité doit moins aux histoires intimes de chacun qu'à la volonté d'être rock, et pour Tristan, être rock n'est pas un uniforme qu'on enfile ou un style de vie qu'on adopte, c'est une chose dans laquelle on se lance corps et âme, le corps avant l'âme, c'est pour ça qu'il prend des risques inconsidérés sur scène, pour ça qu'il mène des expériences radicales sur son propre corps, résistance à la fatigue, à la tension, aux excès en tout genre, mais Tristan n'est pas Charlie, se piquer ne le fait pas rêver, jamais il n'exhiberait des trous dans ses bras tel un Jésus destroy décidé à crever tôt, non, s'il a envie d'essayer, c'est pour sentir, comprendre, voyager, son corps est jeune et en bonne santé, vingt ans de vie saine et protégée lui ont donné suffisamment de force, et pour faire de la musique, pour jouer leur musique, il faut accepter d'être vulnérable, il faut avoir le courage de se mettre en danger, ça ne fait que commencer, ils sont loin du compte, Tristan le premier, trop prudent quand il écrit ses textes, ça manque de chair, et Pierre-O, si réservé et propre sur lui, le dit au chanteur comme il l'a dit au guitariste, il le lui a gueulé dans les oreilles : Tu joues au mauvais garçon mais t'es qu'un enfant gâté, et si Charles se contente de hurler des insanités en retour ou de faire un doigt d'honneur au réalisateur, Tristan, lui, en a vite assez, ce type le cherche, pour qui il se prend, il ne sait pas ce qui fait mal, il est planqué derrière sa console depuis des années et le monde n'est pour lui qu'une table de mixage avec ses centaines de boutons, un peu plus ici, un peu moins là, s'il a une femme et des gosses il a dû régler le volume très bas, se dit Tristan, qui sait bien que les apparences ne veulent rien dire et qu'il ignore tout de ce mec, il est simplement fou de rage, au fil des jours il se sent de plus en plus tendu, constamment furieux, le soir en répétition les disputes se multiplient, ils avancent à marche forcée, quatre morceaux sont enregistrés les deux premiers jours, *Now I Wanna*, *You Always Said*, *Bad Guys* et *The Cabinet of Dr X*, non sans difficulté, on l'a vu, puisque le réalisateur n'était pas convaincu, qu'ils ont dû faire et refaire, et ils en ont répété deux nouveaux, *Kill What You Love* et *Paris Brings Me Down*, qu'ils ont timidement joués live devant Pierre-Olivier et Bruno le mercredi en fin d'après-midi, sûrs de se faire flinguer, mais non, le réalisateur a d'abord gardé le silence, puis il a fait un signe de tête à l'ingé son dans la cabine et, dans le micro, lui a demandé : C'est dans la boîte ?, Yeah, a répondu Bruno, puis il a passé les deux morceaux, c'était brut, bancal, C'est pas encore ça, a repris le réalisateur, mais vous entendez ? L'urgence, voilà ce que je veux, et ils ont regardé leurs pompes tous les cinq, un peu gênés, comme si on les avait surpris à faire quelque chose d'interdit, pourtant c'était vrai, même mal branlés, des pains partout, Tristan la voix éraillée, la basse trop rapide (sur *Kill What You Love*), les claviers qui se baladent à trois mètres cinquante de la chanson (sur *Paris Brings Me Down*) et la guitare de Charlie de plus en plus stridente, le feedback qui vrille les tympans (« Ampli de merde », on entend le guitariste marmonner avant de lui mettre un coup de pied), malgré tout les chansons existent, il reste du boulot mais c'est mieux, après trois jours de studio et alors qu'ils s'apprêtent à répéter une partie de la nuit ils ont retrouvé le moral, Ludo les encourage (« Vous êtes sur la bonne voie, je suis fier de vous »), Meg paraît moins coincée et Tristan la prend dans ses bras en pleine rue, Tu vois qu'on assure, il lui murmure à l'oreille, d'abord elle ne dit rien, puis : Oui, tout bas, même Charles s'est repris, il a moins l'air d'un tox en manque, Tu fais peur aux enfants, lui dit Tristan, et l'autre lui tire la langue, ravi, ce qui n'empêche pas la répétition d'être électrique, ils n'ont pas assez de titres, ne sont pas prêts, on les a envoyés en studio trop tôt, Tristan sait tout ça et il est inquiet, pourtant chaque jour qui passe, chaque heure, il se sent plus sûr de lui, d'eux et de ce qu'ils sont en train d'accomplir, les dix morceaux prévus, carrés et définitifs, deux simples, un album complet, c'est infaisable, ils le savaient, il faudrait d'autres conditions, du temps, du sang-froid, les idées en ordre, mais quel ordre ?, le chaos l'emporte toujours, c'est comme les braquages de banque au cinéma : les types ont un plan, ils sont organisés, tout est au point, puis le jour J, pendant ou après, un petit caillou se coince dans les rouages, un deuxième, un troisième, et on s'adapte, on improvise, on invente des solutions au coup par coup, on s'éloigne du plan, on l'oublie, le plan va se faire foutre, on multiplie les erreurs et on court au désastre, l'entropie, se dit Tristan, l'instabilité de la matière, tout équilibre est provisoire et destiné à se rompre, le calme précède la tempête, les éléments contraires font partie de la création, si on peut parler de création, on peut et on doit, et il est là, dans l'œil du cyclone, c'est infaisable mais ils réussiront, sept jours de studio, une semaine épuisante, des engueulades à n'en plus finir, avec Pierre-Olivier ils en viennent aux mains, Quand ce sera fini je veux plus jamais voir ta tête de petit con, un cyclone miniature mais leur cyclone, la nuit Tristan est chez Nathalie, qui vit à présent dans un studio rue Jussieu, à dix minutes du lycée, elle est en khâgne, dans quelques mois les concours, ils font l'amour doucement, Tristan est tendre, attentif, ne pense qu'à elle et à son plaisir, s'oublie l'espace de quelques minutes, ça ne lui arrive pas souvent, il a débarqué après la répétition, elle révisait, ils ont parlé, se sont presque endormis l'un contre l'autre, assis sur le lit, parfois ils sont amis ou frère et sœur plus qu'amants, et dans cet état intermédiaire leurs mains se sont cherchées, elles ont travaillé lentement, des mains habiles, celles de Tristan et celles de Nathalie, il y avait si longtemps, il avait besoin d'être rassuré, elle a joui puis il a joui en elle, la boîte de pilules dans la salle de bains, il ne peut rien arriver, être un enfant, se comporter comme un enfant, avoir un enfant, ça semble si loin, Tristan n'y pense pas, il ne pense qu'à la musique, elle si, peut-être, ils n'en ont jamais parlé, il jurerait qu'ils n'en auront pas, ne pense pas à la maladie non plus, ce virus venu d'Amérique, d'Afrique ou d'ailleurs, qui s'attrape par le sang et le sperme, les homos, les junkies, les transfusions, et qui commence à faire des ravages, le virus ils en ont parlé, Non, a répondu Tristan, le calme dans la tempête, l'ordre cerné par le chaos, le vilain mensonge, les autres sont au courant de ses aventures mais ne diront rien, Sacré Tristan, a observé Jérémy un soir, alors qu'il avait refusé une ligne, Tristan n'a pas compris ce qu'il sous-entendait, un jugement ambigu, pas admiratif, ça lui est égal, il se lève et va s'habiller, referme délicatement la porte derrière lui, il a laissé un petit mot, un gentleman qui se carapate, il fait encore nuit, il marche jusqu'au studio, s'arrête dans un café, commande un petit déjeuner, préfère le prendre seul, et il écoute les bruits de la rue, le serveur, ses voisins qui commentent l'actualité, la fumée de cigarette lui fait mal, mais il n'en a que pour quelques minutes, à la fin il fait signe, l'addition, prêt à partir, puis il change d'avis, Vous auriez du papier et un stylo ?, le gars a l'air perplexe, va voir, revient avec un Bic rouge et une liasse de feuilles chiffonnées que Tristan couvre en quelques minutes de mots et de notes, il les a entendus dans sa tête, deux, trois, quatre esquisses de chansons, Jérémy l'aidera à les finir, des paroles simples et une musique glorieuse, au total il lui a fallu une demi-heure, enfin il s'en va, sous le regard toujours aussi perplexe du serveur, en direction du studio, il leur reste quatre jours pour répéter les derniers morceaux et les enregistrer, c'est possible, se dit Tristan en se blottissant dans sa veste trop légère pour la fraîcheur matinale, il marche vite et arrive le premier, Bruno et Pierre-Olivier sont là, ils s'étonnent de le voir si tôt, savent qu'il n'est pas du matin, mais personne ne plaisante, ils ont compris, l'air buté, les gestes nerveux, il fait peur, et sans attendre il leur raconte, où, quand, comment, ils sont assis dos à la console, tournés vers lui, ils l'écoutent, d'abord circonspects, puis ils se détendent, hochent la tête, peut-être pas persuadés, en tout cas impressionnés, le jeune con est plus motivé et professionnel qu'ils ne l'avaient cru, ces deux-là n'ont pas beaucoup d'estime pour La Monstrueuse Parade, le paternalisme de Bruno ne vaut pas mieux que le mépris du réalisateur, pas grave, finir, voilà ce qui compte, il leur montre ses notes et Pierre-Olivier s'anime enfin, il lui parle plus en deux heures qu'il ne l'a fait en trois jours, il a des idées et veut les tester, obtenir plus de spontanéité, les faire jouer ensemble, disposer les micros d'une manière différente, tout près, un peu plus loin et plus loin encore, qu'ils se déclenchent à partir d'un certain volume sonore, Visconti l'a fait pour *"Heroes"*, étouffer le son de la batterie, nettoyer le chant de Tristan, qu'il devienne encore plus blanc, déconstruire et reconstruire les chansons, Bruno semble approuver, il approuverait n'importe quelle solution, se dit Tristan, qui essaie de digérer pareille somme d'indications, au fond ça lui plaît, c'est ce qu'il voulait, le réalisateur a saisi la balle et la lui a rendue plus propre, un travail d'équipe, droit au but, filer la métaphore sportive, il y a de quoi rigoler, songe Tristan, dont les jours d'escrimeur appartiennent au passé, même s'il en a gardé la tension, la capacité de réaction, pas beaucoup de muscles et tout en nerfs, c'est ce qu'il veut, une chose qui parle au système nerveux, au corps, à la matière, il ne sait pas ce que c'est, l'émotion, ce mot le dégoûte, quand on parle d'« émotion » en musique il a envie de hurler, et dès lors tout change, les derniers jours se déroulent dans un calme studieux, les dissensions et les inimitiés n'ont pas disparu, seulement mises de côté, ils sont concentrés et la routine s'installe, faire et refaire, en studio le quotidien est tel qu'on le voit dans les documentaires, qu'on le raconte dans certains romans – anglo-saxons, le reste du monde ne s'y risque pas, ici non plus, en France le rock n'est pas une affaire sérieuse –, il se passe ce qu'on sait ou qu'on peut imaginer, la même chose qu'avant mais plus professionnelle, s'il devait en parler – bientôt il devra –, Tristan dirait que c'est comme les scènes de sexe dans les films : à quoi bon montrer ce que tout le monde connaît, à moins que ça n'ait un sens particulier qu'on tient à souligner : C'est comment, en studio ? Quand ça va bien, c'est toujours pareil, des gens qui rejouent leurs parties cent fois, d'autres qui poussent des boutons derrière une vitre, un casque sur les oreilles, on saupoudre de marques d'instruments, on ajoute des termes techniques, des effets, une trouvaille géniale ou une bizarrerie, quelques anecdotes rock'n'roll, des milliers de disques ont été enregistrés de cette façon, des milliers d'autres le seront, si un ancien membre du groupe devenu cinglé et méconnaissable ne surgit pas en pleine session pour tout bouleverser, rien à signaler, mec, en disant ça on a l'air blasé mais on ne l'est pas, et face à Tristan les autres sautent au plafond, adorent, détestent, sont comme des gosses, comme des fous, lui non, il garde son calme, ce n'est que le début, pas la peine de s'emballer, pendant ce temps, autour de ces pensées, au-dessus, en dessous, il y a l'album en train de naître et le quarante-cinq tours qui le précédera – d'abord les overdubs, le mixage, le pressage, la distribution, et voilà le travail, face A : *Tokyo by Night* (nouveau morceau), *Bad Guys*, *Kill What You Love*, *Paris Brings Me Down* et *My Blood* (nouveau) ; face B : *The Girl With the Red Guitar* (nouveau), *The Cabinet of Dr X*, *Now I Wanna*, *You Always Said* et *Oh Brother* (nouveau), la face A est solide, deux nouvelles chansons encadrent le tube en puissance qu'est *Bad Guys*, des morceaux qui vont vite, toutes guitares dehors, les paroles dans le même esprit conquérant, Tristan mise sur l'énergie, un brin de noirceur déchirée par de brusques éclairs, c'est plus commercial que ce dont il pensait le groupe capable, c'est venu dans l'urgence, et la face B est plus apaisée, les anciens titres comme colonne vertébrale, *The Girl*… est un deuxième quarante-cinq tours potentiel, pop aux guitares aériennes (Charlie s'est bien amusé), *Oh Brother* lente et contemplative, la voix de Tristan qui occupe tout l'espace et lance une vibrante prière, « give us a heart, give us a soul… », « a new day, a better tomorrow… », bientôt les critiques découvriront l'acte de naissance de La Monstrueuse Parade et peut-être souligneront-ils que le morceau – voix, quelques notes de guitare dissonantes, des accords de piano, pas de basse, les balais qui caressent le tom – formule un espoir : que ce soit le début d'un long et beau parcours, pas une lueur éphémère, c'est ce que Tristan a imaginé en l'écrivant, dans l'ensemble l'expérience a été concluante, éprouvante mais positive, les bandes sont là, il faut les mixer, une autre semaine de travail intensif, Ludo les écoute avec Tristan, Jérémy, le réalisateur et l'ingénieur du son, il prend le temps d'y réfléchir, puis juge que la voix n'est pas assez en avant, elle est au centre mais cernée de toutes parts, il y a un échange rugueux avec Pierre-Olivier, ses trouvailles sonores et la manière dont il a ajouté des effets atmosphériques sur les titres les plus calmes ne convainquent pas le manager, Les chansons sont bonnes, elles n'ont pas besoin de ça, il affirme, Tristan n'est pas d'accord, il s'apprête à le dire mais un pressentiment lui intime de la fermer, s'ils y travaillent sans Ludovic, appelé par d'autres tâches, voire sans Jerry, il pense qu'ils y arriveront, il n'a pas de compétences techniques mais il sait ce qu'il a entendu, il sait ce qu'il veut, et même s'ils ne sont pas toujours d'accord Pierre-O l'aidera, il améliorera, il a du métier, une bonne oreille, qu'importe s'il n'y a guère de chaleur entre eux, ou tant mieux, c'est un rapport de travail, il sent que l'autre le respecte, qu'il apprécie les chansons, et durant la semaine de mixage ils passent quinze heures par jour au studio, Tristan est plus intéressé par cet aspect que par l'enregistrement lui-même, malgré la fatigue croissante il est là du matin au soir, il faut qu'il aille jusqu'au bout, enfermé toute la journée à parler de basses, de réglages, de pistes, il ne s'arrête jamais, la nuit il sort et voit du monde, le Palace, les serveurs en tenue de spationautes, Chez Régine, à présent c'est un habitué, on le reconnaît, les videurs le font entrer et le saluent, ce n'est pas son monde, beaucoup de paillettes, trop de champagne et de coke à son goût, mais la faune est fascinante, il observe, émerveillé, la fraternité, les liens de sang entre ceux et celles qui fréquentent régulièrement les lieux, pas juste le sexe – le sexe aussi, bien sûr, sous toutes les formes possibles, y compris les plus déviantes –, c'est un monde à part qui a ses codes, ses usages, arriver à une certaine heure, faire un tour, saluer le patron ou la patronne, le DJ, le barman, une grande famille recomposée, Tristan n'en fait pas partie, il ne sait pas s'il le voudrait, mais elle lui plaît, une famille dans laquelle on s'aime, on se hait, on baise et on meurt – de plus en plus –, depuis que cette sale maladie vient s'ajouter aux suicides et aux overdoses, une famille où on consomme beaucoup d'héro, de médocs, d'alcool, où on se fracasse en voiture, à moto, l'espérance de vie n'est pas élevée, mais quelle vie : on fait la fête puis on meurt, ce n'est pas un mauvais programme, Tristan croise des gens célèbres, la télévision, le cinéma, la presse, au Palace Emaer n'est plus là, mais ceux qui lui succèdent l'ont à la bonne, disent à tout le monde qu'il chante dans un groupe et qu'on entendra bientôt parler de lui, Tu viendras jouer ?, Tristan a promis, ils feront une grande soirée ici pour la sortie de l'album, dans quelques mois, en attendant il boit trop, goûte un ou deux trucs pas très clairs, il est même tenté par certaines affaires qui se déroulent loin des lumières stroboscopiques, les filles sont belles, les mecs aussi, il y a de quoi perdre la tête, il ne sait pas ce qui lui arrive, et c'est l'un des videurs – qui n'est pas beau du tout, lui, un gros lard chevelu et poilu, Joe pour les amis – qui l'initie à sa nouvelle passion, Tu te balades à pinces ? s'étonne un soir Joe en le voyant arriver, comme si Tristan lui avait avoué qu'il lisait des livres – il en lit –, et il a hoché la tête, expliqué que marcher, courir, ça aide à penser, l'autre s'est marré : Moi, j'ai un truc super pour pas penser, et à la sortie du club – cinq heures du matin – il l'a raccompagné sur sa BMW R80/7, sans casque, cette nuit-là Tristan dormait chez Inès, une grande brune qu'il croise parfois chez Régine et qui l'aime bien, Eh, c'est en tout bien tout honneur, a souligné son nouveau pote, j'ai d'autres projets que ton petit cul, ils roulent dans les rues désertes, Tristan avait déjà ça en tête, se déplacer sur une machine qui en jette, bientôt La Monstrueuse Parade sera célèbre, ils devront être à la hauteur de leur nouveau statut, adopter les fringues et le style de vie qui vont avec, ça fascine Charles mais ça ne l'intéresse pas, lui, il veut seulement la moto, de temps en temps il en voit, garées dans Paris, fières et coûteuses bécanes, il sait conduire, il a appris enfant chez ses grands-parents en Suède, pas seulement la 4L, une vieille Husqvarna de trial, il devra passer son permis, rien ne presse, une formalité, et avant la moto il s'offre un cuir, un truc incroyable, depuis il lui arrive de dormir dessus, par terre, tellement il est épais, chaud et résistant, il ne peut plus s'en séparer, le blouson a même une petite poche secrète impossible à trouver si on ne le sait pas, Charles y planquerait sa came – mais Charles n'a pas de veste en cuir, plutôt des trucs bariolés, des redingotes, c'est sa période Ancien Régime –, Tristan a fait graver ses initiales dans le cuir, et la moto est une autre folie, Joe lui dégote une somptueuse Triumph T120R Bonneville, couleur Alaska et violet aubergine, On dirait un putain d'acteur, a ironisé le videur en lui serrant la nuque avec la délicatesse d'un grizzly, les premiers jours il a du mal, la Triumph n'est pas l'idéal pour rouler à Paris, trop puissante, le périph est encore pire, il slalome dans les embouteillages et les gens klaxonnent, il répond du geste, un jour il tombera sur plus énervé que lui, et une semaine plus tard il va chez Ludo, gare la Triumph en plein trottoir, rue des Canettes, là-haut il retire son cuir sous le regard moqueur de Sylvia, qui ne dit rien et sourit, Ludovic passe une main distraite sur le blouson, puis il lui montre les photos, les étale sur le bar, Tristan les examine, au début il a du mal à croire que ce sont eux, quatre mecs et une fille qui font la gueule, les photos sont en noir et blanc, un matin avant qu'ils n'entrent en studio Ludo a fait venir un ami photographe de mode, Jean-François, qui les a shootés comme ça, dans la rue, pas maquillés, pas coiffés, dans les fringues qu'ils portaient ce jour-là, Pour voir, a expliqué Ludovic, et la rue, les tronches pas possibles, c'est brut, ils aiment, en discutent et sont tentés, Faut que j'en parle à Henze, tempère le manager, la pochette, le titre, les notes, il faut tout décider, Tristan sait ce qu'il veut, du noir, du gris, du blanc, des lignes épurées, Ludo est d'accord, Hervé Henze aussi, ils choisissent une photo sur laquelle Tristan paraît encore plus buté qu'à l'ordinaire, emmitouflé dans son blouson, le regard noir, dans la lumière les contrastes sont plus forts, les contours nets, ils sont tous les cinq dans la rue mais semblent camper sur une terre vierge, au milieu de nulle part, et dire : Regardez-nous, La Monstrueuse Parade, année zéro, OK, c'est présomptueux, mais l'arrogance fait partie du jeu, avoir l'air d'y croire : avant nous, il n'y a eu que de la merde, sauf (citer une ou deux références mythiques, Velvet, Can), et dans le même esprit minimaliste et mégalomane – l'un n'empêche pas l'autre –, l'album s'intitulera *Giant Steps*, comme celui de Coltrane, ça sonne si bien que Tristan refuse toute autre possibilité : *Giant Steps*, les pas de géant qu'il leur reste à faire, avant ça il y a *Bad Guys*, leur premier simple, Tristan a une idée qu'il expose au groupe un soir en répétition – ils essaient les nouveaux morceaux en vue des futurs concerts –, ils font tous non non non de la tête, Ludo aussi, qui pourtant n'a pas peur de la déconne, fait non non non, mais Tristan n'en démord pas, Allez, il insiste, les uns trouvent ça puéril (Jerry, Meg), les autres s'inquiètent de l'effet négatif que ça pourrait avoir (Ludo, Franck), seul Charles trouve ça génial, pas sûr que ce soit bon signe, ils en parlent longuement, Ludo propose de rappeler Jean-François pour essayer, deux jours plus tard ils font des photos, il fait froid, il est tôt, ils ont l'air furax, prennent des poses de mauvais garçons, Meg comprise, et au centre, les yeux hallucinés, le visage hagard, Tristan serre dans la main gauche le poignet de la droite d'où coule un abondant filet de sang, car il s'est entaillé la paume au couteau suisse, la peau blanche barbouillée de sang rouge, après une première série de clichés il se l'est passée sur le visage, les autres ont protesté et il a renoncé, soit, au final la pochette est bien plus inquiétante, il paraîtrait à peu près normal, entouré des quatre autres, n'était le sang rouge vif qui goutte de sa paume ouverte, le reste est blafard et on ne voit que ça, rouge sang, la pochette est belle, en couleurs, on hésite, on en parle, le seul qui sait ce qu'il veut, c'est lui, alors il l'emporte, impose sa volonté aux autres, Ça va tout faire foirer, murmure l'une, Il délire, gronde un autre, mais ils ont tort, la presse adore, d'abord des fanzines, des magazines spécialisés, des trucs qu'achètent les fans de punk et de new wave, puis *Libé*, *Best* (quarante-cinq tours du mois), *Rock & Folk*, *Bad Guys* passe sur France Inter, chez Lenoir, et sur Europe 1 chez Maneval, les ventes sont bonnes, Tristan va faire un tour à la FNAC des Halles, il est tenté d'en piquer un pour le plaisir, enfin Hervé appelle Ludovic, la sortie de l'album est programmée, il est mastérisé, il n'y a plus qu'à presser, les objectifs ont été revus à la hausse, vingt mille, il veut investir dans la promotion, il faut faire une vidéo, depuis la naissance de MTV aux États-Unis les vidéos sont à la mode, il est enthousiaste, le producteur, pour ses débuts la Parade fait mieux que les autres artistes de la maison, trente-cinq mille exemplaires en trois semaines, des demandes d'interview – on attend l'album –, des propositions de télé – on attend –, des dates de concert – l'album –, Une âme de punk se cache sous ce costume strict, Hervé, ironise Ludo, même son frère Philippe, qu'ils croisent dans les bureaux d'Euterpe – pressé et à peine intéressé, le financier, yeux vifs, rasage impeccable, petites lunettes et début de calvitie, costume gris et cravate, mais il a tout de même accepté de leur filer une rallonge – a l'air satisfait, le tournage commence à l'aube dans un hangar industriel à cent bornes de Paris, c'est Jean-François qui est derrière la caméra et c'est son idée, le groupe mime, ils ont l'air impassibles, dans un second temps il ira filmer des chiens dans un chenil, des gros clebs qui se sautent à la gorge, Tristan n'aime pas, il trouve ça malsain et le dit, mais cette fois il est en minorité, ne peut rien faire et capitule, les vidéos il ne comprend pas, un jour de tournage pour ça, méga chiant, au final ils détestent tous, On n'est pas des acteurs, râle Charlie, Ta gueule, répond Jean-François, qui n'a jamais travaillé avec des musiciens et préfère les mannequins, arrive le jour de la sortie, 17 janvier 1984 : précédé d'une rumeur élogieuse, *Giant Steps* est dans les bacs.

une fois qu'il n'y a plus qu'à presser, les abrutis ont été reçus à la nausée, vingt mille, il veut investir dans la promotion, il faut faire une vidéo, depuis la naissance de MTV dans les années 80, les vidéos sont à la mode, il est enthousiaste, le producteur, pour ses débuts la Parade fait mieux que les autres artistes de la maison, deux cent cinq mille exemplaires [illegible] vendus [illegible] l'écoute, l'on [illegible] une [illegible] [illegible] couvent [illegible] les bureaux d'Europe [illegible] et [illegible] pornographie [illegible] le [illegible] vers [illegible] [illegible] cible [illegible] les [illegible] que [illegible] comme il [illegible] accepte de [illegible] il faut [illegible] le tournage [illegible] dans un hangar [illegible] portes de Paris, c'est [illegible] est [illegible] la [illegible] même [illegible] filmer des [illegible] que se savent [illegible] pas, il trouve ça [illegible] et [illegible] idées [illegible] [illegible] au final [illegible] pas des acteurs, [illegible] et [illegible] les [illegible] de la sortie, [illegible] janvier 1986 [illegible] d'une [illegible] est dans les bacs…

J'étais dans la cabine avec Ryan, l'ingé son, Tristan de l'autre côté de la vitre, un casque sur les oreilles, derrière le micro. Il chantait. Le groupe enregistrait son troisième album, composé par nous trois, Charles, Tristan et moi. Comme toujours, les textes étaient de lui, ni Charles ni moi n'étions doués pour écrire – Charles était doué pour se camer, moi je ne sais pas. Tristan chantait en français, ça venait plus facilement, disait-il, et tout le monde savait que c'était mieux si on voulait vendre. Et bien sûr, on voulait : lui à sa façon et nous sans réserve, pourquoi le cacher ? Par rapport aux chansons des deux premiers albums, presque toutes en anglais, ses paroles étaient sophistiquées mais efficaces, des phrases complexes, des imparfaits du subjonctif, des mots compliqués, « procrastination », « scissiparité », des histoires qu'on comprenait plus ou moins, amour, mort, enfance. Ses trucs à lui.

À côté de moi, Ryan faisait ses réglages, de temps en temps il donnait des consignes à Tristan, qui demandait ensuite si ça allait. Le réalisateur était un Belge qu'on nous avait imposé, il travaillait avec beaucoup de gens importants, qui vendaient beaucoup de disques, mais avec nous ça ne collait pas. Avec Charlie et Tristan, en particulier, rien ne fonctionnait, c'était autant un problème de vision que d'antipathie. Au bout d'un mois et demi d'enregistrement, il ne restait plus que les voix à finir, puis quelqu'un d'autre se chargerait du mixage. Par provocation ou parce qu'il en avait marre, quand Tristan chantait le Belge allait faire un tour, il surveillait de loin. Il aurait son chèque et son nom sur le disque, tout allait bien. Devant nous, Tristan chantait des choses étranges – belles, ai-je pensé en entendant les paroles pour la première fois –, c'était J'te privatise, *le dernier morceau, qui portait alors un autre titre et n'était pas encore une histoire de transsexuel, mais un* boy meets girl *classique. Avant que Tristan ne décide de changer, contre l'avis du Belge.*

Ils avaient dû faire cinq ou six prises et je n'écoutais plus vraiment. Je commençais à me dire que j'avais besoin de clopes, j'en profiterais pour faire quelques pas, quand une chose a attiré mon attention. On s'est regardés, Ryan et moi, et on a su qu'on se posait la même question : qu'est-ce que c'est que ça ? C'était le même morceau, les mêmes paroles, et dans son casque Tristan devait entendre la même musique, pourtant il chantait d'une tout autre façon. Il y mettait une noirceur qui n'était pas dans les autres prises, chantait comme s'il devait convaincre quelqu'un et n'avait qu'une seule chance de le faire, maintenant ou jamais. Il chantait magnifiquement et ne le savait pas. Nous si. « La vache », a fait Ryan. J'ai hoché la tête : « C'est la bonne. »

C'était la bonne. Mais il y a eu un problème de bandes, je n'ai jamais vraiment su quoi, et la prise a été perdue. Et j'ai eu beau lui demander, Tristan ne savait pas ce qui s'était passé ce jour-là. Il ne se souvenait de rien.

Antoine a reçu son exemplaire de *Giant Steps* – que Tristan lui a fait envoyer –, il aime toujours la musique, même s'il n'a plus le temps d'en écouter, court sans cesse et court à présent à son rendez-vous, ce n'est pas la première fois qu'il voit Nathalie, elle a pris l'initiative, l'a appelé un soir chez ses parents, voulait savoir comme ça se passait à la fac, au début ça l'a embarrassé, est-ce qu'elle sait ? il s'est demandé, non, quand ils se retrouvent pour prendre un café ou se promener au Luxembourg ils parlent de leurs études, de l'avenir qui les attend, et il est aussi question de Tristan, elle ne se doute de rien, Antoine est amoureux transi, à ses yeux Nathalie n'est pas une femme en chair et en os, c'est une déesse intouchable, mais les femmes en chair et en os ne le laissent pas indifférent, sous ses dehors de garçon studieux, concentré sur l'objectif (Prendre l'Ascenseur Social), il a des désirs, un corps vigoureux et ses nécessités, un plaquage au rugby et un plan cul, lorsqu'il ne s'agit pas de Nathalie il n'est pas sentimental, se garde juste d'en faire et d'en dire trop, toujours bien élevé, y compris dans les vestiaires, ses coéquipiers sont des porcs, apocryphes ou non les histoires qu'ils racontent sont dégueulasses, il ne trempe pas là-dedans et les autres sentent qu'il ne faut pas lui chercher des noises, l'un d'eux a essayé, un trois-quarts centre grande gueule qui n'a que le mot tapette à la bouche, Antoine l'a démonté froidement, devant tout le monde, La prochaine fois je te la coupe et je te la fais bouffer, il n'est pas coléreux et l'insulte n'en était pas une, il fallait marquer le coup, c'est tout, sentimental il l'est avec elle, heureusement ça passe pour son côté chevaleresque, Le film que tu veux, il lui a dit au téléphone, elle a choisi *À nos amours*, pensum garanti, il aurait préféré *Jamais plus jamais*, ça l'aurait distrait, et fait contre mauvaise fortune bon cœur, ils se retrouvent à l'Odéon, au pied de la statue, il fait froid, il est en avance, fume une clope, se promet d'arrêter, tape des pieds pour se réchauffer, puis il sent une main sur son épaule, elle est arrivée par la rue de l'École-de-Médecine, elle a les joues rouges, le visage très blanc, plus jolie que jamais, il croise son regard, manque d'y tomber mais retrouve l'équilibre juste à temps, Je suis en retard ? elle demande, elle n'a pas de montre, ne regarde jamais l'heure, Pas cette fois, il répond avec un sourire, On y va ?, ils font la queue devant l'un des cinémas, une affiche sur une colonne Morris, ONSTRUEU LYSÉE MO 31 JANVIE, il a envie d'y aller, puis ils sont dans la salle, premier rang, manteau sur les genoux, pendant la publicité et les bandes-annonces c'est elle qui fait la conversation, les concours approchent, Ulm elle n'y croit pas, les Chartes encore moins, après deux années de prépa on peut entrer en licence à la

Sorbonne, lui aussi sera en licence, veut aller jusqu'au doctorat, à Dauphine il cherchera un bon directeur de thèse, le film débute, Antoine a prononcé trois phrases et autant de grognements approbateurs, il doit se réveiller, faire bonne figure, en sortant ils iront boire un verre, c'est à ça qu'il pense, il suit à peine ce qui se passe sur l'écran, les personnages crient, ça l'agace, il cherche des sujets qui le mettent à l'aise, la politique, la rigueur, la crise économique, les difficultés du gouvernement, très bien, la situation géopolitique, peut-être, non, autant lui lire les pages internationales du *Monde*, Tristan et la musique, à la limite, il n'a pas encore écouté l'album mais il a le quarante-cinq tours – tout le monde l'a, semble-t-il –, préfère la face B, deux heures plus tard ils sont dans le café-brasserie qui fait l'angle, Nathalie parle du film, elle a aimé, cite d'autres œuvres de Pialat, s'enthousiasme pour Bonnaire, et il acquiesce, pas par hypocrisie mais parce qu'il sait qu'elle a raison, si elle dit que c'est sublime ça l'est sans doute, il indique la colonne Morris, Les vilains garçons, comme sur la pochette de l'album, ils ont beau tenir tous deux à Tristan, tant de sérieux leur semble excessif, Je pensais qu'il deviendrait musicien classique, observe Antoine, Ce n'est pas toi, l'amateur de rock ? lui fait remarquer Nathalie, Si, il répond, piqué au vif, mais qu'est-ce qu'il fera une fois cette histoire terminée ?, elle paraît surprise, S'il y croit, ça peut marcher, non ?, et Antoine se dit qu'il est encore M. Raisonnable, un costume qu'il n'aime pas et qu'il porte quand même, pour elle et pour tout le monde, Lui et toi ? il demande, elle fait un geste dépité et soupire, C'est compliqué, elle hésite, puis : On va vivre ensemble, on a trouvé un appartement dans le XXe, Antoine le sentait et encaisse avec le sourire, les émotions changent à toute vitesse sans transparaître sur son visage, il ne joue pas au poker pour rien – des camarades de Dauphine l'y ont initié, il est déjà plus fort qu'eux –, Vous pendrez la crémaillère ?, une partie de lui se réjouit bel et bien, Tristan a besoin d'une vie plus équilibrée, Nathalie de savoir qu'il s'engage, s'ils doivent être ensemble autant que les choses évoluent dans le bon sens, ça ne l'empêchera pas de l'aimer ni d'espérer, lui, comme un bon chien fidèle que les coups de pied au cul ne découragent pas, Tu iras au concert ? il lui demande, elle ira, avec Tristan bien sûr, et il ira aussi, le grand jour elle passe la soirée backstage tandis qu'Antoine est dans la fosse, c'est le lancement de l'album, il n'y a pas eu de fête au Palace, Ludovic était contre – Trop exclusif –, en lieu et place ils font une mini-tournée de cinq dates, Paris, Lyon, Lille, Rennes, de nouveau Paris – le Bataclan – en huit jours, Ludo l'a organisée avec un gros tourneur, l'album doit décoller dans les cinq premières semaines, après ce sera cuit, et les concerts c'est de l'argent qui entre dans les caisses du groupe sans passer par la maison de disques, il faut roder les morceaux car il y aura d'autres concerts, peut-être une tournée plus longue, pour le moment la presse est favorable, pas dithyrambique, « *Giant Steps* est un début qui prend date », écrit *Le Monde*, dans *Libé* Thierry Haupais est plus enthousiaste, « on pourra certes regretter les baisses de tension qui affectent çà et là l'album, pour autant La Monstrueuse Parade ne démérite pas et met plusieurs fois dans le mille, avec un single brillant et trois autres titres aboutis… », et de lister les réussites, dans *Best*, *Giant Steps* est chroniqué par Jean-Éric Perrin, sa rubrique ne s'appelle plus *Frenchy but chic* mais parle toujours de rock français, « … des guitares hurlantes, un batteur qui tient la baraque et une voix qui voltige habilement… », seul *Rock & Folk* est tiède, « … après un quarante-cinq tours sensationnel, on attendait plus du premier album de La Monstrueuse Parade, de la folie et du son, or on a droit à des bluettes new wave qui ne nous changent pas des… », s'ensuivent les noms habituels, des concurrents qui ont subi le même traitement, Taxi Girl, KaS Product et autres, puis viennent les premières interviews, des entrefilets qui annoncent l'album et les concerts, Tristan est satisfait mais ne s'emballe pas, d'après les commerciaux d'Euterpe les ventes démarrent gentiment, il faut être patient, la mini-tournée aidera, le deuxième simple aussi, pour le moment le groupe répète tous les jours, ils ne sont pas au point, en studio Pierre-Olivier et Bruno ont bien travaillé, il faut le reconnaître, le groupe a du retard et s'immerge dans sa musique, indifférent à ce qui se passe tout autour, le débat sur l'école privée – Beurk, a commenté Charles, à la pointe de l'analyse politique –, les difficultés économiques du pays et la crise des euromissiles – Ça ferait un super light show, plaisante Ludovic –, ils sont sages, moins d'alcool et de dope, complices devant l'obstacle, et durant ces deux semaines Tristan est serein, il n'y a pas d'engueulades en répétition, son quotidien bien réglé, il s'est installé pour quelques jours chez Jeanne et Bernard (Tu es chez toi, lui a redit ce dernier), passe plus de temps avec Nathalie, mais la tournée est décevante, un concentré d'excès, de disputes et de faux pas en tous genres, à commencer par l'Élysée-Montmartre, premier concert, 31 janvier 1984, la salle est pleine, tous les journalistes qui comptent sont présents, pas question de se manquer, et ils se manquent, Tristan est nerveux, dès la balance il s'en prend aux autres, rien ne lui va, il les traite comme des subalternes, pas de chance, Charlie est camé jusqu'aux yeux, il a profité des deux jours de repos qui ont précédé pour replonger, sur scène il parvient à assurer mais le chanteur est exaspéré, il se sent trahi et donne des ordres aux roadies, au technicien derrière sa console et au régisseur lumière, il punit son guitariste, exige qu'il soit dans l'ombre, voire en retrait dans le mix, envisage même de faire appel à un musicien de session pour étayer le son, une menace qui fait hurler Charles et qu'il ne met pas à exécution, les claviers, la basse et la batterie couvriront les éventuelles bévues du guitariste, Tristan veut être au centre de l'attention et se comporte comme l'attraction unique, pendant la première partie – Camera Silens, des Bordelais qui chauffent la salle comme il faut et restent assez basiques pour ne pas rivaliser avec la Parade – il sent qu'il a mal à la gorge, ça coince quand il déglutit, alors il s'agite, devient encore plus nerveux, on appelle en catastrophe un médecin, qui regarde, repère un minuscule foyer de rhinopharyngite et lui conseille le repos – sans rire –, et sur scène, après un titre, *The Girl With the Red Guitar*, le nouveau quarante-cinq tours, Tristan lance : S'il y a quelqu'un là-haut, qu'il m'aide à tenir jusqu'au bout, pourtant il ne se ménage pas, marche de long en large, parle beaucoup et pousse sa voix plus qu'il ne devrait, Jérémy lui jette des regards inquiets, vient lui dire à l'oreille d'y aller mollo, mais Tristan continue, il veut entraîner les autres, les obliger à se dépasser, il n'aime pas ce qu'il entend, et quand ils sortent de scène après un seul rappel, le mini-tube *Bad Guys*, il éclate, C'était mou, sur scène on doit se foutre à poil – il a fini torse nu et en sueur, ne portait que son pantalon en cuir et n'avait plus de voix –, Y a eu un rappel et des applaudissements, fait remarquer Franck, pour une fois Meg s'exprime, Tu nous as gonflés avant et pendant le concert, il faut vraiment que tu nous gonfles après ? C'était bien, Tristan fait un geste de dépit, tourne les talons et s'en va, il disparaît dans la nuit et ne se manifeste pas le lendemain, même Ludo ne sait pas où il est passé, et le surlendemain, quand ils montent tous de bon matin à bord du minibus de tournée, il ne dit rien, ne commente pas les articles parus dans *Libé* et *Le Matin de Paris*, le manager croise son regard et comprend qu'il vaut mieux le laisser tranquille, durant le trajet vers Lyon tout le monde somnole, les écouteurs sur les oreilles, seule Meg se risque à lui adresser la parole, il a l'air abattu et elle est joyeuse, ravissante, constate Tristan, le regard qui pétille et les collants négligemment déchirés sur les cuisses, elle a des jambes parfaites, quand elle porte une jupe ou une robe courte il lui arrive de les regarder, puis elle lui raconte des histoires d'enfance et se moque de ses parents – qu'il aime bien –, elle le touche, se frotte contre lui, envahit sa sphère intime, tiens donc, songe Tristan, mais le visage de Meg est angélique, elle n'a aucune arrière-pensée, il en est sûr, elle sait qu'il est avec Nathalie, sait aussi qu'il ne lui est pas fidèle, ils s'arrêtent dans un restoroute, sortent fumer, les garçons vont pisser de leur côté, Meg du sien, Charles reste sous terre plus longtemps, puis il remonte, Ludo et Tristan se regardent, ils espèrent sans trop y croire qu'il ne s'est pas fait un fix, l'autre soir à l'Élysée-Montmartre il était dans un sale état et a quand même fait le boulot, le moins inspiré était sans doute le chanteur, Tristan le sait, il en a trop fait pour compenser, à Lyon ils vont à la Halle Tony-Garnier sans passer par l'hôtel, ils sont reposés mais l'humeur est toujours morose, pendant la balance ils ne disent rien, hochent la tête en réponse aux consignes du technicien, et le soir le concert se déroule mieux, Tristan est plus calme, sur scène il bouge moins, se concentre sur le chant, par miracle la gorge va, sa voix tient et le résultat est professionnel, le public réservé, pas de pogos, des applaudissements mais pas de rappel, ni crachats ni lancers d'objets, pour un peu ils le regretteraient, dans les loges Jerry laisse entendre que c'est la rançon du succès, on les respecte, et Ludo souligne que le public lyonnais est connu pour sa froideur, puis il distribue les enveloppes, ils sont payés en espèces après le concert, Comme les prostituées, commente Charlie, Parle pour toi, le rabroue Tristan, ce soir le guitariste est en verve mais aussi plus tendu, peut-être en manque, T'as peur qu'on te prenne pour une putain ?, le chanteur se lève et s'approche, ils sont face à face, Qu'est-ce que tu veux, ducon ?, Charles le repousse, Parler de fric, c'est vulgaire, mais les royalties sont pour toi, Comme ça le pognon finira pas dans tes veines, rétorque Tristan avec un sourire mauvais, puis il comprend qu'il est allé trop loin, l'autre lui saute dessus et ils roulent au sol, pendant plusieurs secondes ils sont enlacés, distribuent des coups de poing dans le vide, enfin on les sépare, ils s'y mettent à trois, Ludo, Jérémy et Franck, les insultes fusent, Charles attrape sa veste et claque la porte, le seul qui ouvre la bouche, c'est Jerry, Il a raison, les crédits c'est pour toi, il lance à Tristan, qui hausse les épaules, Pas tout, mec, plus tard à l'hôtel aucune trace du guitariste, le lendemain matin non plus, ils craignent le pire et partent à sa recherche, Ludovic s'est renseigné, ils font le tour des squats, le premier est un immeuble en ruine dans le quartier de la Croix-Rousse, au début Ludovic semble mal à l'aise, mauvais plan, arpenter cet endroit sordide dans son costume italien, Tristan demeure impassible, peut-être se sent-il responsable – pas sûr –, l'humanité qu'ils découvrent est déjà passée de l'autre côté, des créatures qui ne sont plus de ce monde, des hommes et des femmes, des enfants, des gens de leur âge, des corps décharnés, sales, abîmés, une odeur de soufre et des grincements métalliques qui résonnent dans le bâtiment, maintenant c'est Tristan qui paraît inquiet, Ludovic s'est repris, à mesure qu'ils avancent les corps avachis par terre se font plus rares, On se casse, dit le manager une fois qu'ils ont fait le tour, plus loin ils en visitent un deuxième, même spectacle, pour entrer ils ont dû montrer patte blanche, Tranquilles, on n'est pas des condés, on cherche quelqu'un, le squat est plus organisé, la misère a un ordre, un ramassis de junkies agonisants mais gentiment appuyés contre le mur, les maîtres des lieux doivent se soucier des apparences, songe Tristan, qui en vient à espérer que le guitariste soit venu se défoncer ici, pas de flaques de vomi, pas de remugles méphitiques ni de hurlements qui déchirent la pénombre, mais toujours rien, ils finissent par le trouver dans un troisième immeuble, paisiblement endormi, un ange dans la boue, ils le prennent chacun par un bras et s'en vont, personne ne proteste, dans le bus ils l'allongent sur les sièges à l'avant et on remonte vers le nord, Ça craint, observe Ludovic, C'est un bon résumé de la situation, commente Meg, pour le moment ça ne va pas plus loin, aucun d'eux ne sait comment aider un tox, mais tous n'ont pas la même tolérance, Franck en a vu d'autres, Ludo ne prend pas position, Jérémy est mal placé pour donner des leçons et Tristan se retient de juger, il pense plus à ce qu'il a vu qu'à Charles et son problème de drogue, seule Meg ne se cache pas, Quand il sera plus dans le cirage on le vire, entre le guitariste et elle ça n'a jamais collé, Il est bidon, elle dit parfois, et dans sa bouche c'est la pire des insultes, ils remontent vers Lille sans traverser Paris, le bus prend le périphérique et poursuit son chemin, pas question de faire étape, ils ont déjà perdu une demi-journée, quelques heures plus tard Charlie ouvre un œil, curieusement il a bonne mine, et ils le saluent tous avec chaleur, sauf Meg, qui l'ignore, la route est longue, le spectacle doit continuer, ils jouent le lendemain, et au bout de ce trajet somnolent, agrémenté par les cassettes que le chauffeur glisse dans l'autoradio (une véritable encyclopédie du rock, des Allman Brothers à ZZ Top), Carl et Fred, les roadies qu'ils ont recrutés, se roulent des joints à l'arrière en feuilletant des magazines pornos – être des clichés ambulants ne leur pose aucun problème –, ils arrivent à Lille, la banlieue de Lille, et putain c'est moche, la banlieue de Lille, songe Tristan, le centre-ville n'est pas mal, immeubles typiques, restaurants de moules-frites accompagnées de bière belge (en grande quantité, vu l'état des gens qu'ils croisent dans la rue), leur hôtel est correct, à part la moquette marron et le papier peint à motifs beige, gris, vert bouteille, c'est le soir, il fait froid, il n'a pas le moral, on décide d'aller boire un coup mais il décline l'invitation, il imagine les voix, les rires, la fumée, sait qu'il n'y arrivera pas et reste dans sa chambre – qu'il partage avec Ludo, seule Meg a le privilège d'être seule –, plus tard on frappe à sa porte, c'est elle, Je te dérange ?, en peignoir, les cheveux mouillés, elle sent bon, à mesure qu'elle s'approche du lit sur lequel il est allongé le parfum de shampooing envahit la pièce, une odeur de propre, une fille saine, il se dit, puis elle est couchée contre lui, le peignoir humide sur sa peau, et ils restent un long moment sans bouger ni prononcer un mot, il l'aime bien, Meg, elle a un sale caractère mais elle est forte, et elle le soutient, contrairement à Nathalie, tellement prise par ses concours, la cuisse sur la sienne, le genou qui frotte et le peignoir qui s'ouvre, il les a imaginés, ces seins fermes, menus mais bien ronds – avant les concerts ils s'arrangent toujours pour qu'elle ait une loge à elle –, il les effleure, une petite musique dans la tête, le respect et la fidélité, le devoir et la prudence, bientôt la petite musique se tait, il n'y a plus que leurs souffles, les gémissements de Meg, l'a-t-il voulu ou s'est-il laissé faire ? qu'importe, une fois sur elle il a ses cheveux dans la bouche, sur les avant-bras, ses yeux dans les siens, ça lui plaît, il ne regrettera rien, elle aussi, ça lui plaît, et après, lorsqu'elle s'en va – nus sur le lit, ils ont fumé une cigarette en regardant le plafond, n'échangeant que quelques phrases, Tristan empli de gratitude, prêt à parler, et puis non, pas cette fois –, l'angoisse reflue, il prend une douche, efface les traces, va se coucher et s'endort avant que les autres ne rentrent, Ludo est discret, mais à côté la porte claque, il y a des rires, des objets qui tombent, le lendemain il se lève tôt et sort se balader, la ville est moins déprimante à la lumière du jour, il entre dans un café, écoute les conversations, ça parle de football, Platini ceci, Giresse cela, comment va la France, les histoires habituelles, il est détaché, flotte, le soir sur scène il flotte toujours, et ils jouent mieux, le public est chaud, il y a cette distance, c'est nouveau mais ça lui va, il est là, se donne et dans le même temps observe, par moments il croise le regard de Meg, y lit de la bienveillance, une routine s'installe, chansons de l'album savamment distribuées, les deux singles, des reprises bien choisies, un rappel, ce soir il est en veine de discours, dit des choses comme : J'ai envie de vous connaître, il dit vraiment ça, Jerry et Franck échangent des regards perplexes, entre deux morceaux Charles se tapote la tempe avec l'index et Meg plaque un accord dissonant sur son Roland pour le rappeler à l'ordre, ça passe pour une excentricité, comme tous les chanteurs Tristan pense que le groupe a la tête dans les étoiles (lui) et les pieds dans la boue (les autres), ce genre de conneries, mais il est sincère, ce soir il entrevoit quelque chose, ne sait pas vraiment quoi, dans l'immédiat ce n'est pas important, le set est étrangement apaisé, puis ils vont dans une brasserie, se goinfrent de moules-frites et rigolent, soulagement, des gosses qui s'amusent, Ludovic fait le point, les ventes sont OK, les Henze satisfaits, Ça s'arrose, il commande une bouteille de Mumm et ils trinquent, c'est presque vrai, les chiffres sont conformes aux prévisions et les critiques favorables, toutes soulignent la présence scénique de Tristan, son magnétisme – plusieurs emploient ces mots : charisme, magnétisme – et les invitations pleuvent, télés, festivals, il y a même un début d'intérêt à l'étranger, le premier pressage sera bientôt épuisé, J'ai pas les chiffres exacts, prétend Ludovic, dix ou quinze mille pour la suite ?, dans sa tête Tristan voudrait faire des calculs mais il n'a jamais été doué pour les maths, la vidéo de *Bad Guys* a coûté cher (celle de *The Girl…* est un montage, des images de concerts, Tristan ne fait pas encore appel à des stars de la discipline), tant que les ventes ne sont pas colossales il n'y a pas de quoi bondir de joie, et il pense qu'elles ne le seront jamais, ne peut pas savoir qu'elles ne cesseront d'augmenter, une croissance stimulée par l'apparition d'un nouveau support, le compact disc, au fil de leurs aventures, ensemble ou séparément, elles atteindront en 2013 trois cent vingt-cinq mille exemplaires pour le seul *Giant Steps* – les albums suivants feront mieux –, et ce soir-là ils vont tous se coucher avec plusieurs grammes d'alcool dans le sang, gonflés de fierté en imaginant un avenir radieux où ils n'auraient plus à dormir dans des hôtels minables – peut-être Charlie rêve-t-il d'un sympathique bed & breakfast baptisé Bill Got His Gun, dont le patron écrivain camé et maniaque de la gâchette distribue des seringues chargées aux clients, surtout des garçons, mais c'est une autre histoire –, et c'est dans cet état d'esprit qu'ils partent le lendemain pour Rennes, place forte de la bonne musique, public connaisseur et exigeant, les légendaires Transmusicales qu'ils espèrent faire un jour – Ça viendra, assure Ludo –, crachin incessant et quelques heures à tuer avant de découvrir la salle de la Cité, et à l'hôtel, une pension de famille, en réalité, Tristan envisage de téléphoner à Nathalie, histoire de prendre la température, mais au lieu de ça il se retrouve sous la douche avec Meg, cette fois c'est lui qui a frappé à sa porte, il avait quelque chose à lui demander – de la crème pour les mains, ses paumes sont sèches, les phalanges gercées, ce n'était pas un prétexte à la con –, au diable le sentiment de culpabilité, plus tôt dans le bus il a tenté de rationaliser, Nathalie et lui sont ensemble sans être ensemble, leur relation est intermittente, elle le sait, il ne fait rien de mal et elle ne l'apprendra pas, Meg et lui c'est un peu de sexe et beaucoup d'amitié, et ça l'a rassuré de se dire qu'il avait la situation sous contrôle, mais pendant le concert toute sérénité le quitte dès la première partie, un groupe local qui fait du rock avec accordéon, un truc pénible que le public adorait, et ce soir-là ils jouent mal, sans énergie, une fois de plus il doit compenser, chanter à cent dix pour cent – il a de nouveau mal à la gorge, prend toujours des antibiotiques –, parler et faire vivre les morceaux, il flirte avec le bord de la scène et effleure des mains, le groupe est absent mais il est là, lui, il s'offre aux spectateurs, le contact a quelque chose d'effrayant, il sent qu'ils l'attrapent, qu'ils l'attirent à eux, ils sont prêts à le dévorer et il voudrait se laisser faire, la fosse l'appelle, un grand vide, un jeu dangereux auquel il ne se soustrait pas, il fait durer, backstage après le dernier morceau Jérémy le complimente, T'as super bien chanté, et il acquiesce, inutile de faire remarquer qu'eux, par contre, tout le monde sait qu'il y a des soirs avec et des soirs sans, ils sont crevés, la dernière étape parisienne approche, puis il y aura les interviews, les télés et autres sollicitations, Tristan rechigne, après le concert de Rennes Ludovic l'a pris à part : C'est toi que les gens veulent, c'est à toi qu'ils veulent parler, logique, il est le porte-parole du groupe, deux jours plus tard, Paris, le bar du Georges V, un endroit cossu et rempli de touristes que le manager n'a pas choisi par hasard, un groupe qui débute mais déjà des stars, ils sont donc là, cinq jeunes gens blasés, visages livides, lunettes noires, barbes de trois jours pour les garçons, beaucoup de cuir et de jean d'une propreté douteuse, dans ce cadre ripoliné, l'air dangereux, à en juger par la réaction des clients, d'abord intrigués – des acteurs ? des célébrités ? – puis vaguement dégoûtés – qu'est-ce que c'est que ces dégaines de voyous ? –, le journaliste est venu avec un photographe, ils prennent des clichés dans le salon, et c'est sa première question, l'abruti : On dit que vous êtes des durs, que vos concerts dégénèrent souvent, vous aimez la baston ?, en regardant Tristan, qui répond : Oui, et pendant le reste de l'interview il répond Oui, Non et Je ne sais pas au type de

Rock & Folk, un binoclard antipathique, d'abord amusé puis perplexe, agacé et enfin carrément ulcéré, lorsqu'il se lève et s'en va Ludovic le prend par le coude, et quand le manager réapparaît vingt minutes plus tard, il dit : J'ai rattrapé le coup, et lance un regard noir à Tristan, qui commente : Parfait, deux jours plus tard le concert du Bataclan est un fiasco, le groupe anglais qui devait faire la première partie s'est fait refouler à la frontière car plusieurs de ses membres n'avaient pas de papiers en règle, on les a remplacés à la dernière minute par un collectif venu de la banlieue est avec son public, les types ne voulaient pas payer leur billet, après des négociations ils ont pu entrer, mais ça a vite tourné à l'affrontement avec l'autre moitié de la salle, des bagarres éclatent, le service d'ordre intervient à plusieurs reprises et on évacue des spectateurs légèrement blessés, cette fois Antoine et Nathalie sont dans la salle, Tristan avait mis leurs noms sur la liste des invités, il s'inquiète, chante avec cette pensée en tête, et la tension ne le secoue pas, il est amorphe, laisse plus de place aux autres, qui s'enhardissent au fil des morceaux, Charlie s'autorise un long solo plein de feedback à la fin de *Paris Brings Me Down*, mais en moins d'une heure ils n'ont pas le temps de rétablir la situation, un court rappel et c'est fini, le chanteur est éteint, comment la violence d'une bande de keupons avinés a-t-elle pu le tétaniser ?, ils ont connu des salles plus difficiles, ce soir la partie du public qui a semé la zone ne s'en est pas prise à eux, d'ailleurs il n'aurait pas eu la force de répondre, il sent une certaine morosité, la mini-tournée est finie, chacun rentre chez soi après le concert, Antoine l'attend tout sourire sur le trottoir du boulevard Voltaire, et quand Tristan le rejoint, blotti dans son cuir, il lui tape sur l'épaule, Le public était chaud, il observe, pour un peu la bonne humeur de son ami lui remonterait le moral, puis il l'examine des pieds à la tête, T'es venu directement du boulot ?, Antoine porte un imper mastic, un costume anthracite et une chemise blanche, la cravate sans doute dans une poche, entre la fac, son stage à la banque et la politique, on se demande comment il a trouvé le temps d'assister à un concert rock, Non, j'avais un entretien, pas le temps de me changer, Tristan se contente d'un sourire ironique, Et Nathalie ? il l'interroge, Elle est rentrée chez elle pour réviser, elle t'embrasse, Ah, fait Tristan, Sinon, raconte, ils ne se sont pas vus depuis des semaines, ne se sont pas téléphoné, chacun sait que l'autre désapprouve ses choix, entre eux le lien s'est distendu, leur amitié en suspens, ils vont boire un verre, Prenons un taxi, c'est pourri, ce coin, le bar du Lutetia, Antoine y a ses habitudes, ça étonne Tristan, comme les gens changent vite, ou plutôt : comme ils deviennent facilement ce qu'ils sont, pour peu que les circonstances s'y prêtent, et Antoine raconte, après la maîtrise il fera un troisième cycle mais pas de doctorat, enseigner ne lui dit rien, les choses bougent, la finance joue un rôle de plus en plus important, une transformation de fond, il explique, si la droite revient elle privatisera, La politique ne peut pas se laisser déborder, il ajoute, puis : La gauche ne doit plus avoir peur de l'argent, Tristan hoche la tête, possible, il ne sait pas, il vaut mieux des gens comme Antoine dans les banques et les grandes entreprises que des requins, il y a les requins de studio et Antoine, lui, côtoie les requins de la finance, il doit bien y avoir le même genre de formule avec les loups, se dit Tristan, mais ça ne lui revient pas, pendant ce temps Antoine continue de parler, ton jovial, mine satisfaite, peut-être qu'il en fait trop, il est épanoui, il aime ça, la finance, et Tristan l'interrompt : Tu baises en ce moment ?, Antoine est pris au dépourvu, il hésite un court instant, Oui, mais je n'aurais pas dit ça comme ça, Qui ?, Sarah, une copine de Nathalie, et à l'air mystérieux que prend son ami, Tristan devrait comprendre, quelque chose ne colle pas, mais ça n'éveille pas ses soupçons, aucune alarme ne se déclenche, un excès d'assurance, une certaine indifférence aux autres, le fait est qu'avec les premiers succès de La Monstrueuse Parade plus grand-chose d'autre ne l'intéresse, s'installer avec Nathalie, et encore, il traîne, n'a pas le temps de s'en occuper, c'est elle qui fait tout, l'épisode Meg est terminé, du moins pour le moment – On devrait arrêter, elle lui a dit après le concert du Bataclan, c'est chouette mais j'ai peur –, et elle semblait vraiment avoir peur, il n'a pas compris de quoi et n'a pas demandé, ne demande plus, ce sont les autres qui posent des questions, interviews, télés, photos, le groupe fait tout, les gens demandent et ils font, des mois de promo, de nouveaux concerts, les hauts et les bas de Charles – une nouvelle overdose, en Suisse, cette fois, pas moyen d'aller aux urgences, trop risqué, Jérémy a passé la nuit à le faire tourner en rond dans leur chambre d'hôtel, À force je vais devenir le médecin du groupe, il plaisante –, les prises de bec de plus en plus fréquentes entre Meg et le groupe, ils n'aiment pas sa façon de jouer et la trouvent coincée, mauvaise camarade, s'ils savaient ce serait pire, Ludo ne prend pas position, il laisse faire, le printemps arrive, grosses manifs, Sardou chante *Les Deux Écoles,* numéro un des ventes, la Parade loin derrière, la tournée continue et Tristan en a vite assez, concert, concert, off, concert, concert, off, France, Belgique, Suisse, une incursion en Allemagne de l'Ouest, les festivals d'été, jouer l'après-midi devant un public venu écouter Scorpions et Def Leppard, une punition, ils retournent en studio, ICP à Bruxelles, et enregistrent des faces B, de nouvelles versions, il y aura aussi des remix, il faut multiplier les formats, maxi, édition limitée, c'est ce que veut Hervé, qui pousse : Plus pop, les gars, Tristan ne sait pas, leur évolution musicale commence à lui échapper, il y a de plus en plus de gens autour d'eux, Ludo et les Henze ont recruté une attachée de presse, Virginie, blonde, rigolote, canon, elle travaille bien et connaît tout le monde, dit-on, Ça veut dire que les frangins croient en vous, souligne Ludo, Tristan est sceptique – Plus pop, les gars –, il voudrait en parler au manager, mais celui-ci est occupé par mille questions, licences, droits d'édition, qui ne l'intéressent pas, lui, sinon financièrement – il a tort, un jour il y viendra –, il écrit les textes du prochain album, plusieurs en français, des sujets inédits, plus personnels, il ne les a encore montrés à personne, ils ont quelques morceaux en rodage, les ont joués sur scène, en tournée aussi Tristan a changé, son comportement est parfois déroutant, suivant les cas les autres se marrent ou le lui reprochent, à un moment il a crié un chiffre, Huit !, c'était le huitième concert de la tournée, Toulouse, Pour reconnaître les bootlegs, il a expliqué, ils ont trouvé ça hilarant, Comment tu peux penser à ces trucs-là, seul Franck a admis que ça avait un sens – même s'il se fiche que des enregistrements circulent, il trouve ça sympa, à la Grateful Dead –, il y a les gigs, les filles qui viennent les voir backstage, journalistes, admirateurs, parasites, déjà ils ne se parlent plus beaucoup, chacun dans son coin, Virginie les accompagne, elle sait écouter, encourager, réconforter, Tristan se demande si elle réconforte plutôt Jérémy ou Charles, Meg et elle s'ignorent, ça va péter, se dit Tristan, et ça continue, concert, concert, off, télé, interviews, ils sont dans la presse, surtout lui, Lavarini aristopunk, Lavarini dandy rock, des conneries, Virginie et Ludo répètent que c'est bien, il est le chanteur d'un groupe au succès croissant, il plaît aux jeunes, ils ont son poster dans leur chambre, ce n'est pas ce qu'il veut, être une icône, la musique non plus, les nouveaux morceaux sont faciles, Jerry et Charles composent ensemble, ils sont bons, Tristan en a conscience, pourtant il n'aime pas ce qu'ils font, on a entendu ce son-là des centaines de fois, les groupes anglais qui déferlent sur le continent font ça mieux, il y a des labels et des producteurs spécialisés, des instruments qu'on reconnaît, le Fairlight CMI, un synthétiseur qui coûte la somme astronomique de vingt-cinq mille livres sterling et que de plus en plus de groupes utilisent, Tristan n'en veut pas, il ne supporte pas le son du Fairlight, Meg non plus – c'est elle qui devrait en jouer –, ils sont deux contre deux, Franck n'a pas d'opinion et Ludo temporise, ça va péter, c'est sûr, et cet équilibre instable perdure pendant l'enregistrement du deuxième album, RAK Studios à Londres, dernier cri, enregistreur numérique 3M, quarante-huit pistes, Ludo a voulu ce qu'il y avait de mieux, ils ont signé un nouveau contrat – pour cinq ans ou cinq albums – et touché une avance à six chiffres –, pas question de regarder à la dépense, il faut franchir un cap, a affirmé Hervé quand Tristan et Ludo sont venus le voir –, Euterpe conserve les deux tiers des profits après déduction des coûts, enregistrement, promotion et divers, Ludo assure que ce sont de bonnes conditions, même bureau rue du Colisée, seule la décoration avait changé, derrière le producteur une affiche de concert encadrée, celle du Bataclan, mauvais signe, s'est dit Tristan, et tandis que les deux autres parlaient il n'a pas écouté un traître mot, l'impression qu'il en a gardée une fois sorti de là c'est que la pression augmentait, il fallait plus de textes en français et ils devaient se préparer à une tournée encore plus longue, il n'a pas été explicitement question d'infléchir leur musique dans un sens plus grand public, mais il suffisait de lire entre les lignes, le grand saut, passer la vitesse supérieure, à portée de main, ce qu'ils évoquaient à demi-mot est très loin de ce qu'il a en tête, lui, de la musique qu'il écoute et veut faire, abandonner les rythmes habituels, le bon vieux quatre fois quatre, rompre avec la structure traditionnelle des morceaux, couplet-refrain-couplet-refrain-pont-couplet-refrain, il n'en peut plus, a envie d'un autre son, d'autres instruments, veut faire appel à des musiciens venus d'horizons différents, des cordes, des cuivres : pas de mélodies plaisantes, de refrains à livrer aux foules, ce qu'il écrit aussi est différent, des textes sur l'enfance, la joie et la solitude, pas un garçon rencontre une fille, pas je t'aimais, tu m'as quitté, mon cœur saigne, il en a parlé et ça ne convainc pas, Pourquoi ? a demandé Ludovic, On n'est plus à l'ère punk ou post-punk, a expliqué Jérémy, il a raison, le climat est à la frivolité, et il pourrait se battre, Tristan, défendre sa vision, c'est lui le leader du groupe, lui qui chantera les textes, il pourrait jouer le jeu et envoyer des messages codés, comprenne qui pourra, un jour Jerry a bien affirmé devant un journaliste de *Libé* : Les textes des chansons ne sont pas importants, c'est le son qui compte, il était là et a failli tomber de sa chaise, sur le moment il n'a pas réagi mais sait qu'il aurait dû, les textes sont importants, il y met beaucoup de lui-même, de ce qu'il lit, voit, entend, livres et films, idées et sentiments, sale con, il s'est retenu et il a eu tort – il s'est vengé en couchant avec Virginie, qui était dans sa période Jérémy (« Pas un bon coup, lui a-t-elle confié, trop de coke ») –, qu'ils aillent se faire foutre, si ça ne marche pas il fera un album solo sans rien demander à personne, lorsqu'ils entrent en studio il est rassuré, il a une issue de secours au cas où ça tournerait mal, avant ça Tristan est convoqué au Fort de Vincennes – plus de report, les trois jours –, il en parle à Charles, Dis-le à Ludo, il a un plan, on est tous exemptés, Comment tu fais ? il interroge le manager, Je connais un médecin militaire, il s'en occupe en échange de « petits cadeaux », Tristan y va : bingo, mais il regrette, le service militaire à la dure, ça lui disait bien, en Allemagne dans un régiment de chars, et les autres se marrent, le surnomment Rambo, à

Londres les sessions sont pénibles, le réalisateur anglais est un type que tout le monde s'arrache, Et Pierre-Olivier ? a demandé Tristan, Pas dispo, a répondu Ludovic, Mais ce gars-là est meilleur, en fait non, constate bientôt le chanteur, plus sympathique, oui, et plus accommodant, de temps en temps ils disparaissent, Charlie et l'Anglais, ils vont tâter de la seringue, suppose Tristan, le studio est loué pour huit semaines et le travail avance au ralenti, au bout de quelques jours ils étouffent, le soir ils sortent, bars, clubs et autres lieux interlopes, il y a en permanence un essaim de gens autour d'eux, une jet-set de merde que Tristan supporte de moins en moins, à Londres comme à Paris, la fête ne s'arrête jamais, Je croyais qu'on était venus bosser, observe Meg, qui ne participe pas et ne peut plus se consoler avec lui – désormais, elle n'a pas « peur », elle a juste changé d'avis –, puisqu'il est bel et bien maqué, il s'est installé avec Nathalie peu avant le départ, fait des allers et retours en avion, un pas en avant, mais il y a ce truc qui le ronge, le son, les textes, il n'en dit rien à personne, pas même à Ludo, le fait est que les chansons sont bonnes, elles ont une immédiateté nouvelle, les guitares plus rondes, la rythmique solide mais discrète, les synthés pas trop envahissants, l'Anglais est barré mais connaît son boulot, ce n'est pas un gourou, c'est un professionnel, quand Tristan se retrouve derrière le micro pour chanter et qu'il le voit à travers la vitre, il prend conscience de ce qu'ils ont perdu et gagné, et il ne sait pas ce qui l'emporte, pour un peu il y croirait, il pourrait presque se dire que c'est mieux, qu'ils sont sur la bonne voie et que leur musique est meilleure, mais il se méfie, quelque chose le retient, il est encore tôt, l'album n'a pas de titre, les chansons non plus, ils en ont une quinzaine à divers stades d'élaboration, trucs esquissés en répétition et instrumentaux joués à la fin des concerts, les textes sont en vrac, sur des feuilles volantes que Tristan garde dans son sac à dos – il a perdu ses carnets – et qu'il sort au moment de chanter, puis il improvise, anglais ou français, des paroles intimes ou une petite histoire, il en a encore, il joue aussi avec le chant, murmuré, parlé, plainte, cri, il se repose sur la musique, écoute attentivement et passe beaucoup de temps derrière la console, pas pour donner des consignes : pour comprendre, car il sait qu'il n'est plus seul maître à bord, l'équilibre des forces a changé, il a sous-estimé Jérémy, plus encore sous-estimé Charles, et il n'a qu'un allié, Ludovic, peut-être, il ne sait plus, il y a tant de monde dans ce studio, un va-et-vient incessant, à la demande de l'Anglais des musiciens de session débarquent, font leur truc et s'en vont, percussionniste, pianiste, saxophoniste, ce n'est pas ce que Tristan avait en tête, les mêmes instruments utilisés dans un autre but que le sien, obtenir du gros son, et puis les claviers, les boîtes à rythmes, Franck est marginalisé mais n'a pas l'air d'en souffrir, Meg si, elle est sur la touche, Nick est charmeur, il la sollicite rarement, une ou deux fois par jour il l'appelle, ils discutent et elle y va, ça ne dure jamais longtemps, il a des pistes et des pistes de synthé et de guitare jouées par d'autres, des invités prestigieux font leur apparition, Johnny Marr à l'harmonica sur un titre, il écoute deux minutes, pond un solo et se casse, réservé, british, Jerry écarquille les yeux, Charles se bave dessus et Tristan observe, un professionnel, un métier, album-tournée-album-tournée, sûr qu'après ça les types se cament, picolent et tirent sur tout ce qui bouge, un grand barnum, les ex-femmes, des gosses dans tous les coins, un cap à franchir, une pensée pour ceux qui sont tombés au combat, une fois qu'on remplit les stades on est tranquille, lives, compilations, albums solo, avec un peu de chance la Parade n'en arrivera jamais là, avec un peu de chance ils se sépareront, ou bien ce sera Charlie, non, c'est dégueulasse de penser ça, et en attendant il chante, Tristan, il griffonne ses petits textes, au fond c'est toujours lui le leader, le beau gosse, celui qui parle bien et plaît aux journalistes, l'intello de la bande, qui a lu des livres et fréquenté le conservatoire, la Parade est une machine et dans cette machine tout le monde joue un rôle, le sien est important, certes, mais il y a Virginie, Ludovic, les frères Henze, un jour d'autres encore, On devrait prendre un avocat, affirme Jérémy, Pour quoi faire ? demande Tristan, Les contrats, aider Ludo, et : Il va nous falloir un fiscaliste, il ne comprend pas comment le bassiste peut penser d'abord à l'argent et ensuite à leur musique, celle qu'ils jouent, celle qu'ils créeront, lui aussi veut le succès mais pas ça, et un soir après la session il tombe dans une embuscade, ils attendaient dans l'un des petits salons – le studio est luxueux – qu'il sorte des toilettes où il s'était rincé le visage, à présent ils sont face à lui et d'emblée il sent que quelque chose ne va pas, c'est Ludovic qui se lance, il prend des voies détournées, parle de cohésion et d'amitié, du bla-bla, puis viennent les choses sérieuses, Tristan écoute, debout dans la pièce, les mains encore humides et le froid qui remonte le long de ses bras, ç'a été une dure journée, il commençait à se détendre, mais il doit affronter les autres, Elle ne s'intègre pas au groupe, explique le manager, Un son qui ne colle pas avec ce qu'on fait, intervient Jerry, Charles a un sourire hébété sur le visage, et Franck, pourquoi ne dit-il rien ?, parce qu'il est le dernier arrivé ?, enfin Ludo conclut : Il faut qu'elle s'en aille, suivi par un silence qui, aux oreilles de Tristan, déborde de lâche approbation, mais pas la sienne : Non, il rétorque, une fois la surprise passée, Elle est importante, elle assure, elle reste, il n'a pas l'intention de discuter, ce qui se joue va plus loin que la simple appartenance de Meg à la Parade, il doit tenir bon, c'est Ludo qui argumente, répétant les mêmes salades, le champion du boniment, et ça dure un peu, Tristan secoue la tête, l'air buté, une épreuve de résistance physique, puis le manager propose : Votons, les autres sont d'accord, un vote à main levée, Qui est pour que Meg reste dans le groupe ? demande Ludovic, seul Tristan lève la main, Qui veut qu'elle s'en aille ?, deux mains levées, Franck n'a pas bougé, l'air de dire : C'est votre problème, OK, fait le manager, qui va lui parler ?, Tristan hésite une seconde de trop, Je m'en charge, annonce Ludo avec un sourire cruel, et quand ils quittent la pièce pour regagner leur hôtel, Tristan s'assied là, vaincu, il n'a pas vu le coup partir et n'a pas su le parer, quelque chose lui dit que Meg n'était pas seule visée, une opération de guerre éclair, puis il reste immobile pendant une heure, regarde les gens qui passent devant la porte du petit salon, techniciens, musiciens, un type armé d'un balai et d'un seau pour laver par terre, enfin il sort, marche dans Regent's Park et jusqu'à Soho, échoue dans une boîte à putes où il boit tout ce qu'on lui propose, la fille est blonde, jolie, un peu boulotte, bientôt il est ivre mort, ivre et mort, il ne sombre pas dans le coma éthylique mais toute lumière s'éteint, le sourire de la fille se fane et Tristan meurt pour de bon.

Un club, la nuit. Partout des corps qui bougeaient, dansaient. Qui s'accouplaient. Je venais ici tous les soirs, sûr d'y trouver ce que je cherchais. De quoi faire battre mes veines et se tendre mes nerfs. De quoi me défouler. Je n'en repartais jamais seul, toujours une fille à mon bras, on allait dans une chambre d'hôtel voisine – inutile de faire un long chemin – ou elle me ramenait chez elle, dans un studio miteux mais charmant, à Pigalle ou, pour les plus fortunées, dans le Quartier latin, des filles de bonne famille entretenues par leurs parents afin qu'elles puissent se consacrer à leur vie de déglingue. Merci papa, merci maman. C'étaient mes préférées. J'étais jeune et guère malin, j'aimais ce qui brille. Et ces filles-là brillaient. Oh, comme elles brillaient.

Qu'on ne se méprenne pas : ce n'étaient pas de ravissantes idiotes. Il y en avait, certes, mais le plus souvent elles étaient étudiantes ou travaillaient dans le monde de l'art, de la culture, des médias, et elles étaient drôles, ambitieuses, pleines de vie. Elles me fascinaient. Nathalie aussi me fascinait, mais surtout elle m'impressionnait, à l'époque elle était à Ulm, impossible d'avoir une discussion légère avec elle, tout de suite Barthes, Deleuze, Marcuse, Duras, Bacon. Que des gens formidables, mais pas très amusants. Les filles du Palace, du Pip's et de Chez Régine savaient ce qu'était la légèreté, elles, et j'en avais besoin. La vie du groupe était pesante, elles me faisaient du bien. J'utilise le pluriel, car elles avaient chacune un visage, un prénom, un corps et une histoire, mais pour moi elles n'en formaient qu'une, la Femme Universelle. Je me souviens de Clara. Grande, brune, très mince, de longues jambes que j'adorais. Elle était là tous les soirs, Clara, assistante dans une maison d'édition le jour et reine de la fête la nuit. Tout le monde pensait qu'elle était mannequin, mais elle ne l'était pas, ne l'avait jamais été. Vingt et un ou vingt-deux ans, une première année à Sciences Po puis elle avait laissé tomber, cherché du boulot pour financer sa quête nocturne. Et rencontrer des types comme moi, plus paumés qu'elle. Célèbres, prometteurs, artistes. Ou pas. Les habitués. Journalistes, écrivains, gays. J'étais un peu amoureux d'elle. C'était une jolie fleur, Clara.

Puis l'époque a viré à l'aigre. La came, dans ces endroits-là, tout le monde en prenait, elle aussi. Il y avait les malins, ceux qui faisaient attention et ne se piquaient pas. Qui n'étaient pas des junkies, au fond, juste des gens prêts à tout essayer. Et il y avait les vrais, les sincères, ceux qui se donnaient à fond. Les Clara. Ceux-là sont morts. Sida ou overdose, ils sont restés dans les eighties. Et nous, on est là pour se souvenir d'eux.

Le lendemain il renaît, mais tout a changé, Meg est partie, Ludo lui a parlé, elle a fait sa valise et repris l'avion pour Paris, Tristan téléphone chez ses parents et tombe sur sa mère, Il vaut mieux la laisser tranquille, un conseil qu'il suit, les sessions se poursuivent et ils mettent en boîte une vingtaine de morceaux, à présent les types qui se succèdent aux claviers ont une bonne raison d'être là, professionnalisme, cohésion, amitié, c'est parfait, encore sonné et comme tétanisé Tristan se concentre sur le chant, il n'a jamais chanté aussi bien, sa voix est différente, il le sent, ne la contrôle plus comme avant, elle fait ce qu'elle veut, une part de lui s'absente mais pas sa voix, libre et forte, tout le monde le félicite, au sein du groupe et dans le studio, une forme d'admiration, OK, mais ça n'empêche pas le reste, depuis l'éviction de Meg il n'est plus le leader incontesté du groupe, Jérémy lui dispute la place, et Tristan en veut surtout à Ludovic, qui a tramé dans son dos et lui a tendu un piège, l'amitié, la leur, le manager l'a trahie, trois mois plus tard leur deuxième album est prêt à sortir, Tristan n'a ni oublié ni pardonné, entre-temps il a refait quelques prises de voix et participé au mixage, quand il a fallu prendre des décisions il a tranché sans hésitation, obligeant le réalisateur et Jérémy, son ombre, à négocier chaque détail, quelle prise garder, quelles pistes rajouter, les titres qui seront sur l'album et surtout la couleur, le ton des morceaux, Tristan tire dans un sens, dureté, noirceur, Jerry dans l'autre, pop, facilité, l'aiguille s'arrête plutôt du côté de Tristan, cette fois encore, à présent il savoure cette petite victoire, seul à la maison – Nathalie a cours, elle prépare l'agrégation de philo –, il ne fait rien de la journée, dort, fume, lit les journaux, la gauche au pouvoir a perdu toutes les élections, municipales, européennes, sénatoriales, la droite regagne du terrain, on peut le lire sur les murs de Paris, quelques semaines d'oisiveté, puis ils se retrouvent au studio du Guépard, rue Saint-Honoré, pour écouter un premier mixage complet de l'album, qui s'intitule *Here's to the Atomic Bomb*, une idée de Jérémy, ça ne veut rien dire, c'est juste pour déconner, les autres trouvent ça génial, Tristan non, désormais il choisit ses combats, inutile de discuter quand c'est perdu d'avance, Pas mal pour un médiocre, semble-t-il dire à Jérémy, la rivalité n'a jamais été si grande, tout le monde veut être un putain de songwriter, Charles aussi, si la part de Tristan reste prépondérante – sept chansons sur onze –, le son n'est plus le sien, guitares héroïques, omniprésence des synthés et rythmique massive, il le constate à l'écoute du mixage, pendant que ses associés hochent la tête, Ludovic aussi aime, Tristan n'est pas convaincu mais préfère le cacher, c'est fédérateur, comme on dit maintenant, ça va de la variété, la voix en avant, au rock FM, baigné de synthés et calibré pour les radios, il devrait détester mais éprouve un plaisir honteux, il sent que l'album plaira, car il est en avance sur l'esprit du temps, juste ce qu'il faut, les journalistes tomberont dans le panneau les premiers et entraîneront le public derrière eux, *Here's to the Atomic Bomb* montre une Parade nouvelle, prête à conquérir les sommets, seuls les textes détonnent, mais ils sont majoritairement en anglais et tout le monde se fout de leur signification, Il faut plus de français, a suggéré Philippe Henze, On verra, a répondu Tristan, pas question qu'on lui force la main, les paroles sont dures, seuls trois titres ne parlent pas de perte, de fin, de catastrophe, Ludo s'est étonné de cette noirceur et Tristan a haussé les épaules, C'est que des mots, d'ailleurs les autres attendent ça de lui, mais les Henze et Ludovic sont inquiets, depuis le départ de Meg, ils savent que si le chanteur déprime, ce n'est pas bon, il y a la promo, les concerts, un passage à *4C+* avec Alain Chabat et Stéphane Sirkis, tout le monde n'est pas abonné mais ce sera en clair, et puis c'est branché, « câblé » comme a dit le président de la République à Yves Mourousi, pas question de merder, et le concert de SOS Racisme, 15 juin, place de la Concorde, la fête des Potes, ils en ont longuement discuté, un tas de chanteurs de variétés, mais aussi Téléphone, Indochine, Coluche, Bashung, Tristan et Ludo ont insisté, une bonne cause, une belle vitrine, même si le racisme, ils s'en tapent un peu, à vrai dire, les autres traînaient les pieds, un truc bien-pensant, OK, mais l'album sort dans quelques semaines, c'est excellent pour leur image, et cette fois on trouve un accord,

Ludo doit négocier une place le plus haut possible sur l'affiche (et un horaire favorable), ils joueront quatre ou cinq titres, les tubes, *Bad Guys* et *The Girl*… (qui ont figuré dans le Top 50, certes loin des premiers, mais Marc Toesca a chaque fois pris son plus bel accent niçois pour se moquer de leur nom : La Monstrueuseuh Paradeuh, très drôle), un morceau de *Here's to*… et une ou deux reprises à déterminer, le jour venu ils n'ont pas assez répété, voulaient surtout décompresser, récupérer des fatigues de l'enregistrement (et des excès divers), la tête aux vacances, à l'été, puis viendront les devoirs de rentrée, séances photo, vidéo, les trucs habituels – ils sont déjà blasés, pour Tristan c'est ça, être une rock star : on a tout fait, tout conquis, s'il savait, la route est longue, il n'est qu'au début –, ils montent sur scène en fin d'après-midi, la place de la Concorde, une belle journée de printemps finissant, Salut les potes ! crie Tristan, cuir noir, chemise blanche déboutonnée et maigreur de mannequin, il carbure au speed, dort quatre heures par nuit, dès la balance ça a chauffé, Charlie défoncé, Jérémy était allé le chercher en taxi, Laisse-lui cinq minutes, Tristan a failli le gifler pour le réveiller, toujours la même histoire, mais durant le gig le guitariste est présent, trop, même, il fait les chœurs sur *Bad Guys* et s'amuse à brailler des insanités dans son micro, le public n'y voit pas malice et applaudit, c'est des marrants, la Parade, le chanteur pris au dépourvu lui lance des regards haineux mais Charles fait comme si de rien n'était, une minute trente, deux minutes, et il persiste, Tristan fait signe au technicien de couper le micro, de l'index il montre le guitariste et se passe le pouce sur la gorge, la bonne blague, le technicien mort de rire ne coupe pas, et à la fin du morceau Tristan s'approche de Charlie, lui serre le bras et lui murmure à l'oreille, Refais ça et je te fais bouffer ta gratte, sur *See Emily Play* ça va, c'est l'une de leurs chansons préférées, il n'y touche pas, et sur *3 Mile*, qui clôture le set, Charles multiplie les feedbacks, ravi de cette trouvaille, Tristan devrait lui en coller une mais c'est rock'n'roll, alors il joue le jeu, à la fin les applaudissements sont nourris, un enthousiasme mesuré, lorsqu'ils quittent la scène il bouscule le guitariste, Pauvre con, Jérémy s'interpose et prend le parti de ce dernier, Arrête, le ton monte, ils seraient deux contre un si Franck n'intervenait à son tour, C'est bon, Charles a le regard halluciné, visiblement il trouve ça sympa, déjà reparti sur la planète H, et pendant que les roadies démontent, Jerry et lui s'éclipsent, il ne reste que le batteur, qui essaie de le calmer, Ça ira mieux après les vacances, un été que Tristan passe avec Nathalie, il lui a proposé une virée aux États-Unis, New York, Nashville, Memphis, La Nouvelle-Orléans et la Californie, le tout en bagnole, c'est elle qui conduit – elle a trouvé le temps de passer son permis et l'a eu du premier coup –, ils font les touristes à New York, Tristan connaît les bonnes adresses, Tower Records, CBGB, La Factory c'était ici et Là Max's Kansas City, ça a fermé, ils louent d'énormes Chevrolet et Oldsmobile, vont écouter du blues, en voiture ils ont le temps d'admirer le paysage, de mettre la radio mais aussi de parler, elle est inquiète : Tu as tout misé sur le groupe et ça marche, tu devrais être heureux mais tu sembles enragé, elle lui dit en roulant à petite vitesse, les yeux sur la route, Tristan prend le temps de digérer ses paroles, dans son esprit rien n'est clair, Je comprends que tu penses ça, il répond au bout de quelques secondes, mais t'en fais pas, c'est normal, le parcours du groupe est accidenté – l'introduction –, au début on n'était personne, la musique était chaotique, puis ça a changé, maintenant on nous suit, chacun réagit à sa façon, on doit faire des choix et on n'a pas tous le même point de vue ni les mêmes envies – le développement, exposé d'un ton calme, comme on explique à des élèves attentifs mais pas malins –, enfin : C'est vrai, j'ai besoin de nouveaux stimuli, de sentir qu'on progresse – une pause et la conclusion : Ça viendra, sinon je ferai mon disque solo, ou je prendrai la place de Larry Mullen Jr., Nathalie sourit – il déteste U2 –, puis elle le regarde un court instant, lui touche l'épaule – la voiture a une boîte automatique –, Tu sais qu'on peut tout se dire, Je sais, à son tour il lui caresse le genou avec insistance, C'est pas une raison pour que tu te fasses des idées, il retire sa main, fouille dans le sac à dos posé entre ses pieds et en sort une cassette, Exclu, il l'a piquée à l'Anglais, qui bricolait sans cesse un bordel de bandes pendant le mixage, se faisait des cassettes qu'il emportait le soir chez lui, Tristan a sauté sur l'occasion, Écoute ça, et il commente, face A, mes compos, *Mexico Days,* longue intro, grosse montée et chant habité ; *Came Too Late,* pop et paroles sinistres, je me suis bien amusé ; *3 Mile,* texte engagé, pas trop de claviers, probable single ; *The Riot*, un morceau parlé, méchant, la hargne du groupe qui sort enfin de sa boîte ; et *J'ai vu la nuit*, même esprit en plus subtil, belle performance de Charlie, qui n'aime pas la chanson ; puis Face B, deux à moi et toutes les paroles : *Me And You Against the World*, Jérémy, des guitares, un solo, OK ; *Linda's Skin*, Jérémy et Charles, une pincée de sexe, des gros synthés, autre single ; *Godless*, instrumental, du mystère, une facette inattendue de Charles ; *My Dark Places*, eux deux, encore du son, j'aime bien les paroles ; *Love in Saigon*, Jerry, des sonorités asiatiques, le morceau le moins réussi ; et pour finir, *J'te privatise*, moi, texte ambigu, un mec et un trans, mac et putain, on sait pas trop, je-t'aime-moi-non-plus en vadrouille du côté sauvage – « J'te privatise, tu l'sais, ça peut qu'baisser, je l'sais » –, pendant ces quarante et quelques minutes Nathalie a écouté, au fil des morceaux elle a réagi : Bien, Pas mal, Sympa, Oui, Bof, OK, Tu es sûr, Non (indignée), Ah, Ils exagèrent et Beau, ça, elle tient à se montrer sincère, et dans la station-service Exxon où ils font le plein et boivent un mauvais café, quelque part dans l'Arizona (Los Angeles au bout de la route) elle ajoute : Les chansons sonnent comme ce qu'on entend à la radio, efficaces mais faciles, C'est le but, répond Tristan, C'est vraiment ce que tu veux ? Tu parlais d'ambition, le mot est lâché, dans l'avion qui les ramène à New York il y pense, septembre, retour à Paris, l'agenda est chargé, un second mot vient se poser dans l'autre plateau de la balance, vendre, l'album sort, des simples l'accompagnent, l'un tout de suite et l'autre plus tard, puis la tournée, Ludovic les motive, Combat, les enfants, Hervé est optimiste, les premières réactions de la presse sont positives, seul Philippe se montre tiède, le label a des difficultés financières, les premières expériences rock n'ont pas marché et on compte sur la Parade, pression, tel est le nom de ce jeu, mais pour Tristan (pour les autres aussi, même s'ils n'en parlent pas), tout est virtuel, le début de succès est virtuel, l'argent aussi (ils sont dans le rouge, l'avance versée par Euterpe reste à amortir), deux états qui cohabitent, ça va et ça ne va pas, succès et galère, optimisme et lassitude, on y est presque et on n'y arrivera jamais, une gloire naissante, les félicitations de gens célèbres, certains qu'il admire, d'autres qui le laissent indifférent, ça fait plaisir, mais il doit encore retourner les poches de son jean afin d'y dénicher quelques billets chiffonnés, grâce à son oncle il peut payer le loyer de l'appartement, un loft au dernier étage d'un immeuble années cinquante derrière la place Gambetta, le propriétaire travaille dans le cinéma, Tristan ne l'a vu qu'une fois, le type l'a regardé de haut, méfiant, mais six mois versés d'un coup apaisent bien des craintes, la jouer grand seigneur, pourtant les finances du groupe sont serrées, Ludovic le leur a dit, Des gigs, y a que ça, il en cherche, c'est son intérêt, vingt pour cent dans sa poche, fort de sa réputation naissante – l'homme qui a révélé La Monstrueuse Parade – il manage un autre groupe, un truc pop, Tristan n'arrive pas à retenir le nom, dans l'immédiat il veut savourer cette vie à deux, son premier chez-soi, un ancien entrepôt, tissage, lainage, lui a expliqué Nathalie, de la brique, du verre, de l'acier, un espace de cent dix mètres carrés qui sert à tout (la salle de bains est à part), un coin cuisine, une chambre à coucher et un bureau pour elle, un autre coin où il a posé ses disques, sa batterie, sa Rickenbacker noir et blanc achetée d'occasion (pour frimer, car il ne connaît que trois accords), une basse Fender et un quatre-pistes eux aussi d'occasion – le moteur de la Triumph et la location de l'appartement dévorent l'essentiel de ses ressources –, tout ce qu'il faut pour enregistrer des maquettes si ça lui chante – pas encore, il a juste besoin de savoir qu'il peut le faire –, au milieu un canapé en cuir rouge, des fauteuils orange, des objets design choisis par Nathalie, aux murs des étagères couvertes de livres, et des tableaux, des affiches, des photos encadrées, elle s'est chargée de la décoration et a fait du bon travail, rien n'a été laissé au hasard, en entrant chez eux on sait qui ils sont, même si rien n'est ostentatoire, de petites touches élégantes, un dessin de Louise Bourgeois qui a l'air authentique – il l'est : cadeau de ses parents quand elle a réussi Normale Sup –, une affiche de *Stalker*, et des tapis, des coussins, des tables basses, des lampes, elle est allée aux puces de Saint-Ouen, a fouillé la cave de ses grands-parents en Normandie, acheté à droite et à gauche sans dépenser beaucoup, et parmi ceux qu'ils invitent à la pendaison de crémaillère, il y a le reste de la Parade mais pas seulement, bientôt la soirée se transforme en événement culturel et mondain, au point que les vrais amis, la famille, Mathilde, même, désertent vite les lieux, trop de monde, trop de chaos, Tu connais tous ces gens ? lui demande Nathalie, qui se démène pour assurer le ravitaillement en boissons, tellement concentrée sur sa tâche qu'elle ne remarque pas les individus louches chargés, eux, de l'approvisionnement chimique, elle n'a identifié qu'une petite partie des Personnalités que les frères Henze, Ludovic et Virginie ont jugé utile de convier pour l'occasion, acteurs et actrices, réalisateurs, chanteuses et mannequins des deux sexes, journalistes et oiseaux de nuit divers, trans, perroquets bariolés et demi-putes, Tristan les connaît, oui, il les croise au Palace et chez Régine, et il aime ce manège, en profite pour se perdre dans la foule, avant ça La Monstrueuse Parade se réunit au centre de la pièce pour jouer trois morceaux du nouvel album, un showcase improvisé, quand Ludo a soufflé l'idée ils se sont regardés, pourquoi pas, *3 Mile*, *My Dark Places* et *Linda's Skin*, ils ne sont pas préparés, l'acoustique est mauvaise, pourtant ça sonne, dans le loft éclairé aux bougies : la voix de Tristan qui enfle au fil des minutes, la rythmique de Jerry et Franck qui se met en place, Charlie qui apprivoise la Rickenbacker, chacun donne le meilleur au même moment, Nathalie peut se plaindre, songe Tristan après coup, mais la Parade n'a jamais joué aussi bien, devant ce public de movers and shakers, à l'issue du set une ovation monte, les invités sont subjugués et eux-mêmes ont du mal à y croire, On a fait ça ? il le lit sur le visage de Jérémy, Tristan sourit sans fausse modestie et un type s'avance, Zébulon peroxydé, débit mitraillette, il ne comprend pas tout mais le gars est visiblement couturier, tenue absurde, pantalon six places et tutu de ballerine, il le prend par le bras, la mode n'est pas le truc de Tristan mais le type est drôle, il aime leur son, pour les défilés ce serait génial, on se fait la bise, on se reverra, puis d'autres étreintes, le DJ passe de la musique brésilienne, Tristan se demande pourquoi, puis il aperçoit Ludovic, trop loin, impossible d'approcher, Philippe Henze en grande conversation avec un mec en noir, lunettes de soleil, redingote et bottes de mousquetaire, chemise blanche et crâne rasé, le type a un accent anglais, ils parlent de plans médias, d'agences de publicité, mais ce n'est pas vulgaire, le pognon désinvolte, le business cool et chic, Tristan a du mal à suivre, il a bu ce qu'on lui tendait et déjà sifflé trois ou quatre verres, deux barmen s'affairent dans un coin du loft, il trouve le type en noir hautain mais brillant, et c'est seulement au bout de plusieurs minutes qu'il comprend : un autre couturier, plus célèbre que le premier, quelque chose dans son allure qui retient l'attention, une géométrie, puis Tristan continue son tour, à présent il n'est plus question de crémaillère, s'ils avaient organisé une fête de lancement ils n'auraient pu espérer mieux, il y a des gens qui baisouillent dans les coins, on n'accède plus aux toilettes ni à la salle de bains, et Tristan a vu au moins un mec se faire un fix devant tout le monde, avachi sur le canapé, mais qu'importe – il sait qu'il y aura des dégâts et prie pour les objets de Nathalie –, l'atmosphère est joueuse, un peu de frivolité, le monde est devenu un lieu si froid et menaçant, les missiles, le virus, la crise, alors dansons et embrassons-nous pendant que nous sommes jeunes, que nous sommes beaux, une fille qui doit mesurer un mètre quatre-vingt-dix l'attrape et lui fourre sa langue dans la bouche, un type torse nu lui met la main au cul, on le désire, c'est agréable, et quand il se heurte au Pierrot Lunaire il aperçoit une curieuse lueur derrière ses grandes lunettes rectangulaires, le Pierrot est seul, il a l'air perdu, on dirait une biche affolée, il porte un costume et une cravate, une grande mèche sur le front et la main sur l'avant-bras de Tristan, qui recule, ce type ne lui dit rien, il veut comprendre d'où sort ce mariole, écoute ses jérémiades et, ô surprise, c'est un autre couturier, ils sont au moins trois, le dernier est le cousin triste des deux autres, ni drôle ni brillant, Tristan attrape un verre de quelque chose et le lui tend, mais le Pierrot Lunaire secoue la tête, il ne boit pas, Je parie qu'il va se mettre à pleurer sur mon épaule, songe le chanteur, par chance Virginie passe à cinquante centimètres d'eux dans une petite robe noire éblouissante, Docs aux pieds, une punkette fashion, il en profite pour lui refiler le Pierrot, le pousse dans ses bras, l'attachée de presse ouvre de grands yeux émerveillés et Tristan détale, rien à dire, belle soirée, il s'est fait brancher par tout le monde, connus et inconnus, hommes, femmes et divers, et surtout l'album est lancé, la Parade en marche, malgré ses réserves il éprouve une vraie fierté, un frisson de plaisir et de satisfaction, c'est le moment de faire le saut quantique – en ce moment il lit des manuels de physique auxquels il ne comprend rien ou presque –, de vendre et de gagner de l'argent, l'argent sera la preuve qu'il a eu raison, qu'il a conquis son indépendance sans rien devoir à personne, il se raconte une histoire, Tristan, il n'y croit pas vraiment mais persiste à se la raconter, l'idée que s'il veut il peut mettre pied à terre, descendre du train qui fonce droit devant lui et semble ne plus vouloir s'arrêter, et sur le quai il y a Nathalie, leur vie à deux, il doit inventer une autre façon de faire son métier, une autre façon de faire de la musique, oui, c'est bien, Tristan, continue de rêver, tu voulais le succès quand tu n'étais personne, maintenant qu'il est à portée de main tu le veux toujours mais à ta manière, comme si tu pouvais choisir, comme si quelqu'un était aux commandes de ce boxon, mais ce n'est pas ce qui se passe et tu le sais, c'est un projectile : une fois lancé il suivra sa trajectoire jusqu'au bout, il s'élève dans le ciel et on en est là, il n'a pas encore atteint le sommet, sauf collision ou interception la suite est écrite d'avance, la suite, c'est la vidéo tournée par Mondino, la star du moment, son noir et blanc sera parfait, et si pour le premier album on parlait de musique, de style, de goût, cette fois c'est plus simple : on parle de chiffres, pressage, distribution, frais de lancement, publicité, les idoles des hommes sont d'or et d'argent, pour la tournée qui accompagnera la sortie de l'album on négocie, Ludovic est habile, dans le feu de l'action il a les yeux qui brillent, Tristan sait qu'il défend leurs intérêts mais ça le gêne quand même, le manager est entièrement pris par sa tâche, pas moyen d'avoir des informations, elles ont une bouche mais ne parlent pas, Tout le monde se plante au deuxième album, il affirme, Tu crois qu'on va se planter ? demande Tristan, elles ont des oreilles mais n'entendent pas, sa mission consiste à les mettre sur orbite puis, quand ils seront tout là-haut, à échanger des claques dans le dos avec les ingénieurs qui auront permis cet exploit, producteur, attachée de presse, réalisateur, enfin à recueillir l'averse de fric qui s'abattra, concentré sur l'objectif (la coke aidant), elles ont des yeux mais ne voient pas, Ludo compte sans cesse, T'emportes ta calculette aux chiottes ? lui a demandé Charles, tout change autour d'eux, lui aussi l'a remarqué, tox mais pas idiot, et pas contre non plus, s'il en est un parmi eux qui veut la gloire et ses retombées, l'argent, le style de vie, c'est le guitariste, les drogués ont le sens des affaires, c'est une question de survie, le junkie doit être gestionnaire de son corps et de ses finances s'il veut continuer à se camer, à force de côtoyer Charlie et les autres, dans le monde de la musique et dans celui de la nuit, Tristan se fait ce genre de réflexions, en les voyant, lui, Ludo et Jérémy (coke aussi), il comprend qu'ils ont la trempe pour durer, Jérémy ne se laisse jamais aller, pas même sur scène, tout à sa Sadowsky, son seul amour, Jerry jaloux, plein d'arrière-pensées, plus ambitieux que le manager, ils se parlent à peine, ça tient parce qu'ils veulent la même chose, Tristan n'est hostile ni à la gloire ni à l'argent, simplement ce n'est pas un but en soi, et une nuit, quelques jours après la fête, il se réveille en sursaut, un poids sur la poitrine, Nathalie essaie de le rassurer, maternelle, Tout va bien, le groupe est son métier, il ne reste guère de place pour s'amuser, elle le sait, Fais-toi plaisir, et Tristan se demande : plaisir ? est-ce qu'elle sait ? est-ce qu'elle se doute ?, il y a eu Meg et il y en a eu d'autres, des aventures d'un soir, des histoires qui ne comptent pas, même un mec, une fois, c'était après Londres, cette nuit-là il a fait toute la rue Sainte-Anne : un verre au Colony, un ou deux au 7, puis le reste de la nuit au Pim's, où il est une figure connue, « m'sieur Tristan », l'appelle le géant à l'entrée, un ancien sous-officier qui a fait la guerre d'Algérie, un soir il a voulu lui payer un coup mais Gustave a décliné : Non merci, m'sieur Tristan, je bois plus sinon ma femme me vire et j'veux pas crever seul – il a dit ça : J'veux pas crever seul –, et cette autre nuit Tristan n'avait aucun projet particulier, pas même se mettre la tête à l'envers, mais on sait ce que c'est : l'enfer, les bonnes intentions, et il a fini par avaler deux ou trois whiskies de trop, grand et maigre il ne lui en faut pas beaucoup pour être ivre, il s'est retrouvé dans un groupe de personnes qu'il ne connaissait pas, son âge, garçons et filles de bonne famille, pas ses habituelles fréquentations de déglingue, des jeunes gens beaux et riches, ils parlaient de choses dont Tristan ignorait tout mais qu'il comprenait, comme s'il y avait eu sous leurs mots – un jargon qui lui était étranger – un langage non verbal d'une clarté absolue, il les dévisageait, les écoutait à travers une brume éthylique, au début c'était intrigant, puis ridicule, enfin carrément irritant, et il s'est senti déprimé, il a refusé leur coke et s'apprêtait à partir quand il est tombé sur David, Tristan sortait et il entrait, ils se sont salués, David est journaliste, il a une plume à la fois élégante et brutale, pour écrire des chansons ça n'irait pas, mais dans la presse branchée où il grenouille c'est ce qu'il faut, les gens l'aiment bien, il est drôle et intelligent, dommage qu'il soit héroïnomane et toujours au bord du suicide, ce soir Machin l'a largué et Bidule ne veut plus de lui, Tristan connaît la chanson, tout le Pim's se l'est envoyé, parfois en échange de quelques billets pour qu'il se paie sa dose, dit-on, et après un ou deux whiskies (trois), il s'est mis à geindre en le caressant, Tristan a fait de son mieux pour l'écouter mais il était sérieusement ivre, Je dois récupérer ma thune, répétait l'autre, faut que tu m'aides, dans un curieux élan d'altruisme il a accepté, Où ?, Rue Albert-Camus, le taxi les a déposés au pied d'un immeuble qui avait dû être bombardé quelques jours plus tôt, puis Tristan l'a hissé jusqu'au troisième étage – ça ne pèse pas lourd, un junkie –, ils ont sonné et un grand chauve aux yeux de chien battu leur a ouvert, Monica a ton fric, va la voir, dans la pénombre derrière lui des gens qui s'affairaient, Tristan ne voulait rien voir, rien savoir, un couloir étroit, Cette porte-là, a indiqué David, la pousser, trouver l'interrupteur et allumer, Éteins ça ! a ordonné une voix de femme, elle dormait, la masse de son corps sous le drap, Mon pognon, a balbutié le journaliste, Sur la commode près de toi, a répondu la fille, puis, repoussant le drap : Si tu veux, on peut s'arranger autrement, David a semblé pris au dépourvu et Tristan lui a murmuré à l'oreille : On bouge, et il s'est repris, a ramassé les billets et titubé vers la sortie, dans le taxi qui les conduisait rue Saint-Denis, près des Halles, il paraissait revigoré, avait besoin de s'épancher et, sur le seuil de l'appartement, il l'a supplié : Entre, avec un gloussement gêné, OK, a fait Tristan, puis le mec a disparu dans la salle de bains et il est réapparu dix minutes plus tard, pimpant, incroyable comme les drogués passent d'un état à un autre en un clin d'œil, ils se sont allongés sur le lit, David parlait et Tristan écoutait, il y a eu des caresses, il a laissé faire, des baisers, ce n'est pas son truc, mais il a de l'affection pour le mec, alors ils l'ont fait, Tristan s'est protégé, mec ou fille il est prudent, ne se laisse jamais emporter par la « passion », après il était mal à l'aise, l'autre débordait de gratitude, il ne sait toujours pas pourquoi il a dit oui à cette loque, il ne le méprise pas, les faibles il a du mal, c'est tout, il est reparti à l'aube, sans un mot, lui ne finira pas comme ça, et cette certitude lui donne assez d'énergie pour tenir, malgré les rivalités, les disputes, les revers, la Parade est son groupe, il ne baissera pas les bras, au diable la carrière solo, le groupe, voilà ce qu'il veut, ce qui le faisait rêver quand il avait quinze ans, et comme il a lu, Tristan, qu'il s'est forgé sa petite culture rock et qu'il connaît l'histoire, il sait que c'est normal, on s'aime, on se jalouse, on se déteste, c'est bien, il y a de la rage, de la frustration, l'argent et le succès n'étouffent pas ça, la tension est productive, sur scène il sent leurs regards plantés dans sa nuque, Charles, Jérémy, ils le surveillent, enfin l'album sort, *Here's to the Atomic Bomb*, toujours eux sur la pochette, Mondino aussi, cette fois ils sont quatre mecs, il leur a fait mettre des combinaisons jaunes, Ça fait pêche aux moules, a observé Charlie, une centrale nucléaire claque en Ukraine et l'album entre dans le Top 30 à la vingt-cinquième place, tandis que *3 Mile* fait encore mieux, septième au Top 50, où il se maintient pendant un mois et demi, bien sûr on leur pose la question en interview et ils répondent des banalités, Ludovic leur a interdit de déconner, alors Tristan explique que oui, le nucléaire, la bombe, ils y pensent, mais ils ne sont pas écolos, pas politisés, il n'est pas engagé, le chanteur, même les conséquences des législatives l'indiffèrent, le grand méchant loup de droite a croqué les petits cochons socialistes, Antoine et Nathalie ne parlent que de ça, s'il lit la presse c'est pour les critiques, il les guette, elles sont bonnes, désormais on les respecte, on parle de la Parade comme d'un groupe établi, l'album est jugé puissant (*Libé*), efficace (*Best*), abouti (*Actuel*), ça suffit à son bonheur, les ventes sont en augmentation et Ludo leur rapporte que les frangins sont satisfaits, de l'argent dans les caisses, ils en ont besoin, Tristan s'étonne : hier encore, tout le monde était si pudique en matière de fric, eux-mêmes n'en parlaient jamais directement avec Euterpe, comme si ce n'était qu'un détail, la musique d'abord, pourtant ils sont fauchés, l'avance a fondu en quelques mois, ils doivent tourner, c'est le seul moyen d'en gagner, et il demande à Antoine : Le fric est partout, c'est quoi ce délire ?, son ami – en DEA, finance de marchés – soupire : Ça va privatiser dans tous les sens, banques, industrie, la télé aussi, il y aura de nouvelles chaînes, dont une musicale, il annonce, et les privatisations, Tristan s'en fout, mais la chaîne musicale ça l'intéresse, il ne s'en cache pas, Toi au moins, tu t'inquiètes pour l'avenir du pays, ironise le futur banquier de gauche, c'est vrai, il ne s'en soucie guère, le rythme est soutenu, il n'y a de place que pour la musique, même la vie privée passe au second plan, avant les concerts retour en studio, à Paris cette fois, Pyramides, ils enregistrent des morceaux pour les faces B et les maxis, s'y ajouteront des remixes, le format douze pouces est destiné aux clubs, aux radios FM qui font la loi depuis la libéralisation voulue par le gouvernement socialiste, la fin des radios libres, au début elles l'étaient, libres, il y avait de tout, mille vaisseaux pirates croisant hors des eaux territoriales, puis ces eaux ont grandi, elles ont tout avalé et la liberté a été remplacée par la loi du marché, beaucoup de musique et beaucoup de merde, mais qui est-il pour juger, n'en fait-il pas lui aussi, des concessions ?, toujours est-il qu'il faut les alimenter, ces radios, des simples, des versions longues, des remixes, de sorte que Tristan et sa bande se retrouvent face à d'étranges créatures, des musiciens non musiciens, un peu comme les réalisateurs – certains réalisateurs sont des musiciens, d'autres des techniciens –, DJ, on les appelle, ou producteurs, mais pas dans le sens traditionnel du terme ou pas seulement, c'est à n'y rien comprendre, on leur donne les pistes, les types bricolent dans leur coin et, quand ils vous rendent votre morceau, ce n'est plus votre morceau, c'est devenu un truc pour danser, plus long, plus rythmé, avec moins de voix et un break au milieu, pour *Linda's Skin* Ludovic contacte un mec de Francfort qui d'habitude remixe du Stock, Aitken & Waterman, et l'Allemand pond trois versions, quand ils les écoutent c'est la consternation, Tristan n'aime pas, Jérémy non plus, seul Charles est séduit, bien que sa guitare ait dégagé, et Franck n'a pas d'objection, si ça plaît aux radios pourquoi pas, le jour où ils vont au Palace pour écouter Guy Cuevas passer un remix de l'Allemand, ce dernier branche Sandrine, qui accompagne Franck, mauvaise idée, la copine d'un batteur, et il est cool, Frankie, une crème de garçon, mais Sven fait un vol de cinq mètres dans la rue du Faubourg-Montmartre, on ne le reverra plus, Antoine, lui, ne fréquente pas le Palace mais habite dans le coin, le quartier des banques, un joli deux-pièces rue Godot-de-Mauroy avec vue sur les putes et les sex-shops, T'as peur de t'ennuyer le soir ? a plaisanté Tristan la première fois qu'il est venu, l'appartement n'était pas cher, la rue a mauvaise réputation, beaucoup de sirènes de police, il y a aussi pas mal de clubs interlopes, de la drogue, Tu sais pourquoi c'est une rue chaude ? il demande à Tristan, qui fait mine d'y réfléchir, Les filles qui tapinent place de la Madeleine ?, C'est une conséquence, pas une cause, répond Antoine, Non, c'est parce qu'on est au carrefour de plusieurs arrondissements et que les flics ont leur zone, ils ne peuvent pas franchir les frontières comme ça, Tristan n'y avait jamais pensé, changer d'arrondissement, slalomer entre les flics, traqué ici mais tranquille quelques rues plus loin, ils parlent de la mort de Malik Oussekine, pas de musique et à peine de Nathalie, le fil qui les relie est de plus en plus ténu, chacun sait comment l'autre fonctionne et ils peuvent avoir des conversations qui donnent le change, pourtant la méfiance est réciproque, la distance augmente, Tristan est fasciné de constater à quel point son ami a changé, ils ne se voient pas souvent et c'est d'autant plus saisissant, il faudrait disposer de la fonction avance rapide, une image de lui qui se transforme en accéléré, le lycéen costaud et timide, l'étudiant sérieux et engagé, le stagiaire ambitieux et le fier diplômé, il apprend qu'Antoine joue toujours au poker, un sport et un hobby, possible qu'on évolue si vite ?, et surtout : peut-on en dire autant de lui ?, Tristan se voit sur la pochette de *Here's to…* dans sa combinaison canari, Est-ce moi ? il se demande, oui, ce regard sûr, ce port altier, les autres ont l'air un peu renfrognés, des mecs qui se présentent à une fête dans le même déguisement, tous les quatre face à l'objectif, et pendant la séance JB n'a rien expliqué, les artistes ne se justifient pas, il a dit qu'il les voyait comme ça, que ça « cliquait », et les photos sont réussies – esthétiquement elles le sont, le mec est doué –, avec le titre, grandes capitales sobres, en haut, *Here's to the Atomic Bomb*, le nom du groupe en bas, le tout a une élégance farfelue et aussi quelque chose de rêveur, ça donne une image fidèle de ce qu'ils sont, sérieux et barrés à la fois, vaguement toxiques, La Monstrueuse Parade est là, elle se donne et se reprend, tout est affiché mais il reste une part de mystère, incroyable que le photographe ait su rendre ça, se dit Tristan après avoir salué Antoine, prêt à se jeter dans la mêlée du Pim's ou d'un autre club, boire pour faire refluer l'adrénaline, puis il décide que non, lui n'a pas changé autant, il est resté le gosse qui adulait son frère aîné et flanquait des coups de pied dans le piano du salon, il tient à cette part d'enfance, et la vidéo de *3 Mile* aussi est foutraque, ils font les cons dans un décor de ville mise à sac après une catastrophe, c'est aussi l'œuvre de Mondino, le résultat est plus drôle que ne l'a été le tournage, des heures à attendre, obéir aux ordres, attendre encore, et maintenant que l'album marche, que les simples sont sortis, puis les remixes, les concerts s'annoncent, les places se vendent bien, le tourneur est une boîte qui s'occupe de gros artistes de variétés – Ludo est très satisfait d'avoir obtenu un deal avec ces gens-là, Une première pour un groupe de rock, il claironne –, un marathon, cinquante dates, Paris-province, France-étranger, les festivals d'été, Tristan tremble rien que d'y penser, les concerts d'accord, mais les tournées, il n'en peut plus, il voudrait passer plus de temps en studio mais garde ça pour lui, depuis que la Parade a les honneurs de la presse pour ados, *Podium*, *Salut !* (leurs airs de mauvais garçons plaisent beaucoup), il sait que leur public sera jeune, rose bonbon, il faudra lui en donner pour son argent, pas de provocations, et alors que la droite gouverne le pays, entre un président de gauche forcé de cohabiter et une Assemblée où les députés lepénistes ont fait leur entrée en masse, scrutin proportionnel oblige, La Monstrueuse Parade figure parmi les groupes qui comptent, c'est un début, les grosses ventes sont pour d'autres, et l'ère du CD commence à peine, les artistes et les maisons de disques qui ont un back catalogue fourni se frottent les mains, qu'ils en profitent, un jour le marché du disque s'effondrera, d'autres innovations mettront fin à cet âge d'or, le vinyle oublié, les cassettes aussi et le CD dépassé, mais n'allons pas trop vite, ce n'est pas pour tout de suite, en 1986 pas de dématérialisation, Tristan et sa bande n'ont aucune raison de s'inquiéter, Souriez, les mecs, les encourage Ludovic, Félicitations, ajoutent les frères Henze, ils ne sont ni Indochine ni Téléphone, mais ils ont ce qu'il faut pour durer, ne feront jamais du Niagara ou du Partenaire particulier, et c'est à cette période qu'on voit apparaître les premiers graffitis sur les murs de Paris, « The riot », même police de caractère que sur la pochette, en rouge, jaune, blanc, ça n'a peut-être rien à voir avec leur chanson mais la coïncidence est troublante, la première fois ça l'a amusé, Nathalie s'est arrêtée et a montré du doigt, C'est vous, Tristan n'arrivait pas à comprendre si elle trouvait ça étrange, drôle ou ridicule, il a de plus en plus de mal à interpréter ses réactions, quelques mois sous le même toit et ils commencent déjà à s'éloigner l'un de l'autre, Tristan sort beaucoup, a des horaires décalés, il y a encore de la tendresse, de la complicité et des clins d'œil, mais le désir s'est envolé, ils ne font plus l'amour, chacun a ses priorités, l'agrégation à passer, la tournée à venir, et il y a les aspirations, une famille, des enfants, bâtir un avenir, or la vie qu'il mène, lui, est tout sauf stable, et si elle lui a passé quelques incartades – elle n'a pas de certitudes, sans doute des soupçons –, ils n'en ont pas parlé, n'ont rien tiré au clair, Tristan ne veut pas y penser maintenant, tout en sachant que faire l'autruche ne réglera rien, ils marchent côte à côte, un couple en apparence heureux, mais le temps passe, on grandit, le monde des adultes vous appelle et on ne peut pas se défiler, ou bien si, album-tournée-album-tournée, et au milieu la fête, les excès, une existence de déglingue contrôlée, on se réveillera plus tard, pour lui c'est facile, se laisser porter par le flux, autour de Tristan personne n'a de gosses, personne ne semble prêt à se poser, peut-être Franck, qui est avec Sandrine depuis l'adolescence, Franck aux idées claires, il se défoule sur ses fûts puis rentre à la maison, passe sans heurts d'une vie à l'autre, du groupe au quotidien, pratique les arts martiaux, judo et aïkido, son rêve est de donner des cours aux enfants, il y a une bonne école à Montreuil, OK, c'est bien gentil, tout ça, mais ce n'est pas pour Tristan, qui ne sait faire qu'une chose à la fois, qui sera toujours monomaniaque, il n'y a pas de contrepoids, rien pour équilibrer, enfant et adolescent il jouait, construisait des cabanes dans le salon, embêtait Gilles et s'amusait de mille façons, puis cette partie-là s'est éteinte, ils l'ont emportée, lui laissant en échange une gravité nouvelle, il fait encore des conneries, mais d'adulte, ni légères ni joueuses, avec Nathalie tout irait mieux s'il était toujours ce gamin espiègle, elle me materneait, se dit Tristan, et peut-être qu'il en ferait, des graffitis sur les murs, The riot, il en voit de plus en plus, près de chez eux aussi, bientôt dans les commissariats il y a des balles perdues, on appelle ça des bavures, des gens qu'on arrête, qu'on interroge et qui n'ont pas de chance, The riot, la colère gronde, il la sent même si ce n'est pas lui qui tague, il sent que Nathalie s'éloigne, mais ne fait rien pour la retenir, il sent encore les choses, Tristan, recouvertes d'une épaisse couche de glace que la musique a du mal à réchauffer, il reste froid et il est fort, la tournée ne lui fait pas peur, elle l'ennuie, les morceaux qu'il n'aime guère, vivre avec les autres vingt-quatre heures sur vingt-quatre, tout se mélange dans sa tête, en interview il donne les mêmes réponses aux mêmes questions, Cet album est notre plus grande réussite à ce jour, Nous nous sommes remis en question, Non, pas de départ traumatique, Oui, parfaitement soudés, Non, pas de compromission avec le mainstream, Oui, toujours envie d'expérimenter, Blanc, Noir, Rouge, Vert, Droite, Gauche, Un, deux, Un, deux, The riot dans son esprit, dans son corps, le sang qui bouillonne, parfois il a envie de se couper pour qu'il gicle, boire ne suffit plus, baiser dans les toilettes d'un club pas davantage, Qu'est-ce que je dois faire ? (Oui : qu'est-ce qu'il doit faire ?) et, sans transition, un poème :

Qu'une riot affluant d'audace et de scrupules
Au
club du parler se massacre et s'emmure,
0 de quelle rigueur perpétrant votre split,
Sobre fût à teneur de toute la cité,
Nœud par nœud en ton for espéré-je la coke,

Pont !
Heureux, subrogée à ton squat abattu,
À de fragiles bords lorsque tu prends tournée…

Non !
Quoique de mon corps j'aie arraché ce clou,
Vautours à d'autres disques lâchez-moi tout à l'heure,
Hardis par euh le boire au tournant de la nuit !

le tournant, il y en a un, l'avant-veille de son départ, Nathalie le quitte, elle s'en va en disant qu'elle viendra chercher ses affaires plus tard – la Parade passera les trois prochaines semaines sur la route –, pas de cris ni de larmes, seulement : C'est trop, et Tu peux mener la vie que tu veux, mais sans moi, sibylline, Tristan tente de provoquer une dispute, si ça dure et que le ton monte ils approcheront du bord puis s'éloigneront du précipice, flux et reflux, elle pleurera, il sera désolé, ils feront l'amour et ce sera fini pour cette fois, il veut comprendre ce qu'elle a découvert, si c'est récent – Esther, une ancienne camarade de lycée sur qui il est tombé quelques jours plus tôt, elle travaille dans la mode, c'était la déesse de la classe, à l'époque elle l'ignorait superbement, il a pris sa revanche chez elle, sur le canapé, un rail de coke, une partie de fesses rapide et brutale – ou si c'est une histoire plus ancienne, il a du mal à se les rappeler toutes, mais Nathalie esquive, elle ne répond pas à ses provocations – Je t'ai trompée parce que tu ne me vois même plus – qui n'en sont pas tout à fait, les outrances fonctionnent quand elles contiennent une part de vérité, impossible de la retenir, elle est partie et l'a planté là, il n'a pas la force de sortir, pas envie de s'amuser, il déniche une bouteille de whisky presque pleine, Highland Park, ça devrait suffire, ce que Tristan ignore et qu'il apprendra bientôt, c'est que Nathalie n'est pas allée se réfugier chez ses parents comme il le suppose, elle est chez Antoine, et s'il ne se passe rien entre eux le premier soir, c'est pire, car les sentiments qui les lient sont forts, ils ont grandi au fil des ans, Antoine n'a jamais cessé de l'adorer telle une idole, pour Nathalie c'est différent, c'est venu peu à peu, à mesure que la vie avec Tristan devenait plus virtuelle, elle a compris qui il était vraiment, pas quelqu'un pour elle, ses rêves, son envie d'enseigner et d'écrire, son désir de famille et d'enfants, d'une vie affectivement et spirituellement épanouissante, pas suivre une bande de punks virés minets faire leur numéro devant un public de plus en plus jeune et con, OK, elle est injuste, et après ? il l'a trompée dix fois, cent fois, quand elle n'en a pas eu la preuve, odeurs, cheveux, il avait cette drôle de lueur dans le regard, le Mâle Alpha, c'était humiliant, s'ils avaient cessé de faire l'amour c'est parce qu'elle n'arrivait plus à le cerner, il lui glissait entre les doigts, Antoine est le contraire, tout ce qu'il est on le voit, là, devant soi, le bon et le reste, et ce premier soir, ce qu'elle voit est merveilleux, une épaule solide sur laquelle se reposer, ni commentaire ni jugement, tout ce dont elle avait besoin, et il parle, il n'arrête pas de parler, fait ça pour la distraire, évoque son futur boulot dans une grande banque, la droite, les privatisations, les mêmes histoires mais pour ce soir ça va, Tu veux des actions Saint-Gobain ? et il ajoute, mi-sérieux mi-moqueur : Je peux t'en avoir, tu verras, il lui annonce qu'il va renouveler sa garde-robe, costumes sur mesure, du gris et du bleu marine, chemises blanches ou bleu ciel, boutons de manchette – S.T. Dupont, comme son stylo –, Weston ou Lobb, seule la cravate sera parfois colorée, Un socialiste chic, se moque Nathalie, J'adopte l'uniforme de la tribu, il rétorque, mais je changerai le système de l'intérieur, piqué, ne pas le chercher sur le terrain des convictions, il veut seulement être drôle, léger, la faire rire, et il y réussit, Je mettrai même des bretelles !, il fait le clown, plaisante, mais plaisante-t-il vraiment ?, Privatiser ! Déréglementer ! il lance avec une grimace, Libéralisme ! Hayek ! en roulant des yeux, elle ne l'a jamais vu comme ça, heureux comme un gosse, et elle l'interrompt : Oui, je veux bien des actions, l'air malicieux.

Le milieu de la nuit. J'ai cherché à tâtons dans le lit. Personne. Tristan s'était levé, peut-être était-il sorti. J'étais seule dans la chambre. J'ai voulu me rendormir, mais quelque chose n'allait pas, je n'ai pas pu. Alors je me suis levée moi aussi et j'ai fait le tour de l'appartement. Dans la maigre lumière qui venait de la rue, j'ai constaté que le loft était vide. Si Tristan avait été dans le coin musique, à la cuisine ou sur le canapé, je l'aurais vu, j'aurais reconnu sa silhouette et il m'aurait entendue. Il avait dû faire un mauvais rêve, ça lui arrivait souvent, dans ces cas-là il allait chercher un verre d'eau qu'il buvait debout devant l'une des baies vitrées, son regard fouillant la nuit parisienne. Mais il n'était nulle part. J'ai alors pensé à la salle de bains et traversé le vaste espace au sol encombré d'objets, disques, livres, papiers, une guitare acoustique dont la corde du bas était cassée, un cendrier avec quatre ou cinq mégots, une bouteille de Jack Daniel's à moitié pleine. J'ai poussé la porte. Il était là, assis sur la cuvette des toilettes, voûté. Il avait dû s'endormir dans cette position, ça lui arrivait.

Mais il ne dormait pas, il s'est tourné vers moi en

entendant grincer la porte. J'ai allumé la lumière et Tristan a mis un bras devant les yeux pour se protéger. L'autre bras, le gauche. Le droit pendait et sa main tenait une photo. Il a levé vers moi un regard de supplique et je n'ai rien dit, je me suis approchée, je lui ai caressé les cheveux et j'ai pris la photo. Ils posaient tous les quatre, des montagnes enneigées en arrière-plan, Tristan enfant, cinq ou six ans, un large sourire édenté et des yeux rieurs.

On est restés là un long moment, sa tête contre mon ventre, et de temps en temps je l'entendais renifler. Une boîte en métal était posée sur le bord du lavabo, le couvercle à côté, une boîte de biscuits bretons. Tristan était tétanisé, j'aurais pu le traîner jusqu'au lit et l'allonger là, mais je ne l'ai pas fait. J'ai regardé la photo, la boîte, le lavabo et ce trou noir au fond, Tristan la tête entre les mains. Il n'en parlait jamais, mais je savais qu'on approchait de la date anniversaire, bientôt cinq ans. La boîte était remplie de photos en désordre, une rognure d'ongle dans le lavabo et le trou noir qui a commencé à grandir tandis que je l'observais.

Bientôt ce n'était plus un simple trou mais un gouffre qui s'élargissait inexorablement, tandis que Tristan ne bougeait toujours pas. D'abord il a occupé toute la largeur du lavabo, puis il a avalé le reste de la pièce, centimètre par centimètre, enfin c'est le corps de Tristan qu'il avalait, Tristan qui se laissait bouffer sans réagir, et moi non plus je ne réagissais pas. J'avais peur, j'étais paralysée, je regardais le gouffre. Et quand le gouffre m'a regardée, j'ai compris qu'il allait me dévorer moi aussi.

Les actions, Tristan ne sait pas ce que c'est, l'argent lui brûle les doigts, et le départ de Nathalie aussi brûle, c'est sa faute, pourtant il est en colère, une rage qui n'est pas dirigée contre elle mais contre tout et rien, il en veut à la terre entière, la Parade et Ludo, les Henze qui exercent une pression constante, il faut faire du chiffre, générer de la trésorerie, Euterpe en a besoin, et la musique a changé, ce qu'il entend est médiocre, il sait qu'il participe de cette médiocrité, Tu parlais d'ambition, a fait remarquer Nathalie, mais ils se sont coulés dans le moule, l'underground puis l'overground, Paris qu'il a de plus en plus de mal à supporter, bourgeoise branchée et pauvre camée, la France le dégoûte, la droite bête et méchante, l'extrême droite pire encore, il n'y a pas si longtemps on dansait, on s'étourdissait, à présent ce romantisme moins léger qu'il n'y paraît est passé de mode, l'excentricité ne fait plus recette, et ils sont si nombreux à être tombés, tous ceux qui ne voulaient pas rentrer dans le rang, putes, pédés, travelos, junkies, inadaptés de toutes sortes, David est mort, lui ont annoncé ses amis de la rue Sainte-Anne, suicidé aux médocs, pour d'autres c'est le sang ou le sperme, l'héro, bien sûr, et la coke, elle ne tue pas aussi vite mais tout le monde en prend, pour se remonter le moral et se donner un surcroît d'énergie, il faut être actif et productif, la Parade aussi, on a investi sur eux, ils sont sur la bonne voie mais doivent obtenir un vrai tube, Ludo ne cesse de le répéter, *Linda's Skin* a atteint la cinquième place du Top 50 avant de redescendre et l'album a raté la première marche du Top 30, devant eux il y a des poids lourds, français et étrangers, Ludo parle d'un plafond de verre à briser, il parle de crossover, il dit ces choses avec assurance et ils hochent tous la tête, Tristan aussi – non sans perplexité, mais il a appris à garder son avis pour lui –, dans le music business les gens prennent ces conneries très au sérieux, les classements, les ventes, le brouhaha médiatique, Tristan comprend et s'efforce de ne pas juger, pourtant ça lui pèse, sur scène il ne se contrôle plus, le reste du temps si, à peu près, il se sent sous surveillance, les autres l'observent, se posent des questions, ils ont choisi, pas d'ambiguïté, gros son, succès et fun, c'est bien, c'est ce qu'on leur demande, bons petits soldats, or Tristan est un officier, il a une conscience et des responsabilités, lieutenant Lavarini à la manœuvre, sur le théâtre des opérations il est seul, n'a plus de camarades, les généraux absents, les sous-offs têtes brûlées et les troufions avec qui il ne peut rien partager, mais sur scène ça fonctionne mieux que jamais, plus besoin de briefer et de recadrer, la complicité est instinctive, et un soir, après un concert épique à Nice, deux heures et quatre rappels devant six mille personnes, il comprend que la situation s'est inversée : avant c'était lui, le musicien, celui qui avait une vision, un peu Jérémy, pas Franck et pas Charlie, le chien fou, la variable aléatoire, désormais c'est le contraire, Jerry et Charles sont montés en grade, non que Tristan ait perdu la flamme, d'ailleurs il chante magnifiquement, son registre est plus large, dans les aigus et dans les graves, quelque chose s'est fissuré, il y a une souffrance inédite dans sa voix, pas outrée, sincère, et le groupe est en place, efficace et martial, à Nice Charles est héroïque, une virtuosité que personne n'aurait osé imaginer à leurs débuts, Jérémy en fait moins mais il est aussi solide que Franck, les automatismes permettent de répéter peu, pour la tournée Ludo a voulu leur adjoindre un second guitariste également clavier, Mickey (Jean-Michel de son vrai prénom), il avait participé aux sessions de l'album et impressionné le manager par sa technique, C'est le mec qu'il vous faut, ils ne pouvaient pas jouer les chansons de l'album à quatre, ça n'aurait rien donné, Mickey a trente-trois ans, musicien de session, il a accompagné le gratin de la chanson française, et musicalement il est Monstrueux, avec ce qu'il faut de bizarrerie dans son jeu pour que Tristan soit intrigué, alors qu'au départ il n'en voulait pas, T'as pas mieux ? il a demandé à Ludo, qui l'a rassuré : T'inquiète, ça va bien se passer, paternaliste et condescendant, l'état actuel de leurs relations, rancœur d'un côté, depuis l'incident Meg, et prudence de l'autre, Ludovic veut garder le contrôle de la situation, il a son chanteur à l'œil, qu'il n'ait ni velléités de départ ni projets solos – Tristan ne lui en a rien dit –, et on en resterait là, à se surveiller, collaborer parce qu'on doit, méfiance de rigueur, s'il n'y avait un nouvel accrochage, dans les loges après le concert niçois, un set épuisant, Tristan dégoulinant de transpiration, les muscles qui tremblent, besoin de sucre, comment font ces mecs pour fumer ou se faire un fix puis tout donner sur scène, dans une chaleur étouffante, une humidité telle qu'il pourrait pleuvoir dans la salle, la condensation mêlée à la sueur, à la salive et aux larmes, les larmes de reconnaissance qui lui sont montées aux yeux à plusieurs reprises, car c'était formidable d'être là et de jouer devant des milliers de personnes euphoriques, le palais Nikaïa était plein, une foule bigarrée d'adolescents et de jeunes adultes, de quatorze, quinze ans, à vingt-deux, vingt-trois, allure indistincte, filles et garçons, cette histoire de troisième sexe fait sourire Tristan mais elle a du vrai, ils sont différents, ont l'air épanouis, loin des mines défaites qu'il croise la nuit dans les clubs, des gens fatigués, des corps qui ont souffert, tandis que ces gosses débordent d'énergie, ils savent que l'avenir est à eux, Tristan sent une telle pulsion de vie que la soirée pourrait virer à la partouze géante, ils se touchent, se pelotent et s'embrassent, il a traversé la salle au pas de course, encadré par deux types de la sécurité – en retard, pas au bon endroit, des bagnoles qui empêchaient de passer, Du Tristan typique, a commenté Jerry quand il est enfin apparu dans la loge un quart d'heure avant la première partie –, à la fin il n'avait plus de voix, il était en état de sidération, s'hydrater, manger des fruits secs, qui le lui a conseillé ?, personne, Svea le faisait, tisane, miel, eau et fruits secs, Ludovic aussi était dans la loge, d'abord en grande conversation avec des gens de la presse et de la télé – Manœuvre qui a fait le déplacement –, puis il vient le féliciter, T'as super bien chanté, et au passage : Mickey, t'as vu ?, Tristan hoche la tête, tout le monde a l'air content, tapes sur l'épaule, copains comme cochons, il doit avoir un petit coup dans le nez, le père Ludo, chacun son poison, le sien c'est la blanche, mais il ne crache pas sur les single malts très bons et très chers, de temps en temps il lui en offre une bouteille, Ça va te changer des saloperies habituelles, puis : Alors c'est fini, il lui demande, t'as plus le cœur brisé, t'es de nouveau dans la course ?, Tristan sourit, Les soirs comme ça, oui, mais il voit une lueur étrange dans les yeux de l'autre, qui ajoute : Tu sais, ton ex, si j'avais voulu, l'air du mec à qui nulle femme sur terre ne résiste, Tristan écarquille les yeux, Mais ça se fait pas, reprend le manager, qui lui tapote encore l'épaule et conclut : Faut que j'aille saluer quelqu'un, et il s'éloigne, Tristan n'a pas eu le temps d'ouvrir la bouche, avec la fatigue et la tension qui retombe il lui faut plusieurs minutes pour assimiler l'information, se demander si c'est la vérité ou un bobard, quand, où, les occasions il y en a eu, et Ludo en impose, Tristan sait qu'il y a toujours eu ça chez Nathalie, une curiosité, une tolérance et un fond de culpabilité, il a ça lui aussi, et ils en rigolaient, J'adore les belles écervelées, lui avouait-il, et il ne plaisantait pas (ne se contentait pas de les adorer), plus tard il est furax, ils vont boire un verre dans un bar du centre-ville rempli de jeunes gens chics, les mêmes journalistes qu'avant, Ludovic les a invités, Ludo qui lui lance des regards de complicité, Ça va ?

il lui demande quand ils se croisent, Tristan ne répond pas, cette nuit-là il boit beaucoup, impossible de calmer la bête, le lendemain à Marseille il défonce un ampli à coups de pied pendant la balance, et durant le set il tombe plusieurs fois, tend la main vers le premier rang et fait mine de plonger dans la fosse, tandis qu'autour de lui la machine tourne, imperturbable, il a l'air d'un pantin désarticulé, d'un danseur fou qui cherche la bagarre et veut à tout prix se faire mal, dès le premier morceau il provoque le public, Vous voulez des tubes, hein ? il apostrophe la foule, qui ne réagit pas, applaudit, reprend en chœur les morceaux de *Here's to...*, la salle est pleine, les spectateurs sont chauds, ça crie et ça secoue, mais sur scène, les projecteurs dans les yeux, même juché sur un retour Tristan ne voit rien qui l'enthousiasme, quatre mille personnes et il est le seul à vouloir que ça pète, derrière lui les autres se demandent s'il a pris quelque chose, non, et les gens sont ravis, ils pensent que c'est prévu, les gamelles, le sang qui coule de sa tempe et la plaie qu'on vient panser, au bout de quatre chansons il est torse nu, un sparadrap rose chair sur le visage, il arpente la scène entre deux morceaux pendant que le groupe ralentit puis accélère de nouveau, le set est bien rodé, son numéro de prophète cinglé, comme à leurs débuts, il le renouvelle et la réaction est inattendue, il y a des rires et des bravos, il voudrait leur faire peur, les mettre mal à l'aise, et ils se marrent, ils sont contents, en ont pour leur argent, au fil des chansons Tristan se sent mieux, il a toujours cette envie d'en découdre, si c'était un assaut au fleuret il se jetterait sur son adversaire pour le transpercer, le crever littéralement, alors il y retourne, ils sont à quelques mètres, il a du mal à les voir, tous ces corps à portée de main, leur chaleur lui parvient, leurs cris, leurs râles d'extase, il voudrait se fondre en eux, mais chaque fois qu'il s'apprête à sauter un type de la sécurité se précipite pour le retenir, à un moment il lui murmure à l'oreille : Faut pas faire ça, m'sieur, et du coin de l'œil, il constate que le gars a dix, quinze ans de plus que lui, backstage après le concert des gosses viennent se faire dédicacer une pochette de disque, un tee-shirt, un magazine – les organisateurs les ont filtrés et en ont laissé passer une vingtaine –, ils les vouvoient, fascinés, Vous avez changé ma vie, ils disent à Tristan et aux autres, assis dans la loge, l'air goguenard ou blasé – Virginie a ramassé les bouteilles qui traînaient et vidé les cendriers –, une autre génération, née au début des années soixante-dix, trop jeune pour avoir vécu les années punk, avant Mitterrand, SOS Racisme et le Top 50, Tristan sent une pointe d'envie, cette grande brune maigre qui baisse des yeux vert d'eau lorsqu'il essaie de capter son regard, un garçon, peut-être son mec, qui lance des coups d'œil autour de lui comme s'il repérait les lieux, quel genre de créature sont-ils ? pourquoi se sent-il si loin d'eux ?, rien de tel chez Franck, Charles, Jérémy, quand il leur en parle dans un accès de sincérité ils se foutent de lui : Détournement de mineur !, mais ce n'est pas ce qu'il voulait dire, ça ne se produit pas chaque fois, Marseille non, Nice oui, Strasbourg aussi, Lyon non, Bruxelles peut-être, il commence à aimer cette symbiose avec le public, il est fasciné par cette foule sage et heureuse, du haut de ses presque vingt-cinq ans il voudrait les prévenir : Le meilleur était fini quand on est arrivés, nous, et puis non, les laisser danser et chanter, et sur scène s'épuiser, se faire mal, s'étourdir pour arrêter de penser, de sentir, le reste du temps il fait moins d'excès, ne tient plus l'alcool, quelques verres et il gerbe, puis il est de nouveau lucide, son corps est une mécanique bien huilée, il refuse ce qui l'entrave, la coke anesthésie, certes, mais la tête résiste, il a peur de virer parano, l'héro impossible, il a essayé, malade comme un chien, plus jamais, il observe Charles, ses hauts et ses bas, qui diable voudrait se retrouver dans un état pareil ?, pas Tristan, il a sa dignité, alors la nuit il prend un peu de tout sans se mettre en danger, il se protège, observateur plus qu'acteur, sauf sur scène, cinq dates, dix dates, vingt dates, quarante dates, une folle routine, hébété vingt-deux heures par jour, arrivent les festivals d'été, Évreux, Torhout, Nyon, pas beaucoup de groupes français dans ces gros rassemblements, ils en sont, signe qu'ils font leur trou, il y a eu un entrefilet dans le *Melody Maker*, des clichés sur les froggies et un commentaire favorable : ce qui est arrivé de mieux là-bas depuis Serge et Jane, entre deux gigs Tristan a envie de s'enfuir, de respirer, concert au Havre, Londres n'est pas loin mais Ludo lui interdit de s'absenter, alors il a une idée, le lendemain matin il lui en parle, Mon grand-père suédois est mourant, je vous rejoins à Nantes dans deux jours, le manager hésite et finit par accepter, Pas de blague, il souligne, Tristan se fait conduire à la gare, saute dans le premier train pour Paris, à Saint-Lazare il prend un taxi, Orly, comptoir Air Inter, deux vols directs, le premier a décollé il y a une heure, le second est en début d'après-midi, il tente SAS, dans deux heures, il reste des places, heureusement qu'en tournée il a toujours ses papiers sur lui, pas de bagages, il achètera ce qu'il lui faut là-bas, quelques vêtements, des affaires de toilette, après les contrôles il flâne, lit les gros titres des journaux, *Le Monde*, procès Barbie, *Le Parisien*, otages français au Liban, *Les Échos*, banques privatisées, dont celle où travaille Antoine, tout évoque une sorte de frénésie, la fièvre de l'or, entreprises, patrons, où étaient ces gens il y a quelques années ? désormais ce sont des stars, constate Tristan, dans l'avion aussi il feuillette les journaux, *Dagens Nyheter*, *Svenska Dagbladet*, l'enquête sur l'assassinat d'Olof Palme, des articles sérieux qui ne l'intéressent pas, d'autres frivoles à propos de célébrités dont il ignore tout, autour de lui des familles suédoises rentrant de vacances, quelques Français, il ne sait pas ce qu'il va faire là-bas, il a improvisé, ne compte pas revoir sa famille, n'a plus de nouvelles depuis des années, son grand-père n'est pas mourant, pour ce qu'il en sait, Tristan débarque à Arlanda dans l'après-midi, l'automne est doux, taxi vers le Grand Hôtel, Hej, il discute avec le chauffeur, explique qu'il n'est pas venu depuis qu'il était enfant – faux : il était adolescent –, et sur la route il s'émerveille, c'est beau, les premiers mots qu'il a dits en français, Maman c'est beau, Pierre et Svea le lui ont raconté de nombreuses fois, au Grand Hôtel il prend une suite pour deux nuits et ressort aussitôt, il lui faut des fringues, une brosse à dents, il marche jusqu'à Södermalm et s'arrête dans un café, les biscuits à la cannelle réveillent des zones endormies de son cerveau, une boutique vintage où il achète un jean et une chemise, une pharmacie, puis il entre dans ce qui a l'air d'une mercerie, chaussettes, caleçons, tout est décoré de motifs géométriques ou animaliers, des rennes, des ours, les gens sont souriants, ils ont le regard franc, des filles aux joues roses et aux yeux lumineux, il paie en chèques de voyage et personne ne fait d'histoires, demain matin il devra trouver une banque ouverte ou peut-être les échanger à l'hôtel, le soir il dîne dans une taverne historique du centre-ville, une longue rue étroite dans laquelle les voitures ne peuvent pas circuler, non loin du palais royal, c'est copieux, pommes de terre et viande en sauce, il ne boit qu'une bière glacée, Stockholm est une capitale comme les autres, il la reconnaît et elle lui plaît, mais il y a autre chose, loin de Paris il ne pense pas à la musique, la Parade oubliée, de retour à l'hôtel – il est onze heures et quelques –, il essaie de joindre Ludo, sans succès, et laisse un message, puis il se brosse les dents et va se coucher, renonce à allumer la télévision, il n'a pas emporté de livre et, dans la suite, ne trouve qu'une Bible en suédois et en anglais, il lit quelques lignes mais n'arrive pas à se concentrer, ses yeux se ferment, Han skall ock göra eder ståndaktiga intill änden, il ne sait pas ce qu'il fera demain, il éteint la lumière et un prénom se forme dans son esprit, Markus, un artiste, ami de jeunesse de Svea, elle lui en a souvent parlé avec chaleur, il se demande s'il n'a pas été son premier amour, quand ils étaient jeunes et fréquentaient l'université de Göteborg, une phrase lui revient : « Markus est un créateur de mondes », il n'a jamais su ce qu'elle voulait dire mais ça le faisait rêver, qui est ce type, une sorte de dieu ?, à la maison il avait vu passer de grands artistes, des gens inaccessibles, Markus avait beau être un créateur de mondes, il semblait plus proche, J'aimerais bien le rencontrer, il avait dit à Svea, mais ça ne s'est jamais fait, Tristan ignore s'ils sont restés en contact, s'il sait, et le lendemain matin, après un petit déjeuner somptueux, festival de pains, de céréales, de miels et de confitures, Tristan se présente à la réception et interroge dans sa langue la solide jeune femme qui profite d'une accalmie pour compulser un registre, Markus Josefsson, Je vais me renseigner, elle répond avec un grand sourire, une minute plus tard son supérieur apparaît, Josefsson est une figure de la vie culturelle suédoise, le plus simple est d'aller chez son galeriste, Bonnier, dans Sturegatan à Östermalm, Je peux appeler si vous voulez, Tristan veut bien, une demi-heure plus tard il est en compagnie de Nils Juul, un petit homme au visage buriné et à l'élégance impeccable qui doit avoir le même âge que l'artiste, et peu après c'est Josefsson qui surgit, il habite dans le coin, par chance il est à Stockholm – c'est un grand voyageur, a eu le temps de lui expliquer le galeriste –, stupéfaction, cris et embrassades, Markus est si heureux de faire sa connaissance que les condoléances sont vite expédiées – il savait –, On va boire un verre, il annonce, bien qu'il soit dix heures du matin, et ils saluent Juul – Tristan a eu le temps d'apercevoir des sculptures d'animaux faites de pièces détachées, voitures, motos ou autres machines –, puis ils marchent jusqu'à un café, Markus commande une sorte de grog dont les vapeurs alcooliques donnent le vertige, Un double ristretto, demande Tristan, et ils parlent, l'artiste le bombarde de questions, Quel genre de musique ?, il est sincèrement impressionné, avant même d'avoir fini son breuvage Markus se lève, salue sans payer et l'entraîne dans la rue, Suis-moi, ce mec approche les cinquante balais et a plus d'énergie que La Monstrueuse Parade au complet, songe Tristan, ils montent un escalier interminable, arrivé là-haut le type est frais comme une rose, alors qu'il crache ses poumons, lui, Cigarett, il explique en suédois avec un sourire gêné, l'artiste ouvre une porte donnant sur un espace immense qui paraît vide, mais une fois à l'intérieur les objets se matérialisent, installations, meubles, croquis, une grande table de travail au fond, de larges miroirs aux murs, comme dans une salle de danse, Tristan peut enfin examiner les œuvres, un fauteuil en métal, un bonsaï en composants électroniques, les plans de ce qui ressemble à une scénographie, un piano droit dans un coin, et, devant la mine étonnée du jeune homme – qui pensait voir des toiles, un chevalet, des pinceaux –, Markus explique : Je fais des tas de choses, et il lui montre : Regarde, les décors d'*Einstein on the Beach*, c'est la première fois qu'on le monte en Scandinavie, un travail énorme, les plantes électroniques, je vais les exposer à Berlin-Est dans une usine désaffectée, je fais aussi des choses avec un disc-jockey et une chorégraphe, un spectacle sur l'abolition de l'esclavage, Tristan écoute cet homme qui lui expose ses mille projets avec une simplicité confondante et, au milieu de cette tornade, il se demande : Pourquoi je me sens largué ?, il s'assied sur le tabouret du piano, joue quelques notes, il est désaccordé mais l'acoustique de l'atelier est bonne,

Je vais venir avec le groupe, affirme Tristan, J'ai une meilleure idée, répond Markus, j'organise une petite fête ce soir, il y aura des amis et tu nous joueras quelque chose, le chanteur accepte et salue son hôte, il a envie de marcher, dans Sturegatan le vent est glacé, il se blottit dans son blouson, en chemin il repense à l'atelier, aux dessins, sculptures et objets, il flâne dans Östermalm, antiquaires, ambassades et centres culturels étrangers, bientôt il est midi, il a faim, Markus lui a conseillé un endroit sur Karlavägen, Ce n'est pas un restaurant, il a expliqué, et ce n'est pas de la nourriture, Tristan n'est guère enthousiaste mais tout de même intrigué, de fait l'endroit ressemble à un laboratoire, tout est blanc, les tabourets, les tables hautes, murs, sols et plafonds, les serveurs aussi sont vêtus de blanc, il s'installe et ouvre le menu, en le parcourant il fait une rapide conversion couronnes-francs et comprend que les prix sont élevés, les noms des plats, leur description, tout est mystérieux, pas de traduction anglaise, il a beau se débrouiller en suédois il est perdu, quand une serveuse-laborantine vient prendre sa commande il sollicite son aide et accepte ses suggestions en bloc, une heure plus tard il n'est pas déçu, trois plats, le premier jaune, le deuxième blanc, le troisième bleu ciel, un verre de cabernet sud-africain, il est ravi, en tournée les musiciens sont abonnés aux gargotes infâmes, qui servent une bouffe grasse et salée, de temps en temps Ludovic – qui est un fils de pute mais aussi une fine gueule – les emmène dans un bon restaurant, le dernier en date était celui du Negresco, à Nice, la veille du gig, Tristan a retenu le luxe des lieux mais pas la qualité de la nourriture, seul à sa table du Secret Garden il dévore les trois plats en observant les autres clients, des couples élégants, des jeunes cadres, une ambiance décontractée, la polenta aux herbes lévite au-dessus de l'assiette, l'émincé de veau au céleri si délicat qu'on dirait une mousse, en dessert un mi-cuit au curaçao qui coule dans la gorge, puis il regagne Södermalm, le quartier est connu pour ses boutiques de disques, chez Pet Sounds il trouve des bootlegs du Velvet et de Television, puis il passe à son hôtel déposer ses achats, et le soir retour à l'atelier de Markus, il sonne et monte les marches, on entend la musique jusque dans l'escalier, une pulsation rapide, en poussant la porte il voit une longue table dressée au centre de la pièce, des gens assis autour et d'autres debout, un verre à la main, dans la faible lumière traversée de flashs l'endroit est méconnaissable, il n'est que vingt heures trente et la fête bat son plein, en grande conversation avec une blonde à l'air sévère Markus lui fait signe de se mêler aux autres, plus loin Tristan repère la console du DJ, trois platines et des disques qui voltigent entre les mains d'un Nosferatu black dont il croise le regard, comprenant alors comment le type fait pour les manipuler si vite – il pense plus vite encore –, le résultat est une texture sonore aux multiples couches, pendant quelques mesures Tristan croit reconnaître un morceau, puis ça lui échappe, s'approcher et demander, il examine les vinyles qui tournent, étiquettes blanches, Hej, il fait, mais le gars ne lui prête aucune attention, What music is that ?, l'autre lève un œil, un seul, on aurait dit Pierre quand il le dérangeait en plein travail, It's the sound of the future, man, répond Nosferatu avant de replonger le nez dans ses platines, il n'y aura pas moyen de l'en extraire durant le reste de la soirée, que Tristan passe à papillonner d'un groupe à l'autre sans jamais s'asseoir, picorant un peu de nourriture sur la table, buvant d'étranges jus de fruits merveilleusement désaltérants, et il parle avec une jeune femme à la grâce botticellienne, elle danse dans un ballet dont Markus a fait les décors et Mike, le DJ, la « mise en son », comment font ces gens, beaux, créatifs, heureux, une communauté rêvée l'entoure, Tristan se sent si bien qu'il oublie sa promesse de se mettre au piano et de chanter, une belle soirée, mais il préfère rentrer tôt, non sans avoir pris congé de Markus – Tu reviendras, hein ? –, seul et sans avoir bu une goutte d'alcool, cette nuit-là il dort comme il n'a pas dormi depuis une éternité, le lendemain matin il s'envole pour Paris et rejoint la tournée à Nantes, la tentation de prolonger son séjour suédois l'a effleuré mais il l'a repoussée, quelque chose travaille en lui, il respire mieux, se sent mieux et ira au bout des cinquante dates, même lessivé, car la machine ne s'arrête jamais, concerts, interviews, bientôt un nouvel album, et dans le taxi qui le conduit de l'aéroport de Nantes au centre-ville, passant au pied du château, il repense à un type qui jouait de la guitare dans les rues à Stockholm, un barbu, roux, avec un chapeau de cow-boy, l'étui ouvert devant lui, un gars maigre et souriant, ravi d'entonner des airs connus, locaux, internationaux, peut-être des compos à lui, en suédois et en anglais, il était bon et la foule sous le charme, Tristan l'a croisé deux fois près du Grand Hôtel, dans l'étui on voyait des pièces, des billets, Tristan aurait juré qu'il y avait aussi des lettres, des mots doux, ce mec est une star, il a la belle vie, si le temps est clément il se balade, joue ses morceaux et emballe une admiratrice au passage, le soir dans un petit club et buonanotte, pas de deal avec une maison de disques, pas de tournée nationale, pas de single classé au Top 50, juste lui et sa guitare, voyager léger, et lorsque Tristan retrouve la Parade au Palais des Sports, les autres lui font peine avec leurs airs de pros, sérieux, concentrés, la balance minutieuse, derrière la console une fille qu'ils bombardent de requêtes, la basse pas assez ceci, la caisse claire trop cela, tout à leur rôle de vedettes, on n'est pas là pour rigoler, il faut répondre aux attentes du public, ils s'embrassent, se tapent dans la main, OK, ils ont raison : la Parade n'est plus dans les marges, il faut jouer le jeu, respecter les fans et les gens qui ont misé sur eux, plus question de déconner, ou rien qu'un peu, histoire de se rappeler qu'on a été punks, Alors, Stockholm ? demande Jérémy, Ça bouge, là-bas, on devrait y jouer, et l'autre fronce le sourcil, il est gentil, Tristan, d'abord conquérir la France, car Londres, Berlin, Stockholm, c'est du rêve, et c'est bien, les rêves, mais il faut garder les pieds sur terre, les yeux sur l'objectif, et le soir le public nantais a droit à une version incandescente de *Tokyo by Night*, douze minutes de montée bruitiste à l'issue de laquelle il tombe à genoux, tête baissée, un *J'ai vu la nuit* hanté par les fantômes, Jerry, Charles et Franck jouent si bien que Tristan ne peut s'empêcher de les regarder entre les chansons, il y a de la tension, la salle est soulevée par des vagues d'enthousiasme, cette fois il ne veut pas sauter dans la fosse, des fils le retiennent, il ne tombe pas, s'il a mal il ne sent rien, aux claviers et à la rythmique Mickey se montre à la hauteur, le son est massif, ni pop ni chanson, si seulement ils sonnaient comme ça en studio, si seulement on les laissait faire, ils pourraient, il y croit, Tristan, ce n'est pas fini, plus tard en coulisse l'ambiance est joyeuse, on ne prend pas la peine de cacher les bouteilles qui traînent, gros plan, champagne, il n'y a rien à fêter, juste un bon gig, Charlie est heureux comme un gosse, il a les yeux qui brillent et sourit à la jeune femme enceinte qui leur apporte des fleurs, des lettres et des billets, puis ils dînent à l'hôtel, pas envie de sortir, quand Jerry dit : Ça valait la peine d'amorcer la pompe, assis en face de Tristan, la fourchette qui pique une patate sautée, Quelle pompe ? demande le chanteur, une ombre passe alors sur le visage de Jérémy, il repose sa fourchette, hésite, Les radios, tu sais bien, Je sais que dalle, rétorque Tristan, à présent l'autre est sur la défensive, Parle avec Ludo, il répond froidement, et quand Tristan interroge celui-ci, tous deux installés au bar de l'hôtel, le manager ne montre aucune gêne, C'est le système, et comme le chanteur ne réagit pas, il explique : On arrose les mecs pour être en heavy rotation, le single décolle et c'est parti, On fait ça ?, Ludovic hoche la tête, On le fait quand on doit le faire, C'est naze, commente Tristan, Joue pas la vertu outragée, Tristan, c'est pas ce que tu veux ?, Non, gronde le chanteur, son regard planté dans celui de Ludo, qui hausse les épaules, À toi de voir, mais arrête de faire ta pleureuse, vous avez un bon contrat avec Euterpe, du soutien promo et un super tourneur, puis il marque une pause et conclut : C'est le jeu, ça a toujours été le jeu, et pendant le reste de la tournée, Suisse, Belgique, Allemagne (où la Parade a de plus en plus de fans), l'ambiance au sein du groupe est sibérienne, le sommet atteint à Nantes reste sans suite, sur scène Tristan joue son rôle de chanteur fiévreux et ne lésine pas sur les effets, il se dépense sans compter, les spectateurs sont conquis, mais ce qu'ils prennent pour de la ferveur n'est que du savoir-faire, il leur donne ce qu'ils attendent, les paroles qu'il chante ne le touchent pas, la puissance sonore ne l'entraîne pas, non qu'il soit déçu, il s'attendait à ce genre de pratiques, subodorait dès le début que le business de la musique était sale, le business du rêve en général, et il sait que Ludo a raison, payer pour gagner, la qualité de leur musique n'est pas en cause, car la meilleure musique du monde ne vaut rien si on n'arrive pas à obtenir des articles dans la presse, des passages en radio, des invitations à la télé, c'est ce qu'il a en tête, Tristan, ça tourne en arrière-plan quand il chante, dort, boit trop après un gig, lorsqu'il glisse un minuscule sachet de coke dans sa poche et se fait un rail backstage avant d'entrer sur scène, sous les hurlements d'un public aux anges, Sommes-nous des artistes ou des hommes d'affaires ? se demande-t-il encore et toujours lorsqu'il regarde ses associés, qu'il les voit changer peu à peu, adopter de nouvelles façons de s'exprimer, un autre langage, Jérémy qui n'a que le mot « marché » à la bouche, tel un Dieu tout-puissant, cruel et fascinant, Charles qui claque son pognon en fringues, fêtes et dope, une bagnole allemande qu'il a encastrée dans un lampadaire, le thermomètre moral qu'on glisse sous l'aisselle des autres – plus rarement sous la sienne – est facile à lire de travers, Franck, lui, vit sa vie d'homme marié – belle cérémonie, ils y étaient tous –, Sandrine attend leur premier enfant, ils ont acheté une grande maison dans la vallée de Chevreuse, mi-manoir mi-ferme, embourgeoisé, Frankie, nature, famille, avenir, il a le droit, bien sûr, sous son air placide il ne se cache pas : enregistrer, tourner, promouvoir, c'est un boulot, l'argent doit entrer dans les caisses, pas d'états d'âme à avoir, lui n'a pas de projet solo, aucun plan B, nul retour au hard rigolo, la Parade doit marcher, Tristan ressasse tout ça, la nuit, le jour, à Bordeaux et à Toulouse, de Genève à Cologne, pourquoi te fais-tu du mal, garçon, pourquoi n'es-tu pas satisfait, chanteur, idole, héros, que veux-tu de plus, pourquoi cet air pincé ?, quand on prend des coups en pleine face on détourne la tête et on regarde dans une autre direction, il pense à Stockholm, aux personnes qu'il a croisées et à ce qu'elles font, sans la pression des ventes, le monde de l'opéra donnait l'impression de mépriser les contraintes économiques, quand la Parade a-t-elle perdu cette force ?, il a des envies nouvelles, Tristan, images, corps, sons, une fois la tournée terminée il compte oublier pendant quelque temps les quatre autres types qui sont là, sur scène, penchés sur leur instrument, après le dernier concert à Saint-Étienne il les salue, rentre à l'hôtel et le lendemain il est chez lui – il a acheté, cher –, le loft est vide et poussiéreux, il pose ses affaires dans l'entrée, se dirige vers son lit et s'écroule, il dort tout habillé, les chaussures aux pieds, douze heures d'affilée, d'un sommeil sans rêves, malgré la lumière et le bruit, il comate et, lorsqu'il se réveille, d'abord il ne comprend pas où il est, quel jour on est ni pourquoi il a dormi comme ça, pelotonné sur le lit fait, Je n'ai pas la gueule de bois et il ne s'est rien passé d'étrange, qu'importe : il se sent bien, une vigueur qu'il n'a plus connue depuis des années a envahi ses membres, sa poitrine, sa tête, en prenant une douche – il sent le chacal en rut –, il se dit que tout doit changer, il se regarde dans le miroir, nu, maigre, les muscles tendus, les cicatrices, les bleus, un corps prématurément usé, mais il est encore jeune, a tout le temps de renaître, et il décide de faire une pause, loin du groupe et de ses affaires, de cette musique-là et de tout ce qui lui ressemble, il descend acheter *L'Officiel des spectacles* et le parcourt installé devant un double crème, un verre d'eau et un croissant au beurre à une table du Gambetta, une seule cigarette, il entoure au stylo bille tout ce qui l'intéresse, cinéma, théâtre, expositions, danse, les noms sont des portes vers d'autres mondes qu'il veut découvrir, Koltès, Carax, Bacon, Cunningham, il a faim, sent ce vide en lui qui le supplie : Donne-moi à manger, il ne s'était pas aperçu qu'il y avait ce trou, avec le manque de sommeil, l'adrénaline, la drogue et l'alcool, le corps se contente de peu, la tête est distraite, il doit mener une vie plus saine s'il veut être en état de faire autre chose à côté, et il a une idée : avant de nourrir la tête, il veut faire plaisir au reste, voir des gens qui l'aiment et se remplir la panse, il entre dans une cabine, glisse une pièce dans la fente, à l'autre bout du fil on décroche aussitôt, Bonjour, c'est Tristan, un court silence puis une exclamation de surprise, sa tante, Ça alors !

Quand ton oncle et l'autre chipie le sauront, la vedette de la famille, Comment vont-ils, comment allez-vous ? demande Tristan, Ah non, c'est moi qui pose les questions, toi, tu racontes, M. le chanteur célèbre !, il est invité à dîner le soir même, se fait prier – il y a un spectacle à la Colline, il ira demain – et accepte, Qu'est-ce que j'apporte ?, Rien du tout ! Toi !, il ne peut s'empêcher de sourire, promet d'être à l'heure et raccroche, avant ça deux films et une expo, le temps est pourri, la pluie battante, c'est trop dangereux à moto, il peut s'enfermer sans regret dans des salles de cinéma et une galerie d'art, depuis ce matin il a besoin de vitesse mais ce sera pour plus tard, en attendant il va voir le premier film, japonais, années cinquante, lent et douloureusement beau, le second est américain, années soixante-dix, camé, survolté, au milieu l'exposition, photos, des usines, des sites industriels à l'abandon, un noir et blanc géométrique, c'est froid mais il aime, il ne prend pas le taxi et marche, dans la rue il croise parfois le regard des gens, y lit quelque chose qu'il n'est pas sûr de comprendre, il veut la ville, errer et s'y perdre, adolescent il s'est paumé à Londres, à New York et ailleurs quand il accompagnait sa mère, il partait à l'aventure, avec l'anglais il arrivait à se débrouiller, finissait parfois dans des coins pourris – New York était un coupe-gorge –, après le second film il va jusqu'à la place de la Madeleine, Fauchon est encore ouvert, une bouteille de Mumm et du caviar, puis un taxi le conduit boulevard Saint-Michel, Tristan sonne, le portail s'ouvre, en haut sa cousine Mathilde apparaît dans l'embrasure de la porte et lui saute au cou, Mon salaud !, il est surpris, il avait imaginé une certaine froideur, mais c'est son oncle, le révélateur, c'est à son comportement qu'il saura s'il est pardonné ou pas, n'a pas le temps de se poser la question – il a eu des années pour le faire –, déjà sa cousine le débarrasse et l'entraîne à l'intérieur, il regarde autour de lui : ils ont refait l'appartement, les murs blancs, le parquet ancien poncé et verni, un style plus sobre, moins notable de province, son oncle s'avance vers lui, il a vieilli, cheveux blancs, rides profondes, surpoids, Mathilde a gardé son visage d'enfant, les yeux malicieux, aussi grande que lui – sans talons –, Bernard a l'air grave, il ne bouge pas, puis il écarte les bras et lui donne une accolade virile, sa tante visiblement émue, à présent il se sent coupable, tout ce temps sans se manifester, au fond ils se sont bien conduits, n'ont jamais lésiné sur l'amour qu'ils lui témoignaient, puisque les questions d'argent étaient réglées qu'est-ce qui justifiait son silence ?, il sait qu'il a boudé, enfant capricieux et adolescent rebelle, et il a honte, Viens t'asseoir, il suit son oncle jusqu'à la salle à manger, Mathilde derrière lui, le changement est encore plus frappant, un mélange de meubles anciens et de design italien, les lampes, la bibliothèque, Classe, il murmure, ça fait sourire son oncle, Je suis content que ça te plaise, ils sont tous les trois autour de la table, comme à son habitude sa tante fait des allers-retours à la cuisine, elle finit de préparer et commence à servir, la maison est son territoire, tout doit être parfait, Tristan sait déjà qu'elle prononcera trois phrases, chacune lourde de sens, et qu'il pourra seulement hocher la tête, Tu as une petite mine, mon garçon, dit-elle en apportant sur un plateau des biscuits apéritifs et le caviar, la bouteille de Mumm et des flûtes à champagne, C'est parce qu'il se drogue, commente Mathilde, ce qui fait rire Tristan mais pas sa mère, Raconte-nous, l'encourage Bernard, puis entre les feuilletés au chèvre, les magrets de canard (bien roses) et les pommes rissolées, il livre une version expurgée de sa vie de rock star en pleine ascension, taisant les aspects les plus équivoques pour se concentrer sur la dimension sociologique – « notre envoyé spécial dans cette curieuse tribu : les Enfants du Rock » –, et à mesure qu'il parle (il y a deux catégories de spectateurs, les piquets, qui ne bougent pas, et les pogoteurs, qui bougent trop ; les journalistes posent tous les mêmes questions et on donne toujours les mêmes réponses ; les maisons de disques sont des organisations mafieuses, la nôtre a les parrains les plus élégants sur la place de Paris), il se dit que cette fiction est plus vraie que la vérité, et après les questions de sa cousine et de son oncle, sa cousine plus spirituelle (les émotions, les sensations), son oncle plus concret (les contrats, les royalties), en débarrassant avant le fromage et le dessert sa tante observe : C'est un monde brutal, fais attention à toi, et Tristan acquiesce, se gardant bien de confirmer, même si c'est ce qu'il pense : un monde de requins, de serpents et d'hyènes, il ne veut pas lui faire peur et s'efforce de mettre en valeur le côté positif de ce qu'il décrit, un effort qu'il fait sur lui-même, refuser les humeurs noires, qui souillent et corrodent, le cynisme, l'ironie facile, autour de lui tout le monde ironise sans cesse, c'est devenu le seul mode d'expression, ricaner, et quand tout le monde ricane l'ironie n'a plus aucune force, c'est une arme émoussée que les puissants retournent contre leurs sujets, heureusement les moqueries de Mathilde sont affectueuses, Tu travailles ? il lui demande, Oui, je fais ma thèse en psychopédagogie et un stage dans une crèche, je suis des enfants autistes, ça fait partie de la formation, T'étais pas ingénieure ? s'étonne Tristan, son oncle lève les yeux au ciel, un numéro bien rodé, en les embrassant Tristan promet de revenir bientôt, et sa tante conclut : Tu as raison de faire ce que tu aimes, il rentre en taxi, dort encore dix heures, d'autres journées intenses l'attendent, et la pause de quelques semaines se prolonge, la tournée et le succès de l'album ont laissé des traces, la Parade prend son temps, ils en parlent et décident de souffler, Ludovic n'est pas convaincu et les frères Henze ne cachent pas leur mécontentement, jusqu'au jour où Hervé a une idée : pour *Here's to…* ils ont enregistré une vingtaine de morceaux, une bonne moitié est restée sur le carreau, tous ne sont pas utilisables mais ça suffira pour un album, ils font appel à Pierre-Olivier pour superviser les overdubs nécessaires et le mixage, Vous venez me chercher quand vous êtes dans la merde, souligne le réalisateur, qui bricole des versions acceptables, et *But Then Again* sort au printemps 1988, accompagné d'un extrait en quarante-cinq tours et CD single, *J'pourrais tricher* est leur premier simple en français, l'accueil est tiède, un pas en arrière, juge la critique, tout le monde a compris que c'étaient des fonds de tiroir, d'ailleurs le groupe ne tourne pas, ne donne pas d'interviews, les ventes sont en baisse, moins de cent mille exemplaires de l'album, le single passe une semaine dans les profondeurs du Top 50, Ludo est contrarié, les Henze moins, si le groupe a besoin de temps ils sortiront des simples, des EP, des remixes, Tristan en profite pour s'installer à Stockholm pendant quelques mois, durant toute cette période on ne cesse d'évoquer le futur du groupe, dans la presse des rumeurs circulent, la campagne présidentielle bat son plein, le monde des arts et de la culture se mobilise, Génération Mitterrand, Tristan refuse de participer à un concert de soutien au président sortant, le reste du groupe était pour, l'occasion de se revoir et de se mettre au travail, ça attendra, il n'est pas prêt, en Suède il vit bien, il est clean, plus d'excès, ni fêtes décadentes ni baises désordonnées, il a même une régulière, Lisa est anglaise, elle bosse chez WEA, la filiale distribution de Warner, Stockholm est une parenthèse qu'il ne veut pas refermer, il fait une découverte, ou plutôt c'est Markus qui le lui a révélé un soir, ils buvaient des bières chez lui, Je le connais, ton grand-père, drôle d'oiseau, Comment ça ? a demandé Tristan, Pendant la guerre il n'a pas eu de scrupules à servir les nazis pour lancer sa carrière de musicien, Maman le savait ?, Markus hésite, Je ne suis pas sûr mais je crois, oui, et Tristan se souvient des tensions entre le père et la fille, de la dureté du vieil homme et des paroles de Pierre : Ce salaud, il n'en pense rien, lui, c'est de l'histoire ancienne, puis deux circonstances le ramènent à Paris, il a des projets, aimerait tourner un documentaire sur la musique africaine, le producteur à qui il en a parlé, un riche excentrique qui fait des films d'auteur aux fortunes diverses, l'encourage à écrire, il essaie, les intentions sont bonnes mais il a les idées floues, et il compose un opéra avec un écrivain japonais installé à Paris, Markus les a mis en relation – Markus connaît la terre entière –, une histoire de guerre civile dans le Japon médiéval, un *Roméo et Juliette* nippon, avec du désir mimétique, des larmes et du sang, lui a expliqué Akira, qui parle un français impeccable – son père était diplomate, il a fait ses études à la Sorbonne –, difficile de dire quel âge il a, sa barbe et ses cheveux gris le font paraître plus vieux qu'il n'est, la quarantaine, Tu dois apprendre, il insiste, car Tristan n'a pas de formation musicale, il a quitté le conservatoire trop tôt, heureusement il a les livres de ses parents, ils étaient dans des cartons quand il partageait le loft avec Nathalie, sont stockés avec les meubles et le reste dans un entrepôt loué par son oncle, il s'y rend avec un déménageur et une camionnette, indique les cartons, il y a des partitions, des ouvrages sur Mozart, Wagner, le romantisme allemand, ça l'aide pour l'opéra, parmi les livres de son père il trouve surtout des informations sur la Chine médiévale, moins sur le Japon, mais il s'en inspire, et il tombe sur les disques de Gilles, il y a même Fela Kuti, il ne se rappelait pas que son frère l'écoutait, l'autre circonstance, ce sont les droits d'édition, Ludovic a négocié une nouvelle offre avec les frères Henze, trois ans, cent mille francs, ils se retrouvent rue du Colisée pour parapher les contrats, Tristan, Jérémy et Charles, puis ils vont déjeuner au Fouquet's, parlent de l'avenir, On doit s'y remettre, on fait quoi ?, le mot « major » dans toutes les têtes, Charles dans un registre plus comique : qu'est-ce qu'on fait du corbillard ?, ils ne l'utilisent plus, le moteur est HS, Charlie qui vit en couple et ne prend plus d'héro – mais n'est pas devenu un saint pour autant –, à Paris Tristan circule à moto, sans permis et sans assurance, pas d'inquiétude, il fait attention, la Triumph est sa seule folie, le soir il sort peu, est fidèle à Lisa, presque, des aventures passagères mais plus les histoires d'avant avec des filles aussi paumées que lui, à présent il courtise avec patience, ne joue pas la carte de la célébrité et y met un peu de délicatesse, les séparations sont faciles, on a passé un bon moment, on s'est réchauffés dans la froideur de l'hiver, il fait son éducation amoureuse, au fond il n'y a eu que Nathalie, il ne connaît que l'amour fou et le sexe brut, la faute à sa fascination pour elle, il doit l'oublier, et un soir le téléphone sonne, il est chez lui, il lit, prend des notes et joue quelques accords au clavier, *Le Monde* posé sur le bureau, l'économie mondiale s'est remise du crash de Wall Street – les banquiers se jetaient par les fenêtres des gratte-ciel, il a trouvé ça marrant, il n'aurait pas dû, tout le monde y a laissé des plumes : les Henze, lui –, il décroche, un ton grave, embarrassé, Tristan ?, Ouais, C'est Antoine, j'ai une chose à te dire, silence, Deux choses, un frisson le parcourt, il ne veut pas savoir, Je t'écoute, un autre silence, la respiration à l'autre bout du fil, puis : Nathalie est enceinte, on va se marier.

J'étais à Stockholm et je rentrais chez moi après un dîner. Il devait être une heure du matin, j'étais bien, je n'avais bu que deux verres de vin. Il faisait un froid sec et je me pelotonnais dans mon fidèle blouson en cuir, survivant de nombreuses batailles, dans la poche secrète duquel une analyse minutieuse aurait révélé des traces de poudre blanche suspecte. Mais c'était du passé, un passé récent que je voulais laisser derrière moi. J'étais un homme neuf, qu'attendaient d'autres aventures. Amoureuses aussi, mais ce soir-là je n'avais succombé à aucune sirène scandinave, j'avais tenu bon, aidé par la simplicité et la générosité de mes amis, qui ne semblaient guère impressionnés par la « rock star française » – ils devaient penser que c'était un oxymoron. Et j'avais déjà rencontré Lisa.

Au détour d'une rue, j'ai aperçu un petit groupe de gens. Ils étaient encore loin, je ne voyais que leurs ombres, mais peu à peu j'ai compris qu'ils dansaient. Autour d'un poste de radio, un lecteur de cassettes, sorte de ghetto-blaster à piles. J'ai reconnu le morceau. Rock'n'Roll Suicide. *Je connaissais les paroles par cœur, autrefois je les avais chantées devant mon miroir en imitant le jeu de guitare de Mick Ronson, et ça m'a fait sourire, tandis que j'approchais du groupe. En arrivant à leur hauteur, j'ai failli m'arrêter pour chanter avec eux, mais je n'ai pas osé. « Hej », j'ai fait, et ils m'ont répondu : trois garçons et deux filles à peine sortis de l'adolescence, gros chiens et canettes de bière. Un autre genre de fête. Mais ils s'amusaient, il faut bien que jeunesse se passe – en réalité, je n'étais pas beaucoup plus vieux qu'eux.*

J'ai poursuivi mon chemin et, quelques dizaines de mètres plus loin, j'ai vu une autre fille assise sur le trottoir, la tête entre les genoux, des bas résille déchirés et des Dr. Martens noires en sale état aux pieds. Entendant le bruit de mes pas, elle a levé les yeux. Son rimmel avait coulé, elle avait un visage d'enfant, sans doute appartenait-elle au groupe que je venais de croiser. Une dispute ou un chagrin d'amour, rien de grave, imaginais-je. Je me suis arrêté et lui ai tendu la main pour l'aider à se relever. Je n'avais aucune arrière-pensée, je le jure, et lui ai juste murmuré quelques paroles de la chanson, grossièrement traduites en suédois. J'ignore ce qu'elle a compris, toujours est-il qu'elle a esquissé un timide sourire, s'est essuyé le visage et a reniflé. « Tack », elle a fait, ses grands yeux bleus qui me scrutaient. « Tack ». Et je suis parti sans me retourner, la voix de Bowie dans la tête.

Après de longues discussions, Virginie a obtenu l'accord de Tristan – qui ne voulait pas y aller –, et le voici chez Thierry Ardisson, on enregistre le prochain *Lunettes noires pour nuits blanches*, il est quatorze heures, ils sont aux Bains-Douches, l'ambiance paraît festive mais tout est bidon, en guise de whisky Tristan a demandé qu'on lui verse du thé noir, pas question qu'il se retourne la tête à une heure pareille, d'ailleurs il ne boit presque plus, un verre de vin de temps en temps, il s'est remis au sport, court, et quand on lui offre de la dope – ce qui arrive de moins en moins souvent puisqu'il ne sort plus –, il décline : la coke, c'est fini, les amphètes aussi, il est clean comme à douze ans, il y a bien la clope, une habitude dont il n'arrive pas à se défaire, il fume un demi-paquet par jour, s'il ne lui reste qu'un vice ce sera celui-là, aujourd'hui il est nerveux, ça fera un peu plus, il a acheté un paquet de Lucky avant de monter dans un taxi, son hôte a la réputation d'être un intervieweur redoutable – c'est un intervieweur redoutable –, sous ses dehors provoc Ardisson sait poser les bonnes questions et arracher des réponses sincères, Tristan a regardé les émissions précédentes, au début il était consterné et a dit non, Pas question que je me prête à ça, puis il y a repensé, une bonne occasion, avec le succès la Parade passe pour un groupe pop, son ombrageux chanteur pour un personnage intrigant mais frivole, le reste personne n'en sait rien, il ne veut pas qu'on évoque son passé – tout ce qui le distingue du groupe est à proscrire –, mais cette image est trompeuse, on doit le prendre pour un type qui se fait des films, ses propos en interview sont mal interprétés, il a tort de malmener les journalistes, ça risque de compliquer la suite, il doit rectifier le tir, même si personne n'aime les gens qui changent de cap, qui veulent sortir du mètre carré qu'on leur a assigné, Tristan Lavarini était un chanteur new wave précieux et torturé, avec son groupe il s'est converti à la chanson pop, il ne peut donc avoir ni intelligence ni goût, il n'y a rien à attendre de lui sinon qu'il continue à faire ce qu'il fait, une musique légère, des mélodies accrocheuses, rock mais pas trop – parfois Tristan pense à lui-même en ces termes, un effet de dissociation auquel il s'est habitué –, janvier 1990, les années quatre-vingt se terminent, l'Allemagne est réunifiée, une nouvelle ère commence, plus authentique, dit-on déjà, moins de fric et de paillettes, mais qui croit ces conneries ?, pas lui, le spectacle continue, et son ancien meilleur ami est banquier d'affaires, il a participé à une première vague de privatisations et attend la suivante, suppose Tristan, qui a lu le nom d'Antoine dans la presse, il ignore tout de leur vie, à Nathalie et lui, sait juste qu'ils vont avoir un enfant, elle réalise son rêve avec un autre, Antoine à qui tout réussit, étoile montante du PS, banquier de gauche, il n'a pas trente ans et on en parle, Philippe Henze le connaît, Ton pote a des amis haut placés, allusions, arrière-pensées, ces gens ne fonctionnent que comme ça, un dîner avec Ludovic et Jérémy, une rencontre au sommet pour décider, il est partant, tout lui va, le bébé non, il en a souffert, a compris qu'il avait merdé, s'il s'était forcé il aurait pu, maintenant il est trop tard, il ne s'intéresse pas assez aux autres pour être fin psychologue mais il sait une chose : si Nathalie est enceinte, c'est qu'elle est heureuse, elle ne l'était plus avec lui, une lame qui a traversé son épaule, du sang qui coule le long de son bras, un sang qui ne se transmet pas et stagne, voilà à quoi il pense en se hissant sur un tabouret de bar, le micro-cravate épinglé au revers de sa veste en cuir, des Wayfarer sur le nez – il les enlèvera en cours d'interview, le passage de la pénombre à la lumière des projecteurs lui fait mal aux yeux, dans cette boîte qu'une équipe de télévision a investie, un endroit qui vit la nuit et meurt le jour, une invasion de zombies, lui-même ne sait pas à quel camp il appartient –, l'entretien commence dans trois minutes, petite causerie pour se mettre en jambes : le maître des lieux lui expose les règles, lunettes, tutoiement, T'étonne pas si c'est direct, il prévient, le chat et la souris, ce mec va me bouffer, songe Tristan, Ardisson a enregistré deux autres interviews avant lui, un homme politique pseudo-jeune qui a eu droit à des questions insistantes sur sa consommation d'alcool (minime, à en croire l'intéressé, mais que contenait le verre à cocktail posé devant lui ?) et une jeune actrice pour l'entretien cul, tour d'horizon exhaustif des pratiques sexuelles en vogue, Tristan se demande à quelle sauce il va être mangé, lui, la même chose et les histoires de dope en plus, autour d'eux les faux fêtards boivent et dansent, enfin ça commence, présentation, il sourit bravement, première question : T'es venu sans tes potes ? demande Ardisson, ses fiches posées sur le bar, Ouais, ils animent un bal du troisième âge à Charleville-Mézières, répond Tristan, On regarde mais on touche pas, rigole le présentateur, qui enchaîne : Vous êtes passés en quelques disques de l'anonymat au premier rang du rock français, vous êtes bons ou les autres sont nuls ?, lui, sérieux : Ça va vite, on a la tête qui tourne, mais c'est la musique qui compte, on essaie de faire la meilleure musique possible, sans compromis, Ardisson, imperturbable : Les tournées, c'est rock'n'roll ?, là il se marre, Tristan, Bah, tu peux imaginer, la vie sur la route, tous ces gens qui viennent nous écouter, l'adrénaline, beaucoup de pression, Tu prends quoi pour monter et redescendre ? l'interrompt l'autre avec un sourire entendu, OK, songe fugitivement Tristan, t'as le droit de demander, On n'est pas des anges, après les gigs on cherche un bar, un resto, quelques verres, parfois plus, mais les tournées c'est physique, si on déconne on explose en vol, Toi qui es souvent en club, tu dois pas te contenter de si peu ?, ça y est, on est dans le dur, Je me suis calmé, ça sentait mauvais, j'ai pas envie d'y rester, Backstage, y a de l'action ?, facile, En ce moment on est tous maqués sauf Jerry, le bassiste, mais avant oui, on s'est bien lâchés, Tu vas pas t'en tirer comme ça, menace Ardisson, On n'est pas Led Zep ni les Stones, les groupies, c'est un truc anglo-saxon, le rock français, c'est une famille, on se serre les coudes, Tu te fous de ma gueule, t'es beau gosse, tu dois avoir du succès, non ?, Les filles sont belles et audacieuses, admet Tristan, qui s'amuse de plus en plus, t'as remarqué comme elles sont audacieuses, la nuit, un peu ivres ?, J'ai remarqué, confirme le présentateur, mais moi aussi je suis maqué, puis sans transition : Allez, la coke, l'héro ?, Que dalle, je le jure, rigole à son tour Tristan, des trucs qui relaxent, à la limite, mais même ça, ça donne des acouphènes, Si tu deviens sourd, c'est la branlette, signale Ardisson, puis : Les plans à trois ou plus, ça te branche ?, c'était prévu, la réponse est toute trouvée : Deux, c'est mon chiffre préféré, one on one, ça va, il joue son rôle, tranquille, ouvert, mais pas destroy, il n'y croirait pas et personne n'y croirait, on est comme on est, Tu te vois faire quoi dans cinq, dix, vingt ans ?, pas mal du tout, songe Tristan, De la musique mais pas seulement, les images m'intéressent, la contamination entre les disciplines, Mets quand même une capote, sourire même si la vanne est moyenne, Je veux expérimenter, on n'est qu'au début, on va pas s'arrêter là, rock, pop, chanson, y a pas que ça, fin de l'interview, tape sur l'épaule, embrassades, on est off, la vidéo de *J'pourrais tricher* passera juste après – Tristan voulait qu'ils jouent live, mais le créneau était pris par Dutronc, qui enregistre à part –, ils redescendent de leur tabouret, Tristan s'apprête à regagner la loge où on le démaquillera – il brille comme un sapin de Noël, tellement on sue sous les projecteurs –, quand Ardisson capte son regard, C'était bien – grand frère –, puis : Tu donnes le change mais fais gaffe, tôt ou tard les gens vont voir que t'es en pilote automatique, ayant dit il se casse, Tristan n'a pas le temps de réagir, après coup il se demande : C'était quoi, ça ?, il rumine cette phrase, « t'es en pilote automatique », c'est vrai, il le sait sans trop comprendre ce que ça signifie, le soir, chez lui, il glisse la cassette de *La Nuit du chasseur* dans le magnétoscope, et pendant tout le film il pense que le prêcheur véreux va mettre la main sur les deux enfants – tout en sachant que non, puisqu'il connaît le film par cœur –, play : quelques jours plus tard, il y voit plus clair, la Parade doit se remettre en marche, il veut de nouveau réunir les quatre têtes pensantes, Hervé Henze, Ludovic, Jérémy et lui, mais ils sont occupés, Tristan découvre que tout le monde dans le groupe vit sa vie, stop : Jérémy voyage en Asie et en Amérique latine ; Charles claque sa thune, les amis célèbres, les fêtes et le reste ; Franck passe du temps en famille et joue les guests pour son ancien groupe, Fiancée Cannibale, qui enregistre son quatrième album ; Ludo et les Henze n'ont pas qu'eux, la parenthèse ne leur pose pas de problème à condition qu'elle se referme, et les mois passent, on évoque un nouvel album mais ça ne va pas plus loin, avance rapide : automne 1991, ils se retrouvent pour de bon, entre-temps il a pensé à l'avenir, Tristan, il a travaillé et progressé, rewind : le 15 juin 1990, Jouy-en-Josas, il a vu le Velvet Underground jouer *Heroin* dans les jardins de la Fondation Cartier, arrêt sur image : ils étaient là tous les quatre, lunettes noires, John plus stylé que jamais, Lou renfrogné, Sterling et Moe souriants, et pendant près de dix minutes il a eu les larmes aux yeux, lui, la boule au ventre, quand la Parade se réunit enfin, surprise, le manager pose sur la table une offre de mini-tournée au Japon, sept dates en deux semaines, une montagne de pognon et un accueil royal, digne d'un groupe anglo-saxon, Pourquoi nous ? demande Tristan, et Ludovic répond – la vérité, des conneries ou un subtil mélange des deux – : Ils reçoivent des imports, La Monstrueuse Parade est culte, il faut renforcer le truc, Jérémy et Tristan se regardent, tout à gagner et rien à perdre, OK, ils font en même temps, Je vous donnerai plus d'infos, mais il précise déjà : Pas de vacances au printemps prochain, 1992 année asiatique, songe Tristan en soulevant une demi-fesse de sa chaise danoise – ils sont dans le grand bureau d'Hervé Henze, autour d'une table italienne, il se tourne vers le producteur et comprend que ce n'est pas tout, J'ai autre chose à vous dire, commence Hervé, la mine sombre, Euterpe est en meilleure santé, en particulier grâce à la Parade – bien –, mais la situation reste difficile – pas bien –, il faut de nouvelles chansons, un nouveau disque, capitaliser sur le succès, On vient seulement de se retrouver, rétorque le chanteur et, dans son champ visuel, il voit leur manager écarquiller les yeux, attendez : l'ancien Tristan, provocateur et arrogant, n'en serait pas resté là, il se serait lancé dans un long exposé sur le sens du mot « création », ça ne se commande pas en appuyant sur un bouton, mais quelque chose le retient, il devine qu'il y a plus intéressant, On va s'y remettre, il assure avec un sourire ironique, Henze paraît gêné, la scène qui s'annonçait comme un duel sans pitié vire à la confession, et il reprend : Euterpe est encore fragile, dans un secteur en pleine concentration, les menaces sont nombreuses et nous devons être plus solides, la croissance a entraîné une dérive des coûts d'un côté, des convoitises de l'autre, mais l'âge d'or est passé, les années quatre-vingt étaient la queue de la comète, d'ailleurs on était déjà nostalgiques pendant qu'on faisait la fête, songe Tristan en pensant aux nuits parisiennes, aux grandes heures de Londres et de New York, l'insouciance malgré les overdoses, les suicides, le sida, s'ouvre à présent l'ère du corporate, après cette phase de transition, eighties, amour et mort, on passe à la caisse, le marché présente la facture, et le prix à payer, c'est TINA : there is no alternative, plus rien n'est extérieur au marché, tout appartient à un segment, même les rebelles, les différents, une quinzaine d'années après le punk les labels indépendants crèvent par dizaines, seuls quelques-uns résistent, comme Euterpe, et s'allier à une major est désormais une hypothèse viable, dans le même temps l'underground est devenu mainstream, REM, Cure et d'autres ont réussi le crossover, les effets sont tangibles, le rock à guitares se noie dans un flux indistinct, pop, dance, girls bands, boys bands, Tristan le dit à Ludo quand ils sortent – Jérémy est parti –, Ça pue, tu trouves pas ?, le manager hausse les épaules, Les gros poissons mangent les petits, BMG, Sony, EMI, Warner, Et Euterpe ?, ils sont au bar du George V, Tristan boit un Perrier citron et Ludovic ne change rien à ses habitudes, Old fashioned, Je sais pas, il répond, t'as bien un ami qui travaille dans les fusions et acquisitions ?, Ancien ami, Les privatisations sont bloquées jusqu'aux législatives, il faut bien qu'il s'occupe, pose-lui la question – ironie du sort, le banquier de gauche doit espérer une victoire de la droite, se dit Tristan –, Je vois plutôt une forme de partenariat, reprend le manager, et il appelle le serveur, La même chose, pour lui aussi, c'est le moment que choisit le chanteur pour l'interroger, il ne s'y est jamais intéressé, son compte bancaire est à flot, SACEM, royalties, les montants sont irréguliers, parfois importants, C'est quoi notre situation vis-à-vis d'Euterpe, financièrement, je veux dire ?, Ludo lève les yeux de son verre et quelque chose passe dans son regard noir, En gros : il y a les avances que vous avez reçues et tout ce qui vient en négatif, tous les frais, et donc, malgré les ventes vous êtes dans le rouge, Tu déconnes, commente Tristan, Hervé a raison, c'est le moment de retourner en studio puis de repartir en tournée, Tu déconnes, il répète, on a besoin de temps, de nouvelles compos, non, le manager est tout à fait sérieux, la mini-tournée japonaise aidera, lui aussi fait entrer de l'argent dans les caisses, sa responsabilité et son intérêt, il avait dit oui avant de les consulter, ne s'embête pas à soumettre chaque décision au groupe, ne pointe pas les livres de comptes avec eux, un Bic à la main, il sait ce qui est bon pour la Parade et fait bien son travail, il est demandé, manage d'autres artistes, une belle écurie, ça fonctionne, personne ne pose de questions, et puis il a des frais, un train de vie à maintenir, une petite amie qui aime les jolies choses et les grands voyages, avec toute cette activité il a besoin d'énergie, il faut mettre de l'essence dans le réservoir, et cette essence-là est chère, il s'efforce de contrôler sa consommation, deux à trois grammes par jour, et il s'est mis à en vendre, histoire d'arrondir ses fins de mois, dans le milieu de la musique c'est facile : tout le monde en prend, un peu ou beaucoup, mais tout le monde n'a pas le cran ni les contacts nécessaires, quand on est face à un dealer dans les chiottes de Chez Régine on paie le prix fort, et parfois il n'en a plus, on doit se contenter de boire et l'humeur est down, la soirée gâchée, Ludo, lui, a un plan à Barcelone, approvisionnement garanti, tarifs raisonnables, son intermédiaire à Paris n'est pas un gangster, et le complément de revenus est appréciable, net d'impôts et de charges, dans ce monde il faut savoir entreprendre malgré les risques, d'ailleurs il arrête quand il veut, peut-être pas de consommer, en tout cas de vendre, et le départ approche, durant les semaines qui précèdent la Parade se réunit plusieurs fois, pour répéter et enregistrer quatre titres au studio Ramsès, c'est bien de sortir un truc, là, sans attendre, Charles et Jérémy ont quelques morceaux, Tristan pioche dans ses carnets, un EP intitulé *Flowers*, deux chansons en anglais et deux en français, *Facile* et *Northern Soul* en face A, *She Didn't Realise* et *Un malentendu* en face B, l'ambiance est bonne, Jérémy derrière la console, Tristan chante et continue de travailler à ses propres projets, opéra, documentaire, il prend même le temps de faire des virées à moto, le chapitre Lisa refermé il a passé un week-end à Londres avec une amie d'Akira, une Italienne, Chiara, elle enseigne la littérature à l'université, Oxford ou Cambridge, il ne sait jamais, autant Nathalie était blonde, menue, préraphaélite, autant Chiara est brune, la peau mate, une Vénitienne à l'allure napolitaine, un mètre soixante-dix et des épaules de nageuse, une guerrière, un corps qui ne s'efface pas et qui rassure Tristan, plus besoin d'être le Mâle, plus nécessaire de protéger, une partenaire sur qui il peut compter, il l'a vite senti, le vrombissement de la Triumph n'enthousiasme guère sa nouvelle copine, après le Japon il aimerait partir sur la route à deux, Chiara prend les choses avec plus de distance et semble s'accommoder de cette relation aux contours flous, elle travaille dur, cours à préparer, examens, recherche, pas de temps à perdre avec les états d'âme d'une rock star qui va bientôt s'envoler pour Tokyo puis s'enfermer de nouveau avec d'autres types aussi louches dans un studio d'enregistrement à Paris, Londres ou Nassau, tout ce qu'elle a dit en l'embrassant le dernier soir, c'est : Tu sais où me trouver, et les voilà à Roissy, ils sont six, Mickey est du voyage, Virginie aussi, ils attendent Ludovic, en retard, alors qu'il les a appelés la veille au soir, répétant à chacun les mêmes mots : « Un taxi viendra te chercher, sois prêt ! », les minutes passent, il est huit heures quinze du matin, le matériel est parti deux jours plus tôt avec deux nouveaux roadies, des gars qui ont bossé avec Trust, Ivan, l'aîné – des frères, d'origine serbe –, a été militaire et parle tout le temps de la guerre en Yougoslavie, tandis que Marko, plus jeune de trois ans, a joué au basket, sa carrière interrompue par une blessure à la cheville, ils ont l'expérience des longues tournées, ces quinze jours au Japon seront un jeu d'enfant, Ludo voulait les tester pour plus tard, en revanche l'ingé son sera local, impossible de venir avec le sien – une histoire de syndicats, a découvert le manager –, mais les techniciens japonais sont bons, il y a certes le problème de la langue, ils ne parlent pas un mot d'anglais, et dans le hall de Roissy on fume (sauf Tristan, qui a enfin arrêté), on fait les cent pas et on va se chercher des cafés, la tête de mecs qui n'ont pas assez dormi et une dégaine de semi-voyous, peut-être des flics venus attendre un suspect au pied de la passerelle, de temps en temps l'un d'eux fait : Putain, ou : Merde, ils n'en disent pas plus et ne se parlent pas, jusqu'au moment où une jeune femme en uniforme d'hôtesse de l'air court vers eux, Charlie fait une blague lourde, Franck le reprend, Arrête, et une fois devant eux, un peu essoufflée, l'hôtesse demande : C'est vous, La Monstrueuse Parade ?, Ça se voit tant que ça ? répond Jérémy, Téléphone, dit la fille sans se dérider, ils vont jusqu'au comptoir Air France, Tristan s'empare du combiné, à l'autre bout du fil une voix inconnue débite : Bonjour vous êtes l'un des musiciens je suppose je suis avocat maître Machin mon client votre manager est disons dans une situation enfin au poste pour possession et trafic une quantité non négligeable vous l'attendez pour prendre l'avion mais vous devez embarquer sans lui, Tristan l'interrompt, l'agonit d'insultes qui sont destinées à Ludo, « une quantité non négligeable », autour de lui les autres ne comprennent pas et l'interrogent, Quoi ?, Ludo s'est fait choper avec de la coke, maugrée Tristan, la consternation est générale, sauf Charlie, des années qu'il subit ses leçons de morale, la drogue c'est dangereux pour toi et pour le groupe, ne jamais en avoir sur soi, Tristan lui avait même filé son cuir, le Langlitz sur mesure, Planque la came dans la poche secrète, bien sûr Charlie l'a échangé contre de la dope, après s'être retrouvé avec un couteau des Marines sous la gorge, quand il a raconté sa mésaventure à Tristan celui-ci n'a pas protesté – comment cela aurait-il pu ne pas arriver ? –, et les voilà sans manager, à l'embarquement du vol Air France pour Tokyo Narita, on part en colo mais le moniteur ne sera pas du voyage, il s'est fait prendre, la main dans le pot de Nutella, et la surprise passée on en rigole d'une rangée de sièges à l'autre, surtout Charles, seul Tristan est furieux que Ludovic les ait plantés là, stupéfait devant l'ampleur de son business – combien d'autres choses leur a-t-il cachées ? il se demande –, pendant les douze heures de vol on dort, on discute, il pourrait regarder un film mais tout est nul, puis il reconnaît River Phoenix dans *À bout de course*, Phoenix chante aussi, il joue de la guitare dans un groupe, est-ce un acteur qui fait de la musique ou un musicien qui fait du cinéma ?, les chanteurs sont d'excellents acteurs, ils interprètent en permanence un rôle, sur scène et dans la vie, passent d'un personnage à l'autre avec conviction, Tristan joue les rock stars et sait qu'on le démasquera un jour, lorsqu'il sera moins bon, qu'il n'y croira plus (y croit-il encore ?), et quelques heures plus tard, quand l'avion atterrit à Narita, qu'ils récupèrent leurs bagages et franchissent la douane sans heurt, La Monstrueuse Parade est accueillie par une foule de cent cinquante à deux cents personnes qui portent des tee-shirts à leur effigie (On touche du pognon là-dessus ? demande Jérémy), agitent des photos et des posters à se faire dédicacer, une fois sur deux Tristan apparaît seul sur ces posters, ces photos et ces tee-shirts, des idéogrammes au-dessus de la tête, il ignorait que le groupe avait du succès au Japon et plus encore qu'il y était une petite vedette, lui, à en juger par le nombre de punkettes sexy et de lycéennes en uniforme, la surprise dissipée il en rirait presque, et ils sont là, tous les six – les autres ont pu se frayer un chemin dans la foule –, entourés de fans respectueux et patients, Tristan pose son sac de voyage, il saisit une photo, signe au feutre noir et remercie une fille aussi grande que lui, mince, toute de noir et blanc vêtue, cuir et soie, on devrait s'installer ici, il songe, puis il se remet à signer, leur séjour sera à l'image de cette première rencontre avec le public japonais, qui les adule comme des demi-dieux, quinze jours de rêve éveillé, les tensions et les rivalités envolées, les questions qui semblaient si urgentes en territoire français momentanément oubliées, magie du shintoïsme, d'une pensée plus sage, malgré l'effet que ce rêve provoque : dans ce climat apaisé, Tristan s'étonne de ce qu'il voit, de ce qu'il entend, il ne se reconnaît plus, son moi perdu lui manquerait s'il ne se sentait si bien, hôtel somptueux, luxe dépouillé, il pourrait vivre ici, Jérémy, Charles et Franck aussi, à l'évidence, tatamis, futons, d'immenses suites vides et haut perchées, Toshiro, un accompagnateur serviable mais pas obséquieux, qui parle français, anglais et suédois, il a leur âge, a vécu en Europe avec sa famille, à la suite d'un père qui travaillait dans l'industrie automobile, Nissan, Volvo, Renault, il sait tout de ce secteur d'activité, et les salles sont belles, le son excellent, les techniciens mutiques mais compétents, ça change des mauvaises surprises françaises, impossible de jouer dans de meilleures conditions, unique réserve : le public discipliné, assis et rappelé à l'ordre s'il manifeste son enthousiasme en applaudissant trop fort, en chantant ou en criant, des vigiles sont chargés d'expulser les récidivistes, le premier soir ils n'ont pas compris, ont demandé à Toshiro pourquoi on ne pouvait pas extérioriser ses sentiments, la musique n'est-elle pas une occasion de se défouler ? et leur interprète a secoué la tête, ça ne se fait pas, ça les a choqués, c'était « fasciste », Charlie n'arrête pas de le répéter, pour lui la moindre contrainte est « fasciste », ça devient une blague, s'asseoir par terre et manger avec des baguettes est fasciste (mais il le fait quand même), les horaires du petit déjeuner aussi, bientôt l'adjectif perd toute signification, et au bout de quelques concerts ils commencent à apprécier la ferveur paisible du public, qui applaudit poliment, en parfaite synchronisation avec les temps forts des morceaux (les Français sont toujours en retard ou en avance, affirme Franck, le gardien du rythme, qui ne jure plus que par la musicalité japonaise), puis les ovationne pendant de longues minutes – à la fin, on peut –, s'ils jouaient à Pleyel ou à Gaveau ils rencontreraient peut-être ce type de comportement, pas sûr, lorsqu'il n'est pas content ce public-là le fait savoir, la froideur et l'hostilité perceptibles quand on est sur scène, ici Tristan est bien, il n'en fait pas trop, se concentre sur le chant et dit quelques mots en anglais entre les morceaux, il essaie de tisser un lien, persuadé qu'une partie de ce qu'il veut communiquer passe, et il se souvient de ce que sa mère disait : Au Japon, je chante devant des esthètes, il n'y a pas si longtemps Tristan aurait détesté ça, il aurait provoqué la foule pour la réveiller, maintenant ça lui va, et personne ne se plaint, seul Charles regrette les salles françaises, leur tension, leur chaos, Trop sage, il commente – même si, chez eux, le public a changé –, et les concerts se ressemblent, jamais ils n'ont joué de façon si constante soir après soir, obtenant le même accueil au décibel près, constate Tristan sans trouver cela ennuyeux, d'un côté le professionnalisme, une routine agréable, de l'autre ces gens charmants, heureux d'être venus les écouter, une bulle qui les enveloppe gig après gig, chanson après chanson, Tokyo, Yokohama, Kyoto, Osaka, Hiroshima, puis de nouveau Osaka et Tokyo, à Hiroshima ils vont visiter le mémorial de la bombe, Tristan ne voulait pas, la simple idée le terrifie, il sait bien que la radioactivité y est normale, quarante-sept ans après, mais il a peur de l'empathie, de ce que ses sens capteront, l'horreur, la souffrance et la mort, il y a une barrière en lui qui cède facilement, à force de donner des émotions et d'en recevoir il n'a plus de défenses, pour se protéger contre les sollicitations des fans et des médias il dresse un mur, a appris à se montrer distant, voire brutal, ignorer l'enfant qui lui demande un autographe, remettre à sa place le journaliste maladroit qui franchit les limites de l'intimité (« C'est vrai que t'as perdu tes parents jeune ? – Question suivante ou je me casse »), pourtant, une fois dans le parc au centre de la ville il n'est plus nerveux, le cénotaphe l'intrigue, ce U à l'envers, pas la phrase qu'il porte, reposer en paix, ne pas refaire l'erreur, le son des cloches n'est pas lugubre, ils font une promenade méditative et personne ne parle, Toshiro est le plus bruyant du groupe, ils partagent le même recueillement, font corps, nouvelle étape à Osaka avant le retour à Tokyo et un jour de relâche, même hôtel, lorsqu'ils pénètrent dans le hall du Shangri-La une silhouette à la réception attire le regard de Tristan, Nathalie, il s'arrête, hésite, ne sait pas comment réagir, Charles et Jérémy retirent leur clé puis se dirigent vers les ascenseurs, Yoko, siffle Charles, ça n'a rien à voir mais ça sonne bien, et Tristan ne bouge pas, c'est elle qui le rejoint, Ton producteur m'a dit que vous étiez ici, Qu'est-ce que tu fabriques à Tokyo ? il gronde en l'observant, puis : Et le bébé ?, elle sourit, attendrie, encore plus belle, il songe fugitivement, Une nounou s'occupe de lui, Et donc ?, J'enseigne l'esthétique dans une école d'architecture, et comme la Villa Kujoyama ouvre l'année prochaine, je vais à Kyoto, Moins vite, l'interrompt Tristan, la Villa quoi ?, Le futur centre culturel français, construit par Kunio Kato sur la montagne d'Higashi, Tu es encore là demain soir ? il demande, Oui, je reste deux jours à Tokyo, je voulais visiter, Il y a *Parsifal* au Suntory Hall, j'ai deux places, ment Tristan, qui n'en a qu'une, elle accepte de l'accompagner et plus tard, de sa chambre, il appelle Toshiro, Tu peux m'avoir deux places côte à côte ?, le lendemain Tristan passe la journée seul, il se balade dans Tokyo, entre Shinjuku et Shibuya, marche sans carte dans les longues avenues anonymes, de temps en temps il arrête un passant et demande : Where are we ?, certains paraissent gênés et s'éloignent sans dire un mot, une lueur de crainte dans le regard (un Occidental cinglé : mais ne le sont-ils pas tous ?), d'autres font de leur mieux pour l'aider, il traverse des quartiers commerçants, boutiques de fringues, luxe, restaurants et bars, banques et bijouteries, seuls les magasins de disques l'intéressent, il en croise des dizaines, les visite tous, parfois ils n'ont rien de particulier, des rangées de CD comme il y en a partout dans le monde développé, pop rock classique, les variétés japonaises en plus, chez Tower Records il y a tout, y compris d'incroyables raretés, et dans une petite échoppe de Shibuya il tombe sur un curieux mariage : le son de Motor City et celui des campagnes japonaises, pulsations électroniques, shakuhachi et koto, le gars qui tient le magasin est habillé comme un adolescent français, tee-shirt trop large, jean et baskets, il est DJ et lui explique qu'il importe une partie de son stock de New York, Chicago et Detroit, il a aussi une passion pour la musique traditionnelle, son grand-père jouait du koto, une sorte de cithare, il lui fait écouter quelques morceaux, Tristan aime, puis le gars sort de sous son comptoir un shakuhachi, une longue flûte, Can you play this thing ? demande Tristan, l'autre hoche la tête et en joue, autour d'eux le temps s'arrête, Tristan ne sait pas ce qui lui arrive, cette musique le transporte dans un autre lieu et à une autre époque, elle est le contraire de celle qu'il joue, lui, et n'a rien à voir non plus avec la musique de son enfance, il repart avec un sac rempli de CD, pas de carte de crédit, il y a laissé tous ses yens et doit marcher jusqu'à l'hôtel, deux heures plus tard il regagne enfin sa chambre, se douche et enfile le costume déniché par Toshiro à sa demande, pas question d'aller à l'opéra en cuir et jean, il appelle la réception pour commander un taxi, quand celui-ci se présente – chauffeur à droite, au Japon on roule dans l'autre sens, il a failli se faire renverser cent fois au cours de la journée, ne regarde jamais du bon côté, par chance les automobilistes sont prudents –, il se fait conduire à l'adresse que lui a donnée Nathalie, elle l'attend au bas de l'immeuble dans une robe de soirée blanche, un châle sur les épaules, le chauffeur déclenche l'ouverture de la portière, Tristan descend et s'approche, elle a la chair de poule, il l'aide à monter, Je suis en retard, désolé, elle sourit, en voiture un silence gêné, chacun se dit que c'était une erreur, de l'avoir proposé et d'avoir accepté, quand ils arrivent devant le Suntory Hall et qu'il lui tend la main leurs regards se croisent enfin, C'est étrange, dit Nathalie, Oui, confirme Tristan, qui n'est pas sûr de comprendre quoi, puis, une fois installés, fauteuils d'orchestre, tout malaise a disparu, il n'y a pas de tension entre eux, pas cette tension-là, il lui est reconnaissant de l'avoir accompagné, car si l'opéra de Wagner l'indiffère, voire l'agace – cette emphase, tout est souligné pour que même le spectateur le plus obtus saisisse –, le sentiment qui s'empare de lui est aussi inattendu que dérangeant : dans ce pays où Svea a chanté, non loin de la Chine que Pierre a arpentée, Tristan sent son cœur pris dans un étau de nostalgie, une solitude infinie lui tombe dessus d'un coup, il est obligé de serrer la main de Nathalie, une sensation presque agréable par rapport à ce qui suit : tandis que sur scène Kundry séduit Parsifal, il passe, lui, de la tristesse au dégoût, et songe : Qu'est-ce que j'ai fait de ma vie ? elle voulait que je sois pianiste, la grande musique, pas la futilité pop, il en a les larmes aux yeux, ignore si Nathalie s'en aperçoit, elle semble goûter le spectacle, et il arrive à se reprendre, doit faire bonne figure, il a réservé dans un restaurant italien, Piacere, en sortant il fait des blagues idiotes, histoire de donner le change, prend un accent allemand digne de *La Grande Vadrouille*, « Dé moi fous sossez fous fouter ! », par chance ça marche, au restaurant il commande un barolo et une bouteille de saké, explique que le saké est un vin, pas un alcool fort, puis il raconte qu'il mène une vie rangée, qu'il voit quelqu'un (omettant de préciser que sa relation avec Chiara est sans engagement) et qu'il a des projets, la Parade a du succès, la tournée japonaise est un triomphe, bref, tout va bien, pendant qu'il parle elle hoche la tête et sourit, Tristan connaît cet air d'infirmière qui veille à ne pas contredire un patient difficile mais n'en croit pas un mot, lui-même n'y croit que jusqu'à un certain point, c'est le problème des lunettes roses qu'on se force à chausser, tandis qu'ils dégustent une *burrata* et une salade *rucola e grana* un nuage d'embarras flotte encore entre eux, bientôt chassé par les vapeurs de saké, ce soir il se laisse aller, et peu à peu Nathalie le suit sur ce chemin, légèrement ivre elle entreprend de lui narrer leur vie de famille, à Antoine et elle, entre la nounou, la femme de ménage, la secrétaire qui apporte et retire des documents, dans leur duplex avenue de Suffren, à deux pas du bureau, elle a l'impression d'avoir épousé une entreprise, car bien sûr ils sont mariés, Tristan n'avait pas remarqué l'alliance, fine, en or blanc, Antoine travaille beaucoup, il a quitté la banque et rejoint un groupe allemand aux multiples activités, presse, télévision, cinéma et musique, il a une certaine expérience car il s'est occupé de fusions et acquisitions dans ce secteur, Je suis au courant, observe Tristan, c'est un peu ma partie à moi aussi, Il est toujours aussi sérieux, reprend Nathalie, mais il adore Thibault et joue avec lui dès qu'il peut, Tu as une photo ? demande Tristan, elle sort de son portefeuille l'image d'un ange blond et souriant, si manifestement heureux que Tristan n'a pas mal au cœur, il la regarde, elle, et la voir épanouie lui fait du bien, jamais il n'aurait pu lui offrir cette vie-là, ils passent une bonne soirée, dévorent le veau à la milanaise et les lasagnes aux asperges, à la fin du repas il est tard, Tristan prend un café et demande un taxi, dehors il fait froid, Nathalie tremble dans sa robe légère et son châle, il passe sa veste autour de ses épaules, ils attendent le taxi et c'est alors qu'il se penche sur elle, il lui donne un chaste baiser qu'elle accepte, puis ils montent tous les deux en voiture, durant le trajet elle pose la tête sur son épaule, en silence, et il la sent respirer, au bas de l'immeuble il descend, fait le tour du véhicule et lui tend la main, il tire trop fort et elle lui tombe dans les bras, mais cette fois il perçoit une certaine raideur, Attends, elle s'arrache à son étreinte, derrière la porte à tambour le réceptionniste se demande s'il doit les faire entrer, Je ne peux pas, Tristan, elle se défend, il voudrait insister, peut-être veut-elle la même chose que lui, mais il y aurait une part de revanche contre Antoine et ça ne lui plaît pas, il ne veut plus être ce genre de mec, alors ils se séparent, il remonte dans le taxi qui le conduit à son hôtel, regardez-le : Tristan baigne dans la pénombre de l'habitacle, il y a de la tristesse dans son regard mais il se sent bien, il a hâte de se remettre au travail, passera quelques jours à Londres avant que le groupe n'entre en studio à Paris ; un dernier gig japonais, La Monstrueuse Parade est au sommet de sa forme, les vieilles rancunes oubliées, les morceaux tournent à merveille, à l'issue du concert ils se congratulent ; attardons-nous sur cette scène : ce sera le point culminant de la Parade, de cette Parade-là, car la suite sera houleuse – mais n'anticipons pas ; nouvelles embrassades lorsqu'ils se saluent à Charles-de-Gaulle, Tristan continue jusqu'à Heathrow, où Chiara vient le chercher, elle fait de grands gestes dans le hall d'arrivée, une joie d'enfant, en voiture le CD saute, Sale ou rayé, observe Tristan, un vieux Springsteen, elle est fan, et sur la M4 vers Londres il sent l'angoisse monter, il pensait que ça irait mais tout le rattrape d'un coup, le groupe et le reste, il a du mal à respirer, étouffe, Sors, il ordonne à Chiara, qui ne comprend pas et tourne la tête vers lui, stupéfaite, Sors, je te dis ! hurle Tristan, persuadé qu'il va crever d'une minute à l'autre, elle prend la première sortie vers un quartier de l'ouest londonien et, dès que possible, se gare sur le bas-côté, la Rover Mini n'est pas tout à fait arrêtée qu'il a déjà ouvert la portière, et il gerbe, là, sur ce morceau de route, Chiara est terrifiée, J'ai cru que tu faisais une crise cardiaque, en la regardant il lit du soupçon dans ses yeux, elle n'ajoute rien, il s'essuie la bouche et songe à lui expliquer : Désolé, j'ai paniqué, et décide que non, en bas de chez elle il soupire : Je suis claqué, je vais prendre un taxi et aller à l'hôtel, je t'appelle, un tiède au revoir, puis il file vers Kensington, le Milestone, et n'appelle pas, il n'a aucune envie de parler et ne fait savoir à personne où il est, il a besoin de paix, l'hôtel est ridiculement cher, rempli de touristes russes et arabes, depuis que leur empire s'est cassé la gueule Londres est pleine de Russes, des types inquiétants, accompagnés d'incroyables bimbos, Tristan a pris une chambre simple et croise des gens connus, un acteur italien, une romancière latino-américaine, un Américain qui l'observe et lui sourit, tous entrent et sortent, tous vivent alors qu'il se terre, renonce à prendre ses repas au restaurant, appelle le room service et commande végétarien – il ne mange plus de viande –, et en regardant des conneries à la télévision il fait le point : le problème Ludovic est en suspens, au Japon ils n'ont pas eu d'informations, il doit en savoir plus avant de le virer, et il finit par téléphoner à Philippe Henze, tombe sur sa secrétaire, Je rappellerai, quelques heures plus tard il arrive à le joindre, On t'a cherché partout ! s'exclame le producteur, Je fais une pause, répond Tristan, puis : Qu'est-ce qui se passe avec Ludo ?, silence gêné à l'autre bout du fil, Ça va s'arranger, il n'en avait pas tant que ça, Il faut qu'on en parle, toi, moi, Hervé et Jérémy, coupe Tristan, qui sait qu'il va devoir jouer serré, Henze encore plus mal à l'aise, Ce n'est pas sorti dans la presse, c'est une affaire privée, C'est ça, Tristan raccroche et il lui vient une idée, l'Américain est un célèbre agent littéraire, il l'a reconnu, se renseigne à la réception et charme l'hôtesse, le type repart demain, il lui laisse un message, Tristan Lavarini, room 404, business matter, any time, le téléphone sonne à une heure du matin, il regardait MTV, Meet me at the bar, lui dit l'agent, et là, surprise, il parle un excellent français, l'a étudié à l'université, était pote avec Lou Reed et

Patti Smith, Tristan lui explique : Je cherche un avocat à Paris, quelqu'un qui connaisse l'industrie du disque, les questions de contrats, de droits ; bien vu, Jim, un mètre quatre-vingt-dix, la cinquantaine, une épaisse crinière grisonnante et un regard bleu acier, intelligent et dangereux, connaît la meilleure spécialiste française, Quel que soit le problème elle ne le réglera pas, elle le réduira en cendres, il affirme, appelez-la de ma part, elle a repris le cabinet de son père, c'est un vieil ami, Jim a commandé une bouteille de margaux, il lui en propose, Non merci, répond Tristan, Une rock star qui ne boit pas ? Je ne bois plus, le lendemain il rentre à Paris et appelle le cabinet, rendez-vous avant l'été, il a eu tort de se fier à Ludovic et veut reprendre la main, tout savoir des mécanismes juridiques et financiers, son corps aussi, il se le réapproprie, viande, clopes, alcool, fini, et il se remet à l'escrime, contacte un maître d'armes, médaillé de bronze à Los Angeles en 1984, fleuret par équipes, il s'entraîne trois fois par semaine dans un gymnase du XIVe, le soir, quand les cours pour enfants sont terminés, il veut tout apprendre, tout connaître, y compris les coups tordus, les trucs vicieux qui font mal à l'adversaire, Frédéric, le champion à la retraite, travaille à la fédération, il est réticent, Je peux pas faire ça, mi-sérieux mi-goguenard, Tristan sait ce qu'il pense : un tricheur, mais il s'en fout, lui, il veut gagner, pas au plus haut niveau, il est trop tard pour ça, mais il y a des tournois vétérans, un circuit auquel participent des industriels, des hommes politiques, des personnalités du show-biz, le tennis, le golf, le poker, c'est connu, l'escrime non, un vrai sport de combat, des assauts qui durent quelques minutes et pendant lesquels il faut tout donner, on risque sa vie, il a encore en tête les images de Smirnov aux championnats du monde, il en a pleuré, champion olympique, la lame de Behr se casse, il a besoin de ça, l'affrontement les yeux dans les yeux, derrière le masque, attaque, parade, riposte, au début il encaisse des dix à zéro, puis il progresse, il est patient, ne part pas à l'abordage comme quand il était gosse, et il est rapide, Tristan, il voit vite, à moto aussi, de temps en temps il enfile son casque et sa combinaison, va faire des tours de circuit, il aurait pu être pilote, disputer des grands prix, quand il parle de sport aux journalistes ça les étonne, l'escrime plus que la moto, Tristan est un puzzle dont les pièces ne s'emboîtent pas, aux yeux de ses partenaires non plus, avant de se mettre au travail ils doivent régler la question Ludovic, ils se retrouvent tous les quatre chez Tristan par une douce soirée qui annonce l'été, les fenêtres du loft sont ouvertes et dans la rue il y a de l'animation, du monde aux terrasses des cafés, Paris se prépare à faire la fête, ils sont assis autour de la table ronde, on dirait une partie de cartes, des bouteilles de bière et des cendriers pleins devant eux – tout le monde n'a pas renoncé à s'intoxiquer – et Tristan entame son réquisitoire : la drogue, la confiance, l'image, *Flowers* qui n'a pas marché, tandis que les autres le regardent, On doit le virer, il lance, Jérémy : Il a merdé mais c'est un bon manager, avec lui on a décollé, Charles : Ouais, d'accord avec Jerry, même s'il aime trop le pognon à mon goût on devrait passer l'éponge, Franck : T'as raison, c'est naze mais on a besoin de lui, c'est pas le moment, alors qu'on doit renégocier avec Euterpe, on verra plus tard, Tristan reprend la parole et bluffe : J'ai vu un avocat, il va nous débarrasser de Ludo, protestations : Tu pouvais pas faire ça seul (Jérémy), Fasciste (Charles), C'est pas cool (Franck), le bassiste est le plus mécontent, entre eux la tension est vive, quand il part en claquant la porte Tristan se dit qu'il ne viendra pas demain, lundi matin onze heures, l'enregistrement du troisième album de La Monstrueuse Parade débute à L'Aquarium, porte de Versailles, Dominique, le réalisateur, est une star, un magicien des studios, un type qui en impose, malgré les dissensions ils doivent assurer, et Jérémy est là, il fait la gueule et tient sa Sadowsky comme un fusil mais il est là, Dominique leur parle, c'est lui le boss, il a l'habitude et a senti que le groupe flottait, il a l'âge d'être leur père et fait montre d'autorité, ils sont arrivés avec des esquisses de chansons, des bribes de textes, c'est peu, alors il les secoue, tour à tour compréhensif et agacé, Celle-là, on la met de côté, et Si le morceau est bancal on laisse tomber, il leur pose des questions, les oblige à formuler leurs intentions, surtout Tristan et Jérémy, les prenant à part : Tes paroles, elles veulent dire quoi ? et Quel son tu avais en tête en composant ?, il les cornaque, personne ne l'a fait depuis Pierre-Olivier, dans un style plus rond, mais ce n'est pas leur pote, lorsqu'un joint circule il décline, et peu à peu la confiance revient, ils sont studieux comme jamais auparavant, les morceaux prennent forme et, avec eux, la conscience qu'ils sont en train d'enregistrer leur meilleur album ensemble, celui pour lequel on se souviendra de la Parade première époque, leur chef-d'œuvre.

Je ne rêve pas. C'est réel. Étrange, mais réel. OK, je prends de l'héro – même si je ne me pique plus – mais à ce moment-là je suis lucide, assis dans un fauteuil, les yeux grands ouverts. Une lumière rose a envahi la pièce – une chambre d'hôtel – et ces créatures devant moi passent, des personnages de dessins animés qui paraissent vivants, Scooby-Doo, Charlie le coq, capitaine Flam, Jerry la souris. Ils sont comme à la télévision, sauf la taille : aucun n'a celle qu'on pourrait imaginer. Scooby-Doo est grand comme un chiot, je pourrais le tenir dans la paume de ma main. Et Charlie le coq n'est pas haut comme un homme, il m'arrive au genou. Flam, lui, doit me dépasser de plusieurs têtes, il est atteint de gigantisme. Au basket ou au volley-ball, il ferait des merveilles, à condition de renoncer à sa combinaison. Quant à la souris, elle est grosse comme une oie. Maintenant je sais pourquoi je n'aime pas ces bestioles.

Tandis que les quatre personnages passent et repassent, je ne bouge pas de mon fauteuil. Ils font des pas de danse ridicules, je sens qu'ils se moquent de moi. De temps en temps, l'un d'eux me regarde du coin de l'œil pour s'assurer que je suis la scène, que je ne me distrais pas, et pour souligner la complicité. La connivence. On est entre amis, on s'amuse. En fait, je ne m'amuse pas. Non seulement je ne sais pas ce qu'ils font – ni pourquoi ils sont en vie : ce sont des personnages de dessins animés –, mais je commence à avoir peur. Je sens une angoisse sourde monter en moi, j'ai la gorge serrée. À un moment je me lève, j'attrape le premier qui passe, le coq, et je le secoue : « Pourquoi ? », je lui demande. La créature se débat, j'ai interrompu le jeu, c'est pas sympa. Dans ses yeux, je lis de l'irritation, voire du mépris. Pauvre garçon. Pauvre, pauvre garçon, semble-t-elle penser. Pendant ce temps, les trois autres se sont arrêtés, ils paraissent troublés et observent la scène avec circonspection. Je ne les calcule pas. Je les emmerde.

Mais j'ai tort. Comme je ne lâche pas l'aile de leur ami, ils viennent vers nous. Flam m'entoure de ses bras, je ne peux plus bouger, et je libère le coq, qui paraît franchement indigné. « Méchant », dit-il, et les autres hochent la tête : méchant. Ils hésitent, se regardent, je comprends qu'ils sont en train de décider de mon sort et que je devrais me soustraire à l'étreinte du capitaine. Pourtant, je ne fais rien. J'attends. Enfin Scooby me demande : « D'accord ? », et je réponds : « D'accord. »

Tristan s'est mis de l'huile partout, c'est dégueulasse, son jean et ses Converse n'étaient guère présentables avant même qu'il ne s'attaque au moteur de la Triumph, et il n'a qu'un paquet de mouchoirs en papier bientôt épuisé, il se doutait que c'était une mauvaise idée de faire ça sur un coin de trottoir avec deux clés plates, le moteur qui ne sonnait pas comme il aurait dû, il s'essuie les mains sur son jean, regarde sa montre, il pourrait remonter et se changer mais il serait en retard, le jour où il voit l'avocate pour la première fois il est couvert de cambouis, tant pis, et il fonce vers le XVIe arrondissement et slalome entre les voitures, il est dix-sept heures, un bordel de bus, de taxis, de camionnettes et de véhicules particuliers, personne ne travaille dans cette ville ?, au feu rouge, avenue de la République, un type le regarde, dans une Renault 5 orange bouffée par la rouille, une voiture d'une indicible laideur, Tristan n'arrive pas à comprendre qu'on puisse se balader dans une telle chose, auto ou moto c'est un vêtement, qui a du style ou n'en a pas, et quand le feu passe au vert il montre le majeur à l'automobiliste puis redémarre en trombe, dès qu'il peut il fait vrombir le moteur, une contradiction, d'un côté la vie saine, sport, légumes bouillis et ascétisme croissant, de l'autre une puissante bécane qui doit polluer comme une usine sidérurgique – mais il n'y a plus d'usines sidérurgiques en France, semble-t-il –, la moto et le sport, des lubies guère originales, dans quelques mois il aura trente ans, douze qu'il fait de la musique, dix que La Monstrueuse Parade est en activité, et il a des envies de changement, de grand bond en avant, depuis combien ? trois, cinq ans ? garder le nom et se séparer des autres, Hervé a remplacé Ludovic (directeur artistique du label et manager du groupe, ce n'est pas une situation inédite, Alan McGee l'a fait pour The Jesus & Mary Chain), Tristan a repoussé l'échéance pendant des mois, février 1993, maintenant il compte sur l'avocate, Me Agnès de La Motte, pour récupérer l'argent que Ludo leur doit – il a fait ses calculs – et surtout pour lui dire si son plan tient la route, quarante minutes plus tard il arrive avenue du Ranelagh et se gare où il peut, sur le trottoir au pied de l'immeuble, examine son reflet dans le grand miroir du hall, un mécano parmi les dorures, il ne risque pas d'impressionner l'avocate, qui le fait attendre vingt minutes dans la salle d'attente, Tristan feuillette le *Figaro Magazine* et *Valeurs actuelles*, partout le scandale Bérégovoy, il patiente, seul dans la pièce, puis une secrétaire aux airs de Siouxsie Sioux vient le chercher et l'accompagne dans un immense bureau du fond duquel s'avance une petite blonde, de près elle a un air mutin, des yeux bleus rieurs et un large sourire, elle porte un tailleur-pantalon noir, la décoration est déroutante, un tableau montrant Vénus dans le plus simple appareil, une affiche du MLF, des livres qui ne sont pas des manuels de droit, Tristan s'assied et reconnaît sur la grande table de travail l'exemplaire des *Inrockuptibles* avec son interview, à présent ils sont assis l'un en face de l'autre, ils se regardent et elle sourit toujours, Tristan ne sait pas s'il doit parler le premier et raconter son histoire, l'avocate a son âge mais fait plus jeune, ils auraient pu se croiser au lycée, il s'éclaircit la gorge, Comme je vous le disais au téléphone, je veux tourner la page du groupe, il commence, gêné, Vous voulez être La Monstrueuse Parade seul, précise Agnès, C'est ça, et je veux poursuivre notre ancien manager, que je soupçonne d'avoir détourné de l'argent, Ce sont deux questions différentes, elle souligne après un court silence, voyons d'abord la seconde : avez-vous des raisons de croire que cette personne, qui a défendu vos intérêts pendant près de dix ans, a abusé de votre confiance ?, il réfléchit, Oui, j'ai vérifié, le compte n'y est pas, Qu'en disent vos partenaires ?, Je ne leur en ai pas parlé, elle lui explique alors que ses collaborateurs se chargeront de faire des calculs avant d'envisager la suite, Les chansons sont de vous ? elle demande, J'écris les paroles et j'en ai composé une partie, on se partage les crédits suivant qui a fait quoi, Le nom du groupe est-il déposé ?, Je ne savais pas qu'on pouvait, On peut et on doit, elle fronce le sourcil et prend un air sévère qui lui va bien, Quelqu'un d'autre peut-il l'avoir fait à votre place ?, Théoriquement oui, mais ça m'étonnerait, N'en soyez pas si sûr, elle le gronde, façon maîtresse d'école, Les autres membres ou quelqu'un dans votre entourage, votre manager ?, nouveau silence, Tristan mesure à quel point ils ont été désinvoltes, il a l'air d'un cancre qui n'a pas fait ses devoirs, et l'avocate pose son stylo, Le nom du groupe est une marque, il faut le déposer sinon n'importe qui peut se l'approprier, libre à vous de ne pas vous en servir par la suite, Tristan acquiesce et demande à son tour : Qu'est-ce que vous allez faire ?, Chercher, et si ce n'est pas encore fait, déposer la marque, puis je vous recontacterai, une dernière chose : à qui sont les bandes ?, Euterpe détient les masters et les droits d'exploitation, enfin ils se saluent, en s'éloignant du cabinet sur sa Triumph, Tristan éprouve un sentiment partagé, entre eux le courant passe, il y avait même une curieuse intimité, il a remarqué l'alliance à son doigt, ce n'est donc pas ça, il se dit surtout que sa démarche fera éclater le groupe, ils sont en plein enregistrement de l'album, après des débuts prometteurs les sessions sont chaotiques, malgré la présence de Dominique, ils ont recours à six studios différents, les parties de guitare et de basse ici, la voix là, la batterie dans un autre, encore des voix, des overdubs, toute l'année 1993 y passe, le budget explose, dans ces conditions le rôle de Dominique est fondamental, c'est lui qui assure la cohésion de l'album, il va jusqu'à finir une partie de guitare qui sera sur le disque, cinq notes que Charlie n'a pas réussi à trouver, une journée entière avant de claquer la porte, à bout de nerfs, c'est pourtant une de ses chansons, *Jésus sauve*, et c'est lui qui en parle aux journalistes en conférence de presse quand le single sort, mars 1994, vêtu d'un tee-shirt noir sur lequel on peut lire : *FUCK YOU IS*

THE NEW FUCK OFF, Tristan lui a demandé d'en changer mais il a refusé, joignant le geste à la parole, après une longue pause le tourbillon de la Parade les emporte de nouveau, les répétitions, la tournée et la suite, rester chez Euterpe ou partir et, le cas échéant, satisfaire à leurs obligations contractuelles, un double album compte-t-il vraiment double ou doivent-ils penser à un quatrième opus, un best of, une compilation de singles, de faces B, de remixes ?, il y pense tous les jours, cinq moins deux égale trois, ils peuvent toujours aller au bout des cinq ans, mais ça donne une option à Euterpe, ils seraient coincés, ce ne serait pas un problème pour lui car il n'est pas prêt à s'en aller, pour les autres si, ils rêvent d'être signés par une major, surtout Jérémy, refaire une pause, gagner du temps, l'opéra, le documentaire, il s'impatiente, rien n'avance assez vite à son goût, l'idée d'album solo non plus, pas le temps, la trouille, la Parade lui pèse et le rassure à la fois, sa créature lui échappe, elle grandit, grossit, Tristan connaît l'avenir de La Monstrueuse Parade et cet avenir est un cauchemar, tournée des stades, festivals et apparitions télé, s'il ferme les yeux il se revoit il y a une dizaine d'années, quand il a rencontré Charles et Jérémy il imaginait des disques qu'on s'arracherait et qui resteraient dans l'histoire du rock, en France et dans le monde, des concerts devant des foules en extase, des articles fleuves dans la presse, des interviews qui marqueraient les esprits : avec le règne de la Parade, personne ne concevrait plus la musique comme avant, pas de rock indé, de pop ni de chanson, de ces catégories ils auraient fait table rase, et ils ne se contenteraient pas de vendre des disques, leur musique explorerait de nouveaux territoires, ils ne rempliraient pas simplement les salles, les concerts seraient l'occasion d'une communion inédite avec le public, une expérience unique pour tous ceux qui y participeraient, et les interviews, les critiques, les articles ne seraient pas seulement élogieux, ils lui permettraient, à lui, le leader, le chanteur, l'auteur des textes, d'exposer sa vision, Voilà ce que j'avais en tête, se remémore Tristan, mais aujourd'hui tout a changé, albums, tournées, médias, le disque qu'ils ont enregistré est mainstream, les concerts seront gigantesques, avec un gros son, une scénographie spectaculaire, devant des gens qui reprendront en chœur les paroles de leurs tubes, et en interview il débitera des bobards au kilomètre, l'important sera de ne rien dire, cette fois il ne sait pas s'il va jouer le jeu, aucune envie, il pourrait se balader avec une peluche, un petit singe aux yeux fous, et lui faire dire tout ce qu'il ne peut plus dire, lui, de la ventriloquie, devant l'avocate il a laissé entendre qu'il était serein, qu'il voulait agir dans les règles, mais il commence à penser qu'il ne tiendra pas, depuis l'éviction de Ludo Jerry et Charles ont l'oreille des frères Henze, Tristan pourrait se barrer en emmenant Franck avec lui, ce brave Frankie, qui picole mais pas trop, qui fume mais pas trop, qui ne tire pas sur tout ce qui bouge parce qu'il est heureux en couple et qu'il adore ses trois gosses, et puis non, Franck aussi est un fils de pute, il ne l'a jamais soutenu, un bon batteur ça se trouve, à Pigalle tu secoues un lampadaire et il y en a trois qui tombent, d'ailleurs il s'entend bien avec les deux autres, surtout avec Jérémy, alors s'il se casse, Tristan, ce sera seul, il en a marre de régner sur un si triste royaume, d'être le suzerain de vassaux si satisfaits d'eux-mêmes, il en a marre, certes, mais il y a les habitudes, la Parade est une bande, ils se connaissent par cœur, l'album est dans la boîte, il ne leur manque qu'un deuxième simple après *Jésus sauve*, tube assuré, ils l'ont composé ensemble, Jerry et Charlie, Tristan n'a eu qu'à poser sa voix et ses paroles dessus, ils y retournent, septième station, Europa Sonor, rue Charcot, en arrivant le premier matin il suit le couloir qui mène au grand studio, celui des stars, que les Henze leur ont réservé pour deux semaines – ils enregistreront également des faces B, de nouvelles versions d'anciens titres, quelques reprises –, il salue les techniciens et un riff de guitare l'accueille, le cri d'une Les Paul, une improvisation qui mêle des parties connues, les leurs, d'autres célèbres et des choses nouvelles, il ne peut s'empêcher de sourire en imaginant la scène qu'il trouvera quand il poussera la porte, Charles a branché sa guitare, il fait chauffer le moteur, de dos, débardeur noir trop long et pantalon moulant en cuir, noir aussi, les jambes maigres et les tiags pourries aux pieds, un pirate punk, un corsaire rock, pendant plusieurs secondes le guitariste ne remarque pas sa présence, il ne se sent pas observé et joue comme s'il ne devait plus s'arrêter, ne rien faire d'autre de sa vie, un solo de guitare éternel, car il est bien vivant, Charlie, squelettique – des journalistes mal intentionnés ont parlé d'hépatite et même du sida, qui ne cesse de faire des ravages autour d'eux –, mais debout et indestructible, une bonne quinzaine d'OD au compteur, Si t'as pas un physique bestial tu peux pas être tox, c'était sa devise avant de se calmer, puis il tourne la tête, l'aperçoit du coin de l'œil et s'interrompt, T'étais là, ils s'embrassent, C'est quoi ? demande Tristan, Rien, t'inquiète, répond Charles, aucune agressivité dans sa réponse, c'est devenu un professionnel, il est sérieux, il bosse, et le chanteur a un court instant de nostalgie par anticipation, dans l'immédiat ils sont toujours potes, vont boire un café, Jolie montre, remarque Tristan, Patek, précise le pirate punk, Elle plaira à ton dealer, On se croise plus beaucoup, rétorque Charlie, puis Jérémy et Franck arrivent, La Monstrueuse Parade est au complet, rien ne laisse entrevoir que l'un d'eux a l'intention de partir, nous n'en sommes pas encore là, pour le moment chacun joue sa partie, Tristan fait ses prises de voix, Dominique toujours derrière la console, *Sérénade* est une bonne chanson, Jerry n'écoute plus que les Beatles et ça s'entend, Charlie y ajoute ses riffs, Tristan improvise, prendre des mots absurdes, chercher des rimes et broder autour, que faire d'un rhinocéros, aimer une fille pas rosse, jouer comme un enfant, jamais le rôle du méchant, et Franck est le maître du temps, il poserait une rythmique efficace sur *Le Clavier bien tempéré*, les sessions sont apaisées, à croire qu'il n'y a plus de tensions entre eux, plus de jalousies, de regards plantés dans le dos de Tristan sur scène, le choix de Dominique est gagnant, il a l'habitude de gérer les ego, leur son est grand public, sur l'album, *Histoires extraordinaires*, et les deux simples, *Jésus sauve* et *Sérénade* – un bijou pop, rapide et bondissant, calibré pour dominer les hit-parades –, grâce à la patience et au savoir-faire du réalisateur, qui a su tirer le meilleur parti d'éléments disparates, une vague idée de mélodie, un refrain inachevé et un pont bancal, au total ils ont mis en boîte vingt-cinq morceaux, Hervé décide d'en faire mixer douze et Dominique s'y colle seul, des mois de travail intense, de temps en temps il les convoque pour refaire une piste de voix ou de guitare, enregistrer des claviers à la demande d'Henze, par chance Mickey est disponible, et le réalisateur fait des merveilles, *Histoires* est un grand disque fédérateur, finir au sommet – mais ce n'est pas la fin, pas tout à fait –, pendant ce temps le groupe est pris par les séances photo et les vidéos à tourner, cette fois le concept est basique : du fantastique, des monstres, sur la pochette de l'album ils sont déguisés, Tristan en vampire, Charlie en zombie, Jérémy en loup-garou et Franck en créature de Frankenstein, Hervé a fait travailler sa femme, costumière pour le cinéma, et une amie maquilleuse, le résultat est saisissant, ils font peur, ça n'a rien d'une parodie, ils ont l'air mauvais, le décor fait penser à un château, des geôles sinistres, un climat en contradiction avec le ton de l'album, plutôt joyeux, les monstres plaisent à tout le monde, Tristan a voulu rendre la chose plus équivoque, sur le tournage des vidéos aussi, *Jésus sauve*, la franche déconnade : une course-poursuite dans les couloirs du château, avec jeunes femmes en petite tenue et créatures avides ; *Sérénade* : une fille et un garçon – des acteurs –, les quatre musiciens qui tentent par tous les moyens de faire capoter leur histoire, et pendant qu'ils font les pitres Kurt Cobain appuie sur la gâchette, une déflagration qui agite toute la planète rock, Jésus ne sauve pas, il meurt, Tristan est encore sous le choc quand il apprend une autre nouvelle (de Philippe, pas d'Hervé) : Euterpe a vendu sa distribution à des Belges et passera désormais par une major allemande, qui pressera et distribuera les disques, une excellente affaire pour les frangins, qui ne s'en sortaient plus financièrement, ils auraient dû se développer et séduire d'autres labels pour que l'opération soit rentable, mais c'était devenu mission impossible, l'industrie du disque souffre, les indépendants plus que les majors, la bonne décision, les membres de la Parade l'ont bien compris, les Allemands sont forts, seul Tristan a des doutes, d'autant que la branche française est dirigée par devinez qui, son cher ami Antoine, bien sûr Tristan savait qu'il était l'homme de Gütersloh en France, mais il n'imaginait pas dépendre un jour de lui, Antoine deux fois père – une petite Louise, a annoncé Nathalie dans un message laissé sur son répondeur –, il fait une belle carrière dans l'industrie du divertissement, pardon, de la culture, proche de Strauss-Kahn, ministre de Bérégovoy avant le retour de la droite et le couronnement de Balladur, semble promis à de hautes responsabilités politiques, et Tristan comprend que l'heure des choix a sonné, avec ou sans la Parade, chez Euterpe ou ailleurs, un matin avant de sortir il interroge le *Yi Jing*, trois pièces sont restées dans le livre de son père, l'un des rares objets qu'il a gardés, après le départ de Nathalie il a appelé un bouquiniste, le type est venu, a passé en revue les livres de Pierre soigneusement emballés, et malgré l'expérience, la rouerie du commerçant habitué à faire comme si de rien n'était, ne jamais avoir l'air étonné, ne pas ciller, comme Belmondo l'enseigne à Anconina dans *Itinéraire d'un enfant gâté* – Tristan n'est plus le cinéphile intraitable qu'il a été –, son regard l'a trahi, et il s'est montré d'autant plus inflexible, lui, qu'il s'en fichait, si le type avait tenu bon il aurait cédé, J'ai consulté un expert, je sais ce que vaut la bibliothèque de mon père, et l'homme a baissé ses lunettes à double foyer sur le bout de son nez, la soixantaine, pantalon en velours, veste en tweed, cheveux blancs clairsemés et yeux bleus perçants, grand, allure aristocratique, Tu vas allonger l'oseille, mon coco, s'est dit Tristan, ça l'amusait de négocier, Deux cents, Cent, Cent cinquante, Cent quatre-vingts, pour finir il en a obtenu cent soixante-dix mille francs qu'il s'est dépêché de claquer, il s'est offert une Moto Guzzi V7 Sport 1973, sept cent cinquante centimètres cubes, comme celle qu'on voit dans *Magnum Force* – il n'est décidément plus le cinéphile intraitable qu'il a été –, dénichée dans les petites annonces d'un magazine spécialisé, il est allé la chercher à Fontainebleau, n'a pas discuté et a payé en espèces, comme si les billets lui avaient brûlé les doigts, il n'a gardé qu'une cinquantaine de livres, des disques, des partitions et des photos, jeté les vêtements, les papiers et les objets domestiques, des années qu'il aurait dû le faire, de Gilles rien ou presque, un violon qu'il n'a pas eu le courage de vendre, il pourrait l'offrir, son frère avait une amie, Greta, zurichoise, mezzo-soprano, Tristan lui a parlé deux fois après l'accident, puis plus rien, il n'aurait pas de mal à trouver ses coordonnées, qu'importe, elle a dû vivre sa vie, à présent il est dans une impasse, en sortir, interroger le *Yi Jing*, il est chez lui, assis en tailleur sur le grand tapis persan, le livre ouvert devant lui, penser à la question, il lance, calcule, note, à rien d'autre, relance, calcule et note cinq autres fois, cherche l'hexagramme dans la grille, numéro 49, *Révolution, ou La Mue* : « Changement de pouvoir ou pouvoir de changement », ça peut signifier une chose et son contraire, oui et non, il se dit en sirotant une tasse de lapsang souchong, révolution, mue, changement, au fond il a sa réponse, il doit l'accepter et, tandis que derrière ses fenêtres le jour tombe sur Paris XXe, l'avenir immédiat, c'est la sortie de l'album, la promo et les concerts, il pourrait partir avant mais a envie d'aller au bout, un dernier tour de piste, les autres ne connaissent pas ses intentions, ne savent pas qu'il veut les liquider, ils seront furieux, et il se lève, pieds nus, va jusqu'à la chaîne hi-fi posée sur une étagère basse – depuis qu'il vit seul Tristan a adopté un style résolument minimaliste, un soir qu'il était passé le voir Hervé en avait plaisanté : Pas de cérémonie du thé pour moi, je préfère un bon bourgogne, par chance il en avait –, aller jusqu'au bout rendra la pilule moins difficile à avaler, car son avocate le lui a dit au téléphone : Le nom est libre, mais moralement il est à vous quatre, si vous le déposez, Tristan, ce sera la guerre, va-t-il le déposer ?, il lui suffit d'agir tout de suite, ce sera un coup tordu comme il les aime, un vol légal, Je me casse et le nom du groupe est à moi, les salauds ont toujours raison, il le sait, il fait aussi ça pour le fun, un ultime geste punk, puis il tournera la page, d'abord *Histoires extraordinaires*, douze titres, leur album le plus long, soixante-cinq minutes, des morceaux faciles mais réussis, *Sérénade*, *Jamais nous*,

Donne-moi la main et *Première Classe*, quelques-uns qui remplissent dignement, *Nuit*, *Deux Amants* (courts instrumentaux), puis les choses sérieuses, *Jésus sauve*, *Larmes de sang*, *Cours* et *Rock'n'Roll Animal*, plus durs, enfin deux qu'il n'aime pas, *Rêver peut-être* et *Soldat de toi* (un titre lent qui conclut l'album), un raz-de-marée, meilleure vente d'album en France à la rentrée 1994, tandis que *Jésus sauve* frôle le sommet du Top 50 pendant un mois (deuxième derrière *7 Seconds* de Youssou N'Dour et Neneh Cherry), « La Parade au grand galop », titre *Libé*, deux pages signées Bayon, la couverture de *Télérama*, de *Technikart* et de *Best*, des articles dans *Le Monde* et *Télérama*, album de la semaine chez Lenoir, publicités dans la presse, affiches dans le métro parisien, grâce à l'argent des Allemands les Henze ont mis les moyens, la vidéo sur M6 et MCM, *Jésus sauve* en heavy rotation sur NRJ, Skyrock, RFM et Europe 2, Tristan fera la tournée, il a négocié avec les frangins et obtenu son propre minibus, les nuits dans des cinq-étoiles, une trêve, la veille du premier gig au Zénith Tristan et Jérémy se retrouvent au bar du Ritz, une idée du bassiste, touristes américains et vedettes de cinéma, C'est craignos, observe le chanteur, Ce qui est craignos, c'est d'employer le mot craignos, lui fait remarquer Jerry avec un petit sourire, Exact, admet Tristan, un reste de complicité entre eux, la galère des débuts, l'hostilité, le froid, la faim – étrange d'y penser dans un tel cadre –, les rêves partagés, les nuits sans dormir, le speed, si Jérémy savait, peut-être sait-il, dans son regard noir il voit une lueur différente, sans illusion, ce n'est pas un enfant de chœur non plus, il s'est endurci, et dans ce bar chic d'un palace parisien, Tristan comprend que s'il va au bout, s'il s'offre ce baroud d'honneur avec le groupe, ce n'est pas par respect de ses obligations contractuelles ou morales, pas par amitié ni par crainte de passer pour un traître (qu'il est, il le sait), c'est pour les premiers mois, les premières nuits, les premiers concerts pourris, quand leur situation était désespérée, un énième groupe qui n'y arriverait jamais, et pour celui qu'il était alors, un petit con arrogant à la tête farcie d'ambitions ridicules, mais aussi un pur, et cette innocence-là n'a pas de prix, Tristan tuerait pour la ravoir, s'il en reste une trace elle est dans les quelques phrases insignifiantes qu'il échange avec l'ami, l'associé, le rival, et ça lui fait du bien, un réconfort inattendu qui ne changera rien, Tristan a simplement besoin qu'on lui dise ou lui laisse entendre qu'il n'a pas toujours été ce type froid et calculateur, qui couche puis jette, qui engage un avocat et interroge un livre chinois, qui s'immerge dans le rock'n'roll way of life mais n'y succombe pas, toujours extérieur, acteur et spectateur, spectateur autant qu'acteur, c'est moi, songe Tristan, pendant que Jérémy explique qu'il veut s'acheter un appartement, s'installer avec sa nouvelle compagne, que le barman change de CD, des compilations de lounge music, un disque dans une main et un dans l'autre, Tristan a encore du mal à s'y faire, le bon vieux vinyle est presque mort, seuls les DJ le maintiennent en vie, les amateurs de musique classique non, passés au numérique avec armes et bagages, il se lève et marche vers les toilettes, au bout d'un couloir plongé dans le noir quelques lumières sont en veille, le neuf qui remplace le vieux, chez lui il a tenté l'expérience, un même album (*Unknown Pleasures*), écouté le vinyle et le CD, sur le second il manque des sons, des notes, comment est-ce possible ?, pourquoi l'accepter et qui défendra le vinyle ?, pas eux mais d'autres oui, les mecs de Detroit, Chicago, New York, nouvelles musiques, techno, trip-hop, hip-hop, ambient, et d'autres sons encore, grunge, fusion, metal, en se lavant les mains il s'examine dans le miroir, ils ne sont plus si nouveaux que ça, eux, et plus alternatifs non plus, une mesure de punk, deux mesures de pop et trois mesures de chanson, voilà ce qu'ils font désormais, il regarde sa montre, deux heures du matin, l'heure des pensées à la con, s'il s'était couché tôt il se serait épargné ce dégueulis d'idées noires, c'est plus fort que lui, dans ces spacieuses toilettes il pense : Fini, il ne sait pas exactement quoi, lui, eux, tout, that's all folks, la fin est une tournée d'adieux qui ne dit pas son nom, au Zénith un groupe belge assure la première partie, Worst Case Scenario, des bons, en 1990 la Parade a ouvert pour eux à Bruxelles, WCS est resté indé, rock à guitares, un groupe culte avec un public fidèle et chaleureux, ils n'ont pas réussi le crossover, pas voulu peut-être, six Belges qui picolent tels des forcenés, drôles, sympas, joyeusement déglingués, après la balance Tristan va voir Tom, le chanteur, dans sa loge, ils sont flamands, on discute en anglais, Comment ça va ? demande Tristan, Pas terrible, répond Tom, WCS a sorti cinq albums, atteint son sommet dès le deuxième, eu des propositions de majors et choisi de rester chez un indépendant, depuis le déclin est régulier, changements de line-up, problèmes personnels, créativité en berne, It's only rock'n'roll, man, en assistant à leur set Tristan se demande si le rock compte encore, à l'ère de Björk et de Massive Attack, de Tricky et de Portishead, s'il a un sens dans le monde actuel, un monde plus complexe et des sons plus riches, tandis que le rock est un cri de rage, hurler qu'on veut être autre chose que ce qu'on est, des Blancs qui veulent être noirs, des prolos qui se rêvent aristos, des hommes qui pensent être des femmes, des Américains anglais et des Anglais américains, Et nous ? se demande-t-il, on voulait être quoi ?, riches et célèbres, bien sûr, et autre chose aussi, il ne sait pas s'il éprouve du regret à cette pensée ou s'il en tire plus de détermination, il est sur le côté de la scène et se tourne, reconnaît Jérémy qui approche, scrute le profil du bassiste, sa barbe de trois jours et ses cernes sous les yeux, il croise son regard et n'y lit rien, seulement la concentration avant l'effort, et Tristan se rappelle, il les revoit, eux, lui, il y a une dizaine d'années, mal au bide avant les concerts, la trouille d'affronter un public hostile, la déception de jouer devant une salle presque vide, et aujourd'hui, peu avant d'entrer sur scène et d'être ovationnés par six mille personnes acquises à leur cause, il sait que c'était le grand frisson, les quatre de la Parade sont là, ils traînent, la clope au bec ou une bouteille d'eau à la main, s'ils l'ignoraient cet instant suffirait à le leur faire comprendre : tout a changé, ce premier concert, la tournée, cette phase de leur parcours est un âge d'or, ils ont resigné pour cinq ans, Tristan n'a pas bronché, il y aura d'autres disques, ensemble ou séparément, d'autres succès (séparément et à des degrés divers), mais plus ça, neuf mois de tournée et une pause, été 1995, pas de festivals, Tristan fait des allers-retours entre Paris et Londres, vacances sur la côte Adriatique avec Chiara, un jour il est chez lui, seul, et décide d'aller à la FNAC Musique du boulevard des Italiens, trip-hop, il connaît les noms et achète les disques, Björk, Massive, Shadow, il en profite et cherche le leur, *Histoires extraordinaires*, parfaite mise en place, sélectionné, il se dépêche de rentrer chez lui pour les écouter, un bon élève qui étudie ses maîtres, à quoi peut bien penser Tristan, assis dans son fauteuil, en découvrant cette musique électronique et contemplative qui n'est pas du rock, pas de l'ambient ni du hip-hop, un dépassement, il les remet trois, quatre fois, ne répond pas au téléphone qui sonne, n'allume pas la lumière malgré l'obscurité, par moments il sent sa gorge se nouer, cette musique n'est pas belle, elle est poignante, d'une tristesse qui n'est pas triste, pourtant quelque chose ne va pas, il le comprend au bout de plusieurs heures, tout doit aller plus vite, plus fort, faire plus de bruit, il n'est pas prêt à baisser le volume ni à ralentir le tempo, au fond c'est ça, La Monstrueuse Parade : une machine qui fonce droit devant elle, un train lancé dans la nuit, qui crache de la vapeur, siffle et grince, du métal noir et brûlant, et il aime ça, Tristan, pas sûr qu'il soit prêt à y renoncer, à enregistrer des disques seul au piano, alors il se lève, va éteindre la chaîne hi-fi, attrape un CD et son Discman, enfile son cuir (un autre) et ses bottes, prend les clés de la Triumph, contrôle qu'il a son portefeuille, sort en claquant la porte et dévale l'escalier, puis il marche jusqu'à la station de taxis, place Gambetta, monte à bord d'une XM conduite par un petit bonhomme asiatique qui porte un maillot du PSG, et se fait conduire à l'autre bout de Paris, jusqu'au parking surveillé où il entrepose ses bolides, derrière l'avenue de la Grande-Armée, arrivé à destination il paie et oublie de prendre sa monnaie, et le voilà en selle, il fait le tour de la place de l'Étoile, remonte les Champs-Élysées et va vers les quais, les voies sur berge, direction le périphérique, sur le CD de Björk il y avait un autocollant avec les dates de sa tournée, 19 août à Cologne, il a envie de faire vrombir le moteur et ne sait pas s'il ira jusque-là, il peut faire deux ou trois cents kilomètres, passer la nuit quelque part et rentrer demain, il prend l'A1, roule vers le nord et la frontière belge, en Allemagne il trouvera de longs tronçons d'autoroute qui montent et descendent, on peut facilement pousser jusqu'à cent quatre-vingts là où il n'y a pas de limitation de vitesse, la Triumph ne le déçoit pas, la circulation est fluide, soir, rester concentré, il commence à avoir faim, s'arrête dans un routier, un sandwich, un café, le plein – la bécane est du genre gourmand –, et en ressortant, un paquet de chewing-gums à la main, il admire le fauve qui brille dans l'éclat de la lumière artificielle, Alaska et violet aubergine, puissant et trapu, et s'il faisait durer le plaisir ?, appeler Hervé pour le prévenir qu'il rejoindra le groupe à Lille (le concert de rentrée) par ses propres moyens, le manager sera agacé, qu'importe, Tristan reprend l'autoroute vers l'Allemagne, les noms défilent, Amiens, Arras, un rapide coup d'œil, vingt et une heures cinquante, à moto on ne peut pas écouter de musique, c'est déconseillé, ni la radio, s'il pouvait il tomberait sur Lenoir, il dépasse les cent trente, juste pour voir, il entendrait Viviant parler d'*Extinction*, raconter qu'il s'est marré en lisant le bouquin de Bernhard, que c'est une farce, Tristan ne s'est pas marré, lui, mais il comprendrait ce point de vue, Roubaix, Tournai, puis le *Pop Club* de José Artur et bientôt Namur, le temps passe vite, il ne pense à rien, tout à son pilotage, enfin Liège, il n'est pas fatigué, le ciel est dégagé, une belle nuit d'été, dans les voitures qu'il dépasse les types tournent la tête, ils ne doivent pas croiser souvent des Triumph de collection, Tristan savoure ce privilège, avoir une chose à la valeur indiscutable, que les autres jalousent, ce n'est pas une affaire de goût ou de jugement, cette moto est un bijou, du métal qu'on peut toucher, sentir sous ses doigts, le cuir sous ses fesses, un bloc compact lancé à pleine vitesse, de temps en temps une voiture tarde à changer de file, il ralentit, pas énervé, prévenant, tu ferais mieux de te pousser, l'ami, il est clean mais ses réflexes sont aiguisés, il pourrait rouler toute la nuit, faire les cinq cents bornes jusqu'à Cologne et passer la journée là-bas, Björk ou pas, puis retour vers Paris, avant, quand il découvrait une ville étrangère il visitait les boutiques de disques, maintenant il cherche les salles de concert et les studios d'enregistrement, il est tenté de continuer vers Munich et jusqu'en Suisse, lac de Constance, Zürich, Berne, Fribourg, Montreux, d'un studio à l'autre, pour le moment il a seulement envie de rouler, il pourrait faire ça pendant le restant de ses jours, vivre à moto, le ravitaillement, les besoins élémentaires à satisfaire, un baron perché sur sa bécane, en aurait-il les moyens ?, ça doit se calculer, et il prend vers Aix-la-Chapelle, de chaque côté de la route la forêt plongée dans la pénombre, à cette heure – minuit passé – il peut accélérer, les autres ne se gênent pas, grosses berlines allemandes faites pour ça, un autre arrêt au stand, cette fois il s'attarde un peu plus, toilettes, un café, il observe les clients, des routiers, des représentants de commerce, sur le parking il y a du mouvement, cabines où on entre et d'où on sort, une fille pas assez vêtue pour les températures nocturnes, la route, la baise, pendant qu'il rumine d'autres pensées, lui, des trucs à la con, il y a quelque chose de géométrique dans ce qu'il est en train de faire, tracer une ligne au milieu de l'Europe, un slash ou un antislash – il ne sait pas les reconnaître –, le sexe, il n'en a pas envie, en revanche il boirait bien ne serait-ce qu'une bière, il hésite et renonce, ça l'endormirait et il n'a pas l'intention de dormir, ni maintenant ni plus tard, rester éveillé, les sens en alerte, il a l'impression de capter des bruits, des odeurs, des sons imperceptibles et nouveaux, là, sous l'auvent de la station-service, et non loin derrière lui sa puissante moto souffle, Tristan est prêt à repartir, il rentre acheter un truc à manger, Ritter, tablette de chocolat, puis il y retourne, jusqu'à Cologne d'une seule traite, il y a moins de portions roulantes, moins d'occasions d'aller vite, c'est bon, il a eu ce qu'il voulait et fera d'autres voyages comme celui-ci, seul ou accompagné, il a mis le CD, les écouteurs dans le casque, *Post*, Björk gueule puis miaule, ça le tient éveillé, les phares éclairent une portion de route étroite, il est noyé dans la nuit, Kerpen, Cologne est proche, continuer vers l'est, il commence à sentir la fatigue, sous sa veste il a chaud malgré le vent, ne pas s'assoupir, il entend un grand coup de klaxon, rouvre les yeux et comprend qu'il s'est déporté sur la voie de gauche, derrière lui le véhicule a freiné au dernier moment, la collision évitée de justesse, quand l'autre le dépasse Tristan n'aperçoit qu'un poing agité vers lui, le type a raison, ne plus prendre de risque, la poussée d'adrénaline tel un coup de fouet, à présent il est sûr de tenir jusqu'au bout, une sacrée peur, quelques minutes plus tard il a retrouvé son calme et sa concentration, il songe à ce que disait son oncle après un dîner trop arrosé : « La voiture connaît le chemin », mais les motos se pilotent, elles ne connaissent pas le chemin, on doit les dompter, à Cologne il ne sait pas où passer la nuit, le centre historique, un grand hôtel, il sortira son Amex Platinum et on lui trouvera une chambre, le confort, la facilité, un embourgeoisement naturel, les autres aussi, il sent une odeur de cuir et d'essence, le bon et le mauvais, le noble et l'ignoble, pourquoi n'a-t-on pas encore inventé un carburant inodore, sortir à droite vers Cologne, il met le clignotant, ralentit, une grande courbe, il va trop vite et là, à cet endroit-là, la Triumph touche le rail de sécurité avec la roue avant, elle va à plus de quatre-vingts – la vitesse est limitée à soixante, en Allemagne aussi il y a des limitations –, il a freiné et la moto a glissé, heureusement il n'y avait personne ni devant ni derrière, puis elle a percuté le rail de sécurité côté droit et il a fait un high side, projeté sur le terre-plein en contrebas, comme le lui dira le chirurgien orthopédiste qui le suivra à Cochin, C'est un miracle si vous êtes en vie, Tristan n'aura que des souvenirs confus, des éclairs lumineux, le crissement du freinage, il n'a pas eu le temps d'avoir peur, de se dire : Je vais crever, non, un vol, la chute, et plus de Triumph, sa magnifique bécane ressemble à une sculpture de César, dans la fourrière allemande où elle a été mise sous scellés – à sa sortie de l'hôpital, Tristan devra répondre devant la justice allemande de diverses infractions au Code de la route, à commencer par l'excès de vitesse –, il a eu de la chance, mais ça ne l'a pas empêché de se fracturer le bassin, à présent il est dans une chambre d'hôpital, plâtré jusqu'aux yeux, la tête bandée et des contusions partout, à Cologne les médecins lui ont dit qu'il était resté inconscient pendant plusieurs minutes, mais il ne se rappelle rien, lui, il a tout oublié des premières heures, il avait trop mal, son cerveau refuse de retourner à ces instants, ils ont eu lieu et n'ont pas eu lieu, la première chose dont il se souvient, c'est après l'opération, ils lui ont enlevé la rate, la nuit au bloc, en urgence, ancien consommateur de diverses substances légales et illégales Tristan est prévoyant, il a tout ce qu'il faut dans son portefeuille, HIV négatif, carte de sécu et permis moto – il a fini par le passer –, qui a dit que les rock stars étaient insouciantes, S'il m'arrive un truc je veux être prêt, il a répondu à Hervé le jour où celui-ci lui en a fait la remarque, un scrupule excessif devenu bonne inspiration, des bleus plein le visage, une épaule déboîtée, les plus gros dégâts à l'intérieur, rétrospectivement il songe : comme les grands, Patrick Pons, ces gars-là, sauf qu'il n'est pas mort, lui, une gamelle qui n'avait rien de grandiose, il est resté cinq jours à l'Uniklinik de Cologne, puis une ambulance privée l'a ramené à Paris, il a fait la route dans l'autre sens allongé, sans rien voir, l'ambulancier allemand qui répétait trois mots d'anglais, storm, static, sleep, avec de grands gestes pour souligner, un spectacle de mime, à Cologne son oncle, sa tante et sa cousine sont venus lui rendre visite, Cette fois t'as vraiment merdé, a plaisanté cette dernière, et les autres lui ont téléphoné, Jérémy, Charles, Franck, les Henze et Virginie, Agnès de La Motte aussi, Il vous faut un avocat ? elle a demandé, j'ai des amis à Francfort, le médecin de Cochin, un type grisonnant qui en a vu d'autres, l'a prévenu que ce serait long, six semaines dans le plâtre puis la rééducation, en principe il n'aura pas de séquelles, marchera normalement, une simple fragilité, et dans son lit d'hôpital pendant plusieurs jours il ne pense à rien, dort la plupart du temps, regarde la télévision et feuillette les journaux, apprend la mort de Sterling Morrison, tout ce qui l'entoure lui fait le même effet irréel, il ne sait pas d'où il revient et n'est pas sûr d'en être tout à fait revenu, les médecins qui n'ont pas même le temps de croiser son regard, les infirmières discrètes et efficaces, un plombier qui vient réparer une canalisation et qui commente : Vous vous êtes pas loupé, coincé là il aurait tout le loisir de réfléchir mais ne réfléchit pas, Ma tête ? il demande, Ne vous inquiétez pas, répond le médecin, elle n'est pas belle à voir mais ça va s'arranger, Tristan ne parlait pas de ce qu'on voit, sa mémoire lui joue des tours, il n'a aucun souvenir des instants qui ont précédé l'accident, il sait qu'il était à moto et qu'il roulait trop vite sur une bretelle d'autoroute allemande, il est perplexe, pas inquiet, s'il avait un problème on le lui aurait dit, Bernard harcèle le corps médical, son oncle et sa tante viennent à Cochin tous les jours, ils savent qu'il est rangé des voitures depuis des années, même si ce qu'il a pris autrefois a dû flinguer des millions de neurones, Antoine aussi est venu, seul, ils étaient aussi embarrassés l'un que l'autre, Prends soin de toi, Ouais, Chiara a retenu ses larmes pendant une heure, et quand la fine équipe se présente, il est pris au dépourvu, aurait préféré qu'ils viennent un par un, mais les voilà dans sa chambre, avec des fleurs et des chocolats, ils chantent à tue-tête – pas les Henze –, surjouant la bonne humeur, Ça pulse, Génial le déguisement, Tu pourras plus faire de breakdance, ils parlent tous en même temps, et les frangins sourient, un rien figés, Prends le temps qu'il te faudra, lui dit Hervé, Toute la presse en a parlé avec soulagement, souligne Virginie en se penchant sur lui pour l'embrasser, Tristan a le nez dans son décolleté pigeonnant, elle n'a jamais peur d'en faire trop en blonde pulpeuse, jouer les cruches fait partie de son personnage et tout le monde l'aime, les gars la traitent comme une petite sœur, n'essaient plus de la sauter, le décolleté ne lui fait aucun effet, s'il n'arrivait pas à bouger les jambes normalement, à pisser, à faire tout ce qu'un corps d'homme peut faire à son âge, il serait préoccupé, Hervé lui apprend que la tournée a été annulée, une perte financière, il en organisera une autre, mais Tristan a l'impression qu'ils parlent de choses qui ne le concernent pas, un autre que lui doit chanter dans leur groupe, un autre que lui doit être adulé des foules, un type qui porte le même nom et qui lui ressemble, Charles est si content d'être là qu'il crie, l'embrasse, ne tient pas en place, Jérémy se montre à peine moins expansif et Franck multiplie les tapes sur l'épaule, Tristan a mal mais ne dit rien, on fait des projets, jouer à Londres, à New York et sur la planète Zorglub, le succès commercial ne se dément pas, Tu verras quand tu seras sur pied ! annonce Charles, une bande de potes, soudés dans l'adversité, lui qui l'a échappé belle, eux qui ont failli perdre leur leader, une fois qu'ils sont partis il se lève péniblement, à force il a appris à se débrouiller sans l'aide d'une infirmière, il marche jusqu'à la petite salle de bains en traînant la potence de perfusion derrière lui, se rince le visage et se regarde dans le miroir, et à cet instant-là il le voit dans la glace, c'est écrit et c'est donc vrai : Je me casse, regardez-le, Tristan, il esquisse un demi-sourire, il a beau être cabossé c'est un homme neuf, une nouvelle vie l'attend dans une nouvelle ville.

Le vol était heurté, suite de descentes et de montées soudaines. C'était surtout une chute, l'avion telle une torpille qu'on aurait lancée et qui aurait dissipé son énergie cinétique. Dans la cabine l'air était épais, je le sentais sous mes doigts et sur mon visage, il avait la consistance pâteuse du miel, un miel qui ne collerait pas.

On était en plein ciel, mais ce n'était pas un ciel : il n'y avait pas de nuages, pas de vent, ni couleur reconnaissable ni soleil. On aurait pu être sous la mer. Pourtant, en bas je distinguais bel et bien le sol qui me regardait, un sol sans terre, sans eau, sans forêts ni arbres, et je ne voyais que des gratte-ciel dressés vers moi, des rues et des avenues remplies de véhicules, voitures, autobus, camions, immeubles et entrepôts, aucun habitant, personne. Un monde contemporain et technologique, privé de nature, d'êtres humains et d'animaux. Où sont-ils passés ? me demandais-je. Où sont les gens ? N'y avait-il donc que moi sur la Terre et dans le ciel ? J'avançais, à une vitesse que je n'arrivais pas à évaluer, car tout autour et dessous rien ne changeait, un paysage immuable, des rues qui se succédaient, une rangée d'immeubles après l'autre, et toujours ces véhicules, qui bougeaient, semblait-il, mais je n'aurais su le dire avec certitude. Derrière les pare-brise je ne distinguais rien, le reflet de leurs vitres m'éblouissait.

À force, ce décor inchangé commença à me troubler, une peur qui se changea bientôt en angoisse puis en crise de panique. Les immeubles s'espacèrent, des clairières apparurent çà et là, des terrains vagues, des chantiers de construction et aussi des parcs, des jardins, de la verdure. C'était rassurant. Je me sentis soulagé. J'aperçus au loin un vide encore plus grand, d'où m'arrivait un bourdonnement. C'étaient des voix, des cris, des rires. Peu à peu je parvins à reconnaître une foule, des milliers de personnes, j'approchais d'une zone recouverte par un tapis de gens qui hurlaient et levaient les yeux, certains tendaient les bras vers le ciel. Le mouvement s'interrompit et je restai là, flottant au-dessus d'eux. Que voulaient-ils de moi ?

Tristan débarque à Heathrow sans rien ou presque, un sac de voyage qu'il a gardé en cabine et un flight case dans la soute, il cherche un taxi assez grand, qui l'acceptera en échange d'un généreux pourboire, et se fait conduire au Milestone, où il a réservé une suite pour quelques jours, en posant ses affaires il se dit que ce luxe est vain, mais il n'est pas devenu un saint, Tristan, il aspire à l'anonymat, pas à l'ascèse, et, s'il est une chose qu'il a pris soin d'emporter dans son exil volontaire, c'est une belle somme d'argent, il en aura besoin, à présent qu'il doit tout recommencer, bien sûr il ne l'a pas emportée, il a ouvert un compte chez HSBC, l'Europe, libre circulation des biens, des personnes et des capitaux, l'argent qu'il a hérité de ses parents et auquel il n'a jamais touché – le reste, les avances, les royalties, il l'a dépensé –, une fois sur pied il est allé chez son avocate, il quittait le groupe et gardait le nom pour lui, les autres étaient fous de rage, Jérémy et Charles se sont précipités chez Agnès de La Motte, ils ont fait le siège alors qu'elle était en rendez-vous, et elle les a reçus, les a affrontés sans crainte, leur répétant fermement le peu qu'elle avait à leur dire – game over –, Il est où, le salopard ?, Charlie désespéré, la colère froide de Jérémy, Nous aussi on va prendre un avocat, mais ils n'avaient pas le choix, après un échange tendu ils ont claqué la porte, silence radio pendant huit jours, les appels téléphoniques d'Hervé Henze sans réponse, puis ils ont adressé à Euterpe une lettre recommandée pour signifier qu'ils s'en allaient, le coup de force de Tristan les y autorisait, quelques semaines plus tard la presse a annoncé que leur nouveau groupe, Neon Parade, avait signé chez une major, les Allemands, Tristan y a vu la main d'Antoine, et bientôt, après un recrutement avisé – on y reviendra –, la nouvelle entité deviendra une machine de guerre, chaque chose en son temps, pour l'heure Tristan est un homme libre, mais pas sans attaches, de la famille à Paris, d'anciennes amours dans plusieurs capitales européennes, et un back catalogue en commun avec Jérémy, Charles, Franck, tout ça ne l'a pas empêché de faire ses valises, après une nuit avec Agnès, à l'issue de laquelle il lui a annoncé qu'il s'en allait, sans lui dire où – Je voyagerai –, elle a réagi avec dignité et une pointe d'amertume, Moi qui pensais te garder un petit moment, mais pas de larmes, il n'a jamais connu de séparation si amicale, et il n'a pas prévenu la famille, ils apprennent la nouvelle par la presse, « Lavarini stoppe la Parade », *Libération*, l'article reprenait le communiqué d'Euterpe en y ajoutant quelques déclarations, Jérémy vindicatif : « C'est nous qui partons » ; Hervé pragmatique : « Tristan reste chez Euterpe », et des spéculations sur son futur, des projets solo, une carrière d'acteur, une longue pause, avant son départ il a vendu le loft, liquidé tout ce qu'il contenait, n'emportant que quelques objets, livres, disques, photos, papiers divers, une guitare, la Framus qu'il avait eue en cadeau pour son trentième anniversaire – il rachètera un ampli –, peu de fringues, voyager léger et préparer la suite, un avenir dont il ne sait rien, sinon qu'il veut repartir de zéro, en forme, le souvenir des vieux excès noyé dans une nuit indistincte, même s'ils n'étaient la cause de rien, il était déjà sur une autre voie, et il ne regrette pas, se doutait que les autres continueraient sans lui, ils peuvent réussir, leur musique – celle de Jerry et Charlie – plaît, il leur faut un bon chanteur pour le remplacer, il y a bien les paroles, mais ce n'est pas compliqué, Charles s'est mis à écrire pour *Histoires extraordinaires*, il reprochait à Tristan d'être trop littéraire, C'est du rock, pas de la poésie, un chanteur ou une chanteuse ça se trouve, et tout aurait pu se passer gentiment, ne lui poser aucun problème, mais Alexis non, si longtemps après, quand il l'a lu – Virginie envoie la revue de presse au cabinet d'Agnès, en toute ingénuité, semble-t-il, comme si ça faisait partie de son boulot, alors qu'il s'en fiche, lui –, deux pages dans *Rock & Folk*, « Neon Parade contre-attaque », avec une belle photo de quatre mecs en costume Yamamoto, Alexis toujours aussi blond, quelque chose d'usé dans son regard clair – lui aussi est un survivant –, après Les Aventuriers, Costume Croisé avait eu du succès, une techno-pop qui surfait sur la vague britannique, avec des synthés, des boîtes à rythmes et une basse qui pulsait, il chantait en français, des textes légers, gros succès chez les jeunes, deux albums et une flopée de quarante-cinq tours, puis l'un de ses partenaires a fait une overdose et Alexis s'est cassé, pas son truc, la came, toujours été un jeune homme propre sur lui, le nez dans la coke, comme tout le monde, Tristan l'a souvent croisé au Palace, un joli garçon ou une bombasse à son bras, pas franc du collier, Alexis, une mi-temps dans un camp et une mi-temps dans l'autre, sorti du placard au début des années quatre-vingt-dix, il faut dire que les paroles, les vidéos, tout ce qui a fait ensuite l'identité de son nouveau duo, les Garçons Sauvages, avec un Italien prénommé Riccardo, ne laissaient plus aucune place au doute, il est devenu militant, engagé contre le sida et l'homophobie, Tristan le déteste mais le respecte, même les pires têtes de nœud méritent une seconde chance, en l'occurrence quelle seconde chance : Neon Parade sera lancé à grand renfort de publicité, les moyens d'une major, le groupe décroche la première place au Top 50 dès son premier simple, avant il aurait été furieux, Tristan, d'abord contre lui-même, se faire doubler par les types qu'il vient de larguer, mais on n'est pas rivaux, il songe dans sa suite du Milestone, avant que tout ça n'arrive c'est déjà du passé, à Londres il n'est pas seul, il connaît du monde, des producteurs, des musiciens, pour le moment il ne sait pas ce qu'il va faire, veut d'abord écouter, il se passe des choses, c'est une période excitante, il est redevenu un passionné de musique, partir à la découverte, puis il s'y remettra, une pause studieuse, pendant ce temps ils se répondent d'une rive de l'océan à l'autre,

Américains et Anglais, ici – Londres, Bristol, Manchester – la musique est plus métissée que jamais, hier le punk se frottait au reggae et se faisait ska, à damier blanc et noir, et aujourd'hui, après la house et la techno – venues de Chicago et Detroit, en passant par Berlin et Düsseldorf –, l'heure est aux tempos contemplatifs, aux ambiances sombres, des samples tirés de discothèques bien fournies, affaires de connaisseurs, des machines et des voix à vous briser le cœur, mais il y a toujours des gamins avec des guitares et des pédales d'effets qu'ils ne quittent pas des yeux, shoegazers, il les a vus à *Top of the Pops*, de grosses montées et des explosions de lumière, on commence à parler de post-rock, et pendant deux ans Tristan reste dans l'ombre, au bout de quelques jours il a quitté le Milestone pour un hôtel moins luxueux dans le même quartier, le temps de trouver un appartement à louer, il n'a pas appelé Chiara, a besoin d'être seul, de leur côté les frangins ne sont pas enchantés mais ils n'ont pas le choix, le chanteur sait qu'il leur doit plusieurs albums, un live, des compilations, il ne sait pas quelle musique il veut faire ni sous quel nom, monter un nouveau groupe ou jouer seul, il va aux concerts, Radiohead, Sonic Youth, le rock d'après, et il réapprend, ce n'est pas la musique qui le dégoûtait, c'était cette façon d'en faire, il a retrouvé le plaisir d'en écouter et d'en jouer, dans ces nouveaux sons il y a du silence et du bruit, répétition, distorsion, tout ce qui ne flatte pas l'oreille lui plaît, et quand il ne fait pas le tour des magasins de disques, qu'il n'achète pas du matériel, il rencontre des agents immobiliers, louer dans un coin tranquille et pas trop posh du nord de la ville, il visite des appartements pendant trois semaines, mais tout va plus vite quand on a les moyens, il se pose à Islington, 104 Lofting Road, un cinq-pièces avec un seul voisin, à l'étage en dessous, les précédents locataires étaient français, un couple avec des enfants, l'homme travaille à la City, bavard, l'agent, mais Tristan ne se déboutonne pas, et quand il sort, histoire d'explorer le quartier, le contrat signé et les clés en poche, dans l'entrée il tombe sur une vieille dame aux cheveux blanc phosphorescent, elle a deux yorkshires dans les bras et leur parle d'un ton mielleux, elle veut entamer la conversation mais Tristan fait celui qui n'a pas compris, une longue voiture noire passe sous son nez, dans le mauvais sens, c'est-à-dire le bon, un corbillard comme le leur, à combien de concerts sont-ils allés dans cet engin ?, combien de nuits ont-ils dormi dedans, à trois, quatre ou plus, quand ils n'avaient pas les moyens de se payer ne serait-ce qu'une chambre d'hôtel pourrie et qu'ils étaient trop défoncés pour rentrer à Paris ?, il ne se touche pas les testicules par superstition au passage des macchabées comme le faisait son grand-père de Vénétie, ça lui rappelle de bons souvenirs, une galère qui lui inspire une nostalgie réconfortante, c'est ainsi que débute la période londonienne, des yorkshires et un corbillard, le chanteur libre et indécis, nul pouvoir à exercer, personne à tyranniser, une pelote d'emmerdements que quelqu'un d'autre démêle à sa place, et au cours des mois qui suivent des bruits lui parviennent, portés par le vent, alors qu'il prépare son retour, car pendant qu'il travaille son jeu de guitare et bricole son Yamaha MT8X, qu'il griffonne des paroles dans son appartement d'Islington et fait des rencontres, de l'autre côté de la Manche Neon Parade est en studio, les journalistes sont curieux, au passage ils s'interrogent sur l'ancien leader du groupe, personne ne sait rien – ceux qui savent, Hervé et Philippe, répètent la version de l'intéressé : Il va bien, il est à l'étranger, il fait le point –, mais à mesure que les mois passent et qu'on n'a pas de nouvelles la rumeur court, des gens bien informés, Tristan a tout arrêté, jure l'un d'eux, figure des nuits parisiennes, toxico chic que le sida ronge lentement, on prétend que le chanteur a trouvé la foi catholique et, selon une autre version (le réalisateur belge, sacré fils de pute), il est bipolaire, ne prenait plus ses médicaments et a lâché la rampe une fois pour toutes, d'autres encore affirment qu'il a rencontré quelqu'un, une femme, un homme, un poisson rouge, un extraterrestre, qu'il s'est enfermé en studio et veut enregistrer le disque parfait, celui qui écrasera *Abbey Road* et *Electric Ladyland*, et de citer divers grands noms de la musique qui ont pété les plombs, se sont retirés du monde, sont devenus fous ou ont tué leur femme, les Salinger et les Burroughs du rock, c'est dingue ce qu'on peut inventer comme conneries quand on ne sait pas, qu'on n'a rien à se mettre sous la dent et qu'il faut bien raconter quelque chose, jusqu'au jour où il sort de chez lui et tombe nez à nez avec un type bardé d'appareils photo, un téléobjectif gros comme un canon de 155 autour du cou, George Michael n'habite plus ici, l'informe Tristan, c'est un matin d'hiver brumeux, le jour n'est qu'à moitié levé et la lumière du flash l'aveugle, il essaie de se protéger, les mains sur le visage, pendant que le photographe le mitraille, et quand il parvient à distinguer quelque chose il est trop tard, l'autre s'éloigne avec son précieux scoop, pendant ce temps Mrs. MacMillan, la dame du rez-de-chaussée, fait pisser ses roquets, What was that ? elle demande, désormais ils se connaissent bien, thé et scones de temps en temps, c'est devenu un rituel, Rien, Mrs. MacMillan, et dans les jours qui suivent Tristan songe à déménager, craignant d'autres visites, enfin l'article paraît dans *VSD*, il lui arrive par le canal habituel, le cabinet d'Agnès, avec une jolie photo d'un mec furax, une main en avant et le bras tendu qui rappelle le salut romain, rictus haineux, pas rasé, les traits tirés, J'ai l'air d'un cinglé, songe Tristan, ici la presse à scandale prospère, *Sun*, *Daily Mirror*, *News of the World*, et leur fameuse page trois, mais ici il n'est personne, il a fallu qu'un photographe vienne de Paris, peut-être y en aura-t-il d'autres, puis rien ne se passe, il renonce à déménager – pas envie de quitter cet appartement –, et la pile de courrier qu'il reçoit chaque semaine est de moins en moins épaisse, bientôt il n'y a plus de presse, que des documents juridiques ou administratifs, plus de petits mots d'Agnès, un stagiaire du cabinet s'en charge, à présent la tête va bien, le corps se remet lentement, six mois de kiné à Londres, pour finir son médecin l'envoie chez un collègue londonien qui a fait son internat avec lui, Professor Alastair Moore, M. D., Tristan est assis dans la salle d'attente, des reproductions de tableaux impressionnistes aux murs, Caillebotte,

Degas, Berthe Morisot, l'homme a la cinquantaine bedonnante, une belle barbe blanche et un sourire débonnaire, il commence par l'interroger, lui fait raconter son histoire, Tristan raconte, et le type dont il parle, celui qui pilotait la Triumph et qui a fait un high side, c'est lui et ce n'est pas lui, examen, hochement de tête entendu, la rééducation a porté ses fruits – tout ça paraît si loin, l'accident, l'hôpital et la suite, il ne lui reste que quelques images, une grande salle remplie d'instruments de torture pour pousser sur les jambes, et d'autres éclopés, une cabine pour se changer derrière un rideau à motifs africains, des chaussures alignées au sol, et les kinés, jamais les mêmes, des géants rigolards qui parlaient entre eux de foot et de bonnes bouffes, à la fin il a une question à poser, le sujet qui l'intéresse, Je peux refaire du sport, courir ?, le médecin réfléchit, hésite, manipule sa jambe droite, le chanteur encore allongé sur la table en petite tenue, la hanche pivote, Pas tout de suite, il répond, Tapis roulant ?, Soyez patient, et il repart déçu, Tristan, la moto il comprend, mais ne pas pouvoir courir le désespère, il n'est plus question de faire de l'escrime, alors le jogging dans Londres, il y comptait, débonnaire my arse, le jour même il va s'acheter un tapis roulant qu'on lui livre une semaine plus tard et qu'il installe, pas dans la pièce à musique, à côté, il se fait son gymnase, à force de manger anglais il a pris du bide, fish & chips, my goodness, il s'occupe comme ça, prend des notes, gratte sa Framus et enregistre des bribes de musique sur le huit-pistes, et il socialise un peu, un ami d'ami qu'il a contacté, patron d'un label indépendant, l'a invité à un dîner chez lui, des musiciens, des journalistes, une attachée de presse et une rock star sur le retour, grande gueule liverpuldienne, héros working class et crooner post-punk, Tristan est fan et ne s'en cache pas, l'autre le prend de haut, inutile de se vexer, ses vannes sont drôles, Avoue, t'as pas eu d'accident, les Allemands t'ont dérouillé, Christine, l'attachée de presse, le couve toute la soirée puis le ramène chez elle, c'est la première fois depuis l'accident, en se déshabillant dans la pénombre de la chambre, lumière tamisée, tentures dorées, il est embarrassé, plus couturé qu'une balle de cricket, puis il ne s'en sort pas trop mal, y met de la passion, en partie feinte, après il a mal, dort sur le dos, voudrait rentrer chez lui et ne peut pas, crevé, il a ses cachets, fait attention, a refusé de prendre de la morphine, un homme neuf, Tristan, et bien amoché, un beau jour il se décide à passer en revue le courrier qu'il a trié à la va-vite, il décachette, parcourt les factures, contrats, relevés de droits, et tombe sur une lettre d'Euterpe, deux, trois, « Cher Tristan », débute la première, octobre 1995, « comme tu le sais, notre contrat », signée Philippe, « Cher Monsieur », la deuxième, janvier 1996, « je vous rappelle que conformément à la clause », le directeur général, et la dernière, février 1996, « Monsieur, nous sommes dans l'obligation de vous informer », le directeur juridique, trois versions du même cocktail, même si la dernière ne contient plus grand-chose de personnel, du blabla bureaucratique et comminatoire, un Old fashioned pauvre en whiskey qu'on noie sous l'angostura, les Henze lâchent leurs sbires, Tristan comprend qu'il a eu tort de ne pas leur parler, eux seuls croient encore en lui, les frangins ont toujours considéré les autres comme quantité négligeable, ce qui ne les a pas empêchés de tout faire pour signer Neon Parade – Tristan l'a lu dans la presse – avec Alexis en vedette, il repose les lettres sur la table de la cuisine et, pendant une poignée de secondes, garde les yeux fixés sur son mug d'earl grey, puis il relève la tête, il va appeler Hervé et le faire venir ici, un plan sommaire mais il n'en a pas d'autre, s'il veut continuer à faire de la musique il doit en passer par là, non que ça lui pose problème de rester chez Euterpe, il pense au son, aux mots, aux morceaux, il n'en est qu'au début, et face au risque d'embrouilles légales il préfère calmer le jeu, appelle de chez Mrs. MacMillan, qui lui donne gentiment accès à son combiné, Anytime, dear *Tristun*, car Tristan n'a pas le téléphone, un matin il se lève, petit-déjeune et se prépare, rasé de frais il descend frapper chez la vieille dame, après les salutations d'usage elle lui apporte l'appareil, un monstre blanc muni d'un long fil, et il tombe sur la nouvelle assistante d'Hervé, le ton est bureaucratique, il vous rappelle, la précédente, il l'a bien connue, une délurée qui ne refusait jamais un rail de coke avant le sexe –, dans le petit salon rose et mauve de Mrs. MacMillan un portrait de la reine et du prince Philip trône sur le manteau de la cheminée, parmi les photos d'animaux de compagnie, et Tristan imagine un chien, un gros clébard aux babines tombantes qui envoie des torrents de bave quand il se secoue, puis il imagine John Major, pas malin mais vicieux, prêt à courser la jeunesse britannique amatrice de raves et de drogues synthétiques pour lui mordre les fesses et la traîner dans un commissariat, la vie politique est plus amusante quand on est un étranger, Tristan a fui le chiraco-juppéisme triomphant et le voilà chez les conservateurs anglais, qui ne valent pas mieux, même si une partie de lui juge que ce qui est anglais est préférable par définition – sauf la nourriture –, la veille il a lu dans le *Guardian* une interview de Martin Amis qui expliquait que les Anglais avaient tous les défauts du monde mais qu'ils avaient résisté sous les bombes nazies, tandis que les Français avaient collaboré, la patrie renaîtra, tu parles, c'est alors que le téléphone sonne, l'arrachant à ses divagations, il hésite puis décroche, Tristan ? C'est Hervé, merci d'avoir appelé, et le producteur le gronde, On était inquiets, après l'accident tu nous as fait peur une seconde fois, il évoque brièvement les autres, qui vont sortir leur premier album – un affront qui ne passe pas –, mais ça, Tristan s'en fout, Viens à Londres, tu comprendras mieux, il n'en dit pas plus, Henze consulte son assistante, qui propose une date, il lui donne rendez-vous au pub du coin, le Drapers Arms, les jours qui suivent il déborde d'activité, écoute les nouveautés, rock indé, trip-hop, techno, et malgré un timide soleil qui annonce le printemps il passe de nombreuses heures dans sa pièce à musique, quand il ne joue pas il imagine des sons et aussi des silences, il les entend, un phénomène qui se répète, des morceaux qui frappent à sa porte, esquissés et déjà vivants, il est confiant, Tristan, il a une première idée, ne sait pas encore ce qu'il dira au producteur mais veut le rassurer, et lorsque celui-ci sort du taxi qui le dépose devant le pub, deux semaines plus tard, le chanteur l'aperçoit à travers la vitre, se lève et salue Seamus, le barman irlandais qui verse les meilleures Guinness du monde, dit-il – en tout cas les plus belles, avec leur trèfle dessinée sur la mousse –, souvent accompagnées d'huîtres venues de France, il se dirige vers Henze, une tape sur l'épaule, le producteur se tourne, un sourire se dessine sur son visage d'homme pressé, ils s'étreignent chaleureusement et Tristan le prend par le bras, On va se balader, un coup d'œil, C'est bon, t'as qu'une mallette, l'affaire est entendue, l'autre n'a pas le temps de protester, ils sont déjà en route, Hervé peu loquace – sur la défensive, songe Tristan, qui connaît bien le bonhomme –, ils échangent des phrases de circonstance, la vie londonienne, les séquelles, l'actualité musicale, il faut bien commencer par quelque chose, Tristan veut profiter de cette belle journée pour montrer à Henze les coins qu'il aime, lui faire respirer l'air de la Cool Britannia, Je parie que tu ne connais que des endroits comme le British Museum, Je connais le British Museum, admet le producteur, On devrait t'exposer au British Museum, plaisante Tristan, qui le conduit dans une boutique de disques voisine où il est accueilli en habitué et où il jette un coup d'œil aux derniers arrivages ; puis dans un restaurant indien, une gargote où la nourriture est si épicée que le visage pâlot du producteur vire au cramoisi ; une librairie près du Barbican avec un large rayon musique et la silhouette en carton de Paul McCartney, grandeur nature et dédicacée ; un café italien où on boit le meilleur espresso de la ville ; enfin à la galerie Saatchi, à Chelsea, pour admirer le requin de

Damien Hirst – en vrai ça ne fait pas le même effet que sur les photos –, et pendant cette excursion, qui met le physique enrobé d'Hervé à rude épreuve – Dix-huit trous chaque dimanche ne suffisent pas à garder la forme, observe malicieusement Tristan –, enfin ils parlent de musique, ou plutôt il en parle, lui, passée, présente et future, la réaction du producteur est sèche, Toi aussi tu voulais le succès, Je voulais faire de bons disques, se défend le chanteur, et on en a fait, Des moins bons aussi, souligne Hervé, Parfois, concède Tristan, et des images défilent dans sa tête, des engueulades en studio, des nuits d'overdubs, une piste, une nouvelle piste, étoffer le son, *Here's to…*, le deuxième album, était mal ficelé, On apprenait, Tu ferais mieux aujourd'hui ? l'interroge Hervé, Cent fois mieux, répond Tristan, et il lui expose ses idées, ses envies, trace les contours de son projet, il lui faut la journée, il en parle tellement qu'il a peur de noyer l'autre sous les schémas grandioses, de temps en temps Henze demande des précisions, Des boucles live ?, il n'imaginait pas Tristan en expérimentateur irréductible, On en vendra deux mille, il soupire alors, et le chanteur veut le rassurer, Pour les frais de studio et les musiciens, je me débrouille, On a entamé les négociations ? demande le producteur, Je déconne pas, répond Tristan, laisse-moi essayer autre chose, Henze est pensif, ils sont dans un café français, autour d'eux il y a des touristes, du bruit, Pourquoi Londres ? Pourquoi pas Stockholm, Bruxelles, Berlin ?, ça n'étonne pas Tristan, du pur Hervé : il n'a pas posé la question d'emblée et l'a ruminée toute la journée, elle sort au moment fatidique, une curiosité dont il a repoussé la satisfaction, soumise à des nécessités plus urgentes, savoir où en était son artiste, Il y a quelqu'un, répond Tristan, mais on ne se voit plus, Une grande et belle histoire d'amour, observe le producteur, comprenant qu'il n'en saura pas plus, ils ont fait une longue balade et approchent de St. Pancras, C'est casse-gueule, ton truc, Tu entends ? l'interrompt Tristan, Quoi ?, et il désigne un clochard sur le trottoir d'en face, l'homme a une épaisse barbe grise, les cheveux longs et des yeux fous, plusieurs couches de vêtements crasseux et de grosses bottes aux pieds, il a devant lui un foutoir d'objets disparates, boîtes, cartons, casseroles, fûts en métal, un arc à flèches qui lui sert de harpe, un xylophone composé de touches dépareillées, il en joue, d'abord c'est déplaisant puis on s'habitue, ils se sont arrêtés face au type, vieux et en sale état, autour d'eux une trentaine de badauds, Henze n'est pas impressionné, Dis-moi que ce n'est pas ton nouveau batteur, Tristan ne relève pas, Écoute, Amène-toi, s'agace le producteur, je vais rater mon train, tandis qu'ils marchent vers la gare Tristan se retourne pour voir le barbu qui tape toujours sur ses objets, les sons leur parviennent encore, ils sont dans le hall des départs, Hervé s'arrête et le prend par le bras, Prends ton temps mais fais-nous un putain de bon disque, Tristan, autour d'eux les quelques voyageurs ne savent pas qu'ils viennent d'assister à une renaissance, la troisième vie de Tristan commence – puis il y en aura une quatrième –, ils ont tout juste le temps d'évoquer des chiffres, budget et avance, le producteur connaît son homme et n'a pas envie de le voir s'enfermer des mois en studio pendant que le compteur tourne, il a confiance jusqu'à un certain point, et Tristan arrache une concession, pas de promo, seulement quelques interviews, Henze proteste puis finit par céder, Maintenant au boulot, il conclut avec un sourire, enfin les deux hommes se saluent d'une poignée de main virile, Tristan a un plan, se faire construire un home studio dans la pièce à musique – ainsi le compteur ne tournera pas – et travailler seul, dans les jours qui suivent il prend deux décisions cruciales, comme le soulignera son biographe Thomas Leveaux, dont le livre, *Tristan Lavarini, jours de colère*, fera autorité sur le sujet, la première est liée aux musiques qu'il découvre, minimalisme américain, techno, post-rock : renouant avec sa formation de percussionniste et ses années de batteur, il compte mettre en avant le rythme, les machines, les percussions, et la seconde, c'est de chanter le moins possible, de s'effacer derrière la musique et de faire appel à d'autres, hommes et femmes, il en a marre de voir sa gueule sur les photos, les affiches de concert, les pochettes de disques, ras le bol du gommeux new wave, il y a tant de voix extraordinaires, tu viens, on discute et tu fais comme tu le sens, il imagine une choriste oubliée qui entre en studio, pose son chant céleste dans l'écrin conçu pour elle, puis s'en va – contrat et royalties à la clé, dans les règles –, et le mot qui lui vient, dans son home studio qui grandit élément par élément, au fil des achats et des livraisons – un technicien qu'on lui a recommandé se charge de l'installation, ordinateur et Pro Tools compris –, est : Expiation ; il n'est pas croyant, Tristan, le catholicisme de ses aïeuls italiens n'est pas pour lui, le rigorisme protestant de sa famille suédoise non plus, ce n'est pas une question de Dieu ni de religion, c'est autre chose, il a commis un crime contre la musique et c'est ce crime-là qu'il doit expier, il repart avec des moyens modestes, dans une ville qui ignore tout de lui, et sait qu'il n'est pas un homme neuf, mais ce qu'il commence à présent l'est, alors il balance ses idées noires dans la Tamise et, pour être en forme, court dix kilomètres chaque jour sur le tapis roulant, début 1997, Tristan pèse soixante-treize kilos pour un mètre quatre-vingt-six, un héron, comme il ne mange plus de viande il manque de protéines, prend des comprimés de fer, une vie à base de solitude, de sport et de travail dans le crachin anglais, ça ressemble à une punition, pourtant il se sent mieux, il marche, la ville est immense, dix fois Paris, partout des parcs, des jardins, bientôt il pourra allonger la distance, quinze, vingt kilomètres, semi-marathon, et dans le home studio les murs sont nus, il n'a affiché qu'une photo, une page arrachée du *NME*, Rick Witter sur scène, une des vedettes du moment, mi-Pinocchio mi-Christ démantibulé, ce qui le fait vivre, Tristan, c'est la musique qu'il entend dans sa tête, pas seulement, car il veut connaître autre chose et se sent prêt, il se méfie de l'amitié, à son âge on ne se fait plus de vrais amis, non, c'est l'amour qui s'est remis à le titiller, il fait des rêves infiniment doux, il n'est plus seul, quelqu'un lui tend la main, une femme qui ne le juge pas et ne lui reproche rien, une femme qu'il arrive à aimer, et il comprend qu'elle a le visage de Chiara, la voix de Chiara, qui l'attend et ne patientera pas toujours, ses sentiments sont vrais — elle l'aimait, le lui a dit —, mais elle en a aimé d'autres avant, ne s'effondrera pas si leur histoire est finie, Chiara aux commandes de sa vie, professionnelle, sentimentale, sexuelle aussi, elle prend rarement l'initiative mais paraît toujours maîtresse de son désir, Tristan est admiratif, il appellera, a d'abord un album à enregistrer, sort, voyage, Manchester, Glasgow, Dublin, il se lie avec des journalistes, des intellectuels, des artistes, université, théâtre, danse, on l'invite, parfois il décline poliment, il a encore du mal à affronter la vie en société, dans les conversations il reste discret, ne parle guère du passé, quand on l'interroge il relativise, la Parade a connu un bon petit succès, pas plus, et il a des aventures d'une nuit, de quelques jours, ça ne lui suffit plus, il a peur que le vieux Tristan ne soit à l'affût, prêt à dévorer et recracher, il croise aussi des musiciens, des gens du music business, la scène anglaise ne faiblit pas, des dizaines de nouveaux groupes apparaissent chaque semaine et signent chez une major ou un gros indépendant, 4AD, Creation, Mute, il y a de la place pour tout le monde, puis les cool hunters des majors sortent le chéquier, Tristan n'est pas dupe, à Londres les musiciens poussent sur les arbres, dans le Nord on rêve moins, le froid, la pluie, le chômage, les gens sont durs, comme leur accent impossible – celui des Écossais est le pire –, en novembre il va à Glasgow voir Hyaena à The Arches, des petits jeunes qui font du boucan avec trois guitares, et le journaliste du *Melody Maker* qui l'accompagne – l'automne à Glasgow n'est pas une aventure qu'on tente seul – fait les présentations, on sympathise, il aime leur musique et, surprise, ils connaissent la Parade, Y a pas de rock en France, plaisante Stuart, le chanteur, rien que toi, quelques semaines plus tard Stuart l'appelle, il lui propose de jouer avec eux à l'Astoria Theatre de Londres, leur batteur s'est cassé la main, Quand ? il demande, Demain, Tristan s'apprête à dire non, mais l'autre insiste, ils cherchaient quelqu'un et ont pensé à lui, le Français au physique de marathonien – et au bassin encore fragile –, il doit remplacer pour un soir un costaud qui a des bras comme ses cuisses, et le 22 janvier 1998 à l'Astoria il tient la batterie au sein de Hyaena, sur scène les projos dans les yeux, tous les sens en alerte, deux demi-journées de répétition, la balance dans l'après-midi, avant le concert les gars n'ont pas picolé, eau minérale, les bières sont pour après, un petit joint aussi, et il se débrouille, Tristan, il compense en précision ce qui lui manque de puissance, joue sobre et efficace, dans le tempo, il connaît mal les morceaux mais Dean, le bassiste, l'a briefé, ils ont même mis au point un code, Stuart et lui, le pouce dans le dos, OK, un doigt, plus vite, deux doigts, moins vite, et dès le premier morceau, après deux doigts et le pouce, le chanteur mouline, ce n'est pas un signal convenu mais Tristan comprend, il y va et c'est bon, putain qu'est-ce que c'est bon, la scène, le public, deux mille personnes qui sautent et crient pendant tout le gig, on se croirait en plein derby Celtic contre Rangers, ce soir il n'est qu'un instrument, ce n'est pas lui qui joue, c'est la musique qui le joue, il ne croit pas à ces histoires de transe, c'est la force d'entraînement, le courant qui vient du groupe et le traverse, parfois il y avait ça avec la Parade, mais il la pensait tellement, la musique, c'était la sienne même quand il ne l'aimait pas, qu'il restait en dehors, elle ne le jouait pas, ce soir si, et après le concert il discute avec Mac, le batteur à la main plâtrée, il vient du jazz et sait jouer en finesse, avec les brosses, Tu devrais entendre ça, souligne Dean, cogner, ça l'amuse, mais ce qu'il aime, ce sont les rythmes sophistiqués, et la copine de Mac, une rousse qui fume clope sur clope, en plaisante, Un ours délicat, alors Tristan se lance, il a un projet, c'est compliqué, il lui expliquera, Viens me voir, ils sont au pub du coin, le groupe, son entourage et des amis londoniens, Pourquoi pas, répond le batteur, une poignée de main à vous arracher le bras, Tristan se dit qu'il ne le reverra plus, et trois mois plus tard, main guérie, tournée achevée, Mac se pointe avec Kate, Tristan va les chercher en bas – la sonnette est cassée et il n'a pas pensé à la faire réparer –, dans le parc voisin un grand marronnier déraciné par le vent a été emporté par les employés municipaux, il reste un trou et des oiseaux qui tournent dans le ciel, on se serre la main et Tristan les précède dans l'escalier, puis les conduit au studio, Mac est impressionné, Joli matos, batterie Pearl neuve, une Stratocaster et une Gretsch électroacoustique, une basse Capelli qu'il s'est fait envoyer de France, amplis, préamplis, pédales d'effets, claviers Roland, percussions, une console seize pistes avec enregistreur DAT qui permet de faire des maquettes professionnelles, et tandis que Kate, yeux verts, toute de cuir vêtue, plus sexy que le soir du concert, constate Tristan, sourit avec bienveillance en examinant les jouets des garçons, Mac s'installe derrière la Pearl, saisit les baguettes et fait retentir la grosse caisse, les cymbales, le kick, Tristan bricole le sampler et lance une boucle, un rythme saccadé, tou-tou-tou-ta, tou-tou-tou-ta, Tu peux jouer ça ?, Mac hoche la tête et reproduit le rythme, tou-tou-tou-ta, tou-tou-tou-ta, Encore, insiste Tristan, il le refait, Vas-y, il s'exécute, fait à son tour une boucle, pas parfaite, de temps en temps il y a un léger décalage, ça s'entend, de la main Tristan lui fait signe, ne t'arrête pas, puis un T, une main perpendiculaire à l'autre, Je peux enregistrer ?, Mac hausse les épaules, Sûr, Rejoue-la, et devant Kate assise dans un fauteuil, vaguement ennuyée mais tout de même amusée par la scène – qu'elle racontera plus tard à des journalistes, « J'ai vu le phénix renaître de ses cendres », Tristan sera encore là pour désapprouver cette formule –, ils répètent jusqu'au début de l'après-midi, quand Mac signale avec une pointe de nervosité dans la voix : J'ai la dalle, mec, ils vont au Drapers Arms, dévorent des frites en buvant de la bière – Coca Light pour Tristan –, Kate a filé, Tristan peut consacrer toute son attention au géant barbu, au pub c'est Mac qui l'interroge, Ton groupe était pas si petit que ça, hein ?, Non, répond Tristan, on a même eu trois lignes dans le *Melody Maker*, Bollocks, fait l'autre, La vérité, jure Tristan, et comme il est de bonne humeur, que l'horizon s'éclaircit – façon de parler : le printemps à Londres n'est qu'une longue averse sous un ciel gris –, il parle, raconte, explique en omettant les points les plus litigieux, Mac est musicien, il connaît la chanson, a le regard de quelqu'un qui a tout vu, entre hommes du monde on se comprend, des euphémismes, pas des mensonges, un jour Mac dira : Un mec pudique, tous ceux qui l'auront croisé après la Parade le diront, pendant ce temps Mac engloutit deux assiettes de frites, descend quatre pintes de lager puis, fier du devoir accompli, se lève et va pisser, une fois de retour il ne se rassied pas, Allons-y, entre-temps Tristan a fait signe à Seamus que l'addition était pour lui, ils regagnent le studio et poursuivent leurs expériences jusqu'au soir, Tristan joue des accords à la guitare, plus de vides que de pleins, un nouvel ami, quelques mots, peu de notes et beaucoup de silence, être ici, aucune idée de ce qui se passe ailleurs, en France, le lien n'est pas défait, il est tranché net, seuls quelques fils subsistent, Henze et Euterpe, et ce qui lui reste de famille, oncle, tante, cousine, sinon il ne sait pas, Neon Parade et Nathalie si loin, Chirac, Le Pen, la mort de Mitterrand, plus loin encore, ici il y a eu celle de Diana, et il fait nuit quand il éteint les machines, que Mac pose ses baguettes et dit : T'as besoin d'un bassiste et d'un guitariste lead, mec, enfin, telle une évidence : Et je veux t'entendre chanter.

Trois concerts à Paris entre 1977 et 2016. Je n'ai pas vu le premier, celui de 1992 aussi était historique, Verlaine et Lloyd au sommet de leur forme. Des mecs de quarante balais qui avaient tout connu : la bohème, la galère et la gloire, New York telle une ville en guerre, et la dope, l'oubli, le retour en grâce, puis une forme de consécration pour le chanteur-guitariste, légende vivante des années punk et songwriter admiré. Plus tard, Pitchfork *publiera un long article sur leur premier album vieux de plusieurs décennies en le décortiquant avec soin et on trouvera sur Discogs des pressages originaux à des prix insensés – j'en ai acheté un –, signe que le groupe a laissé une trace indélébile dans l'histoire de cette musique. Bref : le 6 novembre 1992, j'étais à La Cigale et, depuis, j'ai fait encadrer mon billet.*

Je travaillais déjà pour les Allemands, dans la branche musique, que je ne dirigeais pas encore. C'était après mes années de banquier, une période instructive que je ne renie pas. Mes années quatre-vingt furent studieuses. Et excitantes, à défaut d'être rock'n'roll : les privatisations, la restructuration du capitalisme français, la transformation en profondeur de secteurs d'activité entiers, l'automobile, la sidérurgie, les médias, l'assurance… Je sais ce que vous pensez : le fils de prof qui rêvait de devenir critique rock a fini officier dans la grande armée du capitalisme néolibéral. Ça m'est égal. J'ai accompagné les bouleversements du monde, j'ai appris et j'ai fait, mais je ne suis pas un collabo, j'ai toujours eu une éthique. Quand les fusions et acquisitions ont commencé à déraper, je suis parti. La musique, c'est de la culture. Certains des disques que nous sortons dureront, certains artistes aussi (pas tous). Television jouait ce soir-là à La Cigale, dans le cadre du festival des Inrockuptibles, *un groupe que j'aimais et que j'espérais avoir un jour à notre catalogue – ça n'a pas été le cas. Un moment inoubliable, qui m'a ramené aux années du fanzine, quand j'étais comme un fou, que j'écoutais tout puis écrivais dessus.*

Je n'ai pas rédigé de critique du concert. Il m'a tant marqué que c'était inutile. Les morceaux du troisième album étaient excellents et ils ont joué des classiques, dont Marquee Moon, *avec son solo de guitare mémorable. Mais le plus fort n'avait qu'indirectement à voir avec la musique. J'étais dans la fosse, seul – Nathalie était à la maison, les concerts rock n'étaient pas pour elle – et je les voyais, Lloyd et Verlaine, jouer en se regardant. Au-delà de la perfection musicale, j'ai perçu leur amitié, un lien solide qui avait survécu au temps et aux difficultés. Pendant les dernières notes de* Marquee Moon, *une ombre est passée sur le visage de Verlaine, et Lloyd a hoché la tête, comme pour dire : « Yes, my friend. »*

Le single *Président Neon Parade* sort à la rentrée 1998 et occupe aussitôt la tête des ventes, comme l'album du même nom dans la foulée, les visages d'Alexis, de Charles et de Jérémy sont partout, et Tristan observe la situation de loin, ses anciens camarades de jeu devenus ouvertement mainstream, toutes prétentions artistiques remisées, divertir et vendre, ça ne le détourne pas de ses projets, dont la forme se précise même s'il a pris du retard, pas à cause de la nouvelle Parade mais de l'ancienne, car en attendant que Tristan soit prêt les frères Henze décident de sortir un live, *Soir après soir*, une compilation de morceaux en concert, Élysée-Montmartre 1982, Nice 1985, Nantes 1988, Tokyo 1992, La Cigale 1995, le tout remixé par Dominique, un double album lancé à grand renfort de publicité qui mise sur l'effet Neon Parade, avec une telle locomotive les ventes sont sans précédent, plus de trois cent mille exemplaires, disque de platine, ironie du sort qui n'échappe pas aux frères Henze, puis le back catalogue sort en version remastérisée, une actualité à laquelle Tristan ne contribue pas et qui fait les affaires d'Euterpe, sous la pression des Allemands il faut trouver de nouveaux artistes et rester dans la course, mais les difficultés persistent malgré le soutien d'une major, si bien qu'Hervé annonce dans *Libération* : Tristan est au travail, l'album arrive, tout va bien, il aurait préféré le silence et l'anonymat, lui, tirer un trait sur sa vie d'avant et ne pas savoir, or il sait, la maison de disques, ses anciens partenaires, Antoine qui fait carrière dans le groupe allemand et dirige à présent la division musique au niveau mondial (c'était dans le *Financial Times*), il a abandonné ses activités politiques, toujours au PS mais pas jospinien, Nathalie qui a publié son premier roman (une exofiction dans laquelle elle raconte les premières années de Louise Bourgeois à New York), et Ludovic, Ludo le banni qui, après un accord à l'amiable, un chèque de remboursement et pas de poursuites, s'est reconverti comme talent scout à la télévision, où ses manières d'élégant voyou font merveille, le travail avec Mac se poursuit, ils auditionnent des musiciens et vont aux concerts, à Londres et dans le reste du pays, des virées en bagnole, c'est Mac qui conduit – Tristan n'a pas de permis, s'il a évité une condamnation en Allemagne, c'est parce qu'il était en règle et n'avait blessé personne –, quand ce n'est pas du rock ou du jazz le batteur se défile, le punk de son adolescence et le jazz de son défunt père, qui lui a transmis sa passion pour Coltrane, mais la musique contemporaine, la techno et la world music, non merci, Tristan satisfait cette curiosité-là seul, des escapades qui lui font du bien, il aime se balader aux quatre coins des îles Britanniques, l'envie de voir le monde est revenue, après Londres et l'Écosse, Bruxelles et Hambourg, son rayon d'action s'étend, mais pas encore jusqu'à Paris, et c'est à Londres qu'il fait les plus belles découvertes, un soir de mars 1999 il va voir Pulp à l'Alexandra Palace, il a proposé à Chiara de l'accompagner – ils se revoient depuis quelques semaines, c'est lui qui a pris l'initiative, il a téléphoné et laissé un message sur son répondeur, elle l'a rappelé et ils ont parlé, deux heures entrecoupées de silence, de rires et de larmes –, ce jour-là elle a cours, rentre de Cambridge dans la soirée, il passera chez elle après le concert, il lui arrive de plus en plus souvent d'y dormir, deux ou trois fois par semaine, leur complicité n'est pas que physique, idées, vision du monde, Chiara a des convictions solidement ancrées à gauche et du côté des minorités, des exclus, des marginaux, au sein d'une institution, certes, mais de celles où on peut penser, débattre, militer, Les Anglais sont tolérants, ici je peux tout dire, et elle dit tout, à lui aussi, ils ne sont pas toujours d'accord mais Tristan aime cette intégrité, l'Alexandra Palace n'est pas sa salle préférée, trop grande, jusqu'à dix mille personnes, heureusement ce soir elle est en configuration moyenne, il est sur la guest list, le concert n'est pas complet, lorsqu'il arrive en taxi une foule de gamins font la queue pour entrer, ils ont dix ou quinze ans de moins que lui, un public bon enfant, garçons et filles de toutes les communautés, avant même l'apparition de Jarvis Cocker et de sa bande le climat est détendu, les joints circulent, Tristan se poste sur un côté, vers le fond, mâche son chewing-gum à la chlorophylle, aujourd'hui les gamins prennent de l'ecstasy – pas pour un concert rock –, la drogue de l'amour, il n'arrive pas à ne pas trouver ça charmant, et quand la première partie débute Wash Lee, jeune chanteur black avec des machines, un bassiste et un guitariste, il est tout ouïe, le public distrait, pas venu pour ce gosse, et derrière ses contrôleurs et autres boîtiers, une guitare électrique en bandoulière – Comment fait-il pour chanter et manipuler tout ça ? se demande Tristan pendant le premier morceau –, Wash pousse un long cri rageur, une main qui vous plonge dans le cerveau à travers les oreilles, se glisse jusque dans vos tripes et les serre de toutes ses forces, le chant est puissant, il alterne avec des moments parlés, la diction claire, jamais Tristan n'a entendu un anglais si expressif, Wash Lee raconte des histoires d'intimité et de rue, de gloire et d'opprobre, il se sent minable, lui, avec ses petites pièces faciles, il sent un courant qui le soulève du sol et, pendant que le jeune chanteur malmène ses machines, derrière lui la section rythmique envoie du bois, tour à tour martiale et subtile, les morceaux se succèdent, et comme Tristan ne les connaît pas ils n'en forment qu'une, Comment ai-je pu rater ça ? se demande-t-il, et surtout : D'où sort ce mec, d'un accouplement entre un fantôme et une TR-808 ?, il y a cette voix, ces mots, grâce à Mac Tristan a un pass, il veut choper le type backstage, le seul rappel donne lieu à un *Search and Destroy* version voix, basse, batterie et boucles synthétiques, la chanson des Stooges agressée de toutes parts, tiraillée entre la violence et la mélancolie, ce gosse n'a pas vingt ans, songe Tristan en écoutant distraitement Pulp, Jarvis Cocker en forme, un gig plaisant mais anecdotique, et plus tard dans les coulisses il y a du monde, journalistes, fans, personnalités, c'est la foire d'empoigne, quand Wash apparaît, l'air hanté, oscillant sur ses jambes frêles, il y a comme un mouvement de foule vers lui, mais Tristan est grand, il a de longs bras et l'attrape par l'épaule, parvient à lui murmurer quelques mots à l'oreille avant que l'agent de la sécurité qui a bondi pour faire reculer tout le monde ne lui colle son poing en pleine tempe gauche, Tristan allongé sur le sol, la tête vide, quelques secondes plus tard il a repris conscience, Wash est penché sur lui, un demi-sourire sur le visage, Hey man, plus tard on s'interrogera : comment Tristan a-t-il convaincu Wash Lee de bosser sur son premier album post-Parade ?, nul ne le sait et aucun des deux hommes n'a voulu le raconter, qu'importe, seul le miracle compte, puis les mois passent, ça paraît long mais c'est nécessaire, car maintenant il sait, Tristan : en musique il ne s'agit pas d'inventer mais d'émerger dans le présent, et ils se revoient fin 1999, Wash rentre d'une tournée américaine, un samedi soir, Fabric, le meilleur club de Londres, Laurent Garnier joue toute la nuit et passe deux morceaux de La Monstrueuse Parade, *The Riot* remixé par Carl Craig et *Jésus sauve* par Richie Hawtin – malins, les Henze ont sorti un album de remixes, *Un monstre sur le dancefloor*, par des producteurs de ce calibre –, Fantastic, s'emballe le gosse, Je suis trop vieux pour ça, observe Tristan, Come on, insiste Wash, après une nuit en sueur, à cent trente bpm, il est huit heures du matin quand le DJ et producteur vient saluer Wash, ils s'embrassent, on fait les présentations, Exilé ? il demande à Tristan, Tricard, répond celui-ci, Je te sens pas French touch, observe

Garnier, amusé, dans les semaines qui suivent Wash et le chanteur se voient tous les jours, ils enregistrent des maquettes chez Tristan, Hervé a booké des sessions au studio Britannia Row, légendaire mais pas plus cher que les autres et même un peu vieillot, la parenthèse se referme, l'ancien meneur de la Parade a décidé de poursuivre l'aventure et de resigner chez Euterpe – en échange de ses masters –, tandis que l'industrie du disque est agitée par de violentes secousses, le téléchargement illégal n'est plus un simple spectre, c'est une réalité qui frappe toutes les maisons de disques, on se démène, on cherche des systèmes de protection, le peer-to-peer est le Diable, après des années à se remplir les poches grâce au CD le temps est aux vaches maigres, nouveaux acteurs et même avidité, C'est du vol ! s'est écrié Philippe Henze au téléphone, les frangins sont plus inquiets que lui, qui ne pense qu'expérimenter, Wash est le directeur artistique du projet, vingt et un ans, passé par la Royal Academy, il aurait pu devenir pianiste classique mais a tout envoyé péter, un premier album remarqué, *Mantra*, on dit que c'est le nouveau Prince, le nouveau Brian Wilson, Tristan fera appel à d'autres chanteurs et chanteuses, il s'en tiendra à un ou deux titres, et Wash conduira le futur groupe, ils ont des noms en tête, le gosse connaît toujours quelqu'un qui connaît quelqu'un, Tristan aussi, souvenir de ses années de fêtard, une diva sixties croisée au Palace, elle a tout arrêté, vit retirée dans son duplex de l'avenue Junot, il va la voir et n'avertit personne, taxi pour Montmartre et retour à Orly dans la soirée, il raconte, explique, exagère parfois, un enfant qui ne laisse pas parler les grands, mais elle a du métier, quarante ans de carrière, la scène, le cinéma, ce qui ne l'empêche pas de plaisanter, de forcer sur le bourgogne à l'apéritif – Non merci, se défend Tristan, Quel bonnet de nuit vous faites, mon garçon ! –, et elle accepte sur-le-champ, ce qui l'intéresse est d'écrire les paroles avec lui, Je voudrais que ça parle de vous, affirme Tristan en rougissant, ses parents avaient ses disques, il les a écoutés quand il était petit, lorsqu'il s'en va elle l'embrasse, À bientôt, maintenant ils sont trois, Mac, Wash et lui, il leur manque un guitariste rythmique, Tristan appelle Mickey, il est disponible, et un bassiste, on lui recommande des pointures mais ce n'est pas ce qu'il veut, quinze jours pour trouver l'oiseau rare, il pensait produire avec Wash – il n'est rien que celui-ci ne sache faire dans un studio, ils sont allés en repérage et, dans la cabine de production, Tristan l'a regardé, le gamin s'est penché sur la console sans dire un mot, il l'a caressée de ses longs doigts, lui a parlé –, puis Hervé souffle un nom à Tristan, Andy, vingt-quatre ans, Mancunien expatrié en Amérique, il connaît toutes les musiques du passé et ne pense qu'à celles du futur, a écouté la Parade, ça l'intéresse, Tristan l'invite chez lui, il n'a rien dit à Wash, seulement qu'il avait peut-être quelqu'un, dans le home studio Andy passe les démos, Alors ? demande Tristan, et l'autre, grande mèche brune sur les yeux, regard clair, mâchonne son chewing-gum avec un air de sale gosse, OK, c'est lui qui trouve le bassiste, il l'a croisé en studio à New York avec David Byrne, il assistait l'ingé son, ils attendaient un pro recruté pour jouer sur un morceau, personne ne l'avait jamais vu, un type débarque sans instrument, Où est ta basse ? l'a engueulé le réalisateur, Filez-lui une basse ! et il a joué sur le morceau, carré, tout le monde sur le cul, puis s'est éclipsé, ils ont mis des semaines à le retrouver pour lui payer la session, il était venu prévenir que son frère, le pro, avait un empêchement, Andy appelle Damian, on lui envoie un billet d'avion et quelques jours plus tard il les rejoint à Londres, les morceaux ne sont pas prêts, le groupe n'a jamais répété et les musiciens ne se connaissent pas, le studio est réservé pour deux mois, puis ils continueront à Bruxelles si nécessaire, quand ils se retrouvent le premier jour Wash est déjà là, il bricole ses machines, et Tristan explique ce qu'il attend, chaque morceau a un cadre et des règles, on apporte ce qu'on veut, on essaie et on voit ce que ça donne, Wash et Andy posent les fondations, Damian, Mickey et Mac étayent, l'important c'est la liberté, il insiste, enfin il ajoute les mots et sa voix, se demande qui pourrait chanter à sa place, les premiers jours ils font et refont, pas d'agacement quand ça ne marche pas, Tristan donne des consignes tels des dictons de grand-mère, Enlève, mieux vaut pas assez que trop, Si l'erreur nous plaît on la garde, Il faut faire ce qui ne se fait pas, l'atmosphère est insolite, Wash et Andy si jeunes et déjà si professionnels, ni alcool ni drogue, pas même un joint, Après le boulot, précise Wash, ils sont concentrés, obsédés par les détails, Andy est le plus sérieux de la bande, quand les choses traînent, qu'ils s'égarent — Wash qui se met à jouer du Chopin avec des sons bizarres sur son Roland EG-101, Mac qui croasse avec son accent écossais —, le jeune réalisateur siffle la fin de la récré, et face aux expériences de Tristan il est sceptique mais ne proteste pas, pour prendre des décisions, choisir la bonne version ou une nouvelle direction le chanteur a recours à un arsenal de cartes, de jeux, de grimoires qu'il sort d'on ne sait où, plusieurs fois par jour il interrompt le déroulement de la session, tire les cartes et annonce le résultat, ou bien il consulte le *Yi Jing*, parfois sans lancer les pièces, une variante plus légère, histoire de ne pas irriter son monde, et les autres plaisantent : Tu crois que je devrais jouer au Loto aujourd'hui ?, ou : Si tu parles aux morts, dis à Kennedy que George W. Bush est président des États-Unis, Ah bon ?, Tristan ne lit pas les journaux et ne se sert de son ordinateur que pour faire de la musique, Internet l'indiffère, T'as tort, lui répète Wash, c'est l'avenir, un avenir qui s'annonce mal pour l'industrie du disque, le marché stagne et va bientôt chuter avant de s'effondrer pour de bon, interviewé par le *Guardian* Antoine Delpierre affirme qu'il faut se développer pour résister à la crise, et il achète, en Europe et au Japon, le fils de profs est à la tête d'un colosse, Tristan suppose qu'il fait des allers-retours entre l'Allemagne et Paris, n'imagine pas Nathalie et les enfants installés loin de la capitale, mais il n'a pas de nouvelles, par moments il éprouve de la nostalgie, Paris et la France qui bougent, on va pouvoir se pacser, travailler trente-cinq heures, la gauche plurielle est au pouvoir et fait mieux que le New Labour, lui semble-t-il, ces deux mois d'enregistrement s'achèvent dans la sérénité, exit Britannia Row, direction Bruxelles et le bon vieux studio ICP pour les voix définitives, les overdubs et le mixage,

Wash et Andy à la manœuvre, tandis que les invités se succèdent au chant, la nouvelle amie de Tristan, un héros punk, un Californien pote d'Andy, puis c'est une affaire de sélection et de montage, ils ont des heures de musique, des centaines de pistes à assembler, bientôt les morceaux commencent à prendre forme, ils ont des titres comme *Introduction*, *Situation 1*, *Situation 2*, *Proposition A*, *Proposition B*, chaque fois qu'il y a un choix à faire Tristan tranche en faveur de la solution la plus minimaliste, retirer, laisser des vides, il y aura des silences et aussi des éléments qu'ils auraient dû couper, un « OK » de Tristan à Andy à la fin de *Situation 1*, Mac qui laisse tomber ses baguettes et fait : Shit, en plein pont d'*Introduction*, des ambiances troubles, le chant de Tristan mal assuré, parfois absent, des morceaux instrumentaux, d'autres voix que la sienne, ses paroles se sont affranchies de tout récit ou sens, une langue faite de sonorités, *Proposition A* est un long râle de douleur dans lequel on finit par se blottir, ils passent deux autres mois à Bruxelles, chaque jour au studio, samedi et dimanche compris, Hervé appelle plusieurs fois par semaine et vient les voir à l'improviste, ils parlent de la pochette, des concerts, d'une éventuelle tournée, il faut un nom, Tristan Lavarini impossible, ce n'est pas un album solo, ils sont cinq, six avec Andy, un travail de groupe qui convainc le chanteur, une fois le mixage terminé et après de vives discussions, lui qui veut continuer à soustraire, Wash qui voudrait étoffer le son, Andy qui rêve de cordes et d'arrangements sophistiqués – le Disque de la Maturité –, mais Tristan tient bon, fait des concessions, Andy a invité John Cale,

Tristan se fige sur place en le voyant entrer dans le studio, ils se serrent la main, pas le temps de lui dire qu'il a grandi avec sa musique et celle du Velvet, Cale s'installe au piano et improvise, Andy avait raison, il fait le strict minimum et ça sonne juste, ils réécoutent avec l'ingé son et Wash hoche la tête, les morceaux sont déchirés et raccommodés de partout, c'est ce qu'il veut, ainsi naît le paysage sonore dessiné par le jeune musicien, cette nuit piquetée d'étoiles dans laquelle évolue la musique de Morituri, le nom qu'a choisi Tristan et qu'Euterpe a fini par accepter (Pourquoi ? lui a demandé Hervé, et Tristan a haussé les épaules), viennent le mastering, le pressage, les camions qui sortent de l'usine et vont approvisionner les points de vente dans toute la France, le jour où le disque sort Tristan est loin, chez Wash à South London, ici il ne se passe rien et là-bas pas grand-chose, premières critiques, les Henze ont fait faire une vidéo, merveille d'abstraction géométrique réalisée par un artiste en vogue – le mec de Björk –, des formes, du mouvement, des mains qui apparaissent et se transforment, Hervé adore, Tristan la trouve prétentieuse, et bientôt d'autres articles paraissent, la presse est bonne, elle salue le retour du héros qu'on avait trop vite enterré, les demandes d'interviews affluent, toutes mises en attente, malgré l'absence de simple l'album *Morituri* fait l'unanimité : personne n'attendait Tristan à ce niveau, la qualité des morceaux, l'ambition du projet, la richesse sonore – le travail de Wash est remarqué, celui d'Andy aussi –, pas toujours incarné, mais quel rebond après la fin sordide de La Monstrueuse Parade, souligne Jean-Daniel Beauvallet dans *Les*

Inrocks, devenu hebdomadaire alors que Tristan se rétablissait dans une clinique allemande, Lenoir passe tous les titres dans son émission, c'est une victoire par K.-O. contre Neon Parade, artistique, pas commerciale, car les chiffres n'ont rien de comparable, sorti en janvier 2001 l'album de Morituri sera l'un des disques de l'année, tandis que les anciens partenaires de Tristan figureront parmi les plus gros vendeurs du pays, à Bruxelles il a entendu leurs chansons à la radio, vu leurs photos dans la presse française, il n'aime pas leur musique mais sent qu'elle est efficace, des textes malins, des refrains à faire chanter les stades, le grand public adhère et la critique ignore, préférant Morituri, après en avoir parlé avec les autres Tristan consent à faire une mini-tournée, quelques dates dont plusieurs à Paris, il sait qu'en France il y aura des sollicitations médiatiques, il n'est pas prêt pour ça et le dit à Hervé : Le moins possible, et les voilà tous les cinq dans le grand cirque parisien, répétitions, concerts, quelques interviews soigneusement sélectionnées, Morituri n'est pas « le groupe de Tristan », c'est un vrai groupe, il accepte d'en parler, accompagné de Mickey, qui veut bien l'épauler – eux seuls parlent français –, et on lui pose la question, il se la pose lui aussi : Qu'est-ce que ça fait d'être de retour, d'avoir de nouveau les projecteurs braqués sur soi ?, il n'a pas de réponse, Ce qui compte c'est de refaire de la musique, il y croit, pourquoi n'y croirait-il pas, dans le même temps le groupe travaille dur, le premier concert à La Cigale est un choc, il ne s'attendait pas à une telle ferveur, n'est pas monté sur une scène depuis six ans et s'apprête à jouer devant une salle pleine, mille huit cents personnes qui auraient dû l'oublier, se ficher de ce qu'il était devenu, des centaines de disques sont sortis depuis, des bons, des très bons, des mauvais, la musique a changé, tout a changé, il appartient au monde d'avant, lui, c'était un monde merdique mais c'était le sien, et s'il avait l'âge de ces gamins – dont les plus jeunes pourraient être ses enfants – il ne serait pas là, n'écouterait pas cette musique, il y a les raves, le hip-hop, c'est égal, il veut profiter du moment et regarde les autres, derrière lui, à côté, Mac, Wash, Mickey, Damian, le bassiste est concentré, son visage poupin assombri, Mac le sourire aux lèvres, un gig qui ne sera pas une bataille mais une joie, il lui a montré une cicatrice à l'avant-bras droit, un mec armé d'une bouteille en verre brisée, les autres sont trop jeunes, Wash le nez dans ses machines, Mickey qui s'accorde, teste ses pédales et fait hurler le boxon, puis Tristan prend le micro, entend Mac qui démarre, puis crie : Bonsoir Paris, Ceux, Qui, Vont, Mou, Rir, Te, Sa, Luent, à ces mots une clameur monte de la foule, La Cigale tremble, et au bout d'une heure vingt, que des nouveaux morceaux et pas de rappel, quinze minutes d'ovation, il faut le porter dans les loges, le temps de se reprendre, vite, ils y retournent et remercient, on leur jette des fleurs, roses, jonquilles, Tristan n'arrive pas à se baisser pour les ramasser, il envoie des baisers, tombe dans les bras de Mac et chiale comme un môme, il lui faudrait une semaine pour s'en remettre mais le lendemain ils jouent à l'Olympia, cette fois non plus aucun titre de la Parade, l'album, deux morceaux qui n'y figurent pas et des reprises, le même accueil, plus de sérénité et pas le même choc, ils y sont préparés, Tristan chante mieux, le groupe est solide, la rythmique fait merveille, par moments Tristan s'arrête pour les écouter, Lille, L'Aéronef, Rennes, salle de la Cité, Strasbourg, La Laiterie, ils jouent live sur Canal+, présentés par Antoine de Caunes, d'autres artistes à l'affiche de l'émission, le présentateur vient les saluer backstage et serre longuement la main du chanteur, Ça fait plaisir de te revoir, ils se sont croisés dans les années quatre-vingt, *Rockorico*, *Les Enfants du rock*, ils évoquent de vieilles connaissances, ceux qui ne sont plus là, ceux qui ont changé de vie, Tes anciens potes, commence de Caunes, et Tristan hausse les épaules, son come-back, des semaines loin de sa chérie qui travaille, en quelques jours un concentré adulte de tout ce qu'il a vécu de bon dans sa carrière, de retour à Londres ça continue, Hervé l'appelle, T'as vu la presse ?, Tristan la consulte en ligne, non que les critiques lui importent plus que ça, une vague curiosité, comme si c'était un autre groupe, qu'il aime bien, et il constate que les journalistes ne parlent plus du passé, cette nouvelle créature les intrigue, « le son de Morituri n'a pas d'équivalent dans l'Hexagone, écrit Christophe Basterra dans *Magic*, même de l'autre côté de la Manche on aurait du mal à lui trouver des frères ou des cousins, alors avouons-le sans honte : retrouver une figure des eighties telle que Lavarini était sympathique, un vieil ami avec qui on est heureux de boire une bière et de parler des temps héroïques, mais on n'imaginait pas qu'il tournerait ainsi le dos à son passé et regarderait droit devant lui, qu'il serait aussi vivant et en forme », Tristan est l'un et l'autre, au point qu'on se demande s'il n'a pas perdu son temps avec La Monstrueuse Parade, et que disent-ils de la musique ?, « des atmosphères sombres et tendues, des nappes qui rappellent les plongées trip-hop, des saillies métalliques dignes du post-rock, des architectures étranges, des silences et du bruit, économie de moyens pour un effet décuplé, et surtout une voix blessée, des plaies à vif, un homme qui ne se cache plus et, sans vain exhibitionnisme, a le courage de dire qu'il a fait des erreurs et en a payé le prix », elle dit tout ça, la presse, soulignant la cohésion instantanée du groupe et attendant la suite avec impatience, chez Euterpe on est satisfait : sans les autres, partis à la conquête du grand public, Tristan séduit la critique et les fans exigeants, « Morituri, ne meurs jamais », « Morituri, nous te saluons », le rock français y a gagné une figure comme il les aime, une légende qui ne rivalise pas encore avec les héros brisés anglais ou américains, ces dieux aux multiples incarnations successives, qui ont survécu à la dope, à l'alcool et aux tragédies en tous genres, mais qui s'en rapproche, il y a du respect, il a changé de catégorie, Tristan, c'est Gabin avant et après la guerre, hier petit-maître ténébreux, aujourd'hui monstre sacré, parmi les fans de la Parade première époque on est contraint de choisir et le débat fait rage : le groupe, c'était un son, la rythmique impeccable et la guitare de Charlie, d'ailleurs ça fonctionne toujours, ou bien : la Parade, c'était Tristan, le chant, les paroles, la vision, sans lui il ne reste qu'un corps sans tête, Tristan a réussi son retour, il a atteint son but et, comme il l'explique à son producteur, ce n'est qu'un début, il compte aller plus loin encore, Tout ce que tu veux, répond Hervé, l'idéal serait de tourner puis de repartir en studio, Non, pas de tournée, Comment ça, pas de tournée ?, la voix d'Henze est montée trop haut dans les aigus, ce qui conforte Tristan dans sa décision : il n'en fera plus et Morituri ne continuera pas sous cette forme, une exclamation à l'autre bout du fil, Je veux quelque chose de plus radical, Qu'est-ce que tu as l'intention de faire ? s'étrangle Hervé, Travailler avec Wash et Andy, sous le même nom mais sans un vrai groupe, Et la scène ?, Peut-être quelques concerts, on verra, s'ensuit un lourd silence, puis : Tu dis ça maintenant, mais bientôt tu changeras d'avis, tu connais les règles du jeu, Je les connais, en attendant Euterpe sort une nouvelle compilation, *4 Bad Guys*, singles et b-sides – qui deviendra la meilleure vente du groupe –, et quelques semaines après cette conversation, joignant le geste à la parole, Tristan convoque les autres Morituri à Londres, en présence d'Andy, et leur annonce qu'il a décidé de changer, son regard passe de Damian à Mickey, Wash et enfin Mac, il y a de la tristesse mais pas de rancœur, ç'a été une belle aventure, mai 2001, ils sont réunis pour la dernière fois dans le salon que Chiara traverse d'un pas hésitant, elle a quitté son appartement et vit chez lui, il l'a suppliée et elle a fini par accepter, Tu ne veux quand même pas élever un enfant dans deux maisons séparées, c'était son principal argument pour la convaincre, le bébé doit naître à l'automne, les premiers mois de grossesse sont difficiles, Chiara a peur de perdre l'enfant, dans sa famille c'est arrivé, sa sœur deux fois, sa mère aussi, elle se méfie des gynécologues anglais, va consulter le sien à Venise, il la rassure mais ça ne suffit pas, les mois passent, la routine s'installe, *Morituri* sort sous licence dans de nombreux pays, en Angleterre chez 4AD, aux États-Unis chez Sub Pop, les Allemands poussent, le marché est mondial, les chiffres demeurent inégaux, décevants en Angleterre et aux États-Unis, bons en Europe du Sud, prometteurs en Allemagne et au Japon, Tristan se remet au travail sans tarder, à la maison ou en studio, l'enregistrement est prévu pour l'été 2001, tout reste à faire, Chiara s'inquiète, Tu seras là ?, il jure que oui mais il est tendu, pourtant sûr d'avoir pris la bonne décision, désormais chaque disque qu'il sortira, chaque chanson qu'il signera devra correspondre à ce qu'il a en tête, plus de compromis, quand on est nombreux en studio on transige, il faut rompre avec les vieux réflexes, refuser la facilité, c'est pour cette raison qu'il veut changer, enregistrer à New York, un budget important qu'Euterpe ne peut se permettre qu'avec le soutien des Allemands, l'avènement de Morituri les a tranquillisés mais la pression ne diminue pas, s'ils misent gros c'est pour avoir des résultats, et lorsque Tristan débarque au Magic Shop dans Crosby Street, en plein cœur de l'été new-yorkais, le studio est un refuge, car dehors il règne une moiteur constante qui met les sens en émoi, il n'avait pas connu ça depuis longtemps, New York est une ville sexuelle et sexuée, même le New York nettoyé par Giuliani, si différent de celui que Tristan a connu enfant, à présent Manhattan est un immense défilé de mode, une galerie d'art géante, boutiques de luxe, grands magasins, théâtres de Broadway où on donne les éternels *Cats* et *Phantom of the Opera*, on dirait le West End, les femmes qu'il croise dans la rue sont sûres d'elles et de leur force, les Londoniennes ne peuvent pas rivaliser, mais cet embourgeoisement ne l'indigne pas, les choses changent, les artistes sont partis s'installer à Berlin, il n'a plus l'âge, lui, et seule sa musique l'intéresse, celle qu'il s'apprête à enregistrer avec ses complices, deux Anglais et un Français à New York, bel équipage, il y aura des guests, encore les voix, et Tristan veut le plus de machines possible, une musique artificielle, robotique et néanmoins humaine, il sait qu'il a auprès de lui les hommes pour y parvenir, des types assez inconscients pour le suivre dans cette aventure, ils sont jeunes et n'ont rien à perdre, la cote d'Andy monte, un réalisateur de plus en plus recherché, on dit que Bono l'a recruté pour le prochain album de U2, Bullshit, dément l'intéressé, et Wash, le prodige, ne semble pas pressé de conquérir le grand public, il veut encore s'amuser, I like your stuff, il dit à Tristan, qui décide de prendre ça comme un compliment, Philippe a loué pour eux un grand appartement dans Lafayette Street et bientôt nombre de personnalités new-yorkaises pointent le bout de leur nez, un peu pour *Tristun* et beaucoup pour les deux autres, Lou la Statue du Commandeur, Bowie par l'odeur de la nouveauté alléché, Sonic Youth en bande, Tristan a peur que toute cette activité mondaine ne les distraie, drogues douces et un peu d'alcool, s'est-il trompé en choisissant New York ?, en studio ils sont concentrés, Andy respire le son vingt-quatre heures sur vingt-quatre et Wash a une rare capacité à faire la fête puis à bosser à fond le lendemain, comme si ces activités concernaient deux hémisphères cérébraux distincts et deux corps qui se relaient, ils ont posé leurs machines dans le vaste espace du studio, ordinateurs, boîtes à rythmes, samplers, contrôleurs, synthétiseurs, Wash jongle avec ces outils suivant les indications de Tristan et d'Andy, qui invente des mondes, I'm God, il dit en plaisantant, bataille avec son arsenal et en sort vainqueur, l'enregistrement s'annonçait différent, il l'est, Tristan aussi, il se déplace d'un pas léger, une énergie qu'il n'avait pas il y a quelques mois encore, et surtout il rayonne, dirige les sessions dans la bonne humeur, sans autoritarisme ni fausse pudeur, chef de meute, pas copain, il a retrouvé ce charisme qui s'était étiolé au fil des ans et qu'il n'avait plus aux débuts de Morituri, pour donner des consignes il usait de périphrases, On pourrait peut-être essayer ça, Et si on faisait autrement, à force c'était agaçant, les autres comprenaient, le music business est un microcosme, le mot qui collait à la peau de Tristan, qui le précédait partout, c'était : Tyran, plus maintenant, et dans la pâte sonore créée par Wash, une musique de chambre déglinguée aux accents jamaïcains, retour aux racines du punk, il y a des guitares cristallines et des voix éthérées, des bruits, des grincements, un collage vertigineux dans lequel tout est permis, fait de pièces si cohérentes que cette mosaïque portée par d'imposantes structures prend corps dès les premières sessions – il faut dire qu'ils ont pensé, préparé, répété –, et pendant deux mois ils travaillent dans un climat encore plus serein que la première fois, avant il se serait méfié, convaincu que seul le chaos était fructueux, début septembre ils ont enregistré assez de morceaux pour qu'Andy puisse se consacrer au mixage, Tristan rentre chez lui, Chiara n'a fait que deux brefs séjours à New York durant l'été, le terme approche, prendre l'avion n'est pas conseillé, et à Venise son père s'éteint lentement, fumeur, cancer de la gorge, Tristan s'en veut de la laisser affronter cette épreuve seule, à JFK il prend un vol British Airways tôt dans la matinée, Wash a encore des affaires à régler – sans doute sentimentales –, il somnole pendant l'essentiel du voyage, ne remarque pas l'agitation des hôtesses et stewards, éveillé il aurait compris qu'ils étaient assommés d'effroi, et au sol, sept heures plus tard, à Heathrow, Tristan atterrit dans un nouveau monde, 11 septembre, les tours sont tombées, une haute colonne de fumée monte des décombres, les images passent en boucle sur tous les écrans, un calme anormal règne dans l'aéroport, soudain pris par de violentes secousses qui parcourent la foule des voyageurs en attente, et avant de sauter dans un taxi il passe des coups de fil, appelle Hervé puis Chiara, le portable qu'elle lui a offert enfin utile, sur l'autoroute le chauffeur ne parle que de ça, bientôt il ne l'écoute plus, et un mois plus tard, le 15 octobre, Paul voit le jour au St. Thomas' Hospital de Londres, au bout d'une nuit d'inquiétude et plus d'une semaine après la date prévue, des heures de contractions et de progrès d'une lenteur exaspérante, Chiara ne voulait pas de césarienne mais le cœur du bébé risquait de souffrir, jusqu'à ce qu'une infirmière bâtie comme un talonneur prenne sur elle d'écraser le ventre de la future mère, deux grands yeux bleus ont alors fixé Tristan, le père et le fils se sont regardés pendant plusieurs secondes, enfin une autre infirmière a emporté l'enfant et un médecin l'a examiné, il avait du liquide dans les poumons, un jour en couveuse, Tristan a décidé qu'il voulait rester près de son petit gars, l'album est enregistré, Andy est à l'œuvre, et *Kan*, le deuxième opus de Morituri, sort en juin 2002, pas de concerts, aucune promo, Tristan ne se rend pas à Paris et ne donne pas d'interviews, c'est Wash qui s'y colle, dans un mélange délirant d'anglais et de français qui amuserait les journalistes s'il n'y avait la musique, la réaction est unanime, chef-d'œuvre, un astre noir, quatre-vingts minutes, seize morceaux, *Meng*, *Yi*, *Li*, *Wu Wang*, *Jia Ren*, *Tai*, *Da You*, *Kui*, *Bo*, *Ming Yi*, *Shi He*, *Ge*, *Dun*, *Gu*, *Pi*, *Jie*, peu de chant, guère de paroles intelligibles, des plages apaisées auxquelles succède une fureur psychotique, des merveilles mélodiques et des rythmes implacables qu'on écoute pétrifié, quand les Henze ont entendu ça ils ont commencé par protester, Tu veux notre mort, a commenté Philippe, Beau mais inaccessible, a ajouté Virginie, à qui revient la tâche doublement difficile d'organiser la promo du disque sans Tristan et avec Wash, mais très vite *Kan* – dans une pochette en carton, anthracite et entourée d'un filet blanc, et une sous-pochette ne donnant que les informations essentielles, le line-up, les crédits – devient un disque culte, c'est d'abord un secret bien gardé, les ventes sont modestes, puis elles augmentent pour atteindre des chiffres corrects, l'album sort à l'étranger – en Angleterre il est numéro un des charts indés pendant onze semaines, cinq aux États-Unis –, disque de l'année pour de nombreux magazines musicaux partout dans le monde et d'après plusieurs grands noms du rock, Thom Yorke en tête, une consécration que Tristan observe de loin, plongé dans sa nouvelle vie de famille, Chiara a repris le travail, c'est lui qui reste à la maison, va se balader dans Regent's Park avec Paul en poussette, le change, lui donne son biberon et lui fait faire la sieste, des tâches qu'il prend très au sérieux, et il lui parle en français, raconte de petites histoires, chante des chansons, pendant ce temps les nouvelles lui parviennent, il a le sentiment du devoir accompli, *Kan* est le disque qu'il a toujours voulu faire, qu'on parle de chef-d'œuvre lui est égal, il l'a fait, c'est suffisant, et pendant quinze mois la musique s'éloigne, un bruit de fond, les gazouillis de son fils sont plus puissants, elle le rattrape d'un coup, Philippe Henze l'appelle, On a une chose à te dire, on ne voulait pas que tu l'apprennes par la presse, une surprise qui n'en est pas une, la vente est dans l'air depuis des années, le marché se contracte (la grosse claque est encore à venir) et les frangins ont fini par s'y résigner, malgré de belles offres en France et ailleurs les Allemands l'ont emporté, Tristan et le back catalogue de La Monstrueuse Parade tombent dans l'escarcelle d'Antoine, On reste aux commandes, ajoute Philippe, tu peux compter sur nous, ça le rassure, Tristan, une major, son vieil ami, ça fait beaucoup, il a les idées confuses, ignore si c'est bien ou mal, cependant une chose est claire : s'il continue à faire de la musique, ce sera avec des alliés, et les Henze ont certes réalisé une belle opération financière (la presse le soulignera), il leur fait confiance, surtout à Hervé, c'est lui qui prend le combiné, Drôle d'histoire, hein ?, puis : T'es prêt à t'y remettre ?, normal, les Allemands l'ont acheté lui aussi, avec la musique qu'il fera, de la crédibilité artistique à défaut de ventes colossales, Avec Wash on bricole, vrai, le kid de Brixton a eu le temps de sortir son deuxième album et d'obtenir un beau succès aux États-Unis, c'est rare, un Anglais qui conquiert l'Amérique, il est demandé, collaborations, production, comme Andy sa carrière a décollé grâce à Morituri, Tristan et lui n'en sont qu'au stade des ébauches, ils n'ont pas encore une idée claire de ce que sera le nouveau disque, le travail avance lentement, cette fois c'est Tristan qui rend visite à Wash dans le studio qu'il s'est fait construire, Le mien est plus grand que le tien, plaisante ce dernier en y accueillant son aîné, regarder Paul pousser ralentit les choses, Tristan n'est pas pressé, la musique n'est pas tout, il court chaque jour – tenues sobres, du noir, rien de fluo ni de moulant –, veut disputer le marathon de New York, il espère descendre sous les quatre heures, alterne les distances, dix, quinze, vingt kilomètres, il a fait des semis, pas encore quarante-deux kilomètres, jusqu'à trente ça va, après c'est une autre affaire, il voudrait tenter le prochain, avant ça il retourne à Paris, la Boule Noire le 7 juin 2004, pour assister au concert de Daniel Darc, Charles l'a invité par l'intermédiaire d'Hervé, ils se sont revus à l'initiative du guitariste, T'es un sale con mais je t'aime quand même, Tristan est passé chez lui, une villa à Neuilly, les enfants jouaient à l'étage avec la nounou, sa femme – mannequin – était à Milan pour les défilés, et il avait encore cette lueur dans le regard, le corsaire punk toujours là, Charlie et Darc sont potes, Le club de la seringue, a ironisé Henze, Tristan l'a laissé dire, respect pour le bonhomme, ils se sont croisés autrefois, se sont humés comme des clébards, mais chacun était dans son trip, *Crèvecœur* est le premier album de Daniel depuis dix ans, il en joue de nombreux titres et c'est beau à pleurer, des chansons de Taxi Girl, *Quelqu'un comme toi*, *Paris*, *Cherchez le garçon*, *N'importe quel soir*, après le deuxième rappel Charlie fait signe à Tristan, backstage il refait les présentations, l'autre n'est pas dupe, On se connaît, il est couvert de tatouages, Elvis, Bible, une bouteille d'Évian à la main, rangé des voitures, au moins en apparence, un corps sec et nerveux de karatéka, Tristan est fasciné, Darc agacé, Qu'est-ce que tu me veux ?, et Tristan lui tombe dans les bras, ça dure deux bonnes minutes, puis ils s'asseyent et racontent des conneries, Charlie n'est pas en reste, La plus belle soirée de ma vie, dira Tristan quand Darc s'en ira en 2013, pour l'heure cette rencontre lui donne un coup de fouet, il a encore quelques disques dans le réservoir, pas des dizaines mais deux ou trois oui, et lorsqu'il se retrouve face aux frères Henze pour signer un nouveau contrat il sait ce qu'il a à faire, il n'est pas parti chez une major, lui, il y est contre son gré, l'ère des indépendants est terminée, en Angleterre Creation a jeté l'éponge, Factory et Rough Trade aussi, 4AD est la caution arty de Beggars Banquet, parmi les gros il y a encore Mute, en France n'en parlons pas, alors va pour Euterpe version allemande, il reste à une condition, ajouter une clause, Hervé est son key man, Si tu te casses, je me casse.

Je portais un singe dans les bras, un chimpanzé aux yeux doux qui me regardait fixement comme pour dire : « Ne me laisse pas. » Il était lourd, une quarantaine de kilos, c'était presque un adulte, et j'avançais avec difficulté, je commençais à fatiguer. Je voulais le poser au sol, mais il se serrait contre moi, il avait peur, sentait que je voulais me débarrasser de lui, et je l'avoue, j'étais tenté de le faire. Si je l'avais fait, j'aurais pu courir, m'échapper plus facilement et me mettre à l'abri. Mais je n'ai pas eu le courage, ça l'aurait condamné à une mort certaine, attrapé, tué et mangé. Je n'ai pas pu. Alors j'ai continué, les membres de plus en plus ankylosés, un mouchoir sur la bouche pour ne pas respirer la fumée noire des voitures qui brûlaient.

Une odeur d'essence, de charbon. Les sirènes, les détonations, des hélicoptères au-dessus de nous. Partout des gens qui fuyaient. Beaucoup d'enfants. Qu'est-ce que je foutais avec ce singe ? Aucune idée. Était-ce mon singe ? Peut-être. Pourtant, je ne ressentais aucun attachement particulier à son égard, je faisais ça par sens du devoir. Il fallait que je le sorte de là.

De temps en temps, des Jeep passaient à toute vitesse, slalomant entre les décombres, et quand les miliciens trouvaient des gens sur leur route ils tiraient des coups de feu en l'air et criaient : « Dégagez ! Dégagez ! » J'ignore dans quelle langue, mais je comprenais, ce n'était pas difficile à comprendre. Dans mes bras, le chimpanzé dormait, nullement perturbé, sûr que je le conduirais à destination. Où ?

Et puis j'ai vu l'immeuble. On aurait dit une vieille usine en briques rouges, une ancienne manufacture de tabac, encore debout malgré le chaos qui régnait. Il y avait une double porte vitrée, je l'ai poussée et je suis entré. Un petit hall nu. Au bout, un escalier en pierre. À ma droite, une autre porte, en bois. J'ai saisi la poignée. Fermée. À gauche, la porte était ouverte et donnait sur une vaste pièce remplie de gens. Ou, plus précisément, pour moitié remplie d'hommes de tous âges et pour moitié de singes. Pas uniquement des chimpanzés et pas de très gros singes : des macaques, des capucins. Quelques têtes se sont tournées, des mains se sont levées et m'ont fait signe. Je me suis approché, le singe toujours endormi dans mes bras. J'ai rejoint le groupe, je me suis assis, manquant de tomber en arrière, et mon voisin, un homme d'une soixantaine d'années, longue chevelure blanche, barbe poivre et sel, en survêtement – propre, le survêtement –, m'a regardé d'un air satisfait. « On t'attendait, Tristan », m'a-t-il dit d'un ton solennel.

La course à pied et la famille, se préparer pour le marathon et passer du temps avec Paul, voilà ce qui occupe Tristan, pas la musique, une pause après le succès de *Kan*, des chiffres qui ont fait de lui une valeur sûre, le prochain album de Morituri est attendu, quelle surprise réservera-t-il à ses fans ? se demande-t-on, et les spéculations vont bon train, on imagine qu'il changera de cap, mais nul ne sait quelle direction il prendra, avec quels partenaires, dans son exil londonien qui paraît définitif, la ville où son fils est né, Tristan sait, lui, qu'il ne se passera plus rien en 2004, Wash et Andy pris par leurs projets respectifs, tandis qu'il veut faire une coupure et comprendre comment évoluera Euterpe à la suite du rachat par les Allemands, les frères Henze auront-ils les mains libres ? Antoine leur imposera-t-il ses choix ?, il court tous les jours, Tristan, fractionné, endurance fondamentale, allure spécifique, il n'a pas encore disputé le marathon de New York, mais ceux de Londres, Paris et Berlin oui, il progresse, abandon après le trente-deuxième kilomètre, terminé dans un mauvais temps – plus de quatre heures trente –, terminé dans un bon temps – moins de quatre heures trente : à Berlin tout va plus vite –, pas question de se relâcher, une discipline quotidienne, une jeune Française, Carole, étudiante au St. Martins College, vient garder le petit quand ils ont besoin d'un coup de main, Chiara à Cambridge, lui sur les chemins, chronomètre au poignet, il surveille son alimentation et se couche tôt, douleur et plaisir, crampes et certitude d'être sur la bonne voie, avec Paul c'est un père affectueux et joueur, On dirait que tu as son âge, observe Chiara attendrie, désormais les nouvelles arrivent au compte-gouttes, l'étoile de Wash brille de plus en plus, Andy n'a pas réalisé le nouveau U2 mais a travaillé avec GusGus et Martina Topley-Bird, la situation d'Euterpe ne s'est pas arrangée, Tristan a régulièrement Hervé au téléphone (le producteur l'appelle pour s'épancher), la tutelle du groupe allemand se fait sentir, la pression économique est forte, il faut renouveler le portefeuille d'artistes – Tristan fait figure d'ancien –, un fonctionnement qui n'a pas encore entamé la liberté artistique des Henze mais le risque est réel, car les résultats sont insuffisants, les marges, les ratios, le management artisanal des frangins ne convainc pas Antoine et son équipe, les tensions sont vives, On tient bon, ne t'inquiète pas, répète Hervé, qui insiste : Il faut que tu retournes en studio, Tristan, on a besoin d'un nouveau Morituri, et les mois passent, en mars 2005 Euterpe sort un coffret, *Toute la Parade*, les quatre albums remastérisés, avec des bonus inédits et un DVD de leurs vidéos, bel objet au design soigné qui est censé ravir les nostalgiques, mais surtout séduire ceux, de plus en plus nombreux, qui plébiscitent Neon Parade – trois ou quatre albums à ce jour, Tristan a perdu le compte –, des disques d'or, des numéros un, des tournées des stades, le coffret est bien accueilli mais ce n'est pas ce qui va sauver Euterpe, de son côté Tristan aussi a des hauts et des bas, il a mal à la cheville droite, consulte des spécialistes – syndrome du carrefour postérieur –, on lui fait une infiltration, la quiétude familiale est à peine troublée par les attentats du 7 juillet, des stations de métro et un bus, Liverpool Street, King's Cross, Edgware Road et, plus proche, Tavistock Square, un fracas qui parvient jusqu'aux oreilles de Tristan, Chiara travaille trop, les œuvres complètes de Giorgio Bassani doivent paraître l'année prochaine en anglais et il reste beaucoup à faire, la préface, l'appareil critique, la relecture des traductions, parfois il le lui reproche et elle se vexe, Facile pour toi, la rock star en préretraite, Tristan observateur d'une industrie agitée par des soubresauts sans précédent, rachat de BMG par Sony, qui n'a plus que trois concurrents, EMI, Warner et Universal, les majors d'autant plus agressives que le marché se réduit et qu'il y a de nouveaux acteurs, car si le peer-to-peer stagne – ce n'est plus Napster mais BitTorrent – l'iTunes d'Apple rafle la mise, il faut donner à manger aux iPod et autres lecteurs mp3, Tristan en a un pour courir, blanc, avec la molette, lourd mais pratique, beau design, le problème, c'est qu'on achète un morceau au lieu d'un album entier, à quatre-vingt-dix-neuf centimes contre quinze, dix-huit, vingt euros, un désastre, aucune opération promotionnelle, aucun dispositif anticopie ne peut freiner ça, au téléphone Hervé est plus calme, ces temps-ci il lui parle d'autre chose, de tout et de rien, la fin du règne chiraquien et le probable avènement de Sarkozy, les prix de l'immobilier qui flambent à Paris, ses fils qui sont en classes préparatoires – prépa HEC pour l'un, maths sup pour l'autre, d'un an plus jeune –, Hervé qui n'évoquait jamais sa famille, son ex-femme ou sa nouvelle compagne, et un jour où Tristan est à Paris pour se procurer des chaussures de running, une marque suisse qu'on ne trouve pas encore à Londres, il se laisse tenter, une invitation, fête d'anniversaire, les cinquante balais d'un vieux punk, Loulou, qui a viré chanson au début des années quatre-vingt-dix, Je dois me chercher un nouveau point de chute ? lui demande Tristan, Y a pas de bonnes maisons de disques, répond l'autre, c'est tous des salopards, puis : Tu te souviens de Meg ?, son sang se glace avant même de savoir, Elle est en taule, raconte Loulou, c'était la copine d'un des mecs qui ont attaqué un fourgon de la Brink's l'an dernier près de Toulouse, Elle y a participé ? s'émerveille Tristan, Je sais pas, y avait un article dans *Libé,* Tristan le trouve sur Internet, une opération parfaitement menée, à l'aube, une dizaine d'hommes, aucun coup de feu n'a été tiré, ils sont repartis avec deux millions d'euros et ont disparu dans la nature, puis les flics les ont alpagués l'un après l'autre et, surprise, ce n'étaient pas des truands mais des marginaux, le nom de Meg y figure, elle était avec le guitariste de Beria Mood Swings et a fourni un « appui logistique » au commando, ce qui lui vaut d'être placée en détention provisoire et de risquer jusqu'à dix ans de réclusion criminelle, en lisant ça il voudrait appeler ses parents, comprendre ce qui a conduit une fille équilibrée (aux temps glorieux de la Parade elle secouait la tête, inconsolable, devant leurs turpitudes) au grand banditisme, mais il n'a pas leur numéro, pendant plusieurs jours ça le travaille, pas ce destin, chacun fait ses choix et tout indique qu'elle a agi en connaissance de cause, petite-bourgeoise en rupture de ban qui passe à l'acte, avant de se barrer avec son mec en Espagne, puisque c'est là que le seul élément du commando encore en fuite s'était planqué, et de l'accompagner durant ses derniers mois pendant qu'il crevait du sida ou d'une hépatite – c'est ce qui attend un tox plus ou moins repenti mais contaminé –, non, ce qui l'obsède, Tristan, c'est la liste qui s'allonge, overdoses, suicides, sida et maintenant la taule, toujours les jusqu'au-boutistes, les sincères, les fragiles, alors qu'il est là, lui, en bonne santé, musicien professionnel entre deux disques et coureur amateur, il va participer au marathon de New York, n'est pas retourné là-bas depuis 2001, inscription, tirage au sort, des agences vendent des packages, à force il a des potes dans le milieu, la quarantaine, un bon job à la City, Anglais, Italiens, Français, des habitués, ils ne se fréquentent pas et s'entraînent rarement ensemble – Tristan préfère courir seul –, mais s'apprécient de loin, depuis qu'il est père son besoin d'amitié virile a diminué, quand on le lui propose il décline le plus souvent, moins de quatre jours à New York, arrivée, hôtel, entraînement, au lit, le lendemain entraînement et repos, le surlendemain la course, moins de quatre heures, à la fin il est épuisé mais se sent bien, des images dans la tête, J'ai couru dans une ville pleine de fantômes, il se dit, mais ce n'est pas triste, et de retour à Londres, après les embrassades, les félicitations, l'envie de musique revient, printemps 2006, il songe à relancer Wash, les mois ont passé, il est temps de se remettre au travail, son associé est sur la route et Tristan compose, une routine qui se met en place, puis la nouvelle tombe : virés, dans un communiqué qu'il reçoit par courrier électronique il apprend que les frères Henze ont quitté la direction d'Euterpe, « avec nos plus vifs remerciements pour le formidable travail accompli », le lendemain la presse reformule : ils ont été mis dehors pour absence de résultats, Antoine leur avait fixé un ultimatum, redresser les comptes, rajeunir le portefeuille d'artistes, séduire de nouveaux publics, ça n'a pas été le cas et le couperet s'est abattu, la manière allemande, Tristan appelle Hervé puis Philippe, mais n'arrive pas à les joindre, numéros hors service, et il lui faut plusieurs jours pour comprendre que cette fois il est seul, dans un groupe tentaculaire dont il n'a jamais voulu faire partie, avec quelques couches de directeurs artistiques et autres responsables de département (trois ou quatre), une période durant laquelle il cesse de s'entraîner, n'arrive pas à penser à la prochaine course, puis il entrevoit la solution, mais avant d'appuyer sur le bouton rouge il donne une dernière interview en forme de consécration, après ça il ne parlera plus à la presse, Fevret et Beauvallet des *Inrockuptibles*, Tristan en couverture, debout devant un mur en briques rouges, pâle, les traits tirés, des lunettes de vue pour la première fois sur une photo, « Lavarini, retour sur 25 ans de carrière », à l'intérieur des clichés de la Parade à toutes les époques, puis Tristan et Wash, enfin lui seul, des questions sur son enfance, sa famille, À dix-sept ans tu te retrouves orphelin – Christian Fevret –, est-ce la musique qui te sauve ?, Sans la musique je ne m'en serais pas sorti, je n'avais plus rien ni personne, quand il se relira Tristan se dira que c'est une invention, que les choses ne se sont pas passées comme ça, et sur la Parade ils le cherchent : As-tu voulu séduire le grand public, quitte à renoncer à une certaine exigence ?, cette fois il a choisi la sincérité : On a toujours rêvé d'atteindre le sommet, moi et les autres, l'ambition c'était ça, et à cette drôle d'époque, les années quatre-vingt, personne ne calculait, on avançait à l'instinct, le music business était un bolide lancé à toute allure, à bord on s'accrochait, on essayait de ne pas finir dans le décor, l'accident, justement, une autre étape cruciale, à la Dylan, tuer le groupe, passer pour le méchant de service, Parfois on doit faire ça, saisir la nappe, tirer un grand coup et tout envoyer en l'air, il y a de la casse, on sauve ce qu'on peut puis on repart, la rencontre dure une journée entière, un peu à la maison, Chiara qui passe de temps en temps, hyperactive malgré son ventre qui gonfle, six mois de grossesse, ce sera une fille, et un peu dehors, en marchant, Tristan les mains dans les poches de son cuir et les yeux au sol quand il répond, son chien Moz trottinant près de lui, un sympathique corniaud qu'il a trouvé un matin sur les marches de la maison, crasseux et squelettique, il l'a adopté sans hésiter, Chérie j'ai une surprise, Paul fou de joie, les deux journalistes sont prévenants, de vieux compagnons de route, et dans l'ensemble il s'est montré honnête, Tristan, même s'il n'a pas tout dit, à la fin il a biaisé, ne pouvait pas annoncer qu'il était à la veille d'un grand bouleversement, et quelques semaines après, par l'intermédiaire de son avocate, il informe Euterpe qu'il fait jouer la clause du key man, en vertu de laquelle le départ d'Hervé Henze l'autorise à reprendre sa liberté et le dégage de toute obligation à l'égard de la maison de disques, Noël 2006, pas de réaction en provenance d'Allemagne ni de Paris, pour les fêtes la mère et la sœur de Chiara viennent à Londres, Tristan et sa belle-mère vont chez Harrods, l'institutrice à la retraite n'est pas impressionnée par le luxe du grand magasin londonien, Cerchiamo i giocattoli, Tristano, et ce dernier flotte un peu, suspendu dans le vide, de retour ils trouvent Chiara et Francesca à la cuisine, Paul regarde *Mon voisin Totoro* à la télévision, Chiara dévore des grissini turinois pendant que sa sœur prépare le repas, dans le salon Moz roupille au bas du canapé, le bonheur c'est quand les emmerdements se reposent, songe Tristan, puis ils se réveillent, début janvier une lettre d'un cabinet d'avocats parisien, la clause du key man n'est pas mentionnée explicitement, « nous examinons », « notre client se réserve le droit », le ton est menaçant, laissant entendre qu'Antoine est prêt à batailler, Agnès l'a prévenu, Ils peuvent faire traîner et t'empêcher de signer ailleurs, chez une autre major, Universal ou Warner, d'où la tentation procédurière, s'ils savaient, comme dans un jeu vidéo il a franchi un palier et accédé au niveau supérieur, same player shoot again, cette fois contre les Allemands, et comme dans un film avec Schwarzenegger le méchant morphe, ce ne sont plus les frères Henze, producteurs attentionnés qui ne lui ont pourtant jamais fait de cadeau, ni les autres membres de la Parade, tramant dans son dos avec le soutien de leur manager, cette fois il affronte Antoine et les Allemands, Antoine qui débarque à Londres sans prévenir, Tristan est sorti faire un tour avec Moz, ce matin il a couru quinze kilomètres et sent une légère douleur à la cheville, ils sont dans Thornhill Square, Tristan a emporté une balle de tennis, il la lance au chien qui la lui rapporte, trempée de bave, Tristan tend le bras, une feinte puis il l'envoie pour de bon, le chien pivote, tombe et roule, il se relève, court à toute allure mais ne trouve pas la balle, puis il regarde autour de lui, ahuri, elle est dans la main d'un homme, un type en imper mastic, des lunettes noires sur le nez, Tristan s'approche, Que nous veut ce mec ?, il avance vers lui, prêt à l'apostropher, mais quelque chose l'arrête et, comme dans les bandes dessinées, une ampoule s'allume au-dessus de sa tête : Antoine jette la balle de tennis mouillée au chien et s'essuie avec sa pochette, Je ne te voyais pas en pépère à toutou, il observe, un sourire aux lèvres, Tristan à trois mètres, deux mètres, un, l'autre ne bouge pas et attend, Qu'est-ce que tu fais ici ?, Ton amie m'a dit que je te trouverais dans ce parc, Dégage, Il faut qu'on parle, Tristan, tu ne peux pas lâcher une bombe atomique et imaginer qu'il n'y aura pas de conséquences, Je n'ai pas lâché de bombe atomique, rétorque Tristan en cherchant son regard derrière ses verres fumés, j'ai fait valoir mes droits, puis : Pourquoi tu ne t'adresses pas à mon avocate ?, Moz a rapporté la balle et Antoine la relance, pas rancunier le chien fonce la chercher, Je l'ai fait et je lui ai rappelé que tu nous devais plusieurs albums, Va-t'en, Je suis venu te parler en ami, Tristan, Tu n'es pas mon ami, tu es le patron d'un groupe qui a absorbé ma maison de disques et viré mon directeur artistique, Antoine lève les mains au ciel, Viens, marchons un peu, Non, Allez, J'ai dit non, l'autre le prend par le bras et l'entraîne, tandis que le chien les suit, déçu, la balle de tennis dans la gueule, Reste, tu seras aussi libre qu'avant, Tristan ne répond rien, il écoute, pas son interlocuteur mais les cloches qui sonnent partout dans la ville, midi, le vent souffle par bourrasques, les bruits étouffés, Qu'est-ce qui s'est passé, Tristan, pourquoi on s'est éloignés ? demande Antoine après un silence tendu, Comment vont ta femme et tes enfants ?, il s'y attendait, Nathalie va bien, elle n'enseigne plus, elle écrit, et les enfants grandissent, Formidable, C'est de l'histoire ancienne, Tristan, je ne peux pas croire que tu m'en veuilles encore, Avec moi elle était malheureuse, j'étais un petit con égoïste, Qui buvait, se droguait et la trompait, ajoute Antoine, la conversation pourrait virer à l'engueulade, accusations et contre-accusations, Tristan sait qu'il a un casier chargé et pas d'excuses qui tiennent, mais à quoi bon ?, chacun a conscience que ça ne résoudrait rien, une retenue qui n'est pas dictée par la bienveillance ou le souvenir du passé, mais par une forme de résignation, avec les années on n'a plus la même combativité, T'es comment avec tes gosses ? demande Tristan, Antoine rit, Essoufflé à force de leur courir après, Essaie la coke, suggère le chanteur, Je vais contacter ton ancien manager, répond le producteur, puis il marque une pause, Nathalie suit ce que tu fais, elle passe tes disques à la maison, les enfants sont fans, De la Parade ou de Morituri ?, Les deux, au fond c'est pour eux que je suis ici, Arrête, C'est la vérité, Je vais finir par te croire, Et toi ?, Moi quoi ?, C'est votre premier enfant qui va naître ?, à Tristan de sourire, Non, Paul a cinq ans, Super, le ton enjoué, sous son air de grand patron Antoine est resté tel qu'en lui-même, un enthousiaste, un type qui galope vers l'en-but, Je suis content pour toi, Ouais, fait Tristan, l'espace d'un instant il est tenté, des bouffées de leur vieille amitié lui reviennent, il a fait confiance à ce mec pendant des années, mais aujourd'hui c'est différent, il n'est plus question de confiance, Tes gosses, tu leur fais pas écouter les merdes que sortent tes maisons de disques ?, Aide-moi à faire moins de merdes, Tristan, Moz les dépasse alors à toute vitesse, s'arrête au pied d'un lampadaire et lève la patte, puis il pivote, repart dans l'autre sens et vient se frotter contre le pantalon d'Antoine, T'as de la chance, il aurait pu te pisser dessus, signale Tristan en caressant la tête du chien, puis : Laisse-moi partir, tu n'as pas besoin de ma musique pour vendre des millions de disques, un long silence s'ensuit, Antoine encaisse le coup, il ne semble pas surpris, connaît son homme et savait qu'il tiendrait bon, Tu ne peux pas faire ça, il répond sans conviction, et puis tu vas aller où ?, On verra, ils passent devant chez lui, Tristan ne s'arrête pas et continue tout droit, le chien hésite et les suit, la promenade continue, Qu'est-ce que tu crois, reprend Antoine, que tu es passé d'une maison de disques indépendante, dirigée par des types audacieux et désintéressés, à une major sans âme où seul l'argent compte et qui te traitera comme un employé ? Foutaises, comprenant que le ton est en train de monter, Tristan se cabre, Tu ne diriges pas une major et tu ne dois pas maximiser les bénéfices ?, Ça n'empêche pas d'avoir de bons artistes au catalogue, au contraire, Antoine semble y penser, puis il demande : Tu sais pourquoi les Henze sont partis ?, Tu les as virés parce que ça ne marchait pas, C'est vrai, ça ne marchait pas, et je ne faisais pas confiance à Philippe, il marque une pause et reprend : J'aurais gardé Hervé mais ils ont voulu s'en aller, ils avaient touché le pactole et n'étaient plus motivés, Tu mens, Ils en avaient assez, crois-moi, Tu mens, Cesse de te voiler la face, Tristan, si tu pensais que tu pouvais compter sur eux, qu'ils vous protégeraient, ta musique et toi, tu t'es fait un film, maintenant il joue dur, Antoine, l'hypocrisie, l'injustice, il ne supporte pas, Ils sont venus nous chercher pour qu'on les distribue, bien contents de pouvoir continuer avec notre argent, puis la crise a duré, les difficultés se sont aggravées, et ils ont sollicité toutes les majors, prêts à vendre à la plus offrante, en se servant entre autres du succès de Morituri pour faire monter les prix, voilà ce que tu as été pour eux, Tristan, un actif à valoriser, Ta gueule, Ils t'ont laissé tomber, J'ai dit ta gueule !, Moz se met à gronder, jamais il n'a entendu son maître crier, et sans perdre son calme Antoine poursuit : Ils s'étaient mis d'accord avec Universal, qui avait fait la meilleure offre et leur proposait un gros bon de sortie, mais j'ai surenchéri, et la vérité c'est qu'on a surpayé Euterpe pour empêcher que Morituri n'échoue, que tu n'échoues entre les griffes d'Universal, où personne ne t'aurait soutenu, les Allemands sont des enfants de chœur en comparaison, tu ne sais pas ce que tu as risqué, et Tristan ne réagit pas, il ne proteste plus, au fond ça ne change rien, il ne reviendra pas sur sa décision, les deux hommes ne peuvent pas s'entendre, Moz leur tourne autour, fixant la balle de tennis dans les mains de Tristan, qui la fait passer de la droite à la gauche, de la gauche à la droite, Tu aurais un allié, souligne Antoine, Je ne veux pas être ton protégé, Oublie le passé, Tristan fait mine d'y réfléchir, Ça n'a rien à voir avec le passé, il s'arrête à un coin de rue et ne traverse pas, Je ne veux plus jouer ce jeu, Ne dis pas de conneries, s'emporte Antoine, le jeu est toujours le même, faire sa musique et trouver son public, En gardant son indépendance, ajoute Tristan, Antoine soupire, On peut créer un label pour Morituri, Non, rappelle tes sbires et laisse-moi m'en aller, Ne me dis pas ce que je dois faire, Tristan, Tu sais que c'est juste, et ils sont face à face sur ce bout de trottoir, sous le regard interrogateur d'un corniaud mi-berger allemand mi-labrador, qu'est-ce que vous faites, les gars, venez jouer à la balle, deux hommes qui se connaissent depuis longtemps, qui ne sont plus amis mais ont conservé un reste d'estime l'un pour l'autre, ce temps-là sera bientôt révolu, dans quelques secondes ce sera fini, leurs routes se sépareront à jamais, alors qu'ils pourraient faire encore un bout de chemin ensemble, il suffirait qu'Antoine tienne bon, mais c'est un gentil, il sait et a déjà la mine sombre, le visage de Tristan est impassible, un masque de détermination, il laisse tomber la balle de tennis, Moz bondit pour la prendre dans sa gueule et Antoine cède, OK, vis ta vie, il hésite, voudrait faire un geste qui marque ce moment, une conclusion digne, et prend alors la balle de tennis dans la gueule du chien, Salut, Tristan, ça y est, il est parti, deux semaines plus tard Agnès reçoit les papiers et appelle son client, Tu as ta liberté, elle lui annonce, fais-en bon usage, et ils savent tous les deux qu'ils ne se parleront plus, parmi tout ce qu'il rejette de son ancienne vie il y a aussi ça, les querelles juridiques, à partir de maintenant il veut des liens, pas des conflits, à commencer par sa vie de couple, Tristan et Chiara se marient à Venise le 30 juin 2007, Domitilla a trois mois, mariage civil un samedi matin, suivi par un déjeuner à Jesolo, dans la maison familiale au bord de la mer, une soixantaine de personnes, les proches, les parents, Tristan ne voulait pas inviter ses amis musiciens mais Chiara lui a fait entendre raison, Wash élégant dans son smoking, des baskets blanches aux pieds, Mac, Andy, Mickey, Damian, tous ceux qui ont participé à l'aventure Morituri sont là, les autres non, Chiara porte une robe blanche aux lignes épurées, une merveille créée par une amie styliste, rien n'est trop beau pour l'occasion, Paul très sérieux, Tristan est obligé de le chatouiller afin qu'il se déride, à croire que lui seul mesure la solennité du moment, Domitilla dort dans son landau, à l'aise partout, il suffit à Tristan de la regarder pour avoir la certitude que tout ira bien, qu'il a pris la bonne décision, et dans l'après-midi, tandis qu'on joue au foot sur le sable, qu'on fait la sieste au pied des pins maritimes, ses potes viennent le voir, Good for you, man, conscients qu'il fait ses choix, jouer sa musique dans son coin, désormais il en a la liberté contractuelle, les moyens technologiques le permettent, il s'y mettra après l'été, qu'ils passent tous les quatre en Sicile, près de Messine, dans une maison qu'un oncle de Chiara leur a prêtée, deux mois de chaleur et de parfums méditerranéens, figues, jasmin, câpres, on se couche tard, quand la température baisse, et on se lève tôt, le long repos de l'après-midi autorise ces horaires, et le matin on va à la plage, la mer est tiède, il faut faire attention aux méduses, à l'ombre du parasol Chiara lit de gros volumes sur Volponi et Bianciardi, pendant que Tristan joue avec Paul, s'allonge sur le sable et se laisse recouvrir de la tête aux pieds, on ne voit plus que ses yeux, Attention ! il crie à son fils prêt à l'ensevelir pour de bon, puis ils vont au marché, poisson, fruits de mer et cannoli siciliani, Tristan aura bientôt quarante-quatre ans, il est toujours aussi sec et peut manger comme un ogre sans prendre un gramme, pendant ces vacances lui aussi lit, il s'est mis à l'italien, aime les sonorités de cette langue – mais ne supporte pas les chansons et ne perd jamais une occasion de se moquer de Chiara, qui a une passion pour Lucio Battisti –, Vous êtes encore moins rock que nous, On a Vasco Rossi, notre Johnny Rotten, Votre Johnny Hallyday, corrige Tristan, de retour à Londres Paul entre à l'école primaire, le privé est cher, il n'y a que des gosses de riches, Chiara a protesté : Tu ne sais pas ce que sont ces endroits, vrai, il ne sait pas et ne fait pas l'effort de se renseigner, sa femme est son envoyée spéciale dans le monde réel, il retrouve sa musique, l'Angleterre plus si cool, le règne du New Labour approche de son terme et les tories se préparent à revenir aux affaires, il a envie de retourner à Paris, Tristan, mais là-bas ce n'est pas mieux, Nicolas Sarkozy est le nouveau président de la République, et ce qui lui parvient de la culture française ne l'enthousiasme pas, la musique non plus, à Islington il est chez lui, et Moz n'arriverait pas à s'entendre avec des clébards français, ici il a ses habitudes, cinq ans après *Kan* Tristan a décidé d'enregistrer seul sous le nom de Morituri, il jouera de tous les instruments et produira lui-même, un contrôle artistique total, la question de la nouvelle maison de disques est réglée, il y a eu des sollicitations, Hervé et Agnès lui ont transmis des offres venues de majors et d'indépendants qu'il a toutes refusées, à l'automne 2007 il annonce sur son site Internet, www.morituri.com, qu'il crée son propre label, Morituri Records, il y sortira sa musique et pourquoi pas celle d'autres artistes, le site est encore en travaux, Tristan a chargé un studio de le développer, jusqu'à présent ça ne l'intéressait pas, il n'en voyait pas la nécessité, mais au contact de Wash il a compris le parti qu'il pouvait en tirer, et de leur côté, pour enrayer la baisse constante de leur chiffre d'affaires, sous les coups de boutoir du peer-to-peer et de la vente en ligne – qui tue le CD, tandis que le vinyle revient, une question de nostalgie et un besoin de rematérialisation –, les majors proposent à leurs artistes un nouveau type de contrat qu'on appelle 360 (degrés) et qui leur octroie une part de tout l'argent généré, tournées et merchandising compris, deux domaines qui permettaient jusqu'alors aux artistes de compenser la pingrerie des maisons de disques, désormais c'est fini, elles se sucrent sur tout, constate Tristan, amusé et inquiet, une réaction qui suscite à son tour une réaction, Madonna signe avec Live Nation, le premier tourneur mondial, et bientôt d'autres l'imitent, dont Neon Parade en France, un deal juteux pour un groupe dont le succès, certes énorme, ne franchit pas les frontières de la francophonie, on parle de vingt-cinq millions d'euros pour trois tournées, une surenchère qui laisse Tristan perplexe, il a bien fait d'abandonner la partie, d'autant qu'il a trouvé plus malin : il vendra sa musique en ligne, chacun pourra payer ce qu'il veut, la technologie permet non seulement d'enregistrer chez soi dans des conditions professionnelles, plus de coûteux studios comme c'était encore le cas il n'y a pas si longtemps, pas de pressage, de stockage ni de distribution, il peut utiliser MySpace pour la promotion : cette fois il est vraiment indépendant, un pied de nez à l'industrie, il a une fanbase assez large pour que les ventes suivent, et il recrute des gens pour gérer son business, a les moyens d'investir, la société s'appelle BadGuy, une holding qui détient Morituri Records et dont il est l'unique actionnaire, le siège social est à Jersey, le fiscaliste qu'il a consulté lui a assuré que c'était légal, pas d'impôts, et ça évite que quelqu'un vienne mettre son nez dans ses affaires, Chiara lui a fait remarquer que c'était discutable sur le plan moral, il lui a rétorqué qu'il devait protéger ses intérêts, sauvegarder son indépendance artistique et économique, Pour moi et pour la famille, il souligne, une certaine tension entre eux, Tristan pris par ce nouveau départ, l'effervescence et la tension des débuts, Paul et Domitilla le voient moins, il s'enferme dans son studio, travaille au prochain album, le premier à sortir sur son label, il y passe une année et, le 17 janvier 2009, *Chapter One* est disponible au téléchargement, sur Pitchfork il obtient huit virgule quatre sur dix, le journaliste évoque ce nouveau business model et émet des doutes sur sa viabilité économique, bientôt le réseau s'empare de la nouvelle, d'abord les blogs et les sites spécialisés, puis les principaux magazines, *NME* et *Melody Maker* au Royaume-Uni, *Rolling Stone* et *Billboard* aux États-Unis, il y a eu des tentatives avant lui, Prince dès 1998 et surtout Radiohead, mais si pour *In Rainbows* l'opération était circonscrite dans le temps, suivie par la vente aux formats traditionnels, CD, vinyles, éditions limitées, ce n'est pas le cas de *Chapter One*, qui inaugure une nouvelle manière de commercialiser la musique, sans intermédiaire ni support, en misant sur la puissance d'Internet, un geste qui a une signification politique et un intérêt financier : jusqu'alors il gagnait moins de deux euros net par unité vendue, le gros des bénéfices allant dans les poches d'Euterpe, désormais il flirte avec les trois euros, un gain qui paraît marginal mais qui ne l'est pas quand on multiplie par quatre-vingt-seize mille, le nombre de personnes ayant acheté l'album sur le site et payé de zéro à vingt euros, neuf en moyenne, frais à déduire, sans compter l'image : artiste culte, vétéran de la scène indé, Tristan passe pour un type qui livre le bon combat avec les bonnes armes, ce qui est une victoire en soi, la plus belle à ses yeux, et la musique, elle, va encore plus loin que sur *Kan*, sans ses camarades de jeu il a donné libre cours à ses envies d'expérimentation, la voix humaine ne fait plus que des apparitions sporadiques, pas de textes et, plus que des chansons, on peut parler d'installations sonores, auxquelles leur créateur ne prend pas la peine de donner un titre (*Untitled 1*, *Untitled 2*, ainsi de suite jusqu'à 10) et qui ne seraient guère écoutables, même par les fans d'ambient ou de post-rock les plus acharnés, s'il n'y avait la richesse des mélodies, la sophistication du rythme et le soin apporté aux textures, des nuances infinies qui font de *Chapter One* un objet austère mais fascinant, boudé par la presse française, jamais plus de quelques lignes pour constater que Tristan vit désormais sur une autre planète, pourtant il est bien de ce monde, jamais il n'a eu les pieds si fermement plantés dans le sol que depuis la naissance de ses enfants, seule sa musique a la tête ailleurs et, si la présence de ces trois personnes ne suffisait pas, un coup de téléphone achève de le dégriser après l'ivresse du travail en studio et du projet Pay What You Want, une toute petite voix à l'autre bout du fil, il lui faut plusieurs secondes pour comprendre que c'est sa cousine et se demander comment elle a eu son numéro, quand il saisit enfin ce qu'elle dit il apprend que son oncle a été hospitalisé à la Pitié-Salpêtrière, cancer du poumon, quelques phrases pudiques, puis elle craque et lui raconte tout, la voix entrecoupée de pauses, J'ignorais, s'excuse Tristan, Tu étais loin, lui fait remarquer sa cousine, et il n'en parlait pas, au cabinet seuls son associé et sa secrétaire sont au courant, il était sûr de s'en sortir, tu le connais, « Je ne vais pas me laisser emmerder par deux ou trois taches sur une radio », C'était plus que deux ou trois taches, suggère Tristan, Oui, confirme Mathilde, un long silence, peut-être qu'elle pleure, il n'en est pas sûr et ne sait pas quoi dire, il n'y a rien à dire, rien d'intelligent en tout cas, Je viens à Paris, Oui, et cette fois il y a vraiment des larmes dans sa voix, Comment va Jeanne ? il demande, un soupir, Elle tient le coup, enfin, elle ne montre pas grand-chose, parfois j'ai l'impression qu'elle veut juste que ça se termine, C'est sa manière d'affronter la situation, Possible, J'irai la voir, Et moi ?, Toi aussi, andouille, À demain, et il prend le train le jour même, il a réservé une chambre dans un petit hôtel place de l'Odéon, et cette nuit-là il dort mal, des abrutis hurlent dans la rue, il se met à la fenêtre et voit des jeunes qui courent, il est à quelques centaines de mètres de la maison où il a grandi, son ancien lycée est tout près, son oncle et sa tante habitent toujours boulevard Saint-Michel, plus bas, après le Luxembourg, et il sait que ce n'est pas le bruit qui l'empêche de dormir, ce n'est pas la crainte de ce qui va arriver ni le sentiment d'étrangeté qui accompagne ce retour, c'est une pelote indémêlable, son oncle avec qui il s'est disputé et qui l'a protégé, sa tante qui a été une seconde mère, sa cousine qui ne l'a jamais oublié, ils s'écrivent, il sait tout de sa vie, de son travail (toujours le social) et de ses amours tourmentées (elle est avec un adjoint de Delanoë à la mairie de Paris, un type qui fait son chemin au PS), le lendemain il n'est pas très frais mais a tenu parole, il se présente à l'accueil de la Pitié, Je viens voir Bernard Lavarini, je suis son neveu, l'hôtesse consulte son ordinateur, passe un coup de téléphone, des explications à l'autre bout du fil, monosyllabes de ce côté-ci, puis : Vous ne pouvez pas monter, son état s'est aggravé dans la nuit, il est en soins intensifs, Quelqu'un est avec lui ? il demande, Oui, sa femme, répond l'hôtesse, de grands cernes sous ses yeux fatigués, la brutalité de quelqu'un qui en a trop vu, Vous ne pouvez pas monter, elle répète, alors il s'en va, dans l'après-midi il appelle sa tante, elle est présente, la voix ferme, Je peux faire quelque chose ? demande Tristan, Non, puis : Merci, Tristan, Je dois repartir, Va, c'est la vérité, il a un rendez-vous à Amsterdam, quelqu'un avec qui il veut travailler – après la solitude totale, il compte revenir aux collaborations –, un New-Yorkais qui jouait des claviers dans un groupe israélien installé en Europe au milieu des années quatre-vingt, auteur de deux albums avant que plusieurs de ses membres ne rentrent à Tel Aviv et n'abandonnent la musique, Tristan a essayé de les contacter, puis il a localisé Blaine, toute une vie de ce côté-ci de l'Atlantique et aucune intention de rentrer au bercail, converti avec succès au travail de studio, il est à l'origine d'une nouvelle scène électronique entre Amsterdam, Hambourg et Berlin, Tristan doit prendre le train à la gare du Nord, il ne connaît pas Amsterdam et n'y a jamais joué avec la Parade, quand Svea y a chanté – il existe même un enregistrement Decca de *La Walkyrie* au Concertgebouw – il n'était pas du voyage, il prépare son sac, prend son petit déjeuner et règle la note, puis il commande un taxi, il est tôt, il lui reste plus de deux heures avant le départ du train, il se fait conduire à l'hôpital, une hôtesse différente, qui ne discute pas et le laisse monter, son oncle n'est plus en soins intensifs, il est seul dans une petite chambre à la lumière tamisée, des moniteurs, un battement lent et régulier, Tristan s'approche et remarque son teint gris, ses joues creuses, ses rondeurs de solide mangeur disparues, il voudrait lui prendre la main, dire quelques mots, mais il n'ose pas, des gens passent dans le couloir, il les entend parler, médecins, infirmiers, étudiants, derrière cette porte la vie continue, et malgré ce visage de cendres son oncle semble apaisé, alors Tristan s'en va, il quitte l'hôpital et prend le taxi pour la gare, il est onze heures, son train ne part qu'à midi, il déjeunera même s'il n'a pas faim, il flânera, achètera des trucs, il aime traîner dans les gares et les aéroports, le numéro du quai n'est pas encore affiché, il observe les autres voyageurs qui patientent comme lui, une mère et son fils, qui doit avoir huit ou neuf ans et cligne sans cesse des yeux, un homme en costume qui paraît nerveux, lui ne l'est pas, il a tout son temps, dans la nouvelle vie qu'il a choisie il n'y a plus de place pour l'urgence, c'est alors que son téléphone vibre, un message de Mathilde, Rappelle-moi, une, deux, trois sonneries, occupé, il commence à croire qu'il ne verra pas Amsterdam cette fois non plus, il réessaie et elle décroche : Papa est mort il y a dix minutes.

La salle était pleine, on n'avait encore jamais joué devant cinq mille personnes. Here's to... *venait de sortir, la Parade était désormais grand public, l'aube du succès. On l'avait voulu, on avait tout fait pour ça, Tristan aussi, même s'il n'était pas satisfait. De son côté, Jérémy était d'accord avec la ligne du parti, seul l'autoritarisme du chef lui déplaisait. Franck s'en foutait, et moi… moi, j'étais dans la dope jusqu'aux yeux. Je n'en suis pas fier, une fois que j'ai décroché je l'ai dit, et maintenant, quand je parle aux kids, j'insiste : la drogue, c'est une saloperie, ça ne vaut jamais le coup. C'était une autre époque. On prenait n'importe quoi, c'était le cas de tout le monde ou presque. Avec l'argent qu'on commençait à gagner, on s'est lâchés. Si c'était à refaire, je ne changerais rien.*

Ce soir-là, on jouait à Lyon, Halle Garnier, au milieu de la tournée. Tox, c'est un boulot. Il faut être organisé, pour fonctionner à peu près et ne pas couler à pic. J'étais un drogué méticuleux, je donnais le change et, à part quelques épisodes malheureux, une nuit au poste, les OD, me retrouver en slip à Jaurès, je m'en suis sorti. À Lyon, ç'avait été rude. On avait joué la veille à Grenoble, le son était pourri, Tristan furax, Jerry avait voulu le calmer, mais c'était encore pire, et j'étais dans le coaltar, à cette période je prenais des risques insensés. Sur scène, l'ambiance entre nous était électrique. Pourtant on vendait, un simple dans le Top 50, l'album classé, de quoi être heureux. Mais les autres aussi déconnaient. Tristan prenait des amphètes et un peu de coke, il baisait à droite à gauche et se haïssait pour ça, ce qui aggravait les choses. Avec Jerry, ils s'engueulaient sans cesse. Et Ludo nous pressait, on n'en faisait jamais assez. On était au début du set, on jouait The Girl With the Red Guitar, *et Jérémy avait les yeux fixés sur la nuque de Tristan, il ne la quittait pas du regard.*

En voulant sauter sur un retour devant lui, Tristan est tombé. Il a glissé et tenté de se rattraper à quelque chose, il a tâtonné dans le vide puis basculé en arrière, finissant sur le cul. Il s'est relevé le plus vite possible, a perdu son micro et l'a ramassé, enfin il a repris comme si de rien n'était, en faisant un geste de la main pour dire : « Hop, une petite acrobatie, sous vos applaudissements. » Pendant ce temps, Jerry continuait à le regarder. Il n'a pas souri, pas bougé, concentré sur sa basse et sur Tristan, prêt à refaire son méchant tour de magie.

Dans son home studio, Tristan prépare les *Chapters Two* et *Three*, il est son propre ingénieur du son et joue de tous les instruments, pour le moment il a renoncé à chercher de nouveaux partenaires, il fait ce qu'il veut, combien d'albums, combien de titres, une liberté qu'il met à profit pour expérimenter, Chiara prend le train pour Cambridge trois matins par semaine et le reste du temps elle lit, écrit, corrige à la maison, ses articles paraissent dans des revues consacrées aux études italiennes, l'un de ses sujets est le monde du travail dans la littérature des années cinquante à deux mille, Tristan lit ses *papers*, plus rien sur l'industrie mondiale du divertissement, elle lui a demandé s'il avait envisagé d'avoir une autre activité que la musique, avec des horaires et des contraintes, il a répondu : Je pourrais être dealer, et elle a protesté, mi-scandalisée mi-amusée, pourtant c'est un vrai boulot, logistique, marketing, vente, et ce rythme domestique, quelqu'un à la maison avec lui, pas seulement Moz, un déjeuner à deux, le resto de temps en temps ou bien soirée canapé, une vie tranquille, à l'abri des sollicitations et des excès, sans autre ambition que concevoir sa musique, c'est son quotidien, une journée habituelle, quand Chiara a cours, il se lève à six heures et demie, prépare le petit déjeuner, se douche, la réveille avant sept heures et va jeter un coup d'œil dans les chambres des enfants, l'école de Paul, celle de Domitilla, puis ils prennent leur café ensemble en écoutant la radio, et si Moz consent à montrer le bout de son museau il le sort quelques minutes, la grande balade est pour plus tard, on ne parle que des jeux Olympiques, une fierté pour les Anglais, qui ont battu Paris, depuis 2005 la tension est retombée mais le risque d'attentat est dans tous les esprits, le sien aussi, à Londres les communautés se croisent et parfois se mêlent, Chiara a de nombreux étudiants indiens, pakistanais, afghans, jeunes femmes voilées, la chose la plus normale du monde, en Italie les étrangers sont invisibles et en France il ne sait pas, Tristan, est-ce encore son pays ?, se sent-il autorisé à avoir une opinion ?, ils parlent de ça et du reste, enfin elle disparaît dans la salle de bains, un rapide baiser lorsqu'elle est prête, il a la maison pour lui seul, va dans son studio et écoute ce qu'il a fait la veille ou avant le week-end, les progrès sont lents, il veut prendre son temps, consacre plusieurs semaines à chaque titre, essaie différentes solutions, efface s'il n'est pas satisfait, les chansons durent de six, sept à onze, douze minutes, en plus des machines il a un piano droit, une batterie, ses guitares et ses basses, quelques instruments insolites, rapportés de voyage ou dénichés par hasard, percussions, cordes, et aussi du matériel analogique, ce qui existait à ses débuts et que plus personne n'utilise sinon des gens comme lui, fétichistes ou passionnés, il s'est offert une console numérique SSL quarante-huit pistes, la technologie évolue sans cesse et coûte cher, grâce au succès de Neon Parade il vit de ses royalties – il a autorisé le groupe à jouer leurs vieilles chansons –, le home studio est bien équipé, il y passe l'essentiel de son temps avec Moz, d'abord jusqu'au milieu de la matinée, puis ils vont au parc, le chien peut se dégourdir les pattes et faire ce qu'il a à faire, quelle que soit la météo ils prennent l'air, de retour au studio il continue jusqu'au déjeuner, ce n'est pas toujours productif, l'interruption le distrait mais il s'impose ce rythme, à midi un repas léger, il court encore, dix, quinze, vingt kilomètres mais plus de marathon, sieste, studio, sortir le chien, autrefois Tristan Lavarini était le chanteur d'un groupe qui remplissait des Zénith – aujourd'hui ses anciens partenaires remplissent le Stade de France –, il sortait tous les soirs, multipliait les aventures, buvait et se droguait, depuis il en est revenu, quand on l'interroge il ne sait pas quoi dire, refuse de juger le passé, à présent il vit bien et ça lui suffit, il n'est pas du genre introspectif, le père Tristan, Chiara est de retour en début de soirée, les enfants sont déjà couchés, ils s'installent tous les deux à la cuisine, se racontent leur journée, des choses de rien du tout, du temps ensemble, c'est ça, aimer quelqu'un, il la regarde faire à manger, observe sa nuque quand elle a les cheveux relevés, ses épaules, ses hanches, parfois il coupe des choses, c'est tout ce qu'il sait faire, ils n'ont pas quitté Islington et Lofting Road, lorsque Mrs. MacMillan est passée de vie à trépas ça lui a fait de la peine – le grand-père Gunnar est mort lui aussi, Tristan a entendu la nouvelle sur

France Musique – il a assisté à ses funérailles, une première, il n'était pas allé à celles de son oncle, les gens se retournaient, intrigués par ce type en jean et cuir, il s'est présenté à ses trois enfants, qui vivaient à l'étranger, Je suis le voisin du dessus, il n'avait pas d'arrière-pensée, puis il a appris que l'appartement était à vendre et a sauté sur l'occasion, c'était cher mais il n'a pas discuté, ils en ont fait un duplex, la maison, la famille, une vie rangée, même s'il y a toujours une petite voix qui lui murmure : T'es pas comme ça, Tristan, t'es un putain de chien enragé, un jour tu feras tout péter, mais il ne veut plus l'écouter, d'ailleurs c'est faux, il y a Chiara, il y a les enfants, Paul qui lui ressemble de plus en plus avec le temps, grand, maigre, blond aux yeux clairs, un garçon ombrageux, un soir Tristan lui fait la surprise, des billets pour le match contre Tottenham, Paul est supporter d'Arsenal, maillot, écharpe rouge et blanc, son père n'aime pas le football, ça ne l'a jamais intéressé, Chouette, l'enfant ne montre aucune joie particulière, le samedi après-midi au stade c'est une autre histoire, Van Persie ceci, Fabregas cela, il explique avec passion, Tristan n'y comprend pas grand-chose mais il est heureux, Paul moins, son équipe mène 2 à 0 puis se fait remonter et battre par l'ennemi juré, perdre, ça arrive, une leçon non planifiée, Domitilla est différente, la glace et le feu, à quelques mois c'était déjà une personne à part entière, pas un bébé dont on oublie la présence, elle veut être chanteuse lyrique, la Callas est son idole, avec son frère les sono fights sont épiques, il découvre le rock, Led Zep, Stones, Red Hot, et Tristan ne dit rien, Paul se cherche, la petite non, il est sûr qu'elle arrivera à ses fins, la mère gueule – Basta! –, le père intervient – Moins fort, les enfants –, et les années passent, les albums sortent, Morituri dure, Tristan en enregistre un quatrième, le dernier chapitre, il le mettra en ligne en 2011 puis il arrêtera, c'est décidé, ça lui vient un matin tandis qu'il dresse la table du petit déjeuner, non que les ventes soient décevantes – elles se tassent gentiment – ni les critiques mauvaises – il appartient à la catégorie des grands anciens et on le juge à l'aune d'autres critères, plus ce qu'il fait est barré et plus ça plaît –, simplement il a perdu l'envie, ces derniers temps il n'a plus d'idées, joue avec ses machines et tourne en rond, dès qu'il peut il sort faire un tour avec Moz, le chien manque lui aussi de motivation, il dort toute la journée, mange peu, vomit, Tristan l'amène chez le vétérinaire, l'IRM montre une grosseur à l'estomac, Il a mal ?, Non mais ça ne fera qu'empirer, retour à la maison, les enfants le saluent une dernière fois, sans savoir car leur père ne dit rien, Chiara n'est pas d'accord, On devrait leur en parler, Ils seront tristes, Ils le seront encore plus si on ne le fait pas, et le lendemain il y retourne, Adieu, fidèle compagnon, comme prévu Domitilla pique une crise, elle souffre et surjoue, Paul paraît moins affecté, quelques jours plus tard le cœur d'une centrale nucléaire entre en fusion à Fukushima, Japon, après un tsunami, le monde tremble, eux louent une voiture – Tristan a récupéré son permis – et vont visiter un élevage dans le Kent, ils adoptent un setter irlandais, Comment on l'appelle ? il demande, Paul hausse les épaules, Balzac ! décide sa sœur, avant de vendre son home studio

Tristan a un sursaut, un dernier coup d'éclat en guise de révérence, l'idée lui vient en passant devant la chambre de son fils et en reconnaissant *No Quarter*, un album de reprises, des interprétations aussi brutes que possible, le contraire des architectures sophistiquées qu'il a bâties ces dernières années, un ultime tour de piste avec ses frères d'armes, il les appelle, Mac, Damian, Mickey, Wash n'est pas disponible mais il le branche sur Mute, le label historique des Bad Seeds, le boss Daniel Miller est un ami, Morituri se reforme, dix jours de répétitions et trois semaines en studio à Abbey Road, il leur suffit d'un regard pour se comprendre, Tristan a sa liste, Bowie et le Velvet, Bashung et Darc, Cure et Joy Division, Andy à la console, l'album s'intitule *Rock'n'Roll*, sur la pochette une photo prise pendant l'enregistrement, on les voit tous les cinq, Tristan au micro, les morceaux joués live, peu de prises, avant l'album un single, il avait pensé à *Tomorrow Never Knows*, mais Miller a insisté : *Sign O' the Times*, dès sa sortie Radio One le passe en journée, et l'album démarre gentiment, puis Mute reçoit une demande d'Apple pour la publicité du nouvel iPhone, Prince a donné son accord, Tristan ne voit pas pourquoi il refuserait le sien, bientôt la machine s'emballe, le morceau passe en boucle dans le monde entier, sous cette forme dépouillée *Sign O' the Times* devient une chanson de Morituri à part entière et un triomphe qui place le groupe parmi les artistes d'envergure planétaire, ils donnent un concert unique à la Brixton Academy devant près de cinq mille personnes le 4 décembre 2011, ce sera la dernière apparition officielle de Tristan sur scène, Wash les a rejoints, il n'aurait raté ça pour rien au monde, pendant une heure quarante-cinq ils passent en revue le répertoire de Morituri, échangeant régulièrement leurs instruments, chacun joue de tout, Tristan se met à la batterie, Wash est derrière ses machines et ses écrans, une installation complexe qui manque à plusieurs reprises de tomber en rade, Andy tour à tour à la guitare et aux claviers, Mickey et Damian guitares et basses, quand Tristan a commencé il y a trente ans il n'imaginait pas durer si longtemps, n'y aurait pas cru si on le lui avait dit, il aurait protesté, être punk c'est brûler, et pendant les rappels il est ému, la salle scande *Tristun Tristun*, comment est-il devenu un artiste culte de ce côté-ci de la Manche, il n'en a aucune idée, exilé volontaire, alien with artistic capacities, puis ils remisent les machines, Wash est à la guitare pour des reprises tirées de *Rock'n'Roll* : *Heroin*, *Dirty Boots* et *Idioteque*, enfin *Sign O' the Times*, une longue ovation et Tristan salue, il ne sait pas que c'est terminé mais il le sait, backstage un défilé de stars, il n'en connaît pas la moitié, Peter Hook, Richard D. James, Damon Albarn, il demande qu'on les laisse seuls et les voilà tous les six, Morituri, ils trinquent, s'embrassent, heureux et tristes à la fois, puis chacun s'en va retrouver femme et enfants, compagne ou compagnon, *Chapter Four* sort dans la foulée et bénéficie de cet élan, ça pourrait faire revenir Tristan sur sa décision mais il n'a pas changé d'avis, raccroche pour de bon, personne ne songe à l'en dissuader, ses acolytes, Miller, tous savent qu'un deal est un deal, ils se sont bien amusés et si ça a marché c'est parce que la fin était proche, en famille son choix a fait débat, Chiara l'a soutenu, Paul était d'accord, T'es au top, faut arrêter au top, seule Domitilla a protesté, Quand on est musicien on peut pas arrêter !, un jour elle comprendra, la page est tournée, une nouvelle s'ouvre, sur laquelle le mystère continue de planer, trois hypothèses circulent quant à la suite que Tristan a donnée à son parcours, trois versions qui ont chacune leurs partisans acharnés et cohabiteront, jamais confirmées ni démenties, un effet inattendu de l'anonymat et du silence voulus par le chanteur, il est revenu à ses premières amours, affirment certains, la batterie, il joue en studio sur les albums de grands noms du rock, par exemple : ce n'est pas Matt Cameron qu'on entend sur *King Animal* de Soundgarden, c'est lui, comme sur *The Next Day* de Bowie et sur *Black City Parade* d'Indochine, après avoir débranché Morituri, le groupe et le label, Lavarini devient un musicien de session recherché, il a la satisfaction de jouer pour les meilleurs mais échappe à la célébrité, sa voix se tait et son corps parle, un juste retour des choses, au bout de trente ans sur le devant de la scène il a trouvé son chemin, on dit même qu'il a refait de la scène, remplaçant au pied levé un batteur indisponible, mais seulement pour de gros concerts et à la condition expresse que le gig ne soit pas filmé, un Tristan barbu, avec cheveux longs et lunettes, rester invisible en étant sous le nez de tous, bien sûr il existe des preuves, des témoignages, pas seulement l'écoute des albums en question, à Londres, New York, Nassau, des techniciens, des ingénieurs du son et des réalisateurs le jurent, Lavarini est venu faire des overdubs, une journée et il est reparti, ou bien : Regardez cette photo, la silhouette, le port de tête, c'est lui, une hypothèse qui séduit les nostalgiques de La Monstrueuse Parade, tous ceux pour qui il est impensable que Tristan ait renoncé à la musique, au studio, à la scène, un blasphème, un tel musicien n'abandonne pas, le génie de Tristan est d'avoir su changer avant de s'user et de lasser, on ne l'en aime que davantage pour cela, le Tristan batteur de l'ombre est un héros, ses admirateurs sont des fanatiques, gare à mettre en doute sa pureté, c'est d'ailleurs l'hypothèse à laquelle Chiara sera la moins hostile, elle qui se retranchera dans un silence dédaigneux, refusant de parler aux médias, Chiara gardienne du Coffre – les bandes – qui retournera vivre en Italie, dans sa Venise natale, où on ne viendra pas la chercher –, et les enfants feront leurs études à l'étranger, c'est tout ce qu'on saura, mais revenons à Tristan et à l'après-Morituri, outre l'hypothèse du musicien de session il y a celle qui le prétend DJ réfugié derrière ses platines, dans une cabine surélevée où les danseurs ne peuvent pas le reconnaître, derrière une vitre en verre dépoli ou, mieux encore, caché sous un masque qu'il enfile chaque fois qu'il mixe, profitant de la pénombre pour dissimuler sa véritable identité, mais les noms qu'il utilise ne trompent pas, Houdinix, This Appearer, Van Isher, c'est forcément lui, jurent les clubbers qui l'ont entendu au Rex, au Berghain ou au Ministry of Sound, son masque est rouge, noir ou bleu nuit, c'est celui d'un diable, d'un fantôme ou d'un robot, en tout cas c'est lui, et puis il y a la musique qu'il joue, une techno glacée qui rappelle les *Chapters*, traversée çà et là par des courants chauds, des voix éthérées puis tonitruantes, qui d'autre que Tristan pourrait se permettre pareil grand écart, des journalistes britanniques et français se penchent sur la question, les sets sont émaillés de références françaises, Baroque Bordello, KaS Product, Trisomie 21, mais aucun morceau de la Parade ou de Morituri, ce sont surtout les extraits de films qui font penser à Lavarini, la voix de Conrad Veidt, *Metropolis*, *Mabuse*, il suffit de croiser : new wave plus techno plus expressionnisme allemand, les spécialistes sont sûrs d'eux, Tristan nous envoie des messages, il nous adresse des clins d'œil, certains devinent également sa patte derrière l'accompagnement musical des défilés Chanel durant cette période, entre 2011 et 2015, des bandes-son inhabituelles, de véritables voyages qui entraînent les présents, spectateurs et mannequins, loin du Carrousel du Louvre et de ses fastes, partent des Stranglers et arrivent à Steve Reich, en passant par Mogwai et Daft Punk, nos journalistes enquêteurs : encore Lavarini !, jamais Tristan ne se montre mais il peut très bien être caché en coulisse, explique-t-on, et on a beau cuisiner Karl, impossible de savoir, cette version-là, les fans de Morituri (et dans une moindre mesure ceux de La Monstrueuse Parade) la refusent, le DJing à la limite mais la mode non, elle suggère que Tristan aurait tourné le dos au rock et à l'expérimentation pour faire de l'argent, ça les choque mais ils savent que c'est possible, le fait est qu'on n'a pas de preuves, une hypothèse qui vaut la première et qui a ses partisans, surtout parmi ceux et celles qui ont découvert Tristan sur le tard, et il y a la troisième version, suivant laquelle notre homme composerait des musiques de films et se cacherait derrière des pseudonymes, Stefano Rizzi, Candice Chapman, François S. Martin, des bandes originales pour des films italiens, britanniques, français, on trouve les tenants de cette version parmi les critiques de cinéma et les spécialistes des musiques expérimentales, connaisseurs de Morituri et en particulier des derniers albums, ils estiment qu'on reconnaît dans ces partitions les idées fixes de l'ancienne rock star, les pulsations électroniques, les trouées de silence, l'évocation de paysages par petites touches, les *Cahiers du cinéma* lui consacrent deux pages, dans lesquelles Stéphane Delorme expose ces arguments, scènes à l'appui, et les compare à d'autres morceaux de Tristan, la complexité rythmique va dans ce sens, Tristan est batteur de formation, ça s'entend, puis Candice Chapman est récompensée lors des BAFTA 2013 à la Royal Opera House, c'est Anton Corbijn qui retire le drôle de masque à sa place, et Stephen Fry en plaisante : Elle existe, ce n'est pas un fantôme ?, cette hypothèse a une vertu précieuse, les admirateurs de Tristan peuvent continuer à acheter ses disques, ceux de Rizzi, Chapman, Martin, et faire comme si Tristan était toujours en activité, un culte qui durera, et dans ce cas-là non plus Chiara ne confirmera ni ne démentira jamais, mais parmi ses proches, ceux qui jetteront un coup d'œil à sa cédéthèque remarqueront la présence de nombreuses bandes originales, parfois signées par les individus en question, les trois versions relèvent du wishful thinking, on soutient celle qu'on espère être la bonne, sans éléments tangibles pour l'étayer, son biographe Leveaux a mené l'enquête et prétend qu'elles sont toutes fausses, qu'en réalité Tristan a vraiment arrêté la musique, à ce moment de sa vie il ne veut plus en écouter ni en jouer, pourquoi ne pas l'accepter, et quand on lui demande ce qu'il fait, s'il a des projets, Tristan préfère esquiver, Rien d'intéressant, ce qu'on sait – car plusieurs témoins le rapporteront –, c'est que les sons qu'il aime alors, ce sont les rires de ses enfants, les aboiements de Balzac, les bruits de la circulation, les accents des gens de toutes origines qu'il croise dans le quartier, et aussi le silence de chez lui, où il passe de plus en plus de temps à lire, à regarder la télévision, à ne rien faire en attendant que le reste de la famille rentre et que les lieux s'animent, Tristan s'occupe de la maison, il prépare à manger, et ce qu'il ne dit pas, c'est qu'il aime toujours la musique, qu'elle continue de l'habiter, il achète des vinyles, va aux concerts pour découvrir de nouveaux groupes, Foals, Florence and The Machine, les choses dont tout le monde parle – la presse musicale souffre, le *Melody Maker* a cessé de paraître et il ne reste que le *NME*, qui n'a rien perdu de sa volatilité, toujours prêt à s'emballer pour la next big thing –, parfois de vieilles gloires, des gens qui ont commencé en même temps que lui ou même avant, un soir de novembre 2013 il va voir Simple Minds à l'O2 Arena avec Paul, il ne sait pas pourquoi, n'a jamais été fan, quelques bonnes chansons mais avant tout un groupe de stadium rock, ils ne se sont pas séparés, ont connu la gloire et le déclin, un truc pour nostalgiques, c'est ce qu'il est, Tristan, un type tourné vers son passé et celui de sa génération, il l'explique à Paul, qui n'a aucune envie de l'accompagner (Des losers, commente le jeune homme), Et alors ? répond son père en souriant,

Paul écoute à présent du rap, français de préférence, NTM, Booba, Orelsan, le rock c'est la honte, père et fils n'ont en commun que leur goût pour l'électro, Daft, Justice, l'O2 Arena est immense, vingt mille places, tout ce que Tristan déteste, pourtant il se laisse prendre au jeu, dans le public il y a des familles, parents, enfants, adolescents, les types ont les cheveux gris, des poches sous les yeux et du bide, une ambiance bon enfant, on vapote, on boit une ou deux bières – pas dix –, et pendant le concert on ne pogote pas, on applaudit avec enthousiasme, il y a des cris, Glasgow !, on réclame *Don't You* et le groupe joue *Don't You,* Jim Kerr est essoufflé à la fin des morceaux, il transpire, Charlie Burchill tente un saut de cabri à la Pete Townshend, il décolle de quinze centimètres et manque de se vautrer, Apportez-lui un déambulateur, persifle Paul à l'oreille de son père, il fait ça pendant tout le concert, se marre quand la drum machine commandée par ordinateur se plante, Windows fait une mise à jour, Tristan accepte de bon cœur les sarcasmes de son fils, tandis que les tubes défilent, *I Travel*, *Promised You a Miracle*, *Someone Somewhere in Summertime*, et le public chante, un fort contingent écossais a fait le déplacement, On est vieux, songe Tristan, de temps en temps il observe son fils qui tire la gueule, douze ans, il est au collège à Charles-de-Gaulle et parle déjà de faire Sciences Po, Domitilla est en primaire, elle veut étudier la musique en Italie, a commencé le chant et le piano, Paul a tâté de la guitare et vite laissé tomber, ils sont beaux et intelligents, ses gosses, Tristan est fier d'eux, sûr qu'ils sauront tracer leur route quoi qu'ils décident de faire et quel que soit le pays où ils vivront, son choix à lui est fait, il n'a pas l'intention de rentrer en France et espère vieillir ici auprès de Chiara, qui est à présent doyenne de la Faculty of Classics du Corpus Christi College de Cambridge, une réussite ponctuée de nombreux articles et ouvrages publiés, de séminaires à Ferrare, Boston, Sydney, seraient-ils encore ensemble si elle passait plus de temps à la maison et devait le supporter sept jours sur sept ? se demande Tristan, puis il chasse cette question, de France ne lui parviennent plus que des échos lointains, sa tante septuagénaire est toujours aussi active, elle donne un coup de main aux Restos du cœur – Tristan n'oublie jamais de verser sa contribution –, sa chère Mathilde a quitté son socialiste et s'en lancée en politique, élue verte et conseillère de Paris, il ne les a pas vues depuis des années mais ils s'écrivent, s'appellent, sa grand-mère Kathrin qui lui téléphone désormais et demande des photos de la famille, il a les enfants et Chiara, lui, il n'y a qu'elle, son donjuanisme est de l'histoire ancienne, il ne l'a pas trompée une seule fois, n'a pas même songé à le faire, époux modèle, bon père, citoyen concerné, raisonnablement écolo et de gauche bien qu'il se dise libéral, attaché à la liberté, tolérant, vivre et laisser vivre, un mec bien, J'irai au paradis, auquel il ne croit pas, indifférent à la religion, un ascète qui mène une bonne vie et n'en demande pas plus, ça pourrait durer comme ça pendant les vingt et quelques prochaines années, puis il espère crever avant d'être vieux, quand les enfants seront adultes et n'auront plus besoin de lui, le quatrième âge non merci, le troisième lui suffira, il l'aperçoit déjà, une forme de sénescence accélérée, le rock fait ça, des Dorian Gray et des J. F. Sebastian, des types éternellement jeunes, adolescents à vie, album, tournée, album, tournée, ne jamais s'arrêter, d'autres en ont pris plein la gueule et ça se voit, des quinquas qui ont tout connu et survécu à tout, une même force vitale, en positif et en négatif, dans les deux cas c'est l'entourage qui paie, la ou les familles, femmes et enfants qui goûtent le succès et ses retombées, mais qu'éclaboussent les abus, les dérèglements, être une ex et ne pas savoir quoi faire de sa vie, être le fils ou la fille et avoir le nom mais pas le talent, il a fui tout ça, Tristan, lui aussi est usé, son corps a morflé, les excès, l'accident, il passe de plus en plus de temps à dormir, fait la sieste sur le canapé après déjeuner, l'ours de la famille, ça amuse les enfants, une fois par an il fait un check-up complet et un test d'effort chez le cardiologue, un type qui doit avoir quinze ans de moins que lui et qui arrive le matin au cabinet des Mizuno Wave Rider aux pieds – Vous courez ? Tristan lui a demandé la deuxième ou troisième fois –, oui, le médecin court et joue au tennis, fait du ski et du vélo, Vous verrez quand vous aurez mon âge, l'autre a souri, Tristan ne se plaint pas, le corps est cabossé mais la tête va bien, pas de regrets, aucun désir de revenir en arrière, les instants de paix sont fugitifs mais il arrive à les saisir, non sans trouver cette sensation étrange, du reste tout est étrange dans sa vie, tout est décalé, par exemple : les gens de son âge travaillent, ils sont au sommet de leur carrière et entrevoient la retraite, ceux qu'il fréquente et ceux qu'il a croisés, c'est le cas des frères Henze, ils ont monté une agence de conseil en marketing de la musique, qui marche, semble-t-il ; d'Antoine, qui travaille toujours dans le même groupe et dirige la branche Europe toutes activités depuis son rachat par des Japonais ; de Ludovic, qui occupe un poste en vue à la direction des programmes de Canal+ ; et ses anciens partenaires au sein de La Monstrueuse Parade tiennent toujours le haut du pavé, solides vétérans du rock français ; tout irait pour le mieux s'il n'y avait ce poids sur le cœur, Paris lui manque, après les attentats du 13 novembre il a passé ses journées devant l'ordinateur, il parcourait les noms et craignait d'en reconnaître certains, mais c'étaient des gens trop jeunes, peut-être les fils et filles d'anciens amis, de connaissances, qui étaient ce soir-là aux terrasses des cafés ou au Bataclan, une salle où il a joué cinq fois avec la Parade, il aurait voulu être dans sa ville pendant les heures les plus sombres, Tristan, à sa façon il y était, Hervé habite boulevard Beaumarchais et lui a raconté sa nuit – ils se téléphonent de temps en temps –, éveillé, à écouter les sirènes hurler sans fin, Tristan a même vu Alexis et Jérémy parler du pouvoir de la musique, le lendemain à la télévision, il n'y a pas si longtemps il aurait ricané, lui, plus maintenant, que dire d'autre, il n'aime pas la musique de Neon Parade mais ils sont encore là après toutes ces années, commencent à faire vieux beaux, les pantalons en cuir moulants, les santiags, c'est touchant, ridicule mais touchant, bref, les autres font des choses, lui non, il paresse, plus désengagé que jamais, il cultive ses petites passions, vit comme s'il avait pris un long congé sabbatique, jusqu'à un mardi matin de décembre, le 9, il est seul à la maison, pas encore l'heure d'aller faire un tour au parc avec Balzac, après le petit déjeuner il a débarrassé la table et tout mis dans le lave-vaisselle, il s'apprête à refaire du café et se ravise, monte à l'étage et enfile une tenue de running adaptée à la météo, pluie fine, une petite tape sur la tête du chien, On sort plus tard, bonhomme, il court jusqu'à Regent's Park et le portable de Chiara sonne dans son bureau à Cambridge, une entrée en matière prudente, l'urgentiste explique qu'il n'a pas eu le temps de souffrir, infarctus massif, des promeneurs l'ont vu s'effondrer et ont appelé les secours mais il était trop tard, allongé sur l'herbe il avait un sourire gêné sur les lèvres, comme quelqu'un qui s'excuse de partir si tôt, Ne m'en veuillez pas, non, on ne lui en veut pas, à Tristan Lavarini, d'être sorti de scène prématurément, où qu'il soit il a rejoint son frère, son père et sa mère, une petite place au panthéon du rock auprès de ses héros, il laisse derrière lui une belle discographie et aussi une image, une silhouette, jusqu'au bout Tristan grande gueule et tyran fragile, chanteur adulé et musicien expérimental, on retiendra tout cela, mesdames et messieurs, et surtout quelques sacrées bonnes chansons, des textes sensibles et un son à lui, c'était ça, Tristan, et même s'il n'est plus là il y a encore des gens qui continuent à le voir, qui prétendent l'avoir croisé ici ou là, dans une fête ou à un concert, plusieurs personnes ont affirmé qu'il était à la Philharmonie de Paris le 2 avril 2016 quand Television a joué l'intégrale de *Marquee Moon*, sur le morceau du même nom il a levé les bras au premier rang, à quelques mètres de Tom Verlaine, C'était lui, j'en suis sûr, a raconté un journaliste de *Libération*, d'autres ont confirmé, malheureusement il n'y a pas d'images, le lendemain le concert de John Cale au même endroit a bien été filmé, mais Tristan n'y était pas, personne n'a cru l'y reconnaître, on en conclura qu'il a tiré sa révérence la veille, devant son groupe préféré et un rideau déchiré, *addio*, Tristan, *addio*.

Comme des dizaines d'autres personnes, je faisais la queue pour assister à l'exposition. C'était un samedi matin d'avril, la température était fraîche et je me pelotonnais dans mon manteau. J'avais une casquette des New York Yankees enfoncée sur le crâne, des lunettes noires et une écharpe qui couvrait le bas de mon visage. Dans la file, il y avait des gens de toutes les générations, des gens qui avaient écouté notre musique, joué la leur ou participé à cette longue fête triste. C'étaient souvent des couples, parfois du même sexe, qui patientaient en silence devant la Gaîté-Lyrique. D'autres étaient venus avec leurs enfants, un père et son fils adolescent qui lui a demandé : « Le rock français, c'était trop naze, nan ? », et le père a ri : « C'était un peu naze, oui, mais rien qu'un peu. » L'exposition mettait à l'honneur La Monstrueuse Parade et le rock des années quatre-vingt, avec des photos, des projections et des installations « ludiques » – Air Guitar, ce genre-là. J'étais curieux, j'y suis allé.

Avais-je peur d'être reconnu ? Oui et non. Au fond, j'avais disparu de la circulation depuis si longtemps que plus personne ne se souvenait de mon visage, et quand les gens parlaient de la Parade en général c'était d'un autre groupe et d'une musique avec laquelle je n'avais rien à voir. Il suffisait de compter : treize ans d'activité et quatre albums studio d'un côté, vingt ans et des dizaines de disques de l'autre. Surtout, Neon Parade existait toujours, ses membres avaient une grande visibilité (Charlie participait aux tournées des Enfoirés, par exemple), le groupe était l'un des seuls à avoir traversé les époques avec un line-up inchangé et à recueillir le même succès. Nos Pierres qui Roulent, lisait-on parfois (peut-être était-ce de l'ironie). L'exposition, je voulais la voir, pas par nostalgie, simplement je me demandais ce que je me rappellerais. Les débuts m'intéressaient.

Puis la file d'attente a avancé, je suis entré, j'ai acheté mon billet et je me suis retrouvé dans un grand couloir, entouré par nos quatre portraits hauts de deux mètres. Je ne me souvenais pas de ces photos. À côté de la mienne, le cartel disait : Tristan Lavarini, octobre 1984. On était jeunes et beaux, on avait l'air maudit, Jérémy sûr de lui, Franck rigolard, Charles en gamin espiègle. Moi, je ne sais pas, je ne me suis pas reconnu.

Pochettes, setlists, tenues de scène, photos du corbillard, instruments, coupures de presse : il y avait tout ce qu'on pouvait s'attendre à trouver depuis qu'une grande expo londonienne avait fixé les règles de cet exercice. Pourtant j'étais déçu, j'avais imaginé des sensations plus fortes, or ça ne m'a pas fait grand-chose. C'était nous, c'était La Monstrueuse Parade, c'était émouvant et un peu con, rien d'étonnant à ça. Ce qui l'était, c'est que j'avais beau être mort, ça ne me donnait pas spécialement envie de revenir à la vie.

TRISTAN LAVARINI

Avec NUDGE NUDGE

1981 – Bootlegs

Avec RHUM ROUGE

1981-1982 – Bootlegs et démo

Avec LA MONSTRUEUSE PARADE

Simples et EP :

1983 – Bad Guys
1984 – The Girl With the Red Guitar
1985 – 3 Mile
1986 – Linda's Skin
1986 – Giant Remixes (EP)
1986 – Godless
1987 – Atomic Remixes (EP)
1987 – The Riot
1988 – J'pourrais tricher
1989 – J'pourrais tricher Remixes (EP)
1992 – Flowers (EP)

1994 – Jésus sauve
1995 – Sérénade
1995 – Cours
1996 – Remixes extraordinaires (EP)

Albums studio :
1984 – Giant Steps
1986 – Here's to the Atomic Bomb
1988 – But Then Again
1994 – Histoires extraordinaires

Live et compilations :
1996 – Soir après soir (Live)
1999 – Un monstre sur le dancefloor (Remixes)
2001 – 4 Bad Guys (Singles et B-Sides)
2005 – Toute la Parade (Coffret)
2012 – La Monstrueuse Parade 1982-1995 (Best Of)
2015 – Nantes 1986 (Live)

Bootlegs et démos

Avec MORITURI

Simple :
2011 – Sign O' the Times

Albums studio :
2001 – Morituri
2002 – Kan
2009 – Chapter One
2010 – Chapter Two
2010 – Chapter Three
2011 – Rock'n'Roll
2011 – Chapter Four

Live :
2015 – At The Brixton Academy 2011

Bootlegs

(ghost tracks)

Richard Wagner – Tristan Und Isolde (Prelude) (1865)

Olivier Messiaen – Quatuor pour la fin du temps (1940)

John Cage – 4'33" (In Three Parts: 0'30" / 2'23" / 1'40") (1952)

Karlheinz Stockhausen – Kontakte (Teil 1) (1958-1960)

The Velvet Underground – Heroin (1966)

MC5 – Kick Out the Jams (1969)

King Crimson – 21st Century Schizoid Man (Including Mirrors) (1969)

Scott Walker – The Seventh Seal (1969)

The Velvet Underground – Rock & Roll (1970)

Steve Reich – Drumming (1970-1971)

Neu! – Hallogallo (1972)

Neil Young – The Needle and the Damage Done (1972)

Lou Reed – Berlin (1973)

Iggy and the Stooges – Search and Destroy (1973)

Roxy Music – Remake / Re-Model (1973)

Robert Wyatt – Little Red Riding Hood Hit the Road (1974)

Patti Smith – Piss Factory (1974)

David Bowie – 1984 (1974)

John Calc – Cable Hogue (1975)

Kraftwerk – Radio-Aktivität (1975)

Television – Marquee Moon (1977)

Talking Heads – Don't Worry About the Government (1977)

David Bowie – Speed of Life (1977)

David Bowie – "Heroes" (1977)
The Clash – London's Burning (1977)
Joy Division – Warsaw (1978)
The Normal – Warm Leatherette (1979)
Bauhaus – In the Flat Field (1980)
Joy Division – Atmosphere (1980)
The Cure – A Forest (1980)
Japan – Ghosts (1981)
Soft Cell – Tainted Love (1981)
Marquis de Sade – Rue de Siam (1981)
Robert Wyatt – At Last I Am Free (1982)
Brian Eno – An Ending (Ascent) (1983)
New Order – Blue Monday (1983)
Scott Walker – Rawhide (1984)
Hüsker Dü – Eight Miles High (1984)
Marc Seberg – L'éclaircie (1984)
Taxi Girl – Paris (1984)
Minimal Compact – Deadly Weapons (1984)
U2 – Bad (1984)
Talking Heads – Road to Nowhere (1985)
Tears for Fears – Shout (1985)
Talk Talk – April 5th (1986)
Prince – Sign O' the Times (1986)
The Smiths – Paint a Vulgar Picture (1987)
David Sylvian – Waterfront (1987)
Sonic Youth – Trilogy (The Wonder – Hyperstation – Eliminator Jr.) (1988)
Nick Cave & The Bad Seeds – The Mercy Seat (1988)
Depeche Mode – Enjoy the Silence (1989)
New Order – Fine Time (1989)
The Cure – Disintegration (1989)
John Cale & Lou Reed – Forever Changed (1990)

My Bloody Valentine – When You Sleep (1991)
Talk Talk – New Grass (1991)
Moondog – Marimba Mondo 2 (Seascape Of The Whales) (1991)
Blur – There' s No Other Way (1991)
Massive Attack – Unfinished Sympathy (1991)
Sonic Youth – Dirty Boots (1991)
Television – Call Mr. Lee (1992)
The Cure– Doing the Unstuck (1992)
Depeche Mode – Walking in My Shoes (1993)
Dinosaur Jr. – Out There (1993)
PJ Harvey – Missed (1993)
Choice – Acid Eiffel (1993)
Radiohead – Anyone Can Play Guitar (1993)
Portishead – Sour Times (1994)
Daniel Darc – Le Feu follet (1995)
The Jesus & Mary Chain – I Hate Rock'n'Roll (1995)
Björk – Hyperballad (1995)
Neil Young – I'm the Ocean (1995)
Peter Murphy – Cascade (1995)
David Bowie – Hallo Spaceboy (1995)
Goldie – Timeless (1995)
DJ Shadow – Building Steam With a Grain of Salt (1996)
Aphex Twin – Girl / Boy Song (1996)
Beck – The Devil's Haircut (1996)
Daft Punk – Alive (1997)
Nick Cave & The Bad Seeds – Into My Arms (1998)
Mark Hollis – A New Jerusalem (1998)
Massive Attack – Mezzanine (1998)
Sonic Youth – NYC Ghost & Flowers (2000)

Laurent Garnier – The Man With the Red Face (2000)

Radiohead – Idioteque (2000)

Alain Bashung – Tel (2002)

Kronos Quartet – Peteris Vasks: String Quartet No. 4 (2003)

Ryuichi Sakamoto & David Sylvian – World Citizen (I Won't Be Disappointed) (2003)

Daniel Darc – Élégie #2 (2004)

Gorillaz – Feel Good Inc. (2005)

Scott Walker – Clara (2006)

Thom Yorke – Harrowdown Hill (2006)

Carl Craig & Innerzone Orchestra – At Les (Paris Live) (2007)

Nada Surf – Bye bye beauté (2010)

Cliff Martinez – Bride of Deluxe (2011)

Mogwai – Rano Pano (2011)

Nick Cave & The Bad Seeds – Push the Sky Away (2013)

Daft Punk – Giorgio by Moroder (2013)

David Bowie – Love Is Lost (Hello Steve Reich Mix By James Murphy For the DFA) (2013)

Damon Albarn – Everyday Robots (2014)

David Bowie – Lazarus (2016)

À la mémoire de Noel Scott Engel (1943-2019), Mark Hollis (1955-2019), David Robert Jones (1947-2016), Prince Rogers Nelson (1958-2016), Philippe Pascal (1956-2019), Lewis Alan Reed (1942-2013), Daniel Rozoum (1959-2013) et Florian Schneider-Esleben (1947-2020).

DU MÊME AUTEUR

Éditions de L'Iconoclaste

TOUTES LES PLANÈTES QUE NOUS CROISONS SONT MORTES, 2019 (Folio nº 6914 sous le titre AU TOURNANT DE LA NUIT).

COLLECTION FOLIO

Dernières parutions

6551. Tchouang-tseu	*Joie suprême et autres textes*
6552. Sawako Ariyoshi	*Les dames de Kimoto*
6553. Salim Bachi	*Dieu, Allah, moi et les autres*
6554. Italo Calvino	*La route de San Giovanni*
6555. Italo Calvino	*Leçons américaines*
6556. Denis Diderot	*Histoire de Mme de La Pommeraye* précédé de l'essai *Sur les femmes.*
6557. Amandine Dhée	*La femme brouillon*
6558. Pierre Jourde	*Winter is coming*
6559. Philippe Le Guillou	*Novembre*
6560. François Mitterrand	*Lettres à Anne. 1962-1995. Choix*
6561. Pénélope Bagieu	*Culottées Livre I – Partie 1. Des femmes qui ne font que ce qu'elles veulent*
6562. Pénélope Bagieu	*Culottées Livre I – Partie 2. Des femmes qui ne font que ce qu'elles veulent*
6563. Jean Giono	*Refus d'obéissance*
6564. Ivan Tourguéniev	*Les Eaux tranquilles*
6565. Victor Hugo	*William Shakespeare*
6566. Collectif	*Déclaration universelle des droits de l'homme*
6567. Collectif	*Bonne année ! 10 réveillons littéraires*
6568. Pierre Adrian	*Des âmes simples*
6569. Muriel Barbery	*La vie des elfes*
6570. Camille Laurens	*La petite danseuse de quatorze ans*
6571. Erri De Luca	*La nature exposée*

6572. Elena Ferrante — *L'enfant perdue. L'amie prodigieuse IV*

6573. René Frégni — *Les vivants au prix des morts*

6574. Karl Ove Knausgaard — *Aux confins du monde. Mon combat IV*

6575. Nina Leger — *Mise en pièces*

6576. Christophe Ono-dit-Biot — *Croire au merveilleux*

6577. Graham Swift — *Le dimanche des mères*

6578. Sophie Van der Linden — *De terre et de mer*

6579. Honoré de Balzac — *La Vendetta*

6580. Antoine Bello — *Manikin 100*

6581. Ian McEwan — *Mon roman pourpre aux pages parfumées* et autres nouvelles

6582. Irène Némirovsky — *Film parlé*

6583. Jean-Baptiste Andrea — *Ma reine*

6584. Mikhaïl Boulgakov — *Le Maître et Marguerite*

6585. Georges Bernanos — *Sous le soleil de Satan*

6586. Stefan Zweig — *Nouvelle du jeu d'échecs*

6587. Fédor Dostoïevski — *Le Joueur*

6588. Alexandre Pouchkine — *La Dame de pique*

6589. Edgar Allan Poe — *Le Joueur d'échecs de Maelzel*

6590. Jules Barbey d'Aurevilly — *Le Dessous de cartes d'une partie de whist*

6592. Antoine Bello — *L'homme qui s'envola*

6593. François-Henri Désérable — *Un certain M. Piekielny*

6594. Dario Franceschini — *Ailleurs*

6595. Pascal Quignard — *Dans ce jardin qu'on aimait*

6596. Meir Shalev — *Un fusil, une vache, un arbre et une femme*

6597. Sylvain Tesson — *Sur les chemins noirs*

6598. Frédéric Verger — *Les rêveuses*

6599. John Edgar Wideman — *Écrire pour sauver une vie. Le dossier Louis Till*

6600. John Edgar Wideman — *La trilogie de Homewood*

6601. Yannick Haenel — *Tiens ferme ta couronne*

6602. Aristophane — *L'Assemblée des femmes*

6603. Denis Diderot — *Regrets sur ma vieille robe de chambre*

6604. Edgar Allan Poe — *Eureka*
6605. François de La Mothe Le Vayer — *De la liberté et de la servitude*
6606. Salvatore Basile — *Petits miracles au bureau des objets trouvés*
6607. Fabrice Caro — *Figurec*
6608. Olivier Chantraine — *Un élément perturbateur*
6610. Roy Jacobsen — *Les invisibles*
6611. Ian McEwan — *Dans une coque de noix*
6612. Claire Messud — *La fille qui brûle*
6613. Jean d'Ormesson — *Je dirai malgré tout que cette vie fut belle*
6614. Orhan Pamuk — *Cette chose étrange en moi*
6615. Philippe Sollers — *Centre*
6616. Honoré de Balzac — *Gobseck* et autres récits d'argent
6618. Chimamanda Ngozi Adichie — *Le tremblement* précédé de *Lundi de la semaine dernière*
6619. Elsa Triolet — *Le destin personnel* suivi de *La belle épicière*
6620. Brillat-Savarin — *Dis-moi ce que tu manges, je te dirai ce que tu es*
6621. Lucrèce — *L'esprit et l'âme se tiennent étroitement unis. De la nature, Livre III*
6622. La mère du révérend Jôjin — *Un malheur absolu*
6623. Ron Rash — *Un pied au paradis*
6624. David Fauquemberg — *Bluff*
6625. Cédric Gras — *La mer des Cosmonautes*
6626. Paolo Rumiz — *Le phare, voyage immobile*
6627. Sebastian Barry — *Des jours sans fin*
6628. Olivier Bourdeaut — *Pactum salis*
6629. Collectif — *À la table des diplomates. L'histoire de France racontée à travers ses grands repas. 1520-2015*

6630. Anna Hope — *La salle de bal*
6631. Violaine Huisman — *Fugitive parce que reine*
6632. Paulette Jiles — *Des nouvelles du monde*
6633. Sayaka Murata — *La fille de la supérette*
6634. Hannah Tinti — *Les douze balles dans la peau de Samuel Hawley*
6635. Marc Dugain — *Ils vont tuer Robert Kennedy*
6636. Collectif — *Voyageurs de la Renaissance. Léon l'Africain, Christophe Colomb, Jean de Léry et les autres*
6637. François-René de Chateaubriand — *Voyage en Amérique*
6638. Christelle Dabos — *La Passe-miroir, Livre III. La mémoire de Babel*
6639. Jean-Paul Didierlaurent — *La fissure*
6640. David Foenkinos — *Vers la beauté*
6641. Christophe Honoré — *Ton père*
6642. Alexis Jenni — *La conquête des îles de la Terre Ferme*
6643. Philippe Krhajac — *Un dieu dans la poitrine*
6644. Eka Kurniawan — *Les belles de Halimunda*
6645. Marie-Hélène Lafon — *Nos vies*
6646. Philip Roth — *Pourquoi écrire ? Du côté de Portnoy – Parlons travail – Explications*
6647. Martin Winckler — *Les Histoires de Franz*
6648. Julie Wolkenstein — *Les vacances*
6649. Naomi Wood — *Mrs Hemingway*
6650. Collectif — *Tous végétariens ! D'Ovide à Ginsberg, petit précis de littérature végétarienne*
6651. Hans Fallada — *Voyous, truands et autres voleurs*
6652. Marina Tsvétaïéva — *La tempête de neige – Une aventure*
6653. Émile Zola — *Le Paradis des chats*

6654.	Antoine Hamilton	*Mémoires du comte de Gramont*
6655.	Joël Baqué	*La fonte des glaces*
6656.	Paul-Henry Bizon	*La louve*
6657.	Geneviève Damas	*Patricia*
6658.	Marie Darrieussecq	*Notre vie dans les forêts*
6659.	Étienne de Montety	*L'amant noir*
6660.	Franz-Olivier Giesbert	*Belle d'amour*
6661.	Jens Christian Grøndahl	*Quelle n'est pas ma joie*
6662.	Thomas Gunzig	*La vie sauvage*
6663.	Fabrice Humbert	*Comment vivre en héros ?*
6664.	Angela Huth	*Valse-hésitation*
6665.	Claudio Magris	*Classé sans suite*
6666.	János Székely	*L'enfant du Danube*
6667.	Mario Vargas Llosa	*Aux Cinq Rues, Lima*
6668.	Alexandre Dumas	*Les Quarante-Cinq*
6669.	Jean-Philippe Blondel	*La mise à nu*
6670.	Ryôkan	*Ô pruniers en fleur*
6671.	Philippe Djian	*À l'aube*
6672.	Régis Jauffret	*Microfictions II. 2018*
6673.	Maylis de Kerangal	*Un chemin de tables*
6674.	Ludmila Oulitskaïa	*L'échelle de Jacob*
6675.	Marc Pautrel	*La vie princière*
6676.	Jean-Christophe Rufin	*Le suspendu de Conakry. Les énigmes d'Aurel le Consul*
6677.	Isabelle Sorente	*180 jours*
6678.	Victor Hugo	*Les Contemplations*
6679.	Michel de Montaigne	*Des Cannibales / Des coches*
6680.	Christian Bobin	*Un bruit de balançoire*
6681.	Élisabeth de Fontenay et Alain Finkielkraut	*En terrain miné*
6682.	Philippe Forest	*L'oubli*
6683.	Nicola Lagioia	*La Féroce*
6684.	Javier Marías	*Si rude soit le début*
6685.	Javier Marías	*Mauvaise nature.* Nouvelles complètes

6686. Patrick Modiano — *Souvenirs dormants*
6687. Arto Paasilinna — *Un éléphant, ça danse énormément*
6688. Guillaume Poix — *Les fils conducteurs*
6689. Éric Reinhardt — *La chambre des époux*
6690. Éric Reinhardt — *Cendrillon*
6691. Jean-Marie Rouart — *La vérité sur la comtesse Berdaiev*
6692. Jón Kalman Stefánsson — *Ásta*
6693. Corinne Atlan — *Petit éloge des brumes*
6694. Ludmila Oulitskaïa — *La soupe d'orge perlé* et autres nouvelles
6695. Stefan Zweig — *Les Deux Sœurs* précédé d'*Une histoire au crépuscule*
6696. Ésope — *Fables* précédées de la *Vie d'Ésope*
6697. Jack London — *L'Appel de la forêt*
6698. Pierre Assouline — *Retour à Séfarad*
6699. Nathalie Azoulai — *Les spectateurs*
6700. Arno Bertina — *Des châteaux qui brûlent*
6701. Pierre Bordage — *Tout sur le zéro*
6702. Catherine Cusset — *Vie de David Hockney*
6703. Dave Eggers — *Une œuvre déchirante d'un génie renversant*
6704. Nicolas Fargues — *Je ne suis pas une héroïne*
6705. Timothée de Fombelle — *Neverland*
6706. Jérôme Garcin — *Le syndrome de Garcin*
6707. Jonathan Littell — *Les récits de Fata Morgana*
6708. Jonathan Littell — *Une vieille histoire.* Nouvelle version
6709. Herta Müller — *Le renard était déjà le chasseur*
6710. Arundhati Roy — *Le Ministère du Bonheur Suprême*
6711. Baltasar Gracian — *L'Art de vivre avec élégance. Cent maximes de L'Homme de cour*

6712. James Baldwin	*L'homme qui meurt*
6713. Pierre Bergounioux	*Le premier mot*
6714. Tahar Ben Jelloun	*La punition*
6715. John Dos Passos	*Le 42ᵉ parallèle. U.S.A. I*
6716. John Dos Passos	*1919. U.S.A. II*
6717. John Dos Passos	*La grosse galette. U.S.A. III*
6718. Bruno Fuligni	*Dans les archives inédites du ministère de l'Intérieur. Un siècle de secrets d'État (1870-1945)*
6719. André Gide	*Correspondance. 1888-1951*
6720. Philippe Le Guillou	*La route de la mer*
6721. Philippe Le Guillou	*Le roi dort*
6722. Jean-Noël Pancrazi	*Je voulais leur dire mon amour*
6723. Maria Pourchet	*Champion*
6724. Jean Rolin	*Le traquet kurde*
6725. Pénélope Bagieu	*Culottées Livre II-partie 1*
6726. Pénélope Bagieu	*Culottées Livre II-partie 2*
6727. Marcel Proust	*Vacances de Pâques* et autres chroniques
6728. Jane Austen	*Amour et amitié*
6729. Collectif	*Scènes de lecture. De saint Augustin à Proust*
6730. Christophe Boltanski	*Le guetteur*
6731. Albert Camus et Maria Casarès	*Correspondance. 1944-1959*
6732. Albert Camus et Louis Guilloux	*Correspondance. 1945-1959*
6733. Ousmane Diarra	*La route des clameurs*
6734. Eugène Ébodé	*La transmission*
6735. Éric Fottorino	*Dix-sept ans*
6736. Hélène Gestern	*Un vertige* suivi de *La séparation*
6737. Jean Hatzfeld	*Deux mètres dix*
6738. Philippe Lançon	*Le lambeau*
6739. Zadie Smith	*Swing Time*
6740. Serge Toubiana	*Les bouées jaunes*

6741.	C. E. Morgan	*Le sport des rois*
6742.	Marguerite Yourcenar	*Les Songes et les Sorts*
6743.	Les sœurs Brontë	*Autolouange* et autres poèmes
6744.	F. Scott Fitzgerald	*Le diamant gros comme le Ritz*
6745.	Nicolas Gogol	*2 nouvelles de Pétersbourg*
6746.	Eugène Dabit	*Fauteuils réservés* et autres contes
6747.	Jules Verne	*Cinq semaines en ballon*
6748.	Henry James	*La Princesse Casamassima*
6749.	Claire Castillon	*Ma grande*
6750.	Fabrice Caro	*Le discours*
6751.	Julian Barnes	*La seule histoire*
6752.	Guy Boley	*Quand Dieu boxait en amateur*
6753.	Laurence Cossé	*Nuit sur la neige*
6754.	Élisabeth de Fontenay	*Gaspard de la nuit*
6755.	Elena Ferrante	*L'amour harcelant*
6756.	Franz-Olivier Giesbert	*La dernière fois que j'ai rencontré Dieu*
6757.	Paul Greveillac	*Maîtres et esclaves*
6758.	Stefan Hertmans	*Le cœur converti*
6759.	Anaïs LLobet	*Des hommes couleur de ciel*
6760.	Juliana Léveillé-Trudel	*Nirliit*
6761.	Mathieu Riboulet	*Le corps des anges*
6762.	Simone de Beauvoir	*Pyrrhus et Cinéas*
6763.	Dōgen	*La présence au monde*
6764.	Virginia Woolf	*Un lieu à soi*
6765.	Benoît Duteurtre	*En marche !*
6766.	François Bégaudeau	*En guerre*
6767.	Anne-Laure Bondoux	*L'aube sera grandiose*
6768.	Didier Daeninckx	*Artana ! Artana !*
6769.	Jachy Durand	*Les recettes de la vie*
6770.	Laura Kasischke	*En un monde parfait*
6771.	Maylis de Kerangal	*Un monde à portée de main*
6772.	Nathalie Kuperman	*Je suis le genre de fille*
6773.	Jean-Marie Laclavetine	*Une amie de la famille*
6774.	Alice McDermott	*La neuvième heure*

6775. Ota Pavel — *Comment j'ai rencontré les poissons*
6776. Ryoko Sekiguchi — *Nagori. La nostalgie de la saison qui vient de nous quitter*
6777. Philippe Sollers — *Le Nouveau*
6778. Annie Ernaux — *Hôtel Casanova* et autres textes brefs
6779. Victor Hugo — *Les Fleurs*
6780. Collectif — *Notre-Dame des écrivains. Raconter et rêver la cathédrale du Moyen Âge à demain*
6781. Carole Fives — *Tenir jusqu'à l'aube*
6782. Esi Edugyan — *Washington Black*
6783. J.M.G. Le Clézio — *Alma*. À paraître
6784. Emmanuelle Bayamack-Tam — *Arcadie*
6785. Pierre Guyotat — *Idiotie*
6786. François Garde — *Marcher à Kerguelen*. À paraître
6787. Cédric Gras — *Saisons du voyage*. À paraître
6788. Paolo Rumiz — *La légende des montagnes qui naviguent*. À paraître
6789. Jean-Paul Kauffmann — *Venise à double tour*
6790. Kim Leine — *Les prophètes du fjord de l'Éternité*
6791. Jean-Christophe Rufin — *Les sept mariages d'Edgar et Ludmilla*
6792. Boualem Sansal — *Le train d'Erlingen ou La métamorphose de Dieu*
6793. Lou Andreas-Salomé — *Ce qui découle du fait que ce n'est pas la femme qui a tué le père* et autres textes psychanalytiques
6794. Sénèque — *De la vie heureuse* précédé de *De la brièveté de la vie*
6795. Famille Brontë — *Lettres choisies*
6796. Stéphanie Bodet — *À la verticale de soi*

6822. Philippe Djian — *Les inéquitables*
6823. Carlos Fuentes — *La frontière de verre.* Roman en neuf récits
6824. Carlos Fuentes — *Les années avec Laura Díaz.* Nouvelle édition augmentée
6825. Paula Jacques — *Plutôt la fin du monde qu'une écorchure à mon doigt.* À paraître
6826. Pascal Quignard — *L'enfant d'Ingolstadt. Dernier royaume X*
6827. Raphaël Rupert — *Anatomie de l'amant de ma femme*
6828. Bernhard Schlink — *Olga*
6829. Marie Sizun — *Les sœurs aux yeux bleus*
6830. Graham Swift — *De l'Angleterre et des Anglais*
6831. Alexandre Dumas — *Le Comte de Monte-Cristo*
6832. Villon — *Œuvres complètes*
6833. Vénus Khoury-Ghata — *Marina Tsvétaïéva, mourir à Elabouga*
6834. Élisa Shua Dusapin — *Les billes du Pachinko*
6835. Yannick Haenel — *La solitude Caravage*
6836. Alexis Jenni — *Féroces infirmes*
6837. Isabelle Mayault — *Une longue nuit mexicaine*
6838. Scholastique Mukasonga — *Un si beau diplôme !*
6839. Jean d'Ormesson — *Et moi, je vis toujours*
6840. Orhan Pamuk — *La femme aux cheveux roux*
6841. Joseph Ponthus — *À la ligne. Feuillets d'usine*
6842. Ron Rash — *Un silence brutal*
6843. Ron Rash — *Serena*
6844. Bénédicte Belpois — *Suiza*
6845. Erri De Luca — *Le tour de l'oie*
6846. Arthur H — *Fugues*
6847. Francesca Melandri — *Tous, sauf moi*
6848. Eshkol Nevo — *Trois étages*
6849. Daniel Pennac — *Mon frère*
6850. Maria Pourchet — *Les impatients*

Composition Nord Compo
Impression Maury Imprimeur
45330 Malesherbes
le 04 février 2021
Dépôt légal : février 2021
Numéro d'imprimeur : 252081

ISBN 978-2-07-285324-1 / Imprimé en France.

354481